本项目受广东省宣传文化发展专项资金资助出版

粤派评论丛书

大家文存

黄秋耘集

吴琪 编

SPM
南方出版传媒
广东人民出版社
·广州·

图书在版编目（CIP）数据

黄秋耘集 / 吴琪编 . —广州：广东人民出版社，2018.1
（粤派评论丛书）
ISBN 978-7-218-12125-3

Ⅰ . ①黄… Ⅱ . ①吴… Ⅲ . ①中国文学—当代文学—文学评
论—文集 Ⅳ . ①I206.7-53

中国版本图书馆CIP数据核字（2017）第249273号

HUANG QIUYUN JI
黄 秋 耘 集 吴 琪 编

出 版 人：肖风华

责任编辑：古海阳
装帧设计：张绮华
排　　版：广州市奔流文化传播有限公司
责任技编：周 杰 易志华

出版发行：广东人民出版社
地　　址：广州市大沙头四马路10号（邮政编码：510102）
电　　话：（020）83798714（总编室）
传　　真：（020）83780199
网　　址：http://www.gdpph.com
印　　刷：珠海市鹏腾宇印务有限公司
开　　本：787毫米×1092毫米　1/16
印　　张：23　　字　　数：350千
版　　次：2018年1月第1版　2018年1月第1次印刷
定　　价：88.00元

如发现印装质量问题，影响阅读，请与出版社（020-83795749）联系调换。
售书热线：（020）83795240

总　序

近百年来中国文坛，"京派批评""海派批评"以及20世纪80年代崛起的"闽派批评"已是大家公认的文学现象，但"粤派评论"却极少被人提起。事实上，不论从地域精神、文化气质，还是文脉的历史传承，抑或批评的影响力来看，"粤派评论"都有着独特精神气质和文化品格，有它的优势和辉煌。只不过，由于历史、现实、文化和地域的诸多原因，"粤派评论"一直被低估、忽视乃至遮蔽。有鉴于此，我们认为，以百年粤派文学以及美术、音乐、戏剧、影视等评论为切入点，出版一套"粤派评论丛书"，挖掘被历史和某种文化偏见所遮蔽的"粤派评论"的价值，彰显粤派文学与文化的独特内涵和深厚底蕴，不仅能更好地展示广东文艺评论的力量，让"粤派评论"发出更响亮的声音，而且有助于增强广东文化的自信，提升广东文化的影响力，促进区域文化的繁荣发展。

出版这套丛书，有厚实、充分的历史、现实、文化和地域等方面的依据。

第一，传统文化的影响。岭南文化明显不同于北方文化。如汉代以降以陈钦、陈元为代表的"经学"注释，便明显不同于北方"经学"的严密深邃与繁复，呈现出轻灵简易的特点，并因此被称为"简易之学"。六祖惠能则为佛学禅宗注进了日常化、世俗化的内涵。明代大儒陈白沙主张"学贵知疑"，强调独立思考，提倡较为自由开放的学风，逐渐形成一个有粤派特点的哲学学派。这种不同于北方的文化传统，势必对"粤派评论"的形成起到潜移默化的作用。

第二，文论传统的依据。"粤派评论"的起源可追溯到晚清，黄遵宪的"诗界革命"，梁启超的"小说界革命"的倡导，开创了一个时代的风潮，在全国产生了普泛的影响。上世纪二三十年代，黄药眠在《创造周报》发表大量文艺大众化、诗歌民族化的文章，风行一时。钟敬文措意于民间文学，被视为中国民间文学的创始人。新中国建立后的"十七年"，"粤派评论"的代表人物有黄秋耘、萧殷、梁宗岱等人。新时期以来，"粤派评论"也涌现出不少在全国具有一定知名度的文艺评论家。如饶芃子、黄树森、黄修己、黄伟宗、洪子诚、刘斯奋、杨义、温儒敏、谢望新、李钟声、古远清、蒋述卓、陈平原、程文超、林岗、陈剑晖、郭小东、宋剑华、陈志红等，其阵容和影响力虽不及"京派批评"和"海派批评"，但其深厚力量堪比"闽派批评"，超越国内大多数地域的文艺评论阵营。如果视野和范围再开放拓展，加上饶宗颐、王起、黄天骥等老一辈学者的纯学术研究，则"粤派评论"更是蔚为壮观。

第三，地理环境的优势。从地理上看，广东占有沿海之利，在沟通世界方面具有得天独厚的优势；同时，广东处于边缘，这既是劣势也是优势。近现代以来，粤派学者在中西文化交汇的背景下，感受并接受多种文明带来的思想启迪。他们视野开阔，思维活跃，不安现状，积极进取，敢为人先，因此能走在时代变革的前列。黄遵宪、康有为、梁启超、孙中山等是这方面的代表人物。他们秉承中国学术的传统，又开创了"粤派评论"的先河。这种地缘、文化土壤的内在培植作用，在"粤派评论"的发展过程中是显而易见的。

"粤派评论"有属于自己的鲜明特点。

第一，中国现当代文学史写作，是"粤派评论"最为鲜亮的一道风景线。在这方面，"粤派评论"几乎占了文学史写作的半壁江山，而且处于前沿位置，有的甚至成为中国现当代文学史写作的高地。比如20世纪80年代，钱理群、陈平原、黄子平联合发表的著名论文《论二十世纪中国文学》，其中陈平原、黄子平均为粤人。洪子诚的《中国当代文学史》以方法先进、富于问题意识、善于整合中西传统资源和吸纳同时代前沿研究成果著称，它与陈思和的《中国当代文学史教程》被学界誉为中国现当代文学史的"南北双璧"。杨义的三卷本《中国现代小说史》是比较方法运用在文学史写作的有效实践，该著材料扎实，眼光独到，分析文本有血有肉，堪与夏志清的《中国现代小说史》比肩。此外，温儒敏的《中国现代文学批评史》、黄修己的《中国现代文学发展史》、古远清的港台文学史写作，也都各具特色，体现出自己的史观、史识和史德。

第二，"粤派评论"注重文艺、文化评论的日常化、本土经验和实践性。粤派评论家追求发现创新，但不拒绝深刻宽厚；追求实证内敛，而不喜凌空高蹈；追求灵动圆融，而厌恶哗众取宠。这就体现了前瞻视野与务实批评的结合，经济文化与文艺批评的合流，全球眼光与岭南乡土文化挖掘的齐头并进，灵活敏锐与学问学理的相得益彰，多元开放与独立文化人格的互为表里。粤派评论家有自己的批评立场、批评观念，亦有自己的学术立足点和生长点。他们既面向时代和生活，感受文艺风潮的脉动，又高度重视审美中的文化积累和文化传承；既追求批评的理论性、学理性和体系建构，又强调批评的实践性，注重感性与诗性的个性呈现。

我们认为，建构"粤派评论"，不能沿袭传统的流派范畴与标准，它不是一种具有特定文化立场、一致追求趋向和自觉结社的理论阐释行动。它只是一个松散的、没有理论宣言与主张的群体。因此，没有必要纠结"粤派评论"究竟是一个学派，还是一个地域性的概念，但有一点可以肯定："粤派评论"已是一个客观存在的文化实体，即虽具有地方身份标识，却不局限于一地之见的文艺理论家、批评家群体。

党的十九大报告指出，发展中国特色社会主义文化，就是以马克思主义为指导，坚守中华文化立场，立足当代中国现实，结合当今时代条件，发展面向现代化、面向世界、面向未来的，民族的科学的大众的社会主义文化，推动社会主义精神文明和物质文明协调发展。广东省委宣传部策划、组织、指导编纂出版"粤派评论丛书"，是贯彻落实十九大关于文化建设发展精神的一项重要举措，是讲好中国故事、传播中国声音、阐发中国精神、展现中国风貌的一次文化实践。我们坚信，扎根广东、辐射全国的"粤派评论"必将成为新时代坚定文化自信、实现中华民族伟大复兴路上其中一块最稳固的基石。

"粤派评论丛书"编辑委员会

黄秋耘像

编者简介：

吴琪，女，1985年生，陕西西安人，文学博士，华南农业大学人文学院中文系讲师。2011年获西北大学哲学硕士学位，2014年7月获华南师范大学中国现当代文学博士学位，2014年7月至今在华南农业大学工作，主要从事中国现当代文学、文艺理论批评、美育教学和研究工作。多篇论文发表在《中国社会科学报》《小说评论》等核心期刊上，编有《中学美育教材》《学科知识与教学能力》等著作。

目　录

写作论

作家论

书评与序跋

文艺随笔

战士心　爱国情　文人梦

——黄秋耘充满斗志的文学之路

吴　琪

黄秋耘是一位战士，也是一位文人，他一生经历坎坷，从戎之路遭遇到的种种磨难、种种经历都为其文学创作提供了取之不尽的素材，展示了他强烈的爱国主义精神和人道主义精神，这也成为他文学创作最主要的两个主流思想。他既是一位散文家，也是一位批评家，他的作品立足于现实生活，有对生活极敏锐的洞察，他说道"一个真正的艺术家必须勇于干预生活"①，他是这么说，也是这么做的，因此他以"干预生活"作为其文学创作的中心要点。读黄秋耘的文章，总能感觉到他对生活的满怀深情，对人生的热爱及对现实的关注。他的作品是发自内心的自然真实流露，不造作，不虚假，完全是最真实的心灵之感。他对生活的感悟、对文学价值的品评都是极具个人风格的，呈现出独有的感性色彩。

一

黄秋耘，原名黄超显，笔名秋云、昭彦、跋芮。1918年生于香港，原籍广东省顺德县龙江乡，祖居佛山市。黄秋耘出生在一个还算富裕的中产阶级家庭，受到良好的家庭教育和学校教育，家境的富裕让他更多地关注到外界的

---

① 黄秋耘：《不要在人民的疾苦面前闭上眼睛》，《黄秋耘文集》（第二卷），广州：花城出版社1999年版，第34页。

1

动乱与疾苦，对贫苦人民有一种天然的同情，这也是促使其要参加革命的一个直接原因。"我参加革命的目的，概况起来说，一是要抗日救国，争取民族解放；二是要使做工的、种田的老百姓都能不愁温饱，有间像样的房子和几床干净的被窝，并且要做国家的主人。"①也正是这样的信念，黄秋耘开启了一条不一样的人生之路，这条路上充满了正义，也充斥着危险，但凭借着一份强烈的爱国力量和忧国忧民的情怀，他一直无所畏惧地前行着，用最本真的文字诠释着他的人生信念。

1935年，17岁的黄秋耘在香港读完了中学，同时考上了香港大学、伦敦大学、清华大学、燕京大学、中山大学共五所大学。父亲是希望他继承世代相传的祖业，进香港大学或伦敦大学学医。凭当时优异的考试成绩，他已获得了这两间大学的奖学金。由于受舅舅、南社诗人马小进和叔叔黄恕如熏陶，黄秋耘从小对文学就产生浓厚的兴趣，他爱读古今中外的文学名著，特别爱读中国古典诗词。黄秋耘的母亲也是有文化的人，读了很多旧诗词，和冼玉清是很要好的同班同学，冼玉清后来成为中山大学教授，在诗词研究上颇有成就。黄秋耘正是在这样的家庭环境里耳濡目染，日积月累，很自然地打下了扎实的文字功底，也促使他在中学毕业后毅然放弃了伦敦大学和相关大学的奖学金，回到风雨飘摇的中国内地，进入清华大学国文系读书。但是1936年的北平，已经到了强敌压境、人心惶惶的紧张时刻，具有强烈爱国情怀的黄秋耘，一入学便投身到了挽救民族危亡的斗争中，参加了民先队，加入了中国共产党，开始了从戎之路，直到1949年后才有了专心进行文学创作的机会。

1949年后，黄秋耘曾先后在广州军管会、华南联合大学、华南文艺学院、南方日报社、中共中央联络部、新华通讯社总社工作。后任新华社福建分社代社长。1954年秋，调中国作家协会任《文艺学习》常务编委。1956年2月参加中国作家协会。1959年初，转到《文艺报》工作，直至1966年春。在"文化大革命"中曾受3年隔离审查，1969年9月审查结束，住"五七"干校一年。1970年秋调广东省革委会宣传办公室工作，次年调到广东人民出版社，后

---

① 黄秋耘：《到民间去》，《黄秋耘文集》（第四卷），广州：花城出版社1999年版，第12页。

调到广东省出版事业管理局，任副局长。1976年起，由国家出版局借调，负责主持修订大型古代汉语词典《辞源》工作。1983—1985年，由中共中央党校借调去编写《一二·九运动史要》。1985年出席中国作家协会第四次会员代表大会后，任中国作家协会理事、作协广东分会副主席、中国广州国际笔会中心会长、中国国际文化交流中心广东分会副理事长、《中国大百科全书·中国文学卷》编委等。

黄秋耘半生戎马，半生翰墨，从事过军事、翻译工作，做过新闻编辑工作。丰富的经历让他创作了丰富的著作，著有散文集《浮沉》《丁香花下》《黄秋耘散文选》，文学评论集《反马克思主义的胡风文艺思想》《古今集》《苔花集》《琐谈与断想》《黄秋耘文学评论选》《黄秋耘自选集》，杂文、随笔集《锈损了灵魂的悲剧》《按牌理出牌》《杂文选粹》，长篇回忆录《风雨年华》，短篇小说集《渔峡渔民》，儿童文学《高士奇波波的故事》等等。《黄秋耘散文选》曾获广东鲁迅文学奖，根据同名散文改编的电视剧《雾失楼台》曾获金帆奖。《往事并不如烟》获1989年全国优秀散文集奖。

2001年8月16日，84岁的黄秋耘因脑中风病情恶化而病逝于广州，遵照他的遗愿，不发讣告，不举行送别仪式，不惊扰亲朋好友。没有哀乐低回的场面，只有一丛丛鲜花和一曲他生前最喜欢的歌曲《友谊地久天长》，伴着黄秋耘走完了他作为作家和革命者的人生路。

二

1949年10月前黄秋耘一直做党的地下工作，还要以公开职业谋生，没有多少时间写作；1949年10月后直到"文革"前，又几乎都在当编辑，也没有专门从事写作的时间。但是黄秋耘依然没有忘记写作，写作在他看来就是生活的一部分，是他情感寄托和情怀抒发的一种方式，他的作品极具思想性，敢于针砭时弊，大胆揭露文学界当时存在的问题，例如《不要在人民的疾苦面前闭上眼睛》《刺在哪里？》《犬儒的刺》《锈损了灵魂的悲剧》等都代表了黄秋耘的思想，也表达了他一部分的心声。

下乡期间黄秋耘与贫苦农民待在一起，使他深刻感知到他们生活的艰辛，所以常常在作品里为民发声、为民请命，也是在这样的经历下他写出了《不要在人民的疾苦面前闭上眼睛》。他在文章中这样写道："不应该在人民的疾苦面前心安理得地闭上眼睛，保持缄默。如果一个艺术家没有胆量去揭露隐蔽的社会病症，没有胆量去积极地参与解决人民生活中的关键性的问题，没有胆量去抨击一些畸形的、病态的和黑暗的东西，他还算得上是什么艺术家呢？"①黄秋耘最大限度地发挥了文学的社会功能，把文学与现实联系起来，讲人道主义，主张作品要反映生活、干预生活，为人民群众发声。这种情不自禁的为民请命可以追溯到黄秋耘的中学时代，他平生第一篇作品《吴来源之死》就是在这样契机下完成的。虽然作品由于当时的现实情况没有发表，但是他心系民众、忧国忧民的情怀早已表露于其文字里。

"作为革命的文学家、艺术家，我们必须深入到人民群众中去，深入到火热的斗争中去，和人民共一个身体，同一个灵魂，和人民结下生死不解之缘，和人民同甘共苦，同歌同哭。"②黄秋耘用生命在写作，他在思想方面不息的探索精神和始终与最广大劳动者同呼吸共命运的坚定立场，以及自始至终满怀多情和正义的文风，都使得他和他的文字在当代具有非常重要的意义。他主张评论自由，要真实反映生活，他在《古怪的猫的自白》里提到他的人生信条——要"对革命忠诚，对人民负责，对党负责"③。他也是以这个信条作为其进行文学评论的标准的。

最能体现黄秋耘思想性的文体当属他的杂文，他在文坛被关注也是因为杂文创作。他的杂文创作时间比较长，从20世纪40年代末到90年代，所涉及的内容也比较广泛，从知识分子的改造、社会现象的批判到为人之道、文学见解等，黄秋耘积极发挥杂文"投枪匕首"的作用，以强烈的批判精神进行文学改造和社会揭露，大胆抒发自己的观点，追求观点的"百花齐放"，反对教条

---

① 黄秋耘：《不要在人民的疾苦面前闭上眼睛》，《黄秋耘文集》（第二卷），广州：花城出版社1999年版，第34页。

② 黄秋耘：《不要在人民的疾苦面前闭上眼睛》，《黄秋耘文集》（第二卷），广州：花城出版社1999年版，第35页。

③ 黄秋耘：《古怪的猫的自白》，《黄秋耘文集》（第三卷），广州：花城出版社1999年版，第221页。

主义。

他的杂文既有古典文人的气质，也有理想主义的性格禀性。这一方面和他童年时期家庭熏陶有关，另一方面和他对西方文化的钟爱有关，黄秋耘说"除了中国的古典诗词和散文之外，我更多地用西方文化来充实自己的头脑和心灵，对我影响较大的西方作家，有英国的莎士比亚和狄更斯，法国的罗曼·罗兰和雨果，俄国的托尔斯泰和契科夫"[①]。黄秋耘受西方文化的人道主义和革命性的思想影响，因此其作品有强烈的人道主义情怀和充满力量的革命精神。应该说，黄秋耘的杂文创作与当时社会状况和政治环境有一定的相关性，杂文的观点和思想随着当时政治变化而变化，注重作品的思想性，深入现实和针砭时弊是黄秋耘早期杂文创作的一大特点。随着政治环境的变化，其杂文创作所关注的点也发生了一些变化。到了20世纪70年代末到80年代，黄秋耘开始以杂文的方式关注文学改造，进行国运与文运的探讨，对文艺现象进行思考，对文学作品的样式发展发表自己的观点，黄秋耘将艺术性融入到杂文创作中，使杂文创作呈现出思想性和艺术性相统一的特点。而且其杂文创作因为以生命体验为基础，所以作为作家与生俱来的责任感和使命感也彰显在其作品中。他强调文学创作一定要深入到现实生活中去反映现实和揭露现实，黄秋耘以散文家的感性思维取代了杂文家的逻辑思维，将自己的真情实感、生命体验融入到杂文的观点中，这是独具黄秋耘特色的。

黄秋耘也是一位评论家、批评家，他是有思想、有力量的战士，他以战士的姿态进行着文学批评，将战士的气魄和文人的品格融为一体。在他的文学评论中既有强烈的批判精神，又有真实细腻情感的流露，他将散文家细腻的笔触与丰富的情感融入到文学评论、文学批评中，将理性与感性结合，产生了独有的文学魅力。因此我们说黄秋耘的文学评论和文学批评具有散文化的特点，不仅使读者易于阅读和接受，也包含了一种写作的智慧，为他的作品增加了艺术性。黄秋耘也承认自己的文学评论是有散文色彩的，他说："我的文学评论文章还是带有非常明显的散文色彩的。特别是人民常常把它们当做我的'代表

---

① 黄秋耘：《〈罗曼·罗兰文钞〉读后》，《黄秋耘文集》（第二卷），广州：花城出版社1999年版，第419页。

作'的那几篇，例如《关于张洁作品的断想》《〈山乡巨变〉琐谈》《孙犁作品的艺术特色》《从微笑到沉思》《一部诗的小说》等等，与其算是正儿八经的评论文章，还不如算是'议论性的散文'，或者'散文式的评论'，总之，是间乎散文与评论之间的'两栖类'文字。"①这种散文化的特点令黄秋耘的评论文字极具感染力，易于展现自己真实的情感，具有鲜明的感情色彩，这表现出黄秋耘对生活敏锐的洞察力以及对现实生活所饱含的热情，他对生活是有自己的独特理解和独特思考的，他说过："一个艺术家如果没有自己对于现实生活的深刻的见解，独特的思想，或者不敢坚持自己的思想，就没有独立的风格，也就没有真正的艺术。"②在黄秋耘的文论里处处展现着他的人生追求和对人生的终极意义，他用他的文字、他的观点、他的思想抒写了一代人的理想追求，他的文字也凸显出他的艺术观："假如艺术不能把真理的火种传播于人间，假如艺术不能为人类的现在和未来而战斗，假如艺术不能拂拭去人们心灵上的锈迹和灰尘，假如艺术不能给予人民以支援和裨益，这样的艺术就毫无价值，也毫无意义。"③黄秋耘认为文学艺术一定要传播真理，为人民服务，帮人民解决问题，给予人民支持，这是他文学创作的核心，他鼓励作家应该有勇气为民请命，透过作品去反映人民疾苦。尽管黄秋耘发表这类文章受到过严厉的批评，但都没有动摇他本身创作的信念，为民请命依然是他思想的主线，对遭遇到不幸的人会产生不自觉的同情。他始终敢于直面人生，不甘于灵魂的随波逐流，以火焰般燃烧的热情去创作，他的文章观点清晰，常引人思考，给人启发，这种强烈的爱国情感让人震撼，也彰显了其作品深刻的思想性。

---

① 黄秋耘：《我是"两栖类"》，《黄秋耘文集》（第二卷），广州：花城出版社1999年版，第199页。

② 黄秋耘：《"舍己从人"》，《黄秋耘文集》（第二卷），广州：花城出版社1999年版，第38页。

③ 黄秋耘：《启示》，《黄秋耘文集》（第二卷），广州：花城出版社1999年版，第38页。

三

黄秋耘文学创作的风格和他人生经历、所感受接触的文化是有关系的。黄秋耘1935年考进北平清华大学国文系，入学不久就参加"一二·九"运动。1937年，他在柯灵主编的《艺文线》上发表了《矿穴》，但不久爆发了"七七"卢沟桥事变，他被迫离开了清华大学，投笔从戎。军训后在抗战部队和军事机关服役，也接受党的任务到粤西电白县建立地下党组织，从事武装斗争。他经历过很残酷的生活，目睹了血腥惨烈的战争场面，但这并没有使他退缩而保护自己，反而更激发了他革命者的人道主义精神，他说："经过十年动乱，无论是多么沉重的痛苦、忧患和灾难，甚至无缘无故的诽谤和中伤，我都可以忍受了，惟独对强者加诸弱者的欺凌，对人的尊严的轻蔑和恣意践踏……我还是不能忍受。"①他时刻心系着人民群众，心系着国家，这种忧国忧民的意识使其将满腔热血毫无保留地投入到救亡图存的文学创作道路上。作为革命者，他无法忘记自己革命者的身份和职责；作为知识分子，他又渴望用笔杆子唤醒人们的同情心和正义感，让更多人关注到人民的疾苦和国家的命运。

1943年，黄秋耘在香港协助张铁生编辑综合性刊物《青年知识》周刊，这是他投笔从戎到投枪执笔的开端。太平洋战争爆发，香港沦陷，黄秋耘又从事地下党的秘密工作。抗战结束后，他在香港一间中学教书，利用业余时间从事文学创作和翻译。这期间，他出版了散文集《浮沉》，报告文学集《控诉》，还和朋友合作翻译了罗曼·罗兰的长篇小说《搏斗》。中华人民共和国成立后，他先后在南方日报社、新华通讯社工作。1954年调到中国作家协会，大部分时间在《文艺学习》和《文艺报》工作，"文革"后他主要负责出版工作中辞典的修订。将近半个世纪以来，黄秋耘一直处在民族斗争、阶级斗争和思想斗争的第一线，直到1954年调到《文艺学习》和《文艺报》编辑部后才开始了他后半生的文学生涯。

黄秋耘独特的人生经历使他的文字真实而动人地呈现了历史的进程、时代的精神、生活的现状、作家的情绪。从小的家庭环境使他与生俱来就对贫苦

---

① 黄秋耘：《这不算是件小事》，《黄秋耘文集》（第三卷），广州：花城出版社1999年版，第17页。

人民产生深切的同情心，成长的经历又使他目睹了很多遭遇不幸的人民的生活痛苦，令他从小就有了忧国忧民的意识。强烈的爱国情怀促使其考大学时毫不犹豫地选择了到风雨飘摇的内地求学读书，考进清华大学与名师闻一多、朱自清、陈寅恪、俞平伯等名师接触后，更被他们身上的爱国主义精神所激励，他们身上深沉的悲悯感情深深地影响着黄秋耘。点点滴滴的经历使其坚定地选择了参加革命，渴望抗日救国，他始终与贫苦人民在一起。他在《犬儒的刺》中写道，文艺批评家"要有学问，要有修养，要有真知灼见，要有独立思考的能力，但，更重要的，要有坚持真理的勇气，要有直德直言的特操，要有实事求是的精神"①。这说明了文艺批评家身上要具备政治责任感，要正视现实生活的困难，要始终与人民同甘苦、共患难，要敢于说真话。

黄秋耘天生对贫苦人民、对弱小者的关注和同情，是建立在人道主义基础上的，以此引导着人们去关注普通人的命运，而这使其作品不自觉地流露出自己的真情实感，这是心灵最本真的声音，极具他个人强烈的感情色彩，包含着浓烈的爱国情和人道主义精神。但是这并非说明他的文学批评就忽略了理性的参与，在一些评论文章里，他还是将感性批评和理性批评相结合，既有情感的真实顿悟，也有理性的分析思辨。他在《应当向托尔斯泰学习什么？》《为〈约翰·克利斯朵夫〉说几句公道话》中都有具体的分析和论证，具有很强的论辩色彩，从感性上升到理性。在《为〈约翰·克利斯朵夫〉说几句公道话》中他一方面肯定了约翰·克利斯朵夫的人格和艺术风格，另一方面又分析强调如果其个人奋斗不和人民群众结合起来，胜利还是无望的。感性的情感认知有了理性的分析渗入，使这篇评论既有理有据，又有深刻的思想性，还有一定的启迪作用，这绝不只是黄秋耘感性的直接流露，而是经过理性思考分析的。但是值得指出的是，他的理性思考依然是建立在与人民大众相结合、为民发声的基础上的，这又一次让我们看到黄秋耘对人生信仰的忠诚与坚定，彰显的也是他崇高的人格色彩。

综上所述，黄秋耘的文字具有批判精神、爱国精神，充满正义感，他敢

---

① 黄秋耘：《犬儒的刺》，《黄秋耘文集》（第二卷），广州：花城出版社1999年版，第53页。

于为民请命，表达自己真实的声音，不畏惧黑暗，一直用实际行动和恶势力抗衡战斗。无论是从戎经历，还是执笔生涯，他都无时无刻不在关注人民，关注贫苦百姓。他把他一生的情感都融入了忧国忧民中，他对文学的理解也是要为社会、为人民服务，即使在生命最为痛苦的时刻，黄秋耘也不后悔他所选择的这条道路，他是一位有担当、有责任感、有使命感、有情怀、有大爱的文人，是值得我们钦佩和敬仰的。

　　本书的编选，主要偏重于黄秋耘的评论类文章，也意在展现黄秋耘的思想、情怀、个性、风格，让读者对这位老战士、老作家有一定了解。本书分为文学评论、写作论、作品谈、作家论、书评序跋、文艺随笔等几个部分。读黄秋耘的文字，我们除了可以进入他的心灵世界感受到真实、直接且充沛的情感外，更能感受到他的思想、他对人民的关注同情、他为民发声的责任感和使命感。他把一生的爱憎情感都赋予他的文字，坎坷的经历让他的文字充满力量和正义，他以战士的姿态为我们彰显了他对信仰的忠诚与坚定，他的每一篇作品都是在诠释着他的人生信仰。

　　谨以此文缅怀已远去的黄秋耘先生，并对这位老战士和老作家表达自己的敬仰和钦佩之情。

文学评论

文运与国运

就其主流来说，在近代各种文学样式当中影响最大、流传最广的，当然首推小说。我国古典文学中的四大名著——《红楼梦》《水浒传》《三国演义》《西游记》都是长篇小说，其余如《儒林外史》《聊斋志异》《说岳全传》《警世通言》《醒世恒言》……也都是以小说形式出现的。五四以后，各种文学样式百花齐放，各领风骚，而且都各有代表性的作品和作者，任何一部现代文学史可以有所偏重，但总不会只谈某一种文学样式而摒弃其他。

不过，由于客观情况的变化，某一种文学样式在某一个特定历史时期特别"走红"，或者特别衰落，也是常有的事，甚至是不可避免的。例如在建国初期，四十年代末到五十年代初，新体诗歌忽然崛起。记得我在《文艺学习》杂志担任常务编委时，特别是一九五四、一九五五那两年，平均每月收到文学创作来稿约有三千件，新体诗歌（包括歌词）占百分之六十左右，这可以算得上新体诗歌的鼎盛时期。当时刚刚推倒了"三座大山"，日月重光，举国欢腾，"诗人兴会更无前"，理当如此。

自此以后到"大鸣大放"时期，直至一九五七年六月间反右派斗争开始之前，最大行其道的文学样式，如众所周知，是杂文。当时各大报都有副刊，占副刊主要篇幅的又大都是杂文。中国作家协会创办的六大期刊——《人民文学》《文艺报》《文艺学习》《新观察》《诗刊》《文学遗产》，其中《新观察》的发行数曾一度达到五十万份以上而高居榜首，这个刊物的主要台柱就是杂文。欤欤盛哉！这真是杂文的黄金时代。其中某些名篇佳作，例如《知识分子的早春天气》《况钟的笔》《论人情》《略谈生活的公式化》等等，在知识分子阶层中脍炙人口，遐迩传诵不衰。

反右派斗争这一阵狂风暴雨当然首先横扫杂文，把杂文打得落花流水，偃旗息鼓。但一进入六十年代以后，杂文的热潮又卷土重来，异军突起。在三年国民经济暂时困难时期，以《三家村札记》《燕山夜话》为代表的杂文怒潮，几乎席卷整个华夏大地。直到史无前例的"十年浩劫"，血沃中原，万马齐喑，杂文以及所有的文艺创作，除了八个"样板戏"和一两部小说以外，全部都销声匿迹，自行消亡，自然不在话下。

杂文以及整个文艺创作的忽兴忽替，大起大落，固然有多方面的因素，但概括言之，主要是由国家政治生活的正常或者不正常所决定。当然，历史上也曾有过"国家不幸诗家幸，赋到沧桑句便工"的时代，但这只是偶然的短暂的"繁荣"，不可能是正常的长期的繁荣。

我不相信文艺可以兴邦，或者文艺可以丧邦，但文运与国运之间，确实有一种不可分割的关系。秦始皇焚书坑儒，摧残文化，不多久就身亡国破。"楚虽三户，亡秦必楚"，因为楚国毕竟有像屈原这样的伟大作家，《楚辞》毕竟是中国文化的瑰宝。从这一历史事例中，也可以窥探到此中消息。

我的一位老战友诗人吴有恒有诗云：

> 打赢六国靠枝军，文化偏低日暴秦。
> 生怕聪明人造反，因而下令把书焚。
> 怎知知识烧难尽，到底亡秦是楚人。
> 何以亡秦者必楚？楚辞遍唱屈灵均。
>
> 张楚功成是汉家①，江河一统日中华。
> 文章西蜀双司马②，才调少年贾长沙③。
> 为有丝绸通远路，传闻信使泛仙槎。
> 何曾百代秦政治？秦政杀人似割麻。

这两首诗④值得我们熟读深思，从这里面可以悟到文运与国运的一些关系。

---

① 陈胜、吴广起义反秦，号为"张楚"。
② 双司马，指司马相如、司马迁。
③ 贾长沙，指贾谊。
④ 这两首诗引自《岭南杂文选》第53—54页，《史学家之困惑》一文。

从"四平八稳"谈起

文章，和人一样，总要有些棱角才好。

有那么一种四平八稳、不冷不热的人，古书上管他们叫"乡愿"。在"乡愿"的身上，是找不到什么棱角的。他们既不提倡什么，也不反对什么；不佩服任何人，自然也不得罪任何人；不做什么事情，自然也不会犯什么错误；不偏不颇，无爱无憎。正如《孟子》上面所写的："非之无举也，刺之无刺也；同乎流俗，合乎污世；居之似忠信，行之似廉洁……"这样的人，就像一个八面玲珑的水晶球一样。说好，好不到哪里；说坏，也坏不到哪里。但，即便是老成持重如孔夫子者，看到这样的人，也不由得不光火，痛骂他们是"德之贼"，最讨厌跟他们打交道。

在我们今天的社会里，"乡愿"，即便有，也为数不多了。可是，在文艺批评的领域里，四平八稳、缺乏热情、不痛不痒、不冷不热的文章，却还有的是。

有些读者把我们当前一些评介作品（特别是现代作品）的文章称为"三段论法"，言虽刻薄，却有几分道理。这一类文章，大抵第一段谈谈作品的故事情节，第二段谈谈作品的主题思想，第三段列举作品中几个主要人物，略加分析。但作品究竟好在哪里，坏在哪里，评论者总是轻描淡写，含糊其辞，很少敢于明确地、具体地提出来；肯定一部作品时既看不到评论者的满腔热情，否定一部作品时又尽量把话说得转弯抹角，是非不分，毁誉不明。至于要求评论者站在比作者更高，或者至少是同样高的水平，对作品进行认真的、深入的、恰当而有分量的批评和分析，帮助作者知所改进，帮助读者知所取舍，那就更谈不到了。假如别的文章是用红色、蓝色的墨水写的，那么，这种文章就好像是用灰色的墨水写的，它们既没有色彩，也没有光辉。

是文艺批评工作者的水平太低么？也许是的。但这只是问题的一方面。更主要的是，在文艺工作者中间，也存在着数不尽的清规戒律，无穷的思想顾虑，妨碍了大家坦怀相对，恳切地、毫无保留地进行批评与自我批评。据说文艺批评工作者有三条不成文的清规戒律：宁谈古人不谈今人，宁谈死人不谈活人，宁谈外国人不谈中国人。这三条清规戒律的思想根源是很清楚的。一个人，要是把注意力过分集中在个人的得失和恩怨上面，自然就不免畏首畏尾，很难敢于直言不讳，抒发自己的意见。批评么，怕得罪了人，今天我批评了张三，说不定明天张三就会来回敬我一下子，倒不如彼此包涵，得过且过。表扬么，又怕会引起第三者的嫉妒，说我们互相标榜，闹宗派，搞小集团。文坛多风波，安全第一，而安全之道，又莫过于"四平八稳"，甚至"闭口不谈"。这样下去，人人都向"乡愿"看齐，棱角磨光，锐气脱尽，那又还有什么文艺批评可言呢？

批评不振，倒是天下"太平"、风平浪静了。但其结果，文学创作的新生力量得不到应有的鼓舞和支持；错误的、不健康的、歪曲现实的作品和理论却在大行其道，流毒人间，造成思想战线上不可弥补的损失。《红楼梦》问题的讨论刚给我们敲过警钟，可惜钟声的余音未绝，有些同志又已经准备睡大觉了。

自然，我们反对粗暴的文艺批评，因为粗暴的文艺批评会妨碍创作繁荣，扼杀新生力量，同时也适足以妨碍正确的、健康的文艺批评的开展。但，我们同样也不需要微温的、无棱无角、不痛不痒的文艺批评（姑且就算这是批评吧），因为这样的批评根本解决不了任何问题，对读者和作者都没有什么帮助。一杯白开水是不能给予生命以养料的。"四平八稳"，"不冷不热"，正是缺乏党性原则的表现。

过去有人提出："有话不妨说，说错也何妨。拿出主意来，大家好磋商。"为了加强文艺理论批评工作，为了促进文艺创作的繁荣和健康的发展，为了进一步肃清资产阶级唯心主义文艺思想的遗毒，至少在今天，这种"大胆主义"还是值得提倡的。当然，批评者说错了，应该容许有反批评；要是他不服，还可以有反反批评。

一九五六年一月

谈"爱情"

近几年来，我们在描写现代生活的文学作品（特别是散文作品）中，很难找到动人的爱情描写。且不说我们没有像古典作品中那样具有深刻的思想意义而又荡气回肠的恋爱故事，就连五四以后——例如鲁迅在《伤逝》中所描写的那样动人心弦的爱情插曲，我们在当代文学作品中也已经"久违"了。

西蒙诺夫在第二次苏联作家代表大会中曾对苏联作家提出了责难："让我们问一问自己，为什么读者常常主要是在苏联作家描写过去或是不久以前的过去的那些作品里找到不是羞怯地、不是一笔带过地，而是全力地描写的爱情？为什么为了要读一读和体验一下单恋的悲剧的全部力量或是互爱的幸福的全部力量，他就要去寻找费定的《早年的欢乐》和《不平凡的夏天》，而他在描写现代生活的作品里却找不到李莎·梅施柯娃的故事和阿诺奇卡·派拉布金娜的故事①呢？……为什么连要描写像《静静的顿河》里的阿克西妮雅和葛利高里的爱情那样困难重重的、强烈的、我认为在克服一切障碍的力量上来说是英勇的爱情的企图，我们都难得看到呢？"

我想，这样的责难，对于我国作家来说，也是完全适用的。《三里湾》是一部引人入胜的小说，但书中对爱情婚姻的描写，是颇为乏味的。《渡江侦察记》是一部比较好的影片，但影片中那些有关爱情的镜头，是不够深刻的。怪不得有些读者和观众说，现代文艺作品中的爱情描写，大致可以分为下列几类：见面就谈发明创造式的爱情，扭扭捏捏、一笑就走式的爱情，"我问你一个问题：你爱我不？"式的爱情，由于工作需要而屡误佳期式的爱情，三过家门而不入式的爱情，等等。在这里，我们似乎还应该补充一句，就连这样缺乏

---

① 李莎·梅施柯娃和阿诺奇卡·派拉布金娜，分别是《早年的欢乐》和《不平凡的夏天》里的人物。

爱情的爱情描写，也往往是为了调剂作品的枯燥，作为"水分"而加上去的，与整个作品的艺术构成并无深切的有机的联系。

只要是二十五岁以上的人，他大概都会或多或少地"体验"过爱情生活吧。我们感情丰富的作家自然也不会例外。作家们写工人一回到家里就跟妻子谈技术革新，写农民在新婚的晚上通宵达旦地跟爱人谈改良土壤，写党委书记听到爱人病重的消息却处之泰然，无动于衷。我们可不知道，当作家和爱人在一起的时候，是不是言必称鲁迅或高尔基？当作家在工作的时候，是不是连爱人和孩子生病都不去看看？假如不是的话，作家有什么理由一定要强迫他笔下的人物那样做呢？有什么理由把人物处理得那么不近人情呢？如果在我们的生活中，爱情与工作基本上是不矛盾的话，那么，我们有什么理由常常在作品里把爱情和工作处理成为矛盾状态并以此来刻画人物的所谓高贵品质呢？反之，如果在生活里爱情问题的确曾经引起过某些社会关系的错综复杂的冲突，并因此而深深地激动着人们的心灵，影响着人们的生活，表现了人们的性格，那么，我们有什么理由在文学作品里回避这些描写呢？

真正的爱情是用整个生命去爱，是用整个灵魂去探索和追求，它绝不可能是那么冷冰冰的。如果一个人在爱情问题上是冷冰冰的，怎么能够想象他对于工作、对于同志和朋友，是十分热情的呢？一个一向被人认为"冲淡""静穆"的诗人，犹如陶渊明，当他动了爱情的时候，还不免狂热地表示愿意化身做爱人脚下的鞋子，做爱人身上的衣带，做爱人床上的蒲席，做爱人手中的竹扇，做爱人膝上的鸣琴……①很难理解，然而不幸却是事实，在描写热情的深度、爱情的力量上面，我们今天的作家和诗人似乎比封建时代的陶渊明还胆小得多。

是的，在我们的社会里，爱情问题在生活里所处的地位，它与其他事物的关系，它的表现形态，与旧时代都是有所不同的。但这绝不是说，在我们这热情焕发的生活里，人们对于爱情反而冷淡无情了。是不是由于我们的作家对于新社会里新的爱情生活不够了解，不能准确地加以表现，因而害怕去描写那些热情如火的爱情呢？

---

① 见《陶渊明集》卷五《闲情赋》。

也许有人以为，伟大的或优秀的作品不一定都需要描写爱情，《水浒》和《三国演义》里面并没有特别多的描写爱情的篇章，有什么必要要求我们的作家着力去描写爱情呢？自然，只要不是疯子，谁也不会规定出一条"无爱不成书"的标准，因为这样的标准和"无巧不成书""无×不成书"是同样荒谬的。但是，我们是否就可以因此定出一条相反的"无爱始成书"的定律来呢？我们是否就因此应该尽量避免去描写动人心弦的爱情呢？

恩格斯说过："痛苦中最高尚的、最强烈的和最个人的——乃是爱情的痛苦。"通过对爱情生活的描写，去刻画人物的精神面貌，揭示人物的内心世界，丰富人物的性格特征，对于一个作家来说，恐怕是不应该回避的事情吧？苏联作家安东诺夫曾经说过这样的话："我们不应该忘记，我们抱轻视态度来描写恋爱场面，我们就会错过明朗地描画我们的人的心灵的崇高、力量和美丽的机会。"①这的确是懂得创作甘苦的经验之谈。因为恋爱往往显示了人的真实的性格，一个人的心肠、思想、个性、对人对事的态度，在别的事情上也许可能藏而不露，在真正的爱情上却总是难于掩饰的。如果一个人抱着虚伪的态度或卑鄙的感情去对待爱情，那么，这也是一种真正的个性的暴露。而这种种情况，都是会在不同的意义上激动着读者的心灵的。

不错，今天人们生活的中心是劳动，是对自然界的斗争和阶级斗争。但，人的生活毕竟是多方面的，人的感情世界毕竟是多种多样的，他不可能从朝到晚，甚至从晚到朝，都在从事着劳动和斗争。而且，即便是从朝到晚、从晚到朝都在从事劳动斗争，完全忘记了个人感情生活的欲求，完全是为了集体的利益，那么，集体的利益又是什么呢？不就是希望每个人都生活得更美好些吗？而所谓生活得更美好些，其中不也包括爱情和家庭的幸福吗？那么，在这位忘我的劳动者或无产阶级战士的心里，难道可能是冷冰冰的吗？难道他绝对没有可能受到爱情的波动吗？难道他也绝对不会对他周围的人的爱情生活有所关心吗？

是的，文学作品不应该脱离社会生活去孤立地描写爱情。恋爱和婚姻本来是和别的社会生活紧密地联系在一起的，社会生活中的一切矛盾必然也要

---

① 见安东诺夫：《论短篇小说的写作》。

集中地投射在爱情生活上面。中古时代的家族仇恨扼杀了罗密欧与朱丽叶的爱情，资产阶级的市侩意识隔绝了托伐·梅尔茂对娜拉的同情和谅解，贵族社会的道德教条对精神生活的桎梏酿成了少年维特的烦恼，封建王朝的徭役制度剥夺了孟姜女和范喜良的幸福，安娜·卡列尼娜的不幸反映了俄国贵族的精神空虚和道德堕落，祝英台和林黛玉的悲剧控诉了封建统治阶级的伤天害理和不近人情。爱情的悲剧往往孕育于时代的大悲剧当中，它不可避免地会给打上时代的烙印和阶级的烙印，因而在文学作品中对爱情生活的真实描写，是有助于显示时代的风貌和社会生活的本质的。

　　但也不能说，一切文学作品中的爱情描写，都必须直接联系到社会的主要矛盾和斗争，一首短短的牧歌，一篇小小的抒情诗，只要它所描写的爱情是健康的、真挚的、优美的，即使它很少涉及社会生活的其他方面，也同样能给予读者以美的感受，它的价值还是应该加以肯定的。例如宋代词人顾复的"换我心，为你心，始知相忆深"，唐代诗人元稹的"诚知此恨人人有，贫贱夫妻百事哀"，要说这样的诗词有多么深刻的思想性，倒不见得，但仍然不失为千古传诵的名句。

　　不过，说句公道话，作家和诗人之所以不敢全力描写爱情，偶一写到的时候，也是战战兢兢，顾虑重重，那些以"卫道者"自居的批评家们也不能不负一定的责任。他们常爱不加分析地给描写爱情的作者扣上这样或那样的帽子，什么"充满着小资产阶级情调"啦，"宣扬了资产阶级的庸俗趣味"啦等等。古语说，"匹夫无罪，怀璧其罪"。而在我们这些道学先生看来，大概是"作品无罪，写情其罪"了。鲁迅在《故事新编》的第一篇《补天》中，就曾勾勒出这一类道学先生的嘴脸，把他们刻画成在女娲氏两腿之间出现的、戴着古衣冠的小丈夫。但愿这样的小丈夫，再不要在今天的文坛上出现。

一九五六年七月

观人与论文

观人论世，还是力求全面一些、慎重一些为好，特别是根据文章来评论一个作者。

在芸芸众生中，百分之百的完人和百分之百的坏蛋，即便有，也是为数不多的。大抵人生一世，总是得失参半，功过并陈，发为文章，亦复瑜瑕互见。若是摭拾片言只字，推定全般，或者摘取个别篇章，遽下结论，则不但容易曲解了文章，而且也容易冤枉了作者。

有一位学究常说："人能行《论语》一句，便是圣人。"某纨绔子弟闻之曰："我已能行三句，但恐怕未必是圣人。"人们问他是哪三句，他答道："食不厌精。脍不厌细。狐貉之厚以居。"谁都知道，孔夫子之所以为孔夫子，当然不光在于他喜欢吃得好，穿得讲究，他还有更重要的方面，比方他"学而不厌，诲人不倦"，一般人就难于做到。

白居易无疑是一个关心世道、勇于为民请命的大诗人，但是他也写过"樱桃樊素口，杨柳小蛮腰"这样的"艳诗"，假如专注在这一点，就认定他是个好色之徒，把他与专写香奁体的王次回①相提并论，那岂非荒谬之至！

更何况，一个人总是发展着、变化着的，一时的表现又怎能概括一生！蔡邕年轻时作《述行赋》，曾经愤怒地控诉过："穷变巧于台榭兮，民露处而寝湿！消嘉谷于禽兽兮，下糠秕而无粒！"②多么有反抗性！多么同情人民的疾苦！可是他后来却感激奸臣董卓的知遇之恩，竟为他的败亡而唏嘘叹息。汪精卫少年时在狱中赋诗，曾经壮烈地宣誓过："慷慨歌燕市，从容作楚囚。

---

① 王次回是明代诗人，著《疑雨集》，所作诗歌多描写男女性爱。

② 这几句话的大意是：把花园修建得交关讲究，可是老百姓穷得没有片瓦遮头；把好东西拿来喂禽兽，可是老百姓连老糠也吃不饱。

引刀成一快，不负少年头。"何等有血性！有骨气！可是他后来却做了日本皇军的傀儡，盖棺论定，终究是个遗臭万年的汉奸。假如光看这两位"诗人"的"少作"，倒是很容易给予他们以一个"富有人民性"的评价的。这评价，又何尝公道！

另一方面，也应该注意到，即便是举世公认的一代宗师吧，他们的所说所为，也未必句句尽是嘉言，事事都是懿行。譬如高尔基对现实主义的解释就颇有失言，鲁迅对中医中药的看法亦不无偏见。自然，这些失言和偏见之处，也无损于他们的伟大。

以上旁征博引，无非想说明两点：首先，我们不要看到一个人写了一篇比较好的文章，或者说了几句得体的话，就立刻把他捧上天堂，更不要看到一个人写了一篇比较坏的文章，或者说错了几句话，就立刻把他打入地狱；倒不妨全面着眼，放长久些来看。其次，我们也不要完全以人废言，以言废人；因为智者千虑，必有一失，愚者千虑，必有一得。一人一得，积累起来就是千得万得。列宁曾说："千百万人的思想所创造的东西，远远超过最伟大的天才预见。"也就是这个意思。

当然，要做到这两点是不容易的，既要克服主观主义，又要割弃现代迷信和个人崇拜。但，做不到呢，对于百花齐放、百家争鸣来说，却是一个很大的障碍。试问，在"一失言成千古恨"的情况下，谁还敢放？谁还敢鸣？

一九五六年十一月

刺在哪里？

一

刘绍棠同志在《北京文艺》四月号和《文艺学习》五月号发表的两篇文章，[①]引起我很多感想。尽管刘绍棠同志的某些论点是我所不能同意的，我觉得，他对某些问题的看法是失诸片面的，是不够准确的；但是我不能不承认，他这两篇文章对当前的文艺现象提出了一个非常值得注意的问题。

是的，我国文学界在解放以来取得了光辉的成就，出了一些好书，涌现了一批新人。如果说，我们不是前进了一步，反而是倒退了一步，这恐怕是不公允的。但，大家也都感觉到，我们今天的文学作品还不够有生气，不够有力量，还不能充分反映出现实生活的真实面貌，真正富有艺术魅力，真正能够激动人心的作品还不多见。究竟问题在哪里，原因在哪里呢？刘绍棠同志的文章，就试图就这个问题作一番分析和探讨。不管他的努力能否获得预期的成绩，这样的分析和探讨还是有益的、必要的。

西蒙诺夫在谈论苏联文学界的现状时曾说过这样的一段话："不管木刺埋在肉里多么深，为了不致使它溃烂，就必须把它拔出来。虽然这样会触痛许多人的自尊心，但为了我国文学的利益、读者的利益、社会主义的利益，我们必须这样做。"[②]我想，这段语重心长的话，对于我们来说，也是可以适用的。因为我们的肉里也埋着一根刺，这根刺埋得那么久，那么深，有些人甚至习以为常，几乎感不到痛苦了。这刺，就是教条主义、宗派主义给我们带来的

---

① 指《北京文艺》一九五七年四月号《现实主义在社会主义时代的发展》和《文艺学习》一九五七年五月号《我对当前文艺问题的一些浅见》。

② 见《学习译丛》一九五七年第三号西蒙诺夫的《谈谈文学》。

危害性。

毋庸讳言，我们人民文学艺术事业的内部是存在着若干矛盾的。而其中最主要的矛盾，并非如同有些同志所想象的，仅仅是编辑和作家之间的矛盾，或者是青年作家和老作家之间的矛盾，或者是党员作家和非党作家之间的矛盾，而是教条主义、宗派主义在我们之间所造成的一种极其广泛而深刻的矛盾。这种矛盾，不仅存在于编辑和作家之间，同时也存在于编辑和编辑之间，作家和作家之间；不仅存在于青年作家和老作家之间，同时也存在于青年作家彼此之间和老作家彼此之间；不仅存在于党员作家和非党作家之间，同时也存在于党员作家彼此之间和非党作家彼此之间。

现在提出反教条主义、反宗派主义的口号，大概是谁都不会反对的。但，最近一个时期，教条主义似乎一下子都销声匿迹了，连过去最坚持教条主义的人也都大声疾呼要反对教条主义了，教条主义的壁垒就变成了一个"无物之阵"。因此，一些反教条主义的言论，大都是从抽象到抽象，以"教条主义"反教条主义。怪不得有人说，直到今天为止，盖子还没有揭开，扣子也还没有解开。

首先必须揭开盖子，才能解开扣子。首先必须找到刺在哪里，才能把刺拔出来。

二

为了揭开盖子，我们就不能不谈到一些具体事实。我们大家都很忙，人一忙，总是容易健忘的。我们不必再去回忆三五年前，甚至一两年前的往事，只要回顾一下今年春天以来文艺界所发生的重大事件，就足够引人深思了。

自从今年一月七日《人民日报》发表了陈其通等四位同志《我们对目前文艺工作的几点意见》以后，有一股教条主义、宗派主义的"寒流"弥漫了全国各地。揭露我们现实生活中的缺点和错误的杂文受到无情的非难，《组织部新来的青年人》遭到残酷的"围剿"，四川以一个月内连续发表几十篇批评文字的"集中火力"来轰击《草木篇》，广东一连召开了几天座谈会"检查工作"，对周钢鸣的《创作的解放》、周围的《老油条》和黄谷柳的《跟接班人在一起》分别扣上"投降主义""无政府主义"和"资产阶级人性论"等大帽子（自然，上述这些作品并不是没有可批评之处，但要把它们一棍子打死，这无论如何是使不得的）。假如毛主席在最高国务会议的讲话稍稍晚发表一两个星期，我们相信，大概还可以看到更多的不寻常的"好戏"。这股教条主义、宗派主义的"寒流"造成一种极其可怕的气氛：凡是批评生活中阴暗的、不健康的，甚至是畸形的东西的文章，凡是描写人民群众的困难和疾苦的作品，不管其动机如何，效果如何，大都被不公正地指责为"歪曲现实，诋毁生活，诽谤社会主义制度"，有时甚至给作者加上一条莫须有的罪名，硬说他们是在有意识地进行"反党反人民"的勾当。北京《中国青年报》讨论《组织部新来的青年人》时，给到会者分发了油印的王实味的《野百合花》作为参考资料；广东讨论《跟接班人在一起》时，有一位同志建议大家不妨先去看看《魔鬼集团》那部影片，以资对照，因为《魔鬼集团》中的反革命分子也如同《跟接班人在一起》的作者一样，是提倡人们要互相信赖的；四川批评《草木篇》时，也有人联系到作者的政治、历史和家庭情况，甚至说作者是"站在已被消灭的阶级的立场，与人民为敌"，逼得作者几乎想去自杀。

在这种可怕的气氛底下，有为数不少的作家会在精神上感到极度的不安。他们不愿意昧着良心去粉饰现实，可是又不能真实地去描写生活；他们不忍在人民的困难和疾苦面前闭上眼睛，可是又不得不对震动自己良心的事件保持缄默。毫无疑问，任何一个革命作家对于我们的社会主义制度都是衷心拥护的，对于我们的光辉灿烂的远景都是充满着信心的。正因为如此，他更不能容忍那些妨碍着我们革命事业的绊脚石，那些玷污了我们美好生活的灰尘。他之所以急于想干预生活、揭露生活中的阴暗面，正为的是要引起疗救的注意，教育人民群众对缺点和错误正确地进行斗争，借以改进我们的工作。可惜这种正当的愿望并不是时常都能够实现。有一位党员老作家慨乎言之地说："是否可以容许我们出版一些不公开发行的'内部参考小说'呢？"有一位青年作家在自己的小说集的后记中写道："……我觉得（自己的作品）最致命的弱点，是写实性很差。我们的运河故乡，是一块多灾多难和多事的土地，而我的小说，却常常是对故乡的孩子气的安慰。"这两位作家的自白揭示了今天我们创作生活中真正的苦闷。大家都知道，一个作家最大的痛苦，是在于不能清清楚楚、毫不含糊地写下自己心里的话，而在自己想要说的话和别人认为他应该说的话之间作一种折中和妥协。

在讨论我们文学界的现状时，许多同志都为目前文学作品的思想水平和艺术水平的低落担忧。这是无可争辩的事实，我们的文坛充斥着不少平庸的、灰色的、公式化、概念化的作品。有人把造成这种情况的原因归咎于作家不深入生活，不熟悉工农兵，作家的思想感情不对头，作家的艺术技巧不够熟练或对文学的特点认识不足；也有人比较倾向于强调客观的原因，认为我们的社会变化得非常急剧，作家不容易抓住时代的气息和人物的精神面貌。这种种说法都有一定的理由。文学创作之所以不够繁荣，公式化概念化的作品之所以大量产生，确实是由多方面的原因造成的，任何片面的解释都是不完全符合实际情况的。但是，就目前的情况来看，我以为，教条主义理论指导思想对于创作的桎梏，强使作家接受一种认为文学作品只应歌颂光明面、不应揭露阴暗面（或者换一种说法：只谈成绩，不谈困难和弱点）的观点，粉饰现实的作品受到不应有的赞扬，真实地反映生活的作品受到不应有的责难和打击，仍然是问题的症结所在。我们的作品回避了严峻的生活真实，仅仅满足于表面的歌颂和空虚的赞美，而有意掩饰我们在斗争和成长中的困难和痛苦，这样的作品自然显示不出生活中实际存在着的矛盾和冲突，显示不出我们人民艰苦奋斗的革命精神和英雄气概，因而也就变得苍白无力，不能感动读者。

教条主义者有一种奇怪的想法：他们认为，只要我们的文学作品一致地和不间断地宣传人民的生活是幸福的、富裕的，各级领导干部都是绝对正确、永远不会犯错误的，那么，我们就真正会幸福和富裕起来，人民内部的矛盾就会无形中消弭。教条主义者完全不理解，也不想去理解，历史总是在矛盾中发展的，我们的胜利和成绩总是要在解决矛盾的过程中取得的。他们不敢去揭露矛盾，解决矛盾，而只是力图掩盖矛盾，否认矛盾，而且他们相信，这样做是为保卫社会主义事业所必需的。因此，他们在心理状态上几乎形成了一种"条件反射"，一碰到不符合这种要求的作品（也就是比较真实地揭露人民内部矛盾的作品），就"义愤"填膺，怒发冲冠，不加分析地加以斥责；甚至怀疑作者是别有用心，蓄意诽谤，敌视我们的社会制度。前些时候，《南方日报》发表了一篇小品文，批评广州市有一条马路经过一再返工，还未修好。①有些领导同志就"神经过敏"起来，说这篇小品文的作者实际上是讽刺广东省委的小汽车太多，压坏了马路，他的动机如何是值得"研究"的。试想想看，一篇小品文尚且会引起这样毫无根据的猜疑，我们的作家还怎样能够真实地描写人民内部的矛盾，放胆地干预生活呢？

我认为，教条主义对文学创作最主要的有害影响，就表现在提倡粉饰现实、反对真实地反映生活这个问题上面。自然，教条主义者制订出来的清规戒律所造成的对于文学事业的严重恶果，绝不仅限于这一点。

三

无论是在文艺工作的领域里也好，或者是在其他实际工作的领域里也好，教条主义和官僚主义总是相互依存、相互为用的。教条主义如果没有得到官僚主义的"权威"的支持，绝不可能起着绝对的支配一切的影响；官僚主义如果缺少教条主义这道可悲的"护身符"，也不可能进行完全脱离实际的"原则领导"。

空说无凭，试举一例。不久以前，某省省委的文教部部长曾在一个大会上作报告，斥责一篇小说传播无政府主义思想，否定党的领导，错误地颂扬了一个无组织无纪律的人物，把这篇小说抨击得体无完肤。但，事后他又在另一个会议上公开承认，他根本没有读过这篇小说，他对这篇小说的全部意见，只是根据下面一个干部向他口头汇报了这篇小说的故事梗概和主题思想，而忽然想到了的。

这位部长的官僚主义、教条主义固然严重得可怕，然而他的自我批评精神倒是坦率得可爱的。其实，和他一样，有不少领导干部都以非常轻率、粗暴、简单化的态度来对待文艺创作，往往没有仔细读过全文就抓住一点加以"口诛笔伐"，或者用政策硬套，或者断章取义，扣大帽子，或者凭印象，凭一时"灵感"，就给作品和作者作了末日裁判式的结论。从前有见识的古人，

---

① 见一九五七年一月八日《南方日报》《热风》副刊吴驰的《星期六小记》。

尚且认为科举制度是"分高下于一日之短长，定优劣于一夫之去取"，并无公允之可言。但，时至今日，我们的一部小说、一出戏，甚至一个剧种和一个作家的命运，也往往取决于某一位部长、局长或处长点头或摇头之间。难道这是合理的么？

更严重的是，指导某一个地区、某一个时期整个文艺创作活动的方针政策，也常常是在这种"忽然想到"的情况下产生出来的。某省的文艺刊物在去年下半年刊登反映"农业高级合作化"的作品较少，就被领导上指责为"迷失方向"，犯了原则性的错误。在这种"自上而下"的压力下，刊物编辑部马上登启事征求反映"农业高级合作化"的稿子，只要收到反映"农业高级合作化"的稿子，不管是粗制滥造的也好，公式化概念化的也好，将会优先刊登，而把其他题材的作品抛在一边。试问这种做法，和党中央所提出的百花齐放、百家争鸣的政策，又有何共通之处呢？

教条主义，是古今中外都有的。就是在我们这个最美好的时代里，它仍然显示出可怕的威力。有时候，它仿佛已经浸润在我们某些人的精神中，牢不可破。问题在于，我们的教条主义是依靠行政命令的方式去推行的，是得到官僚主义的"权威"热心支持的，而且总是披上了马列主义的外衣的。它总是自居为"正统"，为"主流"，为"党的化身"，而指斥别人为无产阶级的异己分子。这几乎有点像中世纪的宗教一样，谁要是不跟着神甫祈祷和做礼拜，就势必被目为异端邪说。

假如我们明白了这一点，就不会把反教条主义的斗争看得太"轻而易举"了。我们必须有足够的思想准备。这是一场长期的、艰巨的、复杂而微妙的斗争。

四

最后，我还想谈谈宗派主义。

在思想上的教条主义，在实际行动中就往往容易倾向于宗派主义。宗派主义对于我们文学界的危害，是有悠久的历史根源的。我们应该痛苦地承认，宗派主义不仅妨碍了党员作家和非党作家的团结，而且也妨碍了这一部分党员作家和那一部分党员作家之间的团结。文学界的情况和其他各界的情况稍稍有点不同，党员作家和非党作家相比较，不是占少数而是占多数。如果党内团结有缺点，就更难消除党内和党外的隔膜。有同志说："在党内是墙内有墙，在党外则是墙外有墙。"①这句话正是切中时弊，值得令人深思的。

我不打算在这里列举更多的具体事实，因为这样做对于促进团结并无多大好处。凡是稍稍知道我们文学界内部情况的同志都不能不承认，这些年来，有多少有才华、有声望的作家把他们的时间和精力消磨在无原则的纠纷中，又有多少人的智慧和良心在这些无原则的纠纷中给蒙上了一层薄薄的阴影。

是时候了，是结束这一切于人生毫无价值的痛苦的时候了，是除去这一切"制造并赏玩痛苦的昏迷和强暴"的时候了。如果我们有决心使自己和别人团结无间，把全部力量都贡献于为社会主义建设胜利完成而进行的创作劳动，就必须丢下教条主义的棍棒，必须拆去内内外外的墙，必须拔掉长在自己身上的像豪猪一般的刺。

一九五七年五月

---

① 见一九五七年五月七日上海《新民报》晚刊。

"万不要忘记它是艺术"及其他

鲁迅先生很少写系统的、长篇大论的文艺理论文章。他对文艺问题的许多非常精辟的见解，都散见于他的杂文、书信和日记中，他给自己和别人的著作所写的序和跋中，看来好像很零碎，其中却有不少金玉良言。最近我读了鲁迅先生的一些文艺书信，得到很多教益，特别是他在一九三五年六月十六日写给木刻家李桦同志的一封信①，更是足以发人深省，引人深思，到今天对于我们仍然有深刻的教育意义。

这封不到一千三百字的短信，主要谈的是木刻创作问题，但其中有些道理对于任何一种形式的文艺创作都是同样适用的，例如信中有一段话说：

> 木刻是一种作某用的工具，是不错的，但万不要忘记它是艺术。它之所以是工具，就因为它是艺术的缘故。斧是木匠的工具，但也要它锋利，如果不锋利，则斧形虽存，即非工具，但有人仍称之为斧，看作工具，那是因为他自己并非木匠，不知作工之故。五六年前，在文学上曾有此类争论，现在却移到木刻上去了（着重点是原有的。——引者注）。

这一段话，特点是"万不要忘记它是艺术。它之所以是工具，就因为它是艺术的缘故"。这两句话，十分重要。在我们看来，文艺当然是一种工具，是进行阶级斗争的工具，也是教育人民群众的工具，可是它必须按照自己的特点来服务于阶级斗争，来教育人民群众；也就是说，它必须具有打动人心的艺

---

① 《鲁迅全集》第十卷，第258—260页。

术感染力量,才能充分发挥它的战斗作用和教育作用。缺乏艺术感染力量的作品,就如同徒具形式而没有锋芒的斧子一样,是派不上什么用场的。鲁迅先生在这里能就近取譬地劝告革命的文艺工作者们,既然要运用文艺这一工具去做革命工作,去进行战斗,就必须先利其器,必须注意艺术技巧的提高。不管政治方向是否对头,单纯追求艺术形式的完美,自然是危险的;只求政治内容没有错误,根本不讲究艺术性,违反艺术规律,忽视艺术特点,也无法很好地完成任务。早在二十多年前,鲁迅先生就已经看到这一点了。所以在这封信的结尾处,他再一次语重心长地提出警告:

> ……中国自然最需要刻人物或故事,但我看木刻成绩,这一门却最坏,这就因为蔑视技术,缺少基础工夫之故,这样下去,木刻的发展倒要受害的(着重点为笔者所加。——引者注)。

蔑视技术,缺少基础工夫,无论对于哪一种文艺形式的发展,都是极其不利的,又何止木刻为然呢?譬如演京戏吧,缺少基础工夫的演员,演文戏连手脚都放得不是地方,演武戏又有失手丢掉刀枪的危险,要想博得观众喝彩,岂不是戞戞乎其难哉!

在这封信中,鲁迅先生对于艺术品的质量问题、题材多样化问题,也提出了很好的意见,他写道:

> 《现代木刻》的缺点,我以为选得欠精,但这或者和出得太多有关系。还有,是题材的范围太狭。譬如静物,现在有些作家也反对的,但其实是那"物"就大可以变革。枪刀锄斧,都可以作静物刻,草根树皮,也可以作静物刻,则神采就和古之静物,大不相同了。

选得欠精,出得太多,就必然会助长粗制滥造,降低艺术质量,鲁迅先生历来都反对这种做法。他对自己要求得尤其严格。他在给《译文》投稿时,单是选材料，就每月要想好几天。①可见选择之严，用功之苦。至于鼓励题材和风格的多样化，更是他一贯的主张。在给另一位木刻家段干青的信中，他非常强调"木刻的题材……还该取得广大"，因为"中国现在的工农们，其实是像孩子一样，喜新好异的"。②他是多么深刻地理解到人民群众对于题材多样化如饥似渴的要求啊！他还劝告过木刻家罗清桢教徒弟时，"题材应听其十分自由选择，风景静物，虫鱼，即一花一叶均可……不可开手即好大喜功，必欲作品中含有深意，于观者发生效力。倘如此，即有勉强制作，画不达意，徒存轮廓，而无力量之弊，结果必会与希望相反的"③。这些话，又是说得多么中肯啊！至于他自己，更绝不因个人的偏嗜而排斥某些题材和风格，他颇欣赏赖少其的"倾向于印象方面"的情调，也鼓励李桦发扬"明人色彩"。关于题材问题和风格问题的任何清规戒律，他从来都是不赞成的。

鲁迅先生的文艺思想非常博大精深，这封短信所涉及的只不过是"沧海之一粟"。尽管如此，我还是希望大家都来读一下这封短信，因为它很有助于我们正确地认识和解决当前文艺工作中的一些关键性的问题。

一九六一年十月

---

① 见《给王冶秋的信之三》，《鲁迅全集》第十卷，第286页。
② 《鲁迅全集》第十卷，第270页。
③ 《鲁迅全集》第十卷，第154页。

谈谈注释

文学书籍的注释工作，是一项极其重要的普及工作。

最近读了范文澜同志注释的《文心雕龙》和郭绍虞同志校释的《沧浪诗话》，深感到这两部古典文艺理论专著的注释工作做得十分出色。他们的注释工作有两个特色：一则是，不仅对篇中难懂的词句、典故一一详加注解，而且把历代与本文有关的文字都附在篇末，给予读者以很大的方便；再则是，注释者抱着严肃负责的态度，一丝不苟，知之为知之，不知为不知，比如范注的《文心雕龙》，有几个地方就声明"未详其义"，存疑待考。此外如马茂元同志选注《唐诗选》的注释工作也做得相当不错，尽管书中有若干条注解尚不无可议之处，比如注释者把白居易《问刘十九》一诗中的"刘十九"当作刘禹锡，这是不对的。但总的来说，这是一部很好的选本，书中除注解外，还附有对每个诗人简单的评传，足供读者进行初步研究的参考。

当然，也有些古典文学书籍的注释工作还未能做到十分理想。比方说，《古文观止》和《唐诗三百首》，可以算是我国古典散文和古典诗歌最普及的选本，但，直到今天为止，我们还没有看到附有完善的注释的版本。《儒林外史》是一本流传很广的小说，书中有关科举制度和官职名称的注解，也还是不够详尽和准确的，后来历史学家翦伯赞同志有鉴于此，特地写了一篇《释〈儒林外史〉中提到的科举活动和官职名称》的长文，才填补了这个空白。近来出版了一些清代人注释的古代名家诗文集，这些注释有的还是很有用的，但也有的仅仅注明某些语词的来历出处，对读者了解和欣赏原文并没有什么帮助。比如杜牧有一句诗"春半南阳西"，注释者就注上"张若虚诗：'可怜春半不还家'"。"春半"就是春天过了一半，这是谁都懂得的，可是这两个"春半"又有什么关系，硬要扯在一起呢？这样的注释，岂不是等于不注。

不但古典文学书籍需要注释，就是现代文学书籍，凡是有可能为读者所不易了解的地方，也需要作一些注释。年前我读《山乡巨变》（初版本），看到这样一句话："她仗着有几分墨水，嫁给一个黑脚杆子，总以为是埋没了人才。"乍一看，我以为这"墨水"应当作"文化"解。后来细读下去，不对。因为这句话所说的那位张桂贞姑娘，斗大的字也不认识一升，连在离婚申请书上签个名也不会，怎能说有几分墨水呢？我根据上下文琢磨了半天，还请教了一位湖南人，才知道"墨水"原来是"姿色"的意思。假如出版者对这个词儿加以注释，岂不是方便得多吗？此外，如《三家巷》里的一些广东方言，外省读者也不易了解。书中有一个反面人物叫"林开泰"，那"开泰"二字，用四邑话念，就是"契弟"的谐音。广东人管"兔崽子"叫"契弟"，是一句骂人语。若是不加注释，外省读者就很难懂得这两个字的涵义了。对方言的注释，李劼人同志的《大波》一书是做得比较好的，注中不但说明某些方言的意义，而且详细考其语源，使读者增加不少知识。

自然，注释工作是吃力而不容易讨好的工作，这需要有广博的知识和刻苦钻研的精神。有时为了一条短短的几十个字的注解，就得翻好些书，做好些考证工夫。《诗经·邶风》中有一句："鱼网之设，鸿则离之。"闻一多先生考证出这个"鸿"字是"苦垄"的合音，应当作"蛤蟆"解，这条注解就不知道费了多少心血。元好问也曾慨乎言之："诗家总爱西昆好，独恨无人作郑笺。"但，为了满足广大读者的需求，为了普及古典文学作品和理论著述，我们文学界和出版界应当有一些"无名英雄"，认真做好文学书籍的注释工作。

一九六二年十一月

心有余悸与心有余毒

毋庸讳言，直到今天为止，我们文艺界有些同志还是心有余悸的。在他们的心目中，这也是"禁区"，那也是"禁区"，这也不敢写，那也不敢写。常常有这样的情况：一篇内容相当精彩的座谈会发言稿，发表之前，经过发言者本人作了"重大"的修改，再经过编辑同志作了些"文字上"的加工，就被改得棱角磨光、股（八股）气十足了。归根结底，无非因为有一个"怕"字在作怪。

十多年来，在林彪、"四人帮"文化专制主义的统治下，"帽子""棍子"满天飞，"文字狱"层出不穷，造成摇笔杆子的人提心吊胆、人人自危的精神状态，这是不难理解的。但，"四人帮"已经被打倒将近两年了，为什么还有人心有余悸呢？有人认为，这是因为心有余悸的同志同时心有余毒，自己脑子里还有不少"四人帮"的清规戒律，因此战战兢兢，迈不开步子。这话当然不无道理。但是，我以为这恐怕和另外还有一些人心有余毒有关，和心有余悸的人害怕心有余毒的人加以这样或那样的非难和责备，而某些心有余毒的人也利用心有余悸的人的软弱性继续"放毒"吓人，制造紧张局势有关。这样，某些人心中的余悸就很难彻底消除了。

一般地说，大多数心有余毒的人跟"四人帮"在组织上并没有什么牵连，更说不上是"四人帮"的死党和余党，但是他们的思想本来就有不少唯心主义、形而上学的东西，加以中毒太深，消毒又不彻底，所以在他们的头脑中，"四人帮"那些条条框框还在继续作祟，甚至形成"条件反射"。或者由于他们在林彪和"四人帮"横行的时期获得了某些本来不应当得到的权利和地位，因而在思想感情上一时不容易转过弯来。他们常常戴着"四人帮"的有色眼镜来"鉴别"今天的文艺作品。在他们看来，某一篇作品，写到了我们现实生活中一些不合理、不正常、不愉快的现象，那就是"揭露了社会主义社会的阴暗面"了；某一篇作品写到了我们革命历程中一些曲折复杂的情况，那就是给"无产阶级革命的历史抹黑"。这样推论下去，文艺创作中的"禁区"当然不可能破除，某些同志心中的余悸也很难克服，要想真正贯彻百花齐放、百家争鸣的方针，就真是有点"难矣哉"了。

其实，我们鉴别文艺作品的政治标准是十分明确的，那就是毛主席提出的辨别"香花"和"毒草"的六条标准。只有违反这六条标准的才是"毒草"，或者是错误的作品。题材是不能完全说明问题的。决定一部文艺作品的思想意义和艺术价值的，毕竟不仅在于它写什么，更主要的还是在于它怎么写。比方说，话剧《丹心谱》，短篇小说《献身》《伤痕》不是也写到了我们现实生活中某些不合理、不正常、不愉快的现象么？话剧《曙光》，不是也写到了我们革命历程中某些曲折复杂的情况么？但是它们同时也写到了革命势力战胜了反动势力，正确路线战胜了错误路线，因而它们所起的作用是鼓舞人们的革命斗志，而不是散布失败主义的情绪。难道可以说，这样的作品是违反六条标准的毒草么？

基于以上的想法，更出于斗争的需要，我们奉劝那些心有余悸的同志们，首先消除余毒，消除顾虑，解放思想，粉碎精神枷锁，同时，也坚决抵制余毒，拿起笔来写现实生活中那些有教育意义的激动人心的矛盾冲突，写类似《丹心谱》《献身》《伤痕》和《曙光》……之类的作品。一千多年前，古希腊有一位聪明的奴隶伊索在他那篇有名的《磨坊主人、他的儿子和他们的驴》的寓言中告诉过我们一个有益的教训："走自己应当走的、无损于人的道路，对别人的话要头脑冷静地加以分析。"今天干扰着我们的艺术构思、使我们心有余悸的，难道不正是"四人帮"遗留下来的条条框框和这一类不负责任的流言蜚语么？

当然，要彻底消除某些人心中的余悸，还需要有一定的组织措施和法制措施。比方说，要健全社会主义法制，要充分发扬社会主义民主，要实行"三不"主义。对于过去批判错了的人和事，要在适当的情况下作出公平的、实事求是的判断。就是对于过去批判对了的人和事，也要看看这个犯了错误的人的全部历史和全部工作，不能只因为说错了一句话，或者做错了一件事，就给他作出全面的政治结论，并且以此来决定他的终身命运。该全部平反昭雪的就全部平反昭雪，该局部纠正的就局部纠正。有了这些保证，余悸自然就会逐步消除，而余毒也会逐步肃清。那时候，心有余毒的人甚至会反过来怕那些心无余悸而敢于挺身而出坚决与余毒作斗争的人。只要绝大多数同志都心无余悸又心无余毒，文艺创作的繁荣就将指日可待，而一个生动活泼的政治局面也必将出现。

一九七八年八月

杂文应当复活

　　几个月前读到一篇文章，它指出：自从"四人帮"被打倒后，文艺领域的许多禁区都被作家们虽然缓慢却是一个又一个地陆续突破了，但是有一个禁区，至今尚未被突破，无人问津，那就是杂文创作。

　　作者认为，杂文本来是一种极其锐利的文艺形式，鲁迅当年运用它时，曾被称誉为"匕首和投枪"，可见其具有巨大的社会效能。但是在我们的文艺领域里，杂文却仿佛是一剂烈性毒药，一团炽热的火球，谁一碰上它，生命（至少是政治生命）必将毁于一旦。因此，当人们提起这一文艺形式时，眼前总是浮现一些令人战栗的斑斑血痕泪影，禁不住心有余悸，欲说还休。

　　值得我们庆幸的是，这位热心肠的作者并没有言中。杂文创作这个禁区，不久前也被突破了。《人民文学》八月号一开卷就以十二面的篇幅刊载了一个杂文专辑，包括五篇不同样式、不同题材的杂文。其他报刊发表的杂文也一天天多起来了。销声匿迹已久的杂文终于复活了。

　　长期以来，有些同志错误地认为，毛泽东同志是不太喜欢杂文这种文艺形式的，至少是不赞成用杂文这种文艺形式来批评和讽刺人民内部的错误和缺点——例如官僚主义、特权思想、形而上学、教条主义等等的。其实这完全是误解。毛泽东同志明明这样说过："我们是否废除讽刺？不是的，讽刺是永远需要的。但是有几种讽刺：有对付敌人的，有对付同盟者的，有对付自己队伍的，态度各有不同。"毛泽东同志这段话，丝毫也没有反对运用杂文这种文艺形式来批评和讽刺人民内部的错误和缺点的意思，当然更不会反对运用杂文这种文艺形式来揭露和抨击敌人的种种罪恶。他自己的不少文章和讲演就是富有杂文的风味的。当前，我们首先应当揭露和抨击的，就是林彪、"四人帮"制造现代迷信、破坏社会主义建设、迫害广大干部和群众的罪行。在这场伟大而严肃的斗争中，小说、诗歌、戏剧、电影、绘画……种种文艺形式都可以运用，毫无疑问，杂文更应当充分发挥它的"匕首和投枪"的功能。例如，《人民文学》八月号发表的《"上纲法"》，就是一把锋利的匕首，把林彪、"四人帮"及其追随者制造"文字狱"的卑鄙手法全都揭露无遗了。而同期发表的那一篇《公仆还是老爷》，不正是尖锐地批评了我们有些干部的特权思想么？可见两者可以并行而不悖。

既然讽刺"永远需要"，那么，杂文可以复活，也应当复活！杂文可以用来揭露和抨击敌人的罪恶，同时也可以用来批评和讽刺人民内部的错误和缺点以及一些不利于人民的歪风邪气。只要作者本着对党、对人民、对国家负责的精神，不违反必须坚持的四项基本原则，就让他们放手去写吧！至于种种强加于作者身上的条条框框，例如什么样的题材可以写，什么样的题材不能写，什么样的表现手法可以运用，什么样的表现手法不能运用等等，通通都没有理由存在，应予取消。顺便说一句，这一条原则应当同样适用于相声和漫画。

一九七九年九月

借古讽今辩

曾经有过一个时期，甚至早在"文化大革命"前好几年，凡是写历史题材的文艺作品，不论是小说也好，戏剧也好，甚至短短一篇故事也好，几乎无一幸免地被加上"借古讽今"的罪名，不是说这是为某某人翻案的，就是说这是为某一错误路线树碑立传的。例如陈翔鹤的《陶渊明写〈挽歌〉》，就硬是被诬陷为影射庐山会议，为彭德怀同志翻案。因此，作者就是别有用心地"借古讽今"，"矛头直指……"，"恶毒攻击……"，罪该万死！而且凡是称赞过这篇小说的，也都有"同谋犯"之嫌。诸如此类的文字狱，俯拾皆是，不胜枚举。就连我这样一个卑微的小人物，也是"曾经此苦"的。

是否"借古讽今"，就一定罪该万死呢？我看也未必。严格地说，不管作者自觉还是不自觉，凡是写历史题材，在不同程度、不同角度上总会起点"借古讽今"的作用。不但历史小说、历史剧、历史故事如此，就连历史书本身也并不例外。北宋史学家司马光不是编纂过一部《资治通鉴》么？既名之曰"资治"，就是说要供皇帝治国平天下参考之用。参考什么呢？无非是想从前代兴衰治乱的史实中吸取一些经验和教训吧。说得坦率一点，也就是"借古讽今"。既然司马光编纂《资治通鉴》还可以"借古讽今"，他不但没有因此获罪，反而受到宋神宗大加赏识，御赐书名为《资治通鉴》。那么，我们今天写历史，写历史题材的文艺作品，又为什么不可以"借古讽今"呢？只要讽得恰当，有借鉴作用，有教育意义，"前事不忘，后事之师也"，不是也挺好么？

当然，所谓"借古讽今"，不是搞影射史学。就以《陶渊明写〈挽歌〉》和《广陵散》为例，作者推崇陶渊明而鄙薄慧远和尚，同情嵇康、向秀而谴责钟会、司马昭，一褒一贬之间，这就自然会对今天的社会现实生活有所讽喻。读者似乎也不必胶柱鼓瑟，刻舟求剑，去考证、追究陶渊明、嵇康、向秀是影射什么人？慧远和尚、钟会、司马昭又是影射什么人？否则每一个古人在今人当中都有那么一个"影子"，那就未免有点"可怕"了。"四人帮"是挖空心思去搞影射史学的，在这一点上，我们倒不必"以其人之道还治其人之身"。比方说，有人认为历史剧《大风歌》中的吕后指的就是江青，我们不能禁止观众有这样的联想，但是也不必提倡人们一定去作这样的比拟。

总之，写历史小说、历史剧、历史故事，甚至写历史书，既然要古为今用，就总免不了有点"借古讽今"的意思。不过，这个"讽"，倒不一定专门去"讽"某一个人，有时是"讽"某一类型的人，有时是"讽"那么一种作风、那么一种行径、那么一种品质、那么一种思想。在这些方面，今人和古人倒是可能有不少相似之处的。记得一九五六年文痞姚文元在上海举行婚礼时，姚蓬子兴冲冲地跑来作新翁，姚文元为了表示跟他这位叛徒父亲划清界限，把新翁"干"在一旁，不予理睬，后来姚蓬子只好灰溜溜地退席了。当时就有人深有所感地说："这真是吴起杀妻求将啊！"[1]这倒是很俏皮的"借古讽今"的话。姚文元热衷名利之心不下于吴起，因此故作"大义灭亲"之态，这一点是颇有点相似的。但是他背地里又跟姚蓬子密来密往，省定晨昏，俨然是个孝子。甚至把自己的孩子寄养在爷爷姚蓬子的家中，又何尝有什么"大义灭亲"的表现。所以这句"借古讽今"的话，也仅仅说对了一半，"求将"是真的，"杀妻"只不过是虚晃一刀罢了。看来这位说俏皮话的仁兄也像大多数"中国之君子"一样，"明于礼义而陋于知人心"[2]。当然，像姚文元那样老奸巨猾的两面派，他的心本来就是十分难测的。光看他明的一套，不看他暗的一套，非受骗上当不可。"借古讽今"之所以很不容易，因为今人的阴谋诡计，往往比之古人还要"复杂"得多。

一九七九年九月

———————

① 春秋时齐人攻鲁，鲁欲用吴起为将。因起妻是齐人，鲁人对他不放心。起遂杀妻，表示自己绝对不会里通齐国。鲁人因以起为将。

② 这句话出于《庄子·田子方》，据说是楚人温伯雪子批评孔子的弟子时说的，也有可能是庄子虚构出来的话。

文艺立法刻不容缓

去年五月，我在《作品》杂志上发表过一篇题为《文艺法庭刍议》的短文，这虽属游戏文章，但也是有感而作的。因为我深切地感到，由于文艺工作无法可依，致使不论作者还是做具体工作的部门（包括电影制片厂、剧团、出版社、杂志编辑部等等）都有无所适从、动辄得咎的苦处。

一年零四个月过去了，情况变化不大，至今依然如故。空说无凭，试举数例：

例一：今年五月间，北京各电影院放映新片《今夜星光灿烂》，有些电影院已经放映过一两场了，突然各电影院门前都贴出布告，略谓：奉上级通知，此片暂停放映，请观众原谅，云云。后来经过剪掉一些镜头，影片终于公开放映了。我有幸看过未剪掉的和经过剪掉的两种版本，老实说，所剪掉的镜头大都是无关宏旨的，假如这部影片是"毒草"，剪掉这么几个镜头，也无助于彻底"消毒"；假如本来就没有什么"毒"，又何必小题大做，多此一举呢？

例二：《河北文学》今年第八期印完十万册，目录已经见报，正待发行。省里有关领导部门突然决定这一期上的短篇小说《省委第一书记》停发，换稿重印。

例三：某地文艺出版社要出版一部长篇小说，几经周折，由出版社决审定稿，终于发排付印了。不知怎的，大概又是奉到上级通知吧，出版部门突然下令停印。究竟出版不出版，至今尚未作出最后决定。

类似的例子还有很多，限于篇幅，就不必一一列举了。假如我们有一部"文艺法"，照章办事，这一类"意外事故"是可以避免的，至少可以大大减少。

我想，是否可以尽快颁布一部"文艺法"，明确规定：影片的决审权属于电影制片厂，剧本的决审权属于剧院和剧团，文学作品的决审权属于出版社和杂志编辑部……其余照此类推。如上级有关领导部门发现某些作品的内容确实是：一、严重违反国家的政策和法令；二、泄露党和国家的机密；三、明显地诲淫诲盗，或有碍于安定团结……当然可以立即下令禁演或禁止出版发行。除此之外，大可以先让这些作品和观众读者见面，然后发扬民主，开展自由讨论，让人家评议。如果这些作品确实有严重的错误和缺点，是不会轻易瞒得过人民群众的眼睛的，这总比用行政命令加以禁演或者禁止出版发行要好得多。而且通过讨论，对于提高作者、读者和观众的政治思想水平，都大有好处。即便一时得不出结论，也不要紧。文艺作品的社会效果是必须注意的，但是也不宜估计得过于严重。"一言可以兴邦，一言可以丧邦"，事实上不可能这么"立竿见影"。还是廖沫沙同志说得对："若道文章皆祸水，兴亡何必动吴钩？"

目前文艺领导体制确实存在不少缺陷和弊端，关键所在，还是要尽快进行文艺立法，明确规定决审权在哪一级。一经决审，就可以公开演出和出版发行。出了点问题，总结经验，改正错误就是。除非触犯了上述"约法三章"，否则有关领导部门最好不要随便横加干涉，乱下禁令。

一九八〇年七月

新春三愿

——谈百家争鸣的前提

近几个月来，在文艺领域内展开了好几个方面的讨论，例如关于现代派和现代主义的讨论，关于人道主义和人性论问题的讨论，关于题材有无大小差别的讨论，关于徐敬亚同志的文章《崛起的诗群》所引起的讨论，关于塑造社会主义新人问题的讨论，以及对某一篇作品或某一位作家的创作倾向的讨论……争鸣之风甚盛，这是非常可喜的势头。当然，其中有好些问题仅仅开了一个头，争论的双方都没有畅所欲言，还有作进一步认真研究、深入探讨的必要。

要真正开展百家争鸣，必须创造有利于争鸣的条件和气氛。

首先，讨论应当是民主的、平等的。参加讨论者人人都应当有发言权，都应当允许他们充分各抒己见，在真理面前人人平等。不能因发言者地位、身份之高低而有所轩轾，位高者一言重于九鼎，位卑者千言轻于鸿毛，甚至一锤定音，不让别人有争议的余地。要提倡群言堂，反对一言堂。近年来有少数几次讨论，要么就一哄而起，群起而攻之；要么就一面倒，未争论而胜负已定。这种做法，不见得有利于百家争鸣。有些作品有明显的缺点，我认为批评是完全必要的。但是否也有少数批评文章说了些过头话，或者不够实事求是呢？也是有的。有一篇批评文章甚至把作品中的女主人公当做作者本人，加以笔伐和辱骂，这就远远超越出文艺批评的界线了。假如当时有人写篇文章提出不同的意见，既批评原作，同时也对某些有缺点和偏差的批评文章进行反批评，应当说，这样有胆有识的文章是难能可贵的，但试问有几家报刊敢于发表呢？也许由于我孤陋寡闻，只拜读过绝无仅有的一篇。

其次，对于某些比较复杂的问题，例如现代派和现代主义的问题，人道主义和人性论的问题，在讨论之前，最好掌握大量材料，先下一番工夫，耐心地深入研究，具体分析。不要不分青红皂白地一概否定，也不要不分青红皂白地一律盲从。假如连讨论的对象还没有搞清楚，不管是赞成还是反对，都很难作出恰当而有分寸的科学论证。有如盲人摸象，各执一端，争论了半天，还是争不出个所以然来。这样的争鸣，也许争得很热闹，但是不容易真正有收获，有结果，难免"可怜无补费精神"。其实不妨先开些座谈会、讨论会，还可以举行一些专门介绍现代派、现代主义和人道主义、人性论的讲座，充分交换意见，等到有了比较成熟的意见，才写成有分量、有说服力的文章，在报刊上发表。同时也不必急于作结论，真理越辩越明，过早作出结论并没有什么好处。

再次，必须把学术问题、思想认识问题和政治问题严格划分开来。比如不久以前有人提出"马克思主义的现代主义""中国文学需要现代派""社会主义的批判现实主义"等口号，我都不赞成。但是我不认为提出这些口号的人就是反对社会主义、反对四项基本原则。过去一些反面的历史经验值得注意，"文字狱"决不能再搞了。决不能因为某一个作者一旦写了篇不好的作品，发表了一些错误的言论，就打棍子，就认为这个人有政治问题，目为"异端分子"，列入"另册"，甚至褫夺他的发言权和发表作品的权利。我们中华人民共和国是一个有十亿人口的大国，而且百分之九十九以上的公民都是拥护党的领导、拥护社会主义制度的，有一些不同的意见，甚至有人发一些"谬论"，发一些"噪音"，天也不会塌下来，大可以放心。正是：

有话不妨说，说错又何妨。

拿出主意来，大家好磋商。

对于文艺理论批评，我是一个门外汉。但是对于在文艺理论批评领域里坚决贯彻百家争鸣的方针，我举双手赞成。在这里，谨提出"新春三愿"，就教于方家和前辈。

一九八三年二月十七日

论"费厄泼赖"应该速行

　　鲁迅先生曾经写过一篇著名的杂文《论"费厄泼赖"应该缓行》。就对敌斗争而言，鲁迅先生的主张无疑是完全正确的。我们对敌人讲"费厄泼赖"①，敌人对我们决不会讲"费厄泼赖"，结果我们就非上大当、吃大亏不可。鲁迅先生讲得很清楚："要'费厄'，最好是首先看清对手……即'费厄'必视对手之如何而施，无论其怎样落水，为人也则帮之，为狗也则不管之，为坏狗也则打之。"可见鲁迅先生并非一味提倡"费厄泼赖"，也并非一律反对"费厄泼赖"，而是主张认清对手，区别对待。

　　我所说的"费厄泼赖"应该速行，指的是处理人民内部矛盾而言，特别是指在学术问题、文艺问题上开展自由讨论而言，与鲁迅先生的主张并不矛盾，更没有跟鲁迅先生唱反调的意思。因为参加讨论的双方都是人，都是好人，并不是狗，更不是坏狗，所以讲"费厄泼赖"是完全必要的，不讲"费厄泼赖"，就无法真正贯彻百家争鸣的方针。

　　在百家争鸣中讲"费厄泼赖"，首先，讨论必须是民主的、平等的。参加争鸣者人人都应该有发言权，都允许各抒己见，坚持己见。在真理面前人人平等。不能因发言者的地位、身份的高低而有所轩轾，位高者一言重于九鼎，位卑者千言轻于鸿毛；更不能一锤定音，一哄而起，群起而攻之，形成一面倒的态势，不让对方有争辩的余地。否则就是不讲"费厄泼赖"，也不利于百家争鸣。

　　近几个月来，文艺界争鸣之风甚盛，这是很可喜的势头。特别是关于现代派和现代主义的讨论，关于人性论和人道主义的讨论，关于题材有无大小

────────

　　① 费厄泼赖（fair play），英语。原为体育运动的竞赛及其他竞技所用的术语。意思是，站在平等的地位上，采取光明正大的手段进行竞争，而不用不正当的手段压服对手。

差别和能否以此分高下的讨论……大家都充分摆事实，讲道理，颇有点"费厄泼赖"的精神，因而也出现了一些比较有分量的、有独到见解的文章。美中不足的是，鸣则鸣矣，争得似乎还不够，批评的文章多，而反批评的文章还比较少。其实真理越辩越明，像上述这样比较复杂的问题，不经过几次甚至几十次反复的辩论，是不容易深入下去，把问题彻底搞清楚的。看来我们还应该进一步提倡"费厄泼赖"，破除顾虑，肃清"余悸"，创造有利于百家争鸣的条件和气氛，为文艺理论批评工作开创一个新局面。

一九八三年五月

文学需要宽容

文人相轻，自古而然。导致相轻的因素固然很多，但主要的一条还是褊狭的门户之见、宗派之争。

古往今来的大作家、大诗人，虽然有时也难免有些偏爱和偏见，但一般说来，大都有宽宏的气量、开阔的胸襟，尊重同行的创作劳动，公正地评价与自己有不同的艺术风格的作家和作品，很少有"老子天下第一"的排他性。杜甫该可以算得上是一代"诗圣"了吧，但他对于艺术风格上跟他迥不相同的李白，绝对不蔑视或者贬低，反而推崇备至，一则曰"白也诗无敌"，再则曰"诗成泣鬼神"，三则曰"敏捷诗千首"……说句公道话，我们不必扬李抑杜，也不必扬杜抑李，他们两人是可以并驾齐驱、各有千秋的。假如论近体，特别是律诗，李白确实还比不上杜甫。说"白也诗无敌"，也不见得完全恰当，那么，把杜甫摆到哪里去呢？不仅对李白如此尊重，就是对于才气并不怎样高的薛华，杜甫也满腔热情地称赞他说："近来海内为长句，汝与山东李白好。"这句话自然是有点溢美。但由此可见，杜甫尊重同时代诗人的谦逊态度，确实是令人感动的。看来文人也不见得全都相轻。

再举一个近代的例子。朱自清先生是一向崇尚写实主义的，他在创作上以至在课堂上都一再宣扬这个观点（我有幸做他的及门弟子，听过他的课）。但是他在编选《新文学大系·诗集》时，对艺术风格、艺术主张跟他完全相悖的诗人也并不排斥，他不但选了被人们目为"诗怪"的象征派诗人李金发的诗，而且选了十九首之多。不言而喻，朱自清先生对于"如道旁朽兽，发出奇臭"之类的"怪诗"肯定是不会欣赏的，可是他并不因为个人好恶而完全摒弃了它们。他是绝对不会说出"应当把戴望舒的诗送进殓房"这样偏激的、伤人的话的。李金发尚且可以容忍，何况戴望舒。

再举一个例。鲁迅先生自然不会欣赏张恨水的作品，也不会赞成青年作家去走张恨水的道路，写"张恨水式"的言情小说。但，鲁迅先生在他的日记和书信中多次提到张恨水，从来没有说过一句挖苦他或者斥责他的话，还买了近十种张恨水的小说寄给自己的母亲。据说鲁迅的母亲倒是张恨水的热心读者。由此可见，鲁迅并没有把张恨水看作是必须深恶痛绝的敌人，对他的态度应当和对黄震遐之流的反动文人有所区别。在这一点上，鲁迅先生是严格掌握分寸的。张恨水当然不能算是革命作家，但至少不是反革命作家，对他应当宽容一些。至于对鸳鸯蝴蝶派，鲁迅先生是坚决反对的，他从来也不隐瞒自己的观点。

文学上的宽容与开放精神，对于促进真正的"百花齐放"是不可缺少的，而且有利于促进文学家本身的团结。俗语说，"同行如敌国"，这句话对于文学家不见得适用。文学领域是无比广阔的，作家和诗人好比天空上的群星，几曾看到过一颗星星会挤掉另一颗星星，把它挤出宇宙之外呢？群星灿烂，竞放光芒，不正是文坛上兴旺繁荣的可喜景象么？生活在七八十年前的霍元甲尚且主张破除各派武术家的门户之见，博采众长，创办精武会，实现武林大团结。难道我们今天的作家和诗人，见识和气量还不如当年的霍元甲？

当然，对于在政治上采取敌对态度的作品，或者在社会效果上产生不良影响的作品，是不能一味讲宽容的，必须给以严正的批判。但这一类作品毕竟为数有限，切不可"扩大化"，否则就难免"殃及池鱼"了。政治上要有一定的界限，艺术上倒不妨尽量从宽，这完全符合"双百方针"的精神，并不等于资产阶级自由化。

一九八三年七月

关于批评（外一篇）

我打从从事文学工作第一天开始，就没有打算过把自己的主攻方向放在文学批评方面。我自知眼高手低，读书时虽然也有好恶之分，有些书我"不厌百回读"，每读一回都有一番新的感受和体会，直到把书角翻得像鱿鱼一样地卷起来，还是不忍释手。可是对另一些书却索然无味，勉强读十多页已经有点倒胃口的感觉，假如硬着头皮读下去，就非呕吐不可，只扔在角落里让它去"蒙尘"，直到作为"破烂"把它以一斤两角钱的代价贱卖出去。

我逐渐发现，我个人读书的好恶好像和书的好坏没有直接的关系。我爱不释手的未必都是好书，我弃之若敝屣的未必都是坏书。我卖给收"破烂"的，倒有不少是一些被人们公认为名家名著、得过全国大奖的。从此我就完全丧失了当批评家的信心。

看来口之于味，不一定都是有同嗜的。北京的豆汁我还可以勉强喝几口，虽然不十分欣赏，也不至于恶心，但是对臭豆腐，我光是闻到它那股味儿就感到受不了。假如饭桌上有一碟臭豆腐，即使同时有十道八道美味佳肴，我也食难下咽。对于文学作品也是一样，《红楼梦》是我的一部爱读的书，可是《绿野仙踪》却只会引起我对臭豆腐一般的感受。但有一位书店老板告诉我，假如《绿野仙踪》被准许公开出版、发行的话，它的销售数很可能远超过《红楼梦》之上。为什么呢？他不知道，我也不知道。世界上总有一些"嗜痂成癖"的人，而且为数不少。

对于正常人来说，海洛因不香不甜，并没有什么吸引力。但是也有不少"瘾君子"不惜倾家荡产，甚至以生命作为代价，但求吸食到一点点儿海洛因。

由此可见，当批评家很难，你说北京烤鸭脍炙人口，《红楼梦》是一部百读不厌的好书……这是绝大多数人都可能接受的，但谁也不承认你有什么真知灼见。如果你立异鸣高，逆情干誉，称赞臭豆腐比烤鸭还要好吃，《绿野仙踪》比《红楼梦》还要出色得多，你也许会一举成名，但肯定有更多的人骂你是疯子，或者是"瞎了眼"的批评家，哪怕你所说的都是出自衷心的真话，而且也能持之有故，言之成理。

甚矣哉！当批评家之难也！"羊羹虽好，众口难调"，要想调和众口，又难免被讥讽为"哗众取宠"。

关于翻译

有一件事情我至今还很不理解。几乎在所有我看过的《文学家辞典》中，关于我的词条照例开列了一大串我的作品，连那些幼稚得不成样子的"儿童故事""独幕剧"都没有遗漏，唯独对于那部我费尽移山心力、历时大半年才翻译出来的罗曼·罗兰长篇小说《搏斗》（《欣悦的灵魂》第五卷）却很少提到，这真是令我百思不得其解。

从事文学工作的人，同时从事创作和翻译的为数不少。当然，有些人以创作为主，被称为作家；有些人以翻译为主，被称为翻译家。不管怎么样，创作和译作都是他们劳作的一部分，应当两者并存，不能偏废。我的译作不多，但那本《搏斗》的中译本有数十万字，一共印行了三次，积累印数达八万本以上，超过我的好几部作品。但在某些同行看来，只有作品才是作家的劳动成果，译作是不能算数的。除非那个人是举世公认的著名翻译家，例如傅雷和汝龙，否则只能列举他的作品，译作不过是小菜一碟，可以存而不论。

我认为，重创作而轻翻译，对于文学工作者来说，不能算是公平。有些译作同样要付出辛勤的劳动，甚至更多的劳动，所谓"一名之立，竟日踟蹰"，从事过翻译工作的人，大都会有此体会。就其贡献来说，有些译作也不在创作之下。例如傅雷译的传记五种和《约翰·克利斯朵夫》，李丹夫妇译的《悲惨世界》，董秋斯译的《战争与和平》……读者之众多，影响之深远，肯定是超过某些平庸创作的。

我为翻译工作鸣不平，在文学领域中，翻译和创作应当处于平等的地位，两者的稿酬也不宜相差太远。

侦探小说不能一概否定

近两年来，我国读书界流行一种看法，认为侦探小说都是低级趣味的、没有社会意义的，根本不配列入文学作品之林，其实这种看法有一定的片面性。

最近由于要跟日本的同行们打交道，我读了点战后日本文学史和一些日本小说，发现原来在日本，侦探小说是相当流行的。由于四十年代日本实行文字改革，大大减少了汉字的使用，"侦"字被废除了，所以日本人管侦探小说叫做"推理小说"。日本流行的推理小说，固然有不少是无聊的、只供人们消遣的东西，但也有相当数量的推理小说是很有进步意义和积极的社会效果的。例如松本清张的长篇推理小说《零的焦点》，描写一个曾经接待过美国占领军的日本妓女，由于害怕自己这个历史污点被暴露，就见不得人，先后杀死了四个知情人，最后畏罪自杀，反映了美国占领日本所造成的悲剧。又如《日本的黑雾》是一部连续短篇小说集，揭露了美军占领日本期间所发生的一系列著名的冤案和暴行，很显然，它的主题思想是反霸反殖的。有一些著名的进步作家，也采用推理小说的手法，写了一些传诵一时、影响极大的作品，例如水上勉在长篇小说《花的墓碑》中揭露了以驻日美军为后台的贩毒罪犯进行贩毒、走私和杀人的种种罪行。这部小说波澜起伏，悬念很多，可以算得上是引人入胜的推理小说。甚至石川达三的《金环蚀》（已改编为电影，在我国放映过），情节曲折离奇，也有点推理小说的味道。

在文学创作领域里，我们反对"题材决定论"，也反对"体裁决定论"。侦探小说（推理小说）有好的，也有不好的，要作具体分析，不能一概而论。我们不必提倡作家多写侦探小说，但是也不要把侦探小说打入十八层地狱，深恶痛绝。我以为，这样是不公平的，也不利于"百花齐放"。侦探小说，只要思想内容是健康的，也可以算是一种花，不一定全都是毒草。

一九八四年四月

我是"两栖类"

说起来也许人们不会相信，我的文学生涯开始得很晚。

我少年时代在北平清华大学读书，课余之暇，偶然也写过几篇报告文学和散文，现在还能记得起题目的，一篇是《矿穴》，一篇是《我家不过中秋节》。"七七"卢沟桥事变一声炮响，我就投笔从戎，在地下党领导下从事军事工作和地下工作，带过兵，打过仗，还当过情报参谋。当然，在这些日子里，我再没有时间也没有可能去舞文弄墨了。

新中国成立后，我主要在南方日报社和新华通讯社里做新闻工作，新闻工作虽然也是文字工作，但和文学工作完全是两码事。直到一九五四年秋天，那时我已经三十多岁，人到中年了，调到中国作家协会工作，起初编《文艺学习》，后来编《文艺报》，才算是正式走上文学道路，一共干了十三年之久。这两种刊物的内容都是以文学评论为主的，约不到外稿，就只好自己动笔写。可以说，我从事文学评论工作，开始只不过是由于工作需要，为了要完成任务。习惯成自然，我慢慢就搞起文学评论来了。

不过，我应当如实自供，我最喜爱的文学形式是散文，我的第一次排成铅字的处女作是散文，我的第一部文集《浮沉》也是散文。走上文学道路以后，我的主攻方向仍然是散文。张光年同志在最近举行的中国作家协会第四次代表大会的总结报告《新时期社会主义文学在阔步前进》中把我列为散文和杂文作家而没有列为评论家，我承认，他的判断是准确的，他的分类也是符合实际的。

一个人的习惯是不容易改变的，文风也是一样。我由于工作需要，写过不少文学评论文章，可是我的文学评论文章还是带有非常明显的散文色彩。特别是人们常常把它们当作我的"代表作"的那几篇，例如《关于张洁作品的断想》《〈山乡巨变〉琐谈》《孙犁作品的艺术特色》《从微笑到沉思》《一部诗的小说》等等，与其算是正儿八经的评论文章，还不如算是"议论性的散文"，或者"散文式的评论"，总之，是介乎散文与评论之间的"两栖类"文字。有人说，我的评论文章，微观的评论多，宏观的评论少。岂仅是少，老实说，我根本写不出一篇宏观的评论文章来。

我总觉得，不但文学创作应当不拘一格、百花齐放，文学评论也同样应当不拘一格、百花齐放。翻开一部文学批评史，有以诗论诗的（例如杜甫的《戏为六绝句》、元好问的《论诗三十首》等等），有以赋论文的（例如陆机的《文赋》），以至曹丕的《典论·论文》、萧统（昭明太子）的《陶渊明文集序》……又何尝不都是精美的散文。写散文体的文学评论文章，大概并不是由我"始作俑"的。

当然，正宗的文学评论，还是应当以科学的研究和分析为主。不论采用什么文体来写，总要讲出作品的优点和缺点以及产生这些优点和缺点的主要原因，这样对作者和读者才有帮助。评论家应当懂得文学创作的甘苦，才能成为作者和读者的良师益友。应当承认，当前的文学评论工作是远远落在文学创作之后的。除了评论力量不足、领导不够重视之外，主要有三弊：一是违反实事求是的原则，一味吹捧，一捧就捧上天；二是看领导的眼色行事，甚至听到风就是雨，一哄而起，为了做声势而乱扣帽子，乱点名批判；三是搞人身攻击，把作品中的主人公当作作家本人，把作品中的故事当作作家本人的亲身经历，从而写出什么《一个堕落女人的自白》那样贻笑外国文学界的"奇文"来。三弊不除，文学评论是没有希望的。

创作自由是必需的，评论自由也同样是必需的。对于一篇作品的评价，要让人家发表不同的甚至完全相反的意见，这才是真正的百家争鸣。既然是争鸣，就不必过早地、轻率地下结论。不管作者是什么人，评论者是什么人，人民群众迟早会作出公允的评价的。众所周知，《史记》和《红楼梦》都曾经被认为是"谤书"和"禁书"。《红与黑》在作者司汤达生前只印了两百本，由于受到非议，还销售不出去。但这种种不公平的待遇并不妨碍这三部作品都成为传诵千古的名著，那些企图骂倒它们的人却全都"灰飞烟灭"了。评论家可以贬斥一个作家，或者颂扬一个作家，但是绝对不可能决定一个作家的命运。

过低或者过高估计文学评论工作的作用都是不现实的，即使没有别林斯基，果戈理还是果戈理；没有卢那察尔斯基那篇《停滞时期的天才》，梅里美也不会因此失色。

一九八五年十月

粤讴

粤讴是一种广东民间音乐曲艺。今天的广东人大概不弹此调久矣。余生也早（一九一八年），记得小时候还经常听到过外祖母和母亲唱粤讴。据说粤讴的创始人招子庸是嘉庆年间的举人，那么，距离现在已经有一百六七十年之久了。

粤讴这种形式是招子庸汇集多种民间说唱文学创造出来的，题材多半为妓女的非人生活和不幸遭遇。例如粤讴的处女作（也可以算是代表作）是招子庸的《吊秋喜》。秋喜是广州珠江花艇上的一个妓女，和招子庸相爱。后来招子庸北上应科举会试，她因欠人钱债，被逼投江自杀。子庸返穗后，心中异常悲痛，就作了这首《吊秋喜》来悼念她。这首《吊秋喜》传播一时，和南音《客途秋恨》并称粤曲中的"双璧"。此曲感情真挚，凄婉动人，辞藻优美，又明白易懂，就艺术质量而言，也不失为佳作，远非那些无病呻吟的淫词滥调可比。

粤讴的题材是相当多样化的。有劝人不要随便轻生的《唔好死》，有反对女子缠足的《戒缠足》，有劝人戒鸦片的《鸦片烟》，有反对迷信神权的《风气最盛》，有反对军阀混战的《唔怕你恶》，有揭露反动统治者铲光地皮、残酷压榨人民的罪恶的《踏青》等。当然，这一类粤讴大都是在招子庸死后，出自清末民初一些有进步思想的文人的手笔。我的舅舅南社诗人马小进就曾经告诉过我，粤讴《唔好热》的头几句"唔好咐热，热极会生风。我想天时人事，大概相同"，就是隐喻清廷反动统治者压迫得越厉害，革命党人和人民群众的反抗就会越激烈，物极必反，此理之常也。马小进是老同盟会会员，他的说法可能也有些根据。

粤讴一向都被认为不足登大雅之堂的下里巴人之作，但他们流传之广、所起作用之大，远非一些对仗工整、音节铿锵的骈文所能企及，就像梁任公的文章在知识分子当中是很有影响的，但贩夫走卒就读不懂。

由此可知，文学作品的社会效益主要不在于它们的形式，而在于它们的内容，通俗文学形式如粤讴者也可以写极其严肃的内容，也可以鼓吹革命。著名的文学史家郑振铎先生曾经给予粤讴以极高的评价，认为它："好语如珠，即不懂粤语者读之，也为之神移。"（《中国俗文学史》，第453页）近代史学大师、著名诗人陈寅恪教授极力推崇弹词《再生缘》，提出"南'缘'北'梦'（《红楼梦》）"之说。弹词流行于苏州地区，也是一通俗的民间说唱文学。陈寅恪先生还自称："论诗我亦弹词体，异代相知泪满巾。"可见真正有高度文化修养和造诣的作家和学者并不一味排斥俗文学，他们所追求的正是一种雅俗共赏、曲高和众的文学境界。

一九八七年二月

历史小说的真实性

——与刘斯奋的通信

斯奋同志：

近年来，写历史题材的长篇小说似乎特别当行，并且打破了建国以来主要写农民起义的局限，各种题材应有尽有。我读得不多，只不过十多种，但是有一个问题我经常在考虑。您是以写历史题材为主的小说作家，深知此中甘苦，所以想提出来向您请教。

一切文学作品都要反映现实生活，塑造典型人物。假如写的是当代题材，作者写的是自己同时代的人和事，一般地说，是他所熟悉的，至少是比较容易熟悉的，他对这些人和事自然会作出恰当的评价。

但历史题材的文学创作，写的是千百年前的人和事，作者只能取材于史料和民间传说，要完全符合于当时的历史真实，难度确实很大，况且其中有些人和事是有争议的。例如太平天国翼王石达开的部将张遂谋，有一部历史小说把他写成降清后竭力向主子献媚效忠的奴才，是出卖石达开的重要人物之一，最后死于石达开和他的义女桂妹的剑下。石达开由于相貌和他酷肖的义士阿弼舍身相代，得免于难，一直活到八十多岁。这些故事情节并没有史料作为根据，只是出于作者的想象和虚构。文学创作当然允许虚构，但是假如写的是真人（张遂谋是真有其人的，是石达开部下一个得力的将领），随便虚构，无中生有，是否会有"厚诬古人"之嫌，岂非给古人制造冤假错案？莎士比亚和罗曼·罗兰写的历史剧，为了剧情发展的需要，有时也会把事件发生的时间推后或者挪前，也许还增添一些细节，但是不会根本颠倒他们笔下的历史人物的功罪是非，这一点是值得我们借鉴的。

我们今天少数历史小说，有某些情节与历史的真实有一定的差距，甚至是完全虚构出来的，这是否可以允许呢！对这个问题，我一直有所怀疑，希望您能对此发表一点意见。

　　此祝

笔健！

黄秋耘

一九八七年六月

附：

刘斯奋的复信

秋耘同志：

　　您好。手教敬悉，承嘱就历史小说的真实性发表意见，惶愧不敢当。因为这是一个相当复杂难有定论的问题。近年来，我虽在从事历史小说创作的尝试，但对此并无深入研究。如果一定要谈，只能就个人的实践谈点感想，以就正于您而已。

　　首先，我觉得"历史小说"（或历史文学）这个概念，至少到目前为止，还是十分含混的。《三国演义》固然应当算是历史小说，但也有人把《杨家将》一类基本取材于民间传说的作品也归入历史小说之列；甚至还有把鲁迅的《故事新编》算成是历史小说的。由于对这一概念的内涵和外延的理解不同，对于"真实性"这一标准的把握自然也就不一样。如果说罗贯中把曹操写成一个"大白脸"，是封建正统观念使然的话；那么《杨家将》把北宋名将潘美改造成为一个险恶的奸臣，则是遵循了把历史材料只当作文学表现的"道具"这么一种创作原则。至于像《故事新编》那种汇古今中外于一炉的讽喻式作品，如果也纳入历史小说的范围，问题恐怕就更复杂了。所以，在这种情况下，要说清什么是文学创作中的历史真实，看来是困难的，也不易取得一致的意见。

　　不过，若问我本人在这个问题上持什么态度的话，那么我更倾向于在现实主义的历史小说创作中，应当本着不仅对生者，也对逝者负责；不仅对今天和明天，也对昨天和前天负责的态度，尽可能严肃、慎重地处理这个问题。具体地说，就是在历史事件的基本进程和历史人物的政治、道德、立场方面，如果缺乏相反的材料作依据，不可轻易离开原有的记载，作出截然相反的描写。我是这么看的：一部作品，既然被冠以"历史"的名衔，它也就不可避免地承担着传播历史的媒介作用。不管作者愿意不愿意，一般读者往往是通过作品去了解和认识历史事件及其人物的。因此，人们也就有理由要求作品所提供的基本信息与历史的实际大体相符。特别是对于一部以"真实"为主要特征的现实主义作品，这种要求恐怕就会更严格一些。在这种情况下，就作者而言，在涉及历史事件和历史人物的可能引起原则性误解的问题上，采取更审慎的态度恐怕只有好处，而没有坏处。另外，我还觉得，遵循现实主义创作方法的"真实"原则去反映历史，较之借助对历史事件或历史人物进行纯文学的改造的办法进行创作，不一定就缺乏力量，情况可能恰恰相反。当然，这已经是题外话了。就此带住，尚祈叱正。

　　专此　敬请

　　道安

刘斯奋

一九八七年六月五日

太甜的文学

有一位联邦德国的留学生伏翰·文写了一封信给《中国图书评论》杂志，信里说：我是德意志联邦共和国的留学生，在中国学习历史和考古学，所以我平时看的书多与专业有关。现代文学看得较少，因为我认为现代中国文学常常甜得让人受不了，很少反映特别复杂的感觉和情感。很多作家不敢写老百姓对政治、爱情的多方面看法及对日常生活中困难的意见……

文学创作来源于生活，生活中既然有酸甜苦辣咸各种滋味，文学作品自然也有酸甜苦辣咸各种滋味。这位联邦德国留学生认为现代中国文学作品常常甜得让人受不了，那么，现代中国人的生活是否只有甜蜜蜜的味道，而没有别的味道呢？这恐怕不完全符合现实的情况。尽管当今的中国是一个繁荣昌盛、朝气蓬勃的国家，我们的社会又是一个大多数人民群众都安居乐业、不愁温饱的社会主义社会，但是总不能说，生活中除了甜以外就没有别的味道。至少在某些地区，还有自然灾害，还有传染病流行，还有官僚主义和不正之风，还有各种各样不愉快的事情和不合理的现象。至于个人生活，则更会有灾有难，或者有亲人患重病和死亡，或者在爱情婚姻和事业上遭遇到挫折失败，不可能永远是一帆风顺、万事如意的。可是，我们多数文艺作品所写的，要么就是空灵淡远的新式风花雪月，要么就是以"儿女情、家务事"为题材的"茶杯里的风波"，要么就是到处莺歌燕舞、一片娱乐升平的景象……大都富有娱乐性和趣味性。怪不得伏翰·文先生说，现代中国文学常常甜得让人受不了。

多写一些甜的文学作品，自然也是好的，大概会受到广大读者和观众欢迎，我们中国人大都喜欢看喜剧而不喜欢看悲剧。死人的葬仪也被称为"白的喜事"，与被称为"红的喜事"的婚礼相提并论。但是切不可忘记，作为一个对人民负有政治责任感和使命感的作家，应当积极地提出人民生活中所关心的问题，揭露现实生活的矛盾和困难，借以"引起疗救的注意"。为什么人们欣赏《人到中年》《人生》《拂晓前的葬礼》和《山中，那十九座茔》……这样的作品呢？因为它们能够打动我们的心，引起我们严肃深刻的思考，而不是仅仅给予我们一点甜味，供我们在茶余饭后去享受一番。

伏翰·文先生这封短信，也许是带点"苦"味的逆耳忠言，也许不无偏激之处，不过，无论如何，它还是值得我们认真思索和反省的。

一九八七年七月

文艺也要发挥舆论监督作用

最近《人民日报》发表了好几篇倡导发挥舆论监督作用的文章，例如今年十月十九日见报的胡绩伟同志的《略论舆论监督》和徐逊的《史官的监督机制》等，都是有说服力、有分量的好文章。

运用报纸来发挥舆论监督作用，历来是我党的优良传统。记得新中国成立初期，我在中共华南分局机关报《南方日报》工作，当时担任中共华南分局第一书记、广州市革委会主任的叶剑英同志就一再指示我们，一定要运用党报充分发挥舆论监督作用，法院判错了案，中、高级干部犯了错误……党报都要进行实事求是的、严正的批评。有时候，他还亲自出点子、举例子，要我们写文章，写编者按语，或者发表读者来信提批评意见，这些做法都收到了很好的效果。

我想，不但报纸可以发挥舆论监督作用，文艺作品也同样可以发挥舆论监督作用，这样的先例是古已有之的。《诗经》的《伐檀》篇辛辣地讽刺了不劳而获的大人先生们，杜甫的《兵车行》和"三吏""三别"是反对穷兵黩武的非正义战争的，白居易的《秦中吟》是针砭时弊的，陆游的"公卿有党排宗泽，帷幄无人用岳飞"、陈与义的"庙堂无策可平戎，坐使甘泉照夕烽"、李纲的"胡骑长驱扰汉疆，庙堂高枕失堤防"等名句都是旗帜鲜明地抨击投降派的。以文艺作品来发挥舆论监督作用的例子俯拾皆是，随手就可以举出一千几百个。尽管封建时代的文字狱十分残酷，还是遏制不了那些忧国忧民、勇于为民请命的诗人和作家。

发生在一九七六年四月五日的天安门广场事件，更是以文艺作品发挥舆论监督作用的一次最大规模的革命行动。一夜之间，成千上万首革命诗歌，机关枪的子弹般地射向"四人帮"，点燃起全国广大人民群众的怒火，为"四人帮"的垮台做了舆论准备。

党的十三大确立了高度民主的政治体制，创造了宽松的舆论环境，给文艺作品发挥舆论监督作用提供了极其有利的条件。当今的时代，作家和诗人更应当举起其如椽的巨笔，表扬有利于改革的人和事（表扬也是一种督监方式），批评妨碍甚至损害改革的人和事，不但报告文学和杂文可以发挥监督作用，小说、诗歌以至散文、电影、电视也同样可以发挥监督作用。《人到中年》不是有力地抨击了不爱护知识分子的官僚主义作风和弊政么？《拂晓前的葬礼》不是揭示了农村中一部分人的愚昧无知、昏迷强暴所造成的悲剧么？《两代风流》不是向一位身经百战，建立了伟烈丰功的老将军提出警告，权力欲对他也同样会有腐蚀作用么？敲响了警钟，就是发挥了监督作用。

当然，运用文艺作品来发挥舆论监督作用，也和运用报纸来发挥舆论监督作用一样，一定要实事求是，不能以艺术的夸张来代替真实。舆论监督的作用，主要目的是想帮助各级干部克服缺点，改正错误。因此在一般情况下，对被批评者还是要采取治病救人、与人为善的态度，必须掌握分寸，不要误认为把话说得越狠越好，不要一棍子将人打死。溢恶的文章是没有说服力的，而且往往会产生适得其反的后果。特别是写报告文学作品，说溢恶的假话就近于诽谤和诬告，这是不足为训的。

一九八七年十月

面向文学　背向文坛

在文学创作领域里，我仅仅是一个刚学步的小学生。有一位老前辈苦口婆心地劝诫我说："假如你真正想将来有点成就，最好是'面向文学，背向文坛'。"

所谓"面向文学"，就是要下苦工夫，甘于寂寞，勤学苦练，多读书，多研讨生活的各个方面，锲而不舍。一个题材想通想透了才好动笔写，写出来了还要反复推敲，多向有识之士请教，无论多么尖刻的批评都要耐心听下去，不要急于发表，更不必汲汲于成名成家。正如罗曼·罗兰所说的："小果子还没有成熟，千万不应急于剥皮。"一定要写到自己比较满意了，多数读者也比较满意了，才好拿出来寄给报刊编辑部。杜甫诗云："诏谓将军拂绢素，意匠惨淡经营中。斯须九重真龙出，一洗万古凡马空。"（《丹青引赠曹将军霸》）这确是懂得艺术创作甘苦的经验之谈。不经过惨淡经营，费尽移山心力，一件真正的艺术品恐怕是很难产生出来的，更不用说是精品、珍品和传世的佳作了。

大多数艺术作品是美丽而圣洁的，可惜文坛却是一个可怕的"斗兽场"。所谓"背向文坛"，就是对于文坛上一切鸡虫得失之争，睚眦毁誉之怨，排名次孰先孰后，评选中得票多少，谁当了主席、副主席，谁当了顾问、理事，一概都可以置之度外。对别人的评论固然应该虚心听取，但听到了赞歌不必沾沾自喜，听到了非议，也不必灰心丧气。至于一些不负责任的闲言碎语，蜚短流长，最容易破坏创作情绪，更不要放在心上。唐宋八大家，并不是当时就评定出来的，还有待于后世的公论。何况八大家中，高下长短也各有不同，在唐代的大诗人中，杜甫和李白，元稹和白居易，也很难断定谁是冠军，谁是亚军。对文艺作品的评价，毕竟不可能像田径比赛那样用电子计算机测定出来，毫厘不差，况且分出冠、亚军来也没有多大意思，"江山代有才人出，各领风骚数百年"，在历史的长河中，数百年也不过是短暂的一瞬。在作家和艺术家中间，能够"领风骚数百年"的屈指可数，恐怕还是昙花一现的居多。

"面向文学，背向文坛"，这八个字说得很好，真可谓至理名言。希望有志于文学事业之士，奉之为座右铭，摒除一切争名夺利的私心杂念，则庶几身心获益靡涯，文采增华有望了。

一九八八年五月

"文章不是无情物"

吴有恒老前辈有两句发人深省的旧体诗："文章不是无情物，秋赋春词久未探！"

文学作品的形式千差万别，但有一条共同的评价标准，曰"情文并茂"，尤其不能缺情。论文采，汉赋应当在文学史上占首席地位，但不论是《凌云赋》也好，《子虚赋》也好，一点艺术感染力量也没有。好像缺钙的躯体，连脊梁骨也挺不起来，当然更谈不上是健美了。

这种"缺情"的现象不仅见诸古代的文学作品，前几年我跟吴有恒同志合编过一部散文集；遗憾的是，找遍全国大小文学期刊也选不出一篇情文并茂的写爱情的散文。那时正是"十年浩劫"过后，每个作家都心有余悸，生怕文学无罪，写情其罪。

"文革"风暴过后，逐渐出现了一些描写爱情的文学作品，但大都是《废都》和《骚土》式的色情文学，真正优美的写爱情的小说和散文并不多见。"文章不是无情物"，中国文坛偏偏充斥着"缺情"的作品，奈何！

文学无国界

　　音乐没有国界，音乐语言是全人类的共同语言，这是大家所认可的。我认为，文学也没有国界。文学是人学。人当然有不同的国籍，隶属于不同的民族和不同的阶级，人性也往往有不同的阶级烙印和不同的民族烙印。但，另一方面，人总会有共同的感情和心态。正如美国著名诗人郎费罗在《海华沙之歌》中所写道："每个人的心里都充满着人情，哪怕是在蛮荒的深处。"中国的孟子也说过："恻隐之心，人皆有之，是非之心，人皆有之，羞恶之心，人皆有之……"可见共同的人性还存在的，既然有共同的人性存在，以人作为描写对象的文学作品，自然就可以突破国界的限制，引起不同国籍的读者共鸣同感。中国的读者会为安娜·卡列尼娜的悲惨死亡而痛哭流涕，俄罗斯的读者也会为罗密欧与朱丽叶的悲剧命运而伤心落泪，虽然在他们的同胞中很难找到像安娜·卡列尼娜、罗密欧和朱丽叶那样的典型人物。

　　近年来，由于科学技术的发达，人类的主体已经迈进到信息社会。信息以三十万公里的"光速"传播。国际间的文化交流日益频繁，各个地域之间人们的生活方式和生活习俗正在迅速地互相渗透和同化。亚洲不少国家的人民穿上欧美的服装，甚至吃着欧美的佳肴美食。较有影响的文学作品很快就通过翻译越过了国界而在全世界的范围内广泛流传。读过肖洛霍夫的《一个人遭遇》、海明威的《老人与海》的，有十多二十个国家的读者，而且它们打动了这十多二十个国家的读者的心。当然，这并不是说，当代的或者将来的文学作品已经没有地方色彩。但随着文化的交流，各民族、各地区之间人们群体的心理意识互相渗透，文学作品之间地方色彩的差异也逐渐有淡化的趋势了。

　　今天，在全世界范围内，战争危机仍然存在。第二次世界大战以来，国与国之间、民族与民族之间的局部战争一天也没有停止过，而且日益加剧。这当然有多方面的原因，但各个民族、各个地区、各个教派的人民的隔阂和误解至少也是其中之一。文学是可以超越国界的限制的，在这种意义上，它自然有助于消除各民族、各地区、各教派的人民的隔阂和误解，从而进一步促进世界和平。

作家的使命是多方面的，其中主要的一条是保卫世界和平，消弭战争的隐患，我们的许多先行者托尔斯泰、罗曼·罗兰、高尔基……都提出过"保卫和平，反对暴力对抗"的主张。由于文学是可以超越国界的，所以文学作家的责任更为重大。

广告文学

最近一个时期以来，我注意到一些文学报刊和综合性报刊经常刊登报道某某企业改革成功、制造出优质产品的报告文学，这自然是好事。但其中有些作品不乏溢美之词，以捧场为目的，至少是报喜不报忧。我在企业界有几个相熟的朋友，据他们说，在比较畅销的报刊上刊登一篇宣传产品质量的文字，其效果远胜过刊登一整版广告。刊登一整版广告的费用往往要近万元，这笔钱还不如拿来赞助那个报刊，争取它发表一篇宣传本企业产品的文章，更实惠得多，合算得多。

目前创办一份报刊很不容易，要想维持经济上收支平衡，或略有盈余，就更困难。更好的办法就是争取某些大企业慷慨解囊赞助，但要人家赞助必须有附带条件，这就是要经常刊登一些捧场文字，最好采取报告文学形式，以示其真实性无可怀疑。著名作家大都不愿意写这一类"诔商"文字（古人称"墓志铭"为"诔墓之文"，我们管广告文学叫"诔商"之文，似乎亦无不可），不得已而求其次，找一些中等水平的作家执笔也行，但要声明"稿费从优"，大抵每篇二三千字的报告文学，报酬高达三百块钱左右。假如作者名气较大，五百块钱一篇也可以商量的。"重赏之下，必有勇夫"嘛！

这样一来，三方面都有好处：企业会得到好名声，生意兴隆；报刊会得到一笔赞助费，奖金日益增长；作者也得到高稿酬，可以多上几次馆子。一举三得，又何乐而不为呢？

这一类报告文学，打开天窗说亮话，其实就是广告文学。广告文学一词，本来既无褒义，也无贬义，"广而告之"，哪怕好话说尽，也不干犯法纪，亦无"经济犯罪"之嫌。外国某些著名运动员，上场时穿上某一个牌子的运动鞋或者运动服，某些著名的影星或歌星，表演时穿上某一个牌子的时装，往往可以获得一张四位数以上的支票作为酬谢。那么，广告文学又何罪之有呢？

不过，话又得说回来，假如广告文学充斥文坛，泛滥成灾，对于出版界和文学界来说，恐怕也不见得是很光彩的事。这和光明正大地刊登广告，毕竟是有些区别的。

文学流派与偏爱

翻开中国文学史，各种流派之多不胜枚举。远者如公安派、竟陵派、桐城派；宋词中又分为以苏（东坡）辛（弃疾）为代表的豪放派，以秦（观）柳（永）为代表的婉约派等等。近者有以赵树理为代表的山药蛋派，以孙犁为代表的荷花淀派，以胡风为领袖的七月派，最近还有人提倡岭南文派。

大抵一种文学流派的形成，首先要有一批文学主张、艺术风格都大致相同或比较接近的作家、诗人，他们创作出一定数量较有影响而又为大众所公认的作品，才能独树一帜。

文学的流派毕竟与政治上的各党派势力不同，可以党同，却不宜伐异。作为读者，偏爱某一流派，多读一些某一流派的作品，这自然是无可厚非的。俗语说，"萝卜青菜，各有所爱"。你偏爱苏东坡"大江东去，浪淘尽千古风流人物"的阳刚之美，大可不必反对别人偏爱柳永"杨柳岸晓风残月"的阴柔之美。但有如偏食不利于身体健康一样，只欣赏某一流派的作品，而对其他流派的作品一律采取不屑一顾的态度，甚至贬斥之为"异端"，恐怕也会不利于开阔眼界、活跃思想、提高艺术欣赏趣味的。

刘勰（彦和）在《文心雕龙》中写道："人禀五材，修短殊用，自非上哲，难以求备。"因此，任何一个作家、任何一种文学流派都各自有其优势和弱点。刘勰还说过："操千曲而后晓声，观千剑而后识器，故圆照之象，务先博观。"爱好文学的读者，绝对化地偏读一家，而摒绝百家，显然不是明智之举，"博观"群书（当然可以有所偏重）才是比较好的学习方法。

治学的"三种境界"

近代文学评论家王国维曾在《人间词话》中写道："古今之成大事业大学问者，必经过三种之境界。'昨夜西风凋碧树，独上高楼，望尽天涯路'，此第一境也。'衣带渐宽终不悔，为伊消得人憔悴'，此第二境也。'众里寻他千百度，回头蓦见（原词作"蓦然回首"），那人正（原词作"却"）在灯火阑珊处'，此第三境也。"

成大事业是否必须经过这三种境界，姑且不论。至于成大学问者必须经过这三种境界，古今中外大抵都没有例外。不久前逝世的杨述同志曾经把这三种境界解释为三个步骤，第一步是"望"，第二步是"求"，第三步是"得"。我看还可以说得更详细一些，更具体一些。第一步是搜集研究资料，拟订研究提纲；第二步是通过反复思考，艰苦钻研，认真分析，努力求证；第三步是得出结论，创立某一种学说或者思想体系。无论是哥白尼创立"日心说"，爱因斯坦创立"相对论"，以至陈景润对"哥德巴赫猜想"的论证……大体上都经过这样三个步骤。这样的规律对于社会科学也同样是适用的。马克思主义的创立，也是要经过下一番苦工夫，对各种学说做过反复的比较研究，并不是依靠几千年才出现一个的什么"天才"顿悟出来的。

在报纸上看到一篇报道，提及在南开大学进修了一年的英国学生嘉丽斯·登今年七月间在香港的半岛扶轮社例会上以《在中国大学的生活》为题作报告，批评中国大学的学术水平比较低下，其原因之一就是教学方法仍然以"先生讲，学生听"为主，学生只听从教师的讲授，拼命记笔记，死背硬记，而缺乏分析、思考与独立批判的风气。她认为，中国学生应该接触各种学说，养成大胆思考与分析的习惯，学会多向教师质疑问难，甚至进行辩论，不要光是满足于欣赏马克思，背诵马克思的学说，更重要的是，了解马克思学说的精神和学习马克思的治学方法。

我认为，嘉丽斯·登提出的批评意见是善意的，而且是十分中肯的。要认真深入开展学术研究活动，王国维所讲的三种境界仍然有值得我们参考和借鉴的地方。是否可以考虑，大学生（至少是高年级大学生和研究生）都应当选定一个研究专题作为自己治学的奋斗目标，他的学习和研究工作主要围绕着这个专题进行，既有所"望"，又努力去"求"，持之以恒，就必然会有所"得"。即使不一定能够成大学问，创立一种学说，成一家之言，至少也可以写出一两篇有点独特见解的学术论文吧。

写作论

六芳斋之类

有了著名的"五芳斋"饭馆，不久就会出现"六芳斋"；有了著名的"张小泉"剪刀店，不久就会出现"张小渠"。这种现象，文坛上也有。

偶尔听到一个文艺刊物的编辑同志说，从他们收到的来稿中可以发现一种奇怪的规律：每当刊物上出现过一篇文章，接着就会收到一大堆同样性质、同样内容的来稿。比方说，某刊物发表了一篇短论，劝告初学写作者不要急于写长篇，一个月内，就收到几十篇谈"不要急于写长篇"的文章，有的说写短篇的好处甚多，有的说写长篇有百弊而无一利，反正和刊物上发表的那篇内容差不多。更值得注意的是，不仅论文如此，甚至作品亦复如此。刊物发表了一篇《新来的同志》，保准有好些《她上班的第一天》《她的第一个职务》……接踵而来；发表了一幅《考考妈妈》的图画，编辑部就会收到若干幅《考考姐姐》《考考奶奶》《考考姑姑》……

这是什么缘故呢？为什么有这种现象呢？

本来写作是创造性的劳动，不管是论文也好，创作也好，总要提出一些新意见，塑造一些新人物，说出一个新故事，最低限度也要有点新鲜的东西，但这些都不是容易的事情。既然作者缺乏生活经验，缺乏创造力，缺乏独立观察、独立思考的能力，又要硬写点东西出来，就只好重复他所读过的，人云亦云，照样翻版。高明一点的，凭自己的想象力加工一下，改头换面一番，算是"模仿"；低能一点的，索性"搬字过纸"，沦为抄袭。其次，恐怕有的作者还有一种不大纯正的动机，就是投编辑部之所好——古语说得好，"文章中试官"，你需要这种货色，我就给你这种货色吧。他们错误地认为，写些既趋时而又迎合编者脾胃的文章，不管质量如何，采用率一定会较高，虽然结果往往适得其反。

　　"文贵己出"，这的确是一句至理名言。真正的艺术永远是发现。"第一个用花来比拟美貌的女人的是天才，第二个是庸才，第三个是傻子。"第四个呢，恐怕是可怜的"应声虫"了。

　　要想不做"人云亦云"的"应声虫"，首先要深入生活，丰富自己，充实自己，同时也要养成独立观察、独立思考的习惯，对各式各样的事情，不妨多看看，多想想，应该自有主张，不可随声附和。不必看到一点、想到一点就写，要真正"有感而发"，切忌"无病呻吟"；写下来也不必急于排成铅字，不妨搁一段时间，再看，再想，再修改。自然，写不出来的时候，更没有"硬"写的必要。

一九五四年十月

不要在人民的疾苦面前闭上眼睛

记得在今年春天，有一位作家曾经预言过：十二年后，在这土地上，谁都不会有忧愁，除非他送给爱人的礼物没有被接受；谁的脸上都不会有眼泪，除非他在看一出动人的古典剧或是笑得太过分。①

在十二年后的生活中，是否真的没有忧愁和眼泪，谁都不得而知。但，至少在今天来说，我们的生活还是有快乐也有忧愁，有欢笑也有眼泪的。我们并不是一帆风顺，万事如意；而是在困难中取得成绩，在斗争中取得胜利。正因为如此，我们的成绩更值得珍贵，我们的胜利也更值得自豪。

我们文艺作品的主要任务应该是歌颂伟大的社会主义建设，鼓舞人民前进，这一点是无可怀疑的。可是，有些艺术家却仅仅满足于表面的歌颂和空虚的赞美，而掩饰着我们的斗争和成长的困难，这样的歌颂自然显示不出我们人民艰苦奋斗的革命精神，因而也就显得软弱无力，不能感动读者。比方我们在电影中所看到的农业生产合作社，几乎个个都是牛羊满谷，五谷丰登；每家农户的餐桌上都摆满了鱼肉，几乎把桌面都压得塌下来；每个农村姑娘都穿上了崭新的花布衣裳，甚至还披上了彩花头巾。其实这样的图景和我们一般农民的生活水平还是有相当距离的，并不能真实地反映出今天农村生活斗争的复杂情况和存在于农民生活中的困难和问题。

像尼·奥斯特洛夫斯基那样的作家，是敢于正视现实生活中的困难和痛苦的。他在《钢铁是怎样炼成的》一书中，曾经真实地、毫无粉饰地描写了苏联革命初期人民的艰苦生活：

---

① 一九五六年第三期《文艺报》中《向新的高潮前进》一文。

……每天早上，他们在这里喝完了茶，就动身出去工作。他们的主要食品是素扁豆汤，和一磅半像无烟煤一样的硬面包。天天是这些，真是单调得要命。①

…………

保尔费了好大力气才把他的一只腿从污泥里拔出来。因为觉得分外寒冷，他才发觉他的一只靴子的烂底，已经完全脱掉了……他实在不能再这样下去，只好下工——这会是为了一只靴子。他从污泥里捡出那片靴底，忧郁地看着它，而且打破了他不再咒骂的誓言。②

这些还仅仅限于写物质生活的困苦；至于革拉特珂夫在《士敏土》一书中，更进一步写到广大工人群众对党内一些不良倾向所作的斗争。

我觉得，这样的描写仍然是振奋人心的，有积极作用的。人们绝不会因为看到生活中有困难和痛苦，工作中有缺点和错误，就丧失了对社会主义前途的信心。相反地，唯有看到克服苦难、战胜错误的英雄行为，才能帮助我们坚定信心，增添勇气，去接受严酷的考验。革命总是在惊涛骇浪中前进的，革命的人民也不可能一辈子都在温室中酣睡，或是在地毯上跳舞。

对于一个艺术家来说，病态的悲观主义是可怕的、危险的，但是廉价的乐观主义也同样有害。在目前我们的文学艺术领域内，后一种思想情况似乎更值得注意。

只要是常常深入到生活中去的人，谁都会看到人民群众还有这样或那样的困难和痛苦。今天在我们的土地上，还有灾荒，还有饥馑，还有传染病在流行，还有官僚主义在肆虐，还有各种各样不愉快的事情和不合理的现象。作为一个有高度政治责任感的艺术家，是不应该在现实生活面前，在人民的困难和痛苦面前心安理得地保持缄默的。如果一个艺术家没有勇气去积极地参与解决人民生活中关键性的问题，没有勇气去正视现实生活中的困难和痛苦，他还算是什么艺术家呢？一个真正的艺术家必须勇于干预生活。所谓干预生活，就是

---

①② 见《钢铁是怎样炼成的》（人民文学出版社版），第276、278页。

既要肯定生活，也要批判生活。肯定有利于人民的东西，批判不利于人民的东西。肯定时要有饱满的热情，批判时要有坚定的信心和冷静的头脑。这两者本来是相辅而行的。

难道说，我们写了生活中的困难、痛苦，就会伤害了我们所衷心拥护的社会主义制度么？不会的。社会主义的朝霞是光辉灿烂的，只要是头脑正常的人，绝不会把一点黯淡当作满天阴霾。问题只在于我们抱着什么态度，站在什么立场去理解、去写。只要我们抱着拥护社会主义制度的态度，站在无产阶级的立场去理解、去写生活中的困难和痛苦，我们就不会灰心丧气，更不会幸灾乐祸。我们揭露了生活中的困难和痛苦，正为的是引起疗救的注意，为的是要克服它们、消灭它们，为的是教育人民群众怎样去对付它们，那又有什么不可以呢？

难道说，我们写了生活中的困难和痛苦，就会破坏我们艺术作品中的美感么？不会的。社会主义现实主义的艺术作品不能歪曲生活，但是也不能逃避真实或粉饰生活。车尔尼雪夫斯基在他的美学研究中就已经得到了这样的结论：艺术作品里的美必须是从真实地反映生活中得来，美就是生活。有一次，我看到一位摄影记者拍摄农村秋收的图片，他嫌农村妇女穿得不够漂亮，特别请了几位女学生来"扮演"秋收中的农村姑娘。我以为，这样的做法就是粉饰生活。在艺术作品中，虚假的美、装腔作势的美，只能叫人恶心！

不管是肯定生活也好，批判生活也好，根本问题还是在于我们关心现实，贴近人民。作为革命的文学家、艺术家，我们必须深入到人民群众中去，深入到火热的斗争中去，和人民共一个身体，同一个灵魂，和人民结下生死不解之缘，和人民同甘共苦，同歌同哭。浅薄的乐观主义和冷漠无情的生活态度必须改变，而代替之以对人民命运无比的关切；粉饰生活的怯懦心理必须克服，而代替之以正视现实的革命精神；对个人得失利害的打算必须割弃，而代替之以高度的政治热情和对人民事业的责任感。只有这样，我们才能道出人民的衷曲，写出人民的爱憎喜怒，离合悲欢；只有这样，我们才不至在人民的成就面前一味嬉笑，而不善于歌颂，在人民的困难和痛苦面前闭上眼睛，保持缄默；只有这样，我们才能创作出真实地反映我们这个时代，而且也无愧于我们这个时代的作品。

一九五六年九月

"舍己从人"

写文章，自然是多改几遍好。不管是自己改，或者是别人改，改一遍，总会修正一些错误，增添一些好处。列夫·托尔斯泰写《战争与和平》和《安娜·卡列尼娜》，据说就修改了好多次，才算定稿。不过，改坏了的也不是没有。例如袁枚在《随园诗话》中所记：王安石改王维诗"山中一夜雨"为"一半雨"，改"把君诗过日"为"过目"，改"关山同一照"为"同一点"，就显然是剜肉生疮，点金成铁。

就是自己改自己的作品吧，越改越坏的例子也并不少。古人不说，且说今人。据《剧本》月刊记载：有这样的一个剧本，写张三在互助组里得到了好处，但对加入合作社却信心不足。深夜中，张妻从张三扛活的痛苦年代说起，劝服了丈夫，张三于是下决心入了社。提意见者说这太简单了，冲突没有展开，要求作者写得丰富些，并且要写出人物的内心活动。这意见，作者接受了，第二遍稿终于改出来了。但提意见者又认为当时正在批判合作化运动中的盲目冒进倾向，剧本脱离了这一点来写农民动摇，似乎与政策有所抵触，便要求作者再作修改，力求反映当前的政策精神。

作者当然不能拒绝。第三遍稿经历了漫长的岁月，从春到秋，才改写了出来。剧本增添了许多人物和情节，各种矛盾和冲突——先进与落后，急躁冒进与稳步前进，资本主义与社会主义……在剧本中构成一幅庞大而杂乱的图景。提意见者倒觉得这样改还比较合乎规格，但又指出剧本仍然没有写出合作化的优越性。作者当然又遵命照改了。

不幸，当剧本改成时，农村中却在反右倾、反保守，为了力求配合当前政治任务，作者只得又修改一番。

如是者改来改去，一共"大改"了五遍，才算定稿。人物场次加多了，剧本的内容也"丰富"了，既像合作社的发展史，又像农业生产的"百科全书"。初稿虽然显得有些单薄，毕竟还是一出戏，定稿却变成了一个"四不像"的东西，根本不能演出。

孤证不足为凭，试再举一例。据我所知，有一位青年作者的剧本也是在类似的情况下改坏了的。这是一个反映农民组织起来、战胜自然灾害走合作化道路的多幕剧，本来剧本中写了一些母子、夫妻间悲欢离合的故事，还有些好处。后来经过文艺团体的领导上一再提意见要作者修改，结果，悲欢离合的情节删掉了，只剩下人物表示走合作化道路的决心和连篇累牍地讲大道理了。

这些同志在修改自己的作品时的心情如何，我不得而知。根据我自己的经验，在修改文章时，舆论的压力，加上时下的一些清规戒律，常常会对作者发生很大的影响，有时甚至会破坏了作者的创作情绪。唐朝的名诗人刘禹锡作"重九"诗，本来想用一个"糕"字，但这个字是经传上所没有的，人们都把它当作"俗字"，因此他就没有敢用，终于改用了别的字眼。后来有人嘲笑他说："刘郎不敢题糕字，空负诗中一世豪。"可见习俗移人，贤者不免。今天我们某些作者，是否也有和刘郎同样的顾虑呢？

我并不是主张，一个作者要固执己见，对别人的意见都不虚心接受。但是也应该充分估计到，提意见的人，未必个个都能够深刻地体会到作者创作过程的甘苦，全面地考虑到作品艺术结构的完整性，因而所提的意见就免不了有主观片面的地方。更何况，一篇文章，一部作品，毕竟不同于一件衣服，它本身就是一个有机的构成，它的优点和缺点有时会有着不可分割的联系。改文章，不像改衣服那么容易，倒近似于给一个人化妆：头发太长了，可以给剪短一些，皮肤太黑了，可以给抹点粉。但是，如果嫌眼眶太深，手指太长，身材太高，恐怕最高明的美容师也是无能为力的，硬要修改，只有弄得四肢残废，遍体鳞伤。

一个作者在创作时，往往是有感而发，灵机一动，有时就一气呵成，未必顾到句斟字酌，以后取读，就一定会发现瑕疵百出，反复改正，自然是必要的。但在修改时，假如过分屈从别人底意见，甚至不惜违反自己原来的情操和意图，就势必破坏整部作品的艺术构成。一个艺术家如果没有自己对于现实生活的深刻的见解、独特的思想，或者不敢坚持自己正确的意见，却轻易地以别人的思想来代替自己的思想，就没有独立的风格，也就没有真正的艺术。一个孩子不可能由两个母亲孕育出来，一件艺术作品也不可能由两个思想感情都不一致的艺术家来"集体创作"。

顾炎武在与友人书中写道："足下诗文非不佳，奈下笔时胸中总有一杜一韩，放不过去，此诗文之所以不至也。"这句话说得很好，因为胸中有了老韩和老杜，而且总是放不过去，就再没有自己了。

一九五六年十月

从契诃夫劝人坐三等火车说起

契诃夫曾经劝告过他的一个朋友，坐火车最好坐三等。他说，在三等车厢里可以看到更多的人情世态。

这虽然是一件小事，但也可以看出，作为一个伟大作家的契诃夫，绝不放过任何一个机会观察多方面的社会生活，体验多方面的社会生活，跟各式各样的人交朋友，洞悉各式各样的人的心灵。他甚至在病重的时候，也被对生活的伟大热情和喜闻乐见新鲜事物的欲望所推动，仍然坐火车到库页岛去了。其实，这又何止契诃夫一个人为然，但凡从事写作这一行职业的人都大抵如此。高尔基曾经徒步走遍了整个俄国，他在写给朋友的书信中曾如实自供："从十六岁到现在，我都是作为别人的私语的偷听者而过活的。"英国作家司各特本来是一个贵族，但他常常独个儿跑到乡下去，出钱请乡下人跟他一道吃喝，酒醉饭饱后就请他们唱一首歌谣或讲一个故事给他听。巴尔扎克喜欢穿上褴褛的衣服、破旧的皮鞋，跑到巴黎郊外的工人住宅区，混进工人中间去，留心观察他们争论各种生意经，有时故意跟在工人夫妇后边，听他们谈家常话。

和这些古典作家比起来，今天我们作家的生活圈子就未免显得太狭隘，生活方式也未免太不社会化，或者可以说，太上层化了。我们天天鼻子碰鼻子的朋友，除了文化界人士，还是文化界人士，不是作家，就是编辑，至多加上几个机关干部和学校教师。在三教九流中，在各行各业中，我们几乎连一个谈得来的知己朋友也没有。我们当中有些人在北京待上好些年，却从来未住过前门外的鸡毛店，未逛过德胜门外的晓市（鬼市），未赶过白塔寺的庙会，甚至未观光过天桥的杂耍。我们的生活圈子竟是如此狭小，似乎只有在办公室里、会议室里的生活才算是生活，其他方面的生活都不算是生活。记得前些时候，我在农村里劳动，曾经邀请过一个农民朋友到小酒店里喝了四两白干。事后有位同志批评我，说我生活不够"严肃"。我不否认，不喝酒自然要比喝酒更"严肃"些，但少了这四两白干，那位农民朋友就不会跟我说上那许多知心话。人就是那么古怪的东西，有许多话，他在酒桌旁边可以说，可是在农业生产合作社的办公室里就说不出来。

广大读者要求我们所描写的题材更加多样，要求我们所反映的生活面更加宽广，那么，首先让我们把生活圈子扩大一些吧。就像契诃夫所提倡的那样，多坐几回三等火车，多见见世面，多了解一些群众的痛痒，也未尝没有好处。自然，这并不等于就是"深入"了生活。

一九五六年十月

启　示

　　假如艺术不能把真理的火种传播于人间，假如艺术不能为人
类的现在和未来而战斗，假如艺术不能拂拭去人们心灵上的锈迹和
灰尘，假如艺术不能给予人民以支援和裨益，这样的艺术就毫无价
值，也毫无意义。

这是我在二十多年前第一次读到鲁迅先生的作品时所得到的信念。

二十多年来，这样的信念在我的心中与日俱增。我越来越强烈地感到：
缺少对人民命运的深切关心，缺少对生活的高度热情，缺少"己饥己溺，民
胞物与"的人道主义精神，缺少"死守真理，以拒庸愚"的大勇主义精神，就
没有崇高的人格，也没有真正的艺术，剩下来只不过是美丽的谎言和空虚的偶
像。失去了同生活同人民的联系，失去了"注视着世界的真面目，并且爱世
界"的心，就势必陷入于一种冷淡麻木、无所作为的卑下的精神状态中去，这
对于一个艺术家来说，不仅是精神的危机，而且是致命的痼疾。

应该说，我之所以认识到这些真理，主要是得力于鲁迅先生的启示。

我没有权利把这样的启示自秘。因为我总有一种感觉（但愿这只是一种
错觉）：在我们这些从事文艺工作的同志当中，虽然人人都在开口闭口地讲着
鲁迅先生，可不是每个人都能够真正地体会到鲁迅先生的精神。且不说有多少
人像浅薄轻佻的小金鱼似的漂浮在生活的表面上，心安理得地浪费着自己的时
光和才华；且不说有多少人对名位的热衷远远超过于对革命艺术事业的忠诚，
仅仅为某次出门没有坐上小汽车而难过得睡不着觉……就在不久以前，我还
怀着悲愤的心情倾听着一个这样的故事：一九五六年八月中旬，中国作家协会
天津分会组织了一个青年文艺工作者代表团到水灾灾区去慰问灾民，也体验生

活，搞创作。这些同志有的看到灾区一片大水，觉得危险，中途就借故溜走了；有的虽然身在灾区，心里却在悠闲地欣赏着沿河两岸的山光水色，到了重灾区，又嫌那里的生活艰苦，不愿在那里住下去，更不愿和当地政府推荐来的抗灾积极分子谈谈，就匆匆忙忙一溜烟地跑回天津去了。

不管这样的青年作家和艺术家有着多么了不起的才能，我也不敢期待他们会写出无愧于人民、无愧于时代的作品。正如罗曼·罗兰所说的："要散播阳光到别人的心中，必须自己的心里有。"当一个人心中的火焰早已熄灭，我们怎能希望他会燃烧起别人的心？

我们大家都要向鲁迅先生学习。学习他的才华、他的智慧，学习他的"如切如磋，如琢如磨"的创作劳动、他的"焚膏继晷，兀兀穷年"的治学精神。但，我觉得，更重要的，是学习他的心，他作为一个伟大的革命人道主义者的心，作为一个坚强的无产阶级战士的心。这种心，用鲁迅先生自己的话来表达，就是"横眉冷对千夫指，俯首甘为孺子牛"。在《为了忘却的记念》《忆韦素园君》《记念刘和珍君》等杂文中，在《祝福》《故乡》《一件小事》等小说中，我们都可以亲切地触摸到这颗伟大的心在跳动。

一个知识分子，特别是一个艺术家，要达到"横眉冷对千夫指，俯首甘为孺子牛"这样的境界是很不容易的。我在上面所提到的那个不愉快的故事，也许是比较突出的例子。然而，我们扪心自问之余，似乎也应该承认，随波逐流、明哲保身的犬儒主义精神，冷眼旁观、置身事外的生活态度，对于我们当中某些人来说，已经全然算不得新鲜。有人明明眼看到使国家吃亏的事情而不敢提出抗议，有人明明眼看到使人民受苦的事情而不感到义愤填膺，有人明明眼看到官僚主义者无法无天而保持缄默，有人明明眼看到报复打击的冤狱而不敢仗义执言。也许他们还会淡淡地告诉你说："这又有什么值得激动的呢？这只不过是生活洪流中的个别现象。况且我们的主要任务是观察生活，体验生活，反映生活，而不是干预生活。我们的信条是：'不要哭，不要笑，只要理解。'"①

不错，"理解"是重要的，但，作为一个艺术家，要是他不与人民同甘

---

① 这是荷兰哲学家斯宾诺莎的话。

共苦、同歌同哭，他就永远不能真正懂得人民的心。为什么我们不能"要哭，要笑，也要理解"呢？

本来艺术创作要求我们更深更广地去体验人生，可是现在我们当中有些人似乎和人生隔离得越来越远了。

本来艺术创作要求我们心对着心、灵魂对着灵魂地去贴近人民，可是现在我们当中有些人似乎已经丧失了接近人民的兴趣了。

本来艺术创作要求我们"先天下（群众）之忧而忧，后天下（群众）之乐而乐"，可是现在我们当中有些人似乎已经把人民群众看成没有知觉的"刍狗"，连他们的忧乐都忘记了。

本来艺术创作要求我们成为"人民的良心""人民的代言人"，可是现在我们当中有些人似乎连"为人民服务"也谈不上了。

庄子说："哀莫大于心死。"对于一个艺术家来说，冷淡和麻木就是犯罪的行为。没有"横眉冷对千夫指，俯首甘为孺子牛"那样的坚韧的革命斗志和伟大的革命人道主义精神，则不足以语人生，更不足以语艺术。学习鲁迅先生，似乎应该以此为起点，我以为。

一九五六年十月

创作和批评的障碍

自从百花齐放、百家争鸣的方针提出来以后，在自然科学和社会科学的领域里，已经"放"得很繁荣，"鸣"得很热闹，例如关于遗传学的问题，关于形式逻辑的问题，关于目前中国资产阶级和工人阶级的矛盾是不是对抗性的矛盾的问题，关于中国近代史分期的问题……大家都发表了许多不同的意见，收获也很大。唯独在文学艺术的领域里，劲头反而显得差一些。虽然也有"争鸣"，但仅仅限于一些枝节问题和古典作品，很少涉及带有根本性质的问题。虽然也"放"了几朵新花，但真正富有艺术魅力、真正能够激动人心的作品还不多见。

有人说，这是"点缀百花齐放，敷衍百家争鸣"。

比方说，大家都感觉到我们今天的文学作品还不够有力量，不够有生气，还不能充分反映出现实生活的真实面貌。但，问题在哪里，原因在哪里呢？就很少看到有人在报纸刊物上发表意见，加以探讨。

毋庸讳言，我们的作家、批评家以至文学期刊编辑的思想顾虑，不是很少，而是很多。

首先，我们大家都害怕犯错误，害怕受到批评。

不知道从什么时候开始，我们文艺工作者对于批评就有一种非常可怕的看法，不是把批评当作"空气和水"，而是把批评当作"原子弹"，谁碰到它谁就得完蛋。受到批评的人至少在很长一段时间内抬不起头来，例如萧也牧同志自从在解放初期受到批评后，几年来都不能发表文章，甚至不能伸直腰杆做人。谷峪同志在今年春天召开的中国作家协会理事（扩大）会议上受到批评后，有些中学教师就怀疑是否还可以继续讲授他的《新事新办》；有人还因此而追查他的言行，说他骄傲自满，咎由自取。批评既然引起如此可怕的后果，作家就不能不存有"惊弓之鸟，望月而飞"的戒心，不敢放胆地去写。批评家也唯恐"下笔不谨慎，笔下有冤魂"，误伤了同志，当然更要提防人家"反戈一击"。编辑更是战战兢兢，生怕发表错了有"问题"的文章，挨了批评，害人害己。

风气所趋，于是我们大家都成了"无所争"的谦谦君子，对一切比较尖锐、比较重大的问题，对一切现代作品和现代作家，都不约而同地三缄其口。有一位批评家读完了一部作品，有人请他写篇评论文章，他慨乎言之地说："我怎么说好呢？说它好吧，我是撒谎，违背良心。说它不好吧，他毕竟是个有希望的作家，我不忍心把他'压'下去。再说，我也不愿意和人家结下嫌隙。"

难道在我们的批评家和作家之间，只能存在着"猎人和鹿"式的关系，而不能存在着"别林斯基和果戈理"式的关系么？难道文艺批评只能是"一棍子打死"的或者是不痛不痒的批评，而不能是恰如其分、使很多人都得到益处的批评么？难道文艺批评一定要牵涉到庸俗的人事关系上面去么？难道一个人在创作上或者在理论上犯了点错误，就一定要提到"原则高度"，追究到他的道德品质和阶级立场么？这些问题都是值得我们反复深思而迅速地加以解决的。

假如说，公开发表出来的批评意见还易于辩解，那么，一般舆论的压力更是难阻难当。有不少读者（自然也包括一部分文艺界人士）都以非常粗暴、轻率、简单化的态度来对待报刊上发表的作品，往往没有仔细读过全文就抓住一点加以"口诛笔伐"，或者用政策硬套，或者断章取义，硬扣帽子，或者凭印象，凭一时意气，就给作品和作者作了末日裁判式的结论。这种"耳食之见"往往流传极广，"众口悠悠，可以铄金"。影响小的，已经足够使作者寝食难安；影响大的，风声传到作者所在的工作部门里去，领导上就不免要布置大会、小会，对作者进行"帮助"。而作者在这种"帮助"下，自然就要考虑到能不能再走创作这条路了。

对于编者来说，"舆论的压力"也是个极大的威胁。我们的读者似乎有一种很奇怪的习惯，他们赞成一篇文章，拥护一篇作品，倒不一定给编辑部写信，但，假如他们有反对的意见，那就很少会保持缄默的。常有这样的事情：

当报刊上发表了一篇批评性的文章之后（特别是那篇文章的内容牵涉到某一个行业、某一个工作部门），批评和抗议的意见就会如雪片似的飞来。这个说，文章歪曲了某一种可尊敬的人物的形象，要编者作自我检讨；那个说，文章污蔑了党和人民，要编者负政治责任。在这种"千夫所指"的情况下，就算编者是个"一身是胆"的赵子龙，也会心慌意乱的。记得古书上有一个故事：曾参的母亲正在织布，有人来警告她说，曾参杀了人。第一次她不相信，第二次她也不相信，到了第三次，她就不能不投杼逾墙而走了。对于一个作者，一篇文章，编者自然有一定的看法，但是他对作者和文章信任的程度，总不能超过曾参的母亲对于她那个一向有着好名声的儿子吧。因此，作为一个文学期刊的编者，就不大放胆发表有独特见解，但立论比较偏激，敢于尖锐地提出问题，但态度并不那么客气的文章，倒宁愿多发表一些四平八稳、不痛不痒的文章，不求有功，但求无过。编者也是人，他可不愿意一天到晚都在提心吊胆中过日子。

我在这里发了好些牢骚，说了好些废话，但丝毫也没有反对读者对报刊上发表的作品提出批评的意思。我衷心地承认，大部分批评意见对于作者和编者都是非常有益的。不过，我有一个愿望，一个请求（仅仅是愿望和请求而已）：但愿大家提出批评意见的时候，尽可能全面一些，慎重一些，客观一些，多讲些道理，少扣些帽子；但求大家就事论事，就文论文，不要轻易扯到政治问题上面去，少用一些"污蔑""反动""反党反人民"等吓人的字眼（除非是对真正属于敌性的作者和作品），那就"功德无量"！

依我看，在文学艺术的领域里，要"放"得繁荣，"鸣"得热闹，也并不难。粗暴之风气去，百花自然敢"放"，"帽子"之威胁去，百家自然敢"鸣"。如此而已，岂有他哉！

一九五六年十二月

"山石"与"女郎"

元遗山写过一首诗来挖苦秦少游：

> 有情芍药含春泪，无力蔷薇卧晓枝。
> 拈出退之山石句，始知渠是女郎诗。

我读到这首诗，未免觉得有点奇怪，韩昌黎的《山石诗》，奇崛诡谲，固然独具一种风格。但元遗山为了要推崇韩昌黎的奇崛诡谲的风格，就极力贬低秦少游的清丽委婉的风格，硬是要拿韩昌黎和秦少游相比，想把他比下去，这不但没有必要，而且也太不公平了。

在政治标准一致的前提下，对于文艺作品的欣赏趣味，总是因人而异的，见仁见智，乐水乐山，各有不同，不能相强。但，我们爱看京戏，倒不必反对别人看电影；我们欣赏武松打虎的勇气，却不必反对别人欣赏黛玉葬花的痴情。为此，我们才需要有各种不同流派、不同风格的文艺作品。人们常常称道"盛唐气象"，其实盛唐之所以为盛唐，难道不正是因为它是一个名家辈出、群星灿烂、百花齐放的时代么？假如盛唐只有一个李太白，而没有许许多多同时代的不同流派的诗人，那么，那一个时期的诗坛会是多么寂寞、多么冷落、多么单调啊！

谈到这里，我们不能不想到，在编纂某一时代某一种文学体裁的选本时，若是真正为读者着想的话，必须充分照顾到各种有代表性的流派和风格。"山石""女郎"，都应该兼收并蓄，不可"罢黜百家""独崇一尊"。《新编唐诗三百首》把高适、岑参这样的边塞派诗人和孟浩然这样的田园诗人统统都拒诸门外。《五四散文选讲》不选朱自清的《背影》《桨声灯影里的秦淮河》《荷塘月色》，并且在《前言》里把这些脍炙人口的名篇一律贬斥为"有着没落的士大夫阶级感情"。《选讲》中所选李大钊同志的作品，只选了一篇完全属于政论性质的《庶民的胜利》，偏偏不选那篇散文特色比较显著的《青春》。《选讲》中有好几篇作品，其实是政论文，或是一般的通讯，作为散文中的佳品，总显得有点勉强；而另一方面，《选讲》对于五四时期的散文名家如刘半农、俞平伯、夏丏尊等人的作品却只字不提（其实他们也写过一些有积极意义的作品），这是很难令人同意的。这两部选本的编者之所以根据这样主观片面的标准来取舍作品，以致挂一漏万，除了由于对"政治第一"的原则理解得过于机械、过于狭隘（而且忘记了"艺术第二"，忘记了好作品总是思想性和艺术性两者的统一）之外，是否也有点元遗山式的偏见呢？

刘彦和在《文心雕龙》中说过几句很聪明的话："人禀五才，修短殊用，自非上哲，难以求备。"这就是说，作家的情况各有不同，他们的风格自然无法要求整齐划一，他们的才能也不可能做到十八般武器件件精通。庄子对此也有一个很好的比喻："凫胫虽短，续之则忧。鹤胫虽长，断之则悲。"一个艺术家有一个艺术家的风格，勉强作这样或那样的不合理的苛求，恐怕是没有什么好处的。

一九五九年六月

并非"蛇足"

不久以前，《文汇报·笔会》副刊上发表了一篇题为《蛇足》的"古诗今谈"，大意说，孟郊的《游子吟》是一首好诗，但只要"慈母手中线，游子身上衣。临行密密缝，意恐迟迟归"前四句就足够了，最后两句"谁言寸草心，报得三春晖"应当删去，因为这两句是"发议论"，"不仅浪费笔墨，而且有些画蛇添足"。

对于这种看法，我可不敢苟同。

就诗论诗，这首诗既题名为《游子吟》，本当抒游子之情，言游子之志，最后两句正是起了点题的作用。如果只有前四句，而没有后两句，那么，这首诗就只是《慈母吟》，而不成其为《游子吟》了。

其次，作诗是否可以发议论呢？我看只要发得好，也未尝不可以，不见得一发议论就是"蛇足"。例如相传为我国最古的歌谣的《击壤歌》，最末一句"帝力于我何有哉"就是议论。《古诗十九首》和白居易的讽喻诗，几乎首首都有点议论，也无损于它们的艺术感染力量。至于曹植的《七步诗》，妙处正在于它的最末两句"本是同根生，相煎何太急"画龙点睛式的议论，如果没有这两句，这首传诵千古的名诗恐怕就要大为逊色了。

我们当然不应该迷信古人。对于古典作品的思想上的缺陷和艺术上的缺陷，也不妨大胆提出批评。但是最好不要说出像"有人把七十回的《水浒》勉强拉长改写为一百二十回本的《水浒全传》，所以显得格外冗长拖沓"，"'两个黄鹂鸣翠柳'是帮闲文学"，或者"《游子吟》末两句是什么'蛇足'"诸如此类似是而非的话来，那就太好了。

一九五九年六月

浅谈艺术风格

　　每当我们熟悉了某一个作家的作品之后，就往往能够根据这些作品的内容和形式所表现出来的特点，从许多作品中把这一个作家的作品辨别出来。这样的一些特点，我们通常管它们叫艺术风格。比如鲁迅先生写文章，为了避免国民党反动派的检查官和"文探"们找麻烦，不知道用过多少笔名，但，细心的读者还是可以猜到那些文章是出自鲁迅先生的手笔。可以说，这是鲁迅先生的独特风格泄漏了"秘密"。

　　我国古语说："文如其人。"法国有一位自然科学家布封也说过一句名言："风格就是人。"（马克思在《评普鲁士最近的书报检查令》一文中曾经引用过这句话，他是同意这句话的。）这就是说，每一个在艺术上比较成熟的作家都会有他自己独特的艺术风格；一个作家的艺术风格，往往具有他本人的个性特征。常言道，百人百性，作家的艺术风格很少会完全相同，这就是这一个作家区别于其他作家的特殊标志。在艺术风格上彼此接近的作家，往往会形成一个流派。

　　当然，一个作家的艺术风格的形成，并不仅仅决定于他的个性和气质。刘勰在《文心雕龙》的《体性篇》中列举出形成各种不同的艺术风格的四项因素："才有庸俊（俊），气有刚柔，学有浅深，习有雅郑。"①他这个说法虽然还远不够全面和准确，但也有几分道理。应当说，一个作家的世界观和人生观、思想感情、生活经验、创作方法、取材范围、艺术气质、美学趣味、个性特点，在艺术上所受过的教养和熏陶，掌握艺术语言和艺术技巧的习惯等等，对于他的艺术风格的形成，都会起着重要的作用。因此，艺术风格一方面固然

---

　　① 这几句话的大意是说，艺术风格的形成和作者禀赋的愚蠢或聪明，气质的刚强或柔和，学问修养的深厚或浅薄，在艺术上所受的熏陶的雅正或鄙俗等都有关系。

具有作家的个性特征，同时也包含着作家许多其他方面的特征。这一个作家和那一个作家，或许在政治倾向上完全一致，世界观和人生观也大致相同，但由于其他方面的因素不同，也可能形成两种截然不同的艺术风格。比如我们绝不会把白居易的《秦中吟》《长恨歌》《琵琶行》错认为杜甫的诗篇，也不会把杜甫的"三吏""三别"错认为白居易的作品，尽管他们两个人在世的年代相去不远，而且同是关心人民疾苦、勇于为民请命的大诗人。

艺术风格的形成，除了由于作家的各种主观因素之外，和作家所处的时代也很有关系。李白的奔放雄奇、洒脱俊逸的艺术风格，和开元天宝年间的盛唐气象是相适应的，甚至可以说，这种风格是中国封建社会生产力发展达到高潮的一种反映；而饱历了南北朝一代流离丧乱的庾信，就只能在他晚年的诗赋（特别是《哀江南赋》）中唱出沉郁感伤的调子了。同时，不少的作家和作品的艺术风格还具有鲜明的阶级烙印、民族特色和地方色彩。以《诗经》三百多篇为例，其中《国风》完全是民歌韵味，《大雅》和《颂》则大都是贵族阶级乐曲。沉雄劲健的《敕勒歌》只能产生在北方游牧民族中间，委婉缠绵的《子夜歌》则充满着江南儿女的风情。这是一眼看去就可以辨别出来的。

我们党一向提倡在政治标准一致的前提下艺术风格多样化的发展。因为只有多样化的艺术风格才能更好地反映丰富多彩的现实生活，才能满足人民群众多方面的欣赏兴趣和精神需要，才能使作家和艺术家们不同的创作个性和才能得到充分的发挥。建国十一年来，我们在文学创作中所取得的显著成就之一，就是艺术风格上的百花齐放。不仅有许多具有丰富创作经验的老作家，而且也有不少在斗争生活中成长起来的新作家，都在逐渐发展和形成自己的独特的艺术风格。我们可以不费力地列举出许多具有自己独特艺术风格的作家和作品来。通过《三里湾》和别的作品，我们完全可以鲜明而具体地感触到作家赵树理的独特的艺术风格——那种像我国北方农村人民一样深厚、明朗、乐观而质朴的风格。通过《山乡巨变》，我们同样可以清晰地辨识出作家周立波的独具特点的风格——那种像南方的农村田园一样明快、幽美而纤丽的风格。同样以北方农村的斗争生活作为描绘对象，但是作家梁斌在《红旗谱》当中所显示出来的浑厚、浓烈而深沉的风格，又是那样迥异于作家柳青在他的作品中所显示出来的那种踏实、谨严的风格。同样是以社会主义工业建设为题材的作品，但我们毫不迟疑地便可以辨认出：这是作家艾芜的作品，它们的委婉有致、细致生动的笔调使我们想起工笔画；那是作家杜鹏程的作品，它们的强烈明快、黑白分明的笔触，又使我们想起刀锋遒劲的木刻画。刘白羽的作品都有高亢激昂的音调，有如雄伟的战歌；而孙犁的作品则又是那样秀雅自然，宛若情感充沛的抒情诗。假如读者有兴趣的话，不妨找刘白羽的《火光照红海洋》《从富拉尔基到齐齐哈尔》和孙犁的《山地回忆》（这些作品均载《建国十年文学创作选·散文特写集》，中国青年出版社出版）等作品对照起来细细玩味一番，一定会发现这两位作家不同的艺术风格各具特色：前者有如烈火狂飙，磅礴豪雄，体现着一种阳刚之美；后者有如光风霁月，洒落宜人，体现着一种柔和之美。此外，如李准的扎实平易，王愿坚的朴素简洁，王汶石的峭拔隽永，茹志鹃的俊逸清新，林斤澜的工巧灵妙……也都能自成一体，各有千秋。可以说，我们有许多作家，已经能够通过各自的艺术特色，显示出鲜明的艺术风格。

一个作家在创作中形成自己独特的艺术风格，自然不是轻而易举的事情。鲜明的艺术风格的形成，需要有相当丰富的艺术经验作为基础，也是创作逐渐走向成熟的重要标志之一。当然，个人的艺术风格尽管可以多姿多彩，千变万化，但也应当符合于我们的民族气派与时代精神。我们赞成艺术领域里出现多种多样的风格，并不意味着可以为颓废的、萎靡的风格大开方便之门。只有能够引人向上，培养人们健康的、高尚的情操，极大地提高全国人民社会主义思想觉悟，提高全国人民共产主义的道德品质的艺术风格，才是社会主义文艺所应当大力提倡的。

一九六一年三月

张与弛

《礼记》中有一段颇有点辩证法精神的话："张而不弛，文武弗能也。弛而不张，文武弗为也。一张一弛，文武之道也。"毛主席在《对晋绥日报编辑人员的谈话》中曾经引用过这段话来说明革命工作的规律性。

对于我们的文学艺术创作来说，这个规律也是有启发性的。比如一首乐曲，光是一股劲儿的快，一股劲儿的紧，从头到尾都是最强音，那就显得很单调，没有什么节奏感了。白居易在《琵琶行》中所描写的那支曲子，开始有"大弦嘈嘈如急雨，小弦切切如私语"的一段，接着有"间关莺语花底滑，幽咽泉流冰下难"的一段，后来又有"银瓶乍破水浆迸，铁骑突出刀枪鸣"的一段，这倒是很合乎一张一弛的规律的。我相信，弹奏起来一定很优美动听，可惜我们谁都没有听到过。

一幅画，也是如此。布景成局，全凭有疏有密，有浓有淡，相间相成，方能错落有致。只密不疏，则必嫌迫塞。只疏不密，则必嫌空松。只浓不淡，则必嫌繁缛。只淡不浓，则必嫌单薄。虽然不同的艺术风格难免各有所偏，一幅作品总有一幅作品的基调，或以强烈见长，或以柔和取胜，但，"单打一"的旋律和笔墨终究是容易使人感到单调的。

推而广之，写小说，写戏剧，甚至写评论文章，亦无不如此。假如小说中段段都是高潮，那么，高潮就反而不突出了；戏剧中场场都是密锣紧鼓，让观众的神经拉得像弓弦一般紧，就反而使人家不大想看下去了；文章中句句都加上着重点，主要的论点就反而不明确了。比如《水浒传》中《林教头风雪山神庙》那一回，写到林冲发现陆虞侯来暗害他，特地买了把解腕尖刀带在身上，准备跟他拼个死活，可是作者的笔在这里并不肯急转直下，却又回过头来，写林冲去看管草料场，在大雪中出门买酒吃那一段比较轻松的笔墨，然后再转向高潮。以现代作品为例，《红日》是一部描写惊心动魄、钢血交飞的大战役的小说，但作者常常在战斗的空隙中插入一些描写后方生活的章节，使紧张的气氛稍微松弛一下。我看，这些都不是可有可无的闲笔浪墨，没有它们穿插在其中，就显不出一张一弛、一起一伏的妙用了。弛，正是为了张。伏，正是为了起。

有些同志不大懂得一张一弛、相间相成的道理，常常主张把作品中、文章中一些乍看起来似乎与主线、主题并无直接关联而其实与主线、主题颇有些内在联系的所谓"闲笔浪墨"大笔勾销。他们这样做，似乎是为了艺术的完整性，实际上倒往往破坏了艺术的完整性。"牡丹虽好，还仗绿叶扶持。"不妨设想一下，假如把绿叶全都去掉，只剩下一朵光秃秃的牡丹花，那还有什么好看呢？

一张一弛的规律，不仅适用于作品的艺术结构，似乎也可以适用于艺术家和作家的创作过程。古人说，画家作画，有时候需要"解衣磅礴，有凌历一切之雄"，有时候又需要"揎袖摩挲，有动不逾矩之妙"。（见《芥舟学画编》）这话说得有理。艺术创作，自然是极度紧张的劳动。不过，作者在精神上却不宜弄得过分紧张，太紧张反而会失常态，疑是疑非，患得患失，产生不出好作品来。杜甫云："五日画一水，十日画一石，能事不受相促迫，王宰始肯留真迹。"（《戏题王宰画水山图歌》）这是真正懂得创作甘苦的经验之谈。有时候，稍为"弛"一下，倒是会对创作有好处的。

当然，在鼓足干劲、力争上游的前提下，我们提倡张与弛相调剂、劳与逸相结合，这并不是为松劲思想大开方便之门，而是为了更有效、更持久地保持革命干劲，为了使艺术家和作家们工作得更好，收获得更多。弛一下，正是为了更好的张。这个道理是非常明白的。

一九六一年四月

高尔基这封信告诉了我们什么？

几乎成为一种癖好了，我很爱读作家的书信和日记。我觉得，从这些写得比较随便一些的书信和日记中，往往能得到很多非常精辟的见解。最近读了高尔基的一些文艺书信，得益不少，特别是他在一九二五年八月二十七日写给德·安·富曼诺夫的一封短信（曹葆华、渠健明译，载今年四月十八日《光明日报》《东风》副刊），更是足以发人深省，到今天对于我们仍然有着深刻的教育意义。

在这封不到一千四百字的短信里，我们可以看到，高尔基首先给予富曼诺夫以热情的鼓励，充分肯定他的《恰巴耶夫》和《叛乱》都是最有意思和极有教益的作品，但同时又对这两部作品提出严肃的然而又是友爱和公正的批评。高尔基表示，他既不同意绥拉斐莫维奇对《叛乱》的过分的赞扬，也不赞成卢那察尔斯基对《恰巴耶夫》的宽大的嘉奖。他认为，这两部作品的艺术意义都不是很高的，它们的历史意义和教育意义超过了他们的艺术意义。他严正地指出：就形式而论，《恰巴耶夫》不是中篇小说，不是传记，甚至不是特写，而是破坏所有一切形式的一种东西……两部作品都写得不经济，话太冗长，有很多的重复，还有很多的说明。这些说明是作者对自己和读者的智慧不信任的明显标志。他并且进一步责备富曼诺夫说："您写得匆忙，写得十分草率，您是像一个目击者在讲述，而不是像一个艺术家在描绘。因此，在故事中就出现了拖延故事进展的大量完全无用的细节。"

高尔基说得很对，有些作品的历史意义和教育意义超过了它们的艺术意义；不言而喻，也有些作品的艺术意义会超过了它们的历史意义和教育意义。我们力求"革命的政治内容和尽可能完美的艺术形式的统一"，但同时应当承认，这两者并不是常常都能够统一的，固然有思想性和艺术性都很高的作品，但是在通常的情况底下，特别是就青年作者的作品来说，这两者之间总难免有些距离。把思想性和艺术性等同起来，说有了思想性就有了艺术性，或者有了艺术性就有了思想性，都是不符合文学创作的实际情况的。像《恰巴耶夫》和《叛乱》这样的作品，在政治上当然很富于革命性和战斗性，可是它们的艺术形式却不很完整。

高尔基所指出的各种毛病，例如艺术形式较差，写得不经济，冗长啰唆，叙述多于描写等等，在我们当前的创作中也是普遍存在着的，有些作品甚至还达不到像《恰巴耶夫》和《叛乱》这样的艺术水平。我们的作家和批评家都应当正视这种情况，在充分肯定这样的作品的历史意义和教育意义的同时，必须注意到它们在艺术形式上的缺点，并且努力为消灭这些缺点而奋斗。仅仅因为作品有一定的教育意义就不在艺术上提出正当的要求，对缺点绝口不谈，甚至把这些缺点当作优点来加以肯定，这样的批评也不是实事求是的。

很有必要在这里声明一下，我们提倡严肃而认真的文学批评，要求批评家实事求是地分析作家和作品的成败得失，并不意味着可以给粗暴批评大开方便之门。轻率地扼杀一部作品的粗暴批评，在任何时候都是要不得的。高尔基对富曼诺夫的批评虽然是很尖锐的，但完全是同志式的、善意的和公允的，和粗暴批评不可同日而语。况且，首先我们必须注意到，高尔基只是在私人的书信中尖锐地表示他的意见，并没有把这些话都写在公开发表的批评论文中。在一些公开发表的批评论文中，我们可以看到，高尔基在对作家和作品直率鲜明地提出意见的时候，还是很注意掌握分寸的，从来不说使人难堪的话，从来不带着审判的味道，除非被批评的对象是敌对性的，或者是犯了不可容忍的错误的。其次，高尔基在信中说得很清楚，正因为富曼诺夫是一位有才华的作者，是一位大大博得读者好感的作者，才使得他有权利向富曼诺夫提出这样严格的要求。这就是说，他的批评是因人施教的。对于一些不像富曼诺夫那样成熟，或者比富曼诺夫还幼稚得多的初学写作者，高尔基反而宽容得多。每当这些刚刚从事写作不久的青年作者受到资产阶级文学家贵族老爷式的责难的时候，高尔基还常常挺身而出，为他们辩护。因此，不考虑到具体条件的不同，把高尔基对富曼诺夫的批评方式和要求机械地搬用来批评任何一部作品，恐怕也不见得是有益的。

当然，对于富曼诺夫来说，高尔基的批评是对症下药、恰到好处的。这只要看看富曼诺夫对于高尔基这封信的反应就足够说明一切了。在收到这封信之后，富曼诺夫在日记上写道：

> 这真是说不出的快活：马克西姆·高尔基写来了一封信。信里谈到了《恰巴耶夫》，谈到了《叛乱》，谈到了我的文学作品。骂得真好，也真能鼓励人……

> 他这封信，就和他本人一样，不是赞扬我的，而是更多地在骂我，指点我。可是读了这封令人鼓舞的信，我感到了多么大的力量……

接着，富曼诺夫给高尔基回了一封热情洋溢的信，写道：

> ……您顺手就给了我两拳，而且每一拳都打得是地方，是地方……

> 亲爱的而且严厉的阿历克赛·马克西莫维奇，为自己写的东西感到惭愧、羞耻，这难道不是一种进步吗！不知道怎么一来，也不知道什么时候，在我心里出现了一种极其严格的批判精神：它使我永远要兢兢业业，在我写作的时候，不让我心安，这真让我感到高兴呢。再说，当我改写了七遍、八遍、九遍以后，我想要说的话，终于按照我所希望的样子说了出来，那是多么快活呀。我在成长，这是令人兴奋的。所以要是我现在来写《恰巴耶夫》或是《叛乱》，我一定会写得好一些的……①

使我们深受感动的，不仅是这两位作家这种披肝沥胆的深情厚谊，而且是两位作家这种深刻的、严肃的、一丝不苟的批评与自我批评精神。高尔基坦

---

① 富曼诺夫的这些日记和书信的全文见《论写作》，第226—231页，人民文学出版社，一九五五年出版。

率而诚恳地指出富曼诺夫在创作上的弱点，这正是他真正爱护这个青年作家的表示；而富曼诺夫虚怀若谷地接受了高尔基的批评，对自己要求得十分严格，无情地去对待自己的缺点，也正是一个革命作家应该采取的态度。富曼诺夫在接到高尔基这封信后不到七个月的时间内就不幸逝世了，然而他并没有辜负高尔基的期望，他毕竟在艺术的追求上获得了新的成就，写出了一部比《恰巴耶夫》和《叛乱》要成熟得多的《海岸》来，这样快的进步和他对待批评和创作的严肃态度是分不开的。

我希望，凡是关心当前的文学创作和文学评论工作的人们，都来读一下高尔基这封信。因为它不仅正确地说明了思想性和艺术性的关系，而且给我们树立了在文学工作中进行批评与自我批评的良好的榜样，有助于我们养成一种健康的、实事求是的、真正负责的学风。

一九六一年四月

史　笔

　　巴尔扎克说过："拿破仑用剑所不能完成的，我要用笔来完成它。"司马迁也敢于用他的笔，和封建统治阶级的利剑挑战。这种精神，就是封建时代许多有正义感、有人民性的文人所称道和继承的"史笔"。无论是《唐宋传奇》的作者们也好，《水浒传》的作者施耐庵也好，《三国演义》的作者罗贯中也好，以至《聊斋志异》的作者蒲松龄也好，对于司马迁的"史笔"都是心向往之的。

　　"史笔"的最大特点就是"实录"①。所谓"实录"，就是要"不虚美，不隐恶"，按照历史事实的真实情况直录下来。这种严格地忠实于客观存在的写作历史的态度，在今天看来似乎很平常，是起码的要求，但在封建专制的残酷压迫之下，却是十分难能可贵的，只有敢于"舍生取义"的历史家才能做到这样。

　　当然，所谓"史笔"，还不仅仅限于忠实地记录下来大量的历史事件，写出了各式各样的历史人物，而更重要的是，作者要表明他对那些事件和人物的态度，寓褒贬、别善恶于叙事之中，这就是所谓"一字之褒，荣于华衮，一字之贬，严于斧钺"的春秋笔法。明末清初的著名学者顾亭林说："古人作史有不待论断而序事之中即见其指者，惟太史公能之。"（《日知录》卷二十六）由此可知，"史笔"最光辉的价值，在于它的鲜明的倾向性和目的性。司马迁可不像一般"编年史家"那样，漠不关心地去描述善行和恶行，英雄和罪人，他对历史事件和人物的爱憎、褒贬，是极其分明的。我们甚至可以

---

　　①　刘向、扬雄、班固等人都一致承认司马迁著作《史记》的最主要特点是"实录"。班固虽然反对司马迁进步的世界观，但也不能不借别人的口吻称赞他的"实录"精神是"不虚美，不隐恶"。

说，他作《史记》，就是借着古人的形象来发挥自己的见解，来表达自己的理想。他为郭解申冤，他为李广辩护，他为屈原鸣不平，他为荆轲唱赞歌……他是多么爱这些性格强烈而命途多舛的历史人物啊！福楼拜尔说："爱玛（《包法利夫人》中的主人公），就是我！"我们也不妨说，司马迁笔下的郭解、李广、屈原、荆轲，甚至项羽和韩信，都带着作者自己的灵魂和血肉。作者用自己的生命，创造出历史人物的性格生命。假如说，"实录"的精神，是司马迁的现实主义因素的基本出发点；那么，可不可以说，按照自己的理想来塑造出可歌可泣的英雄人物形象，正是司马迁的浪漫主义因素的基本出发点呢？

金圣叹说过一段值得注意的话，他说："人凡读书，先要晓得作书之人是何心胸。如《史记》，须是太史公一肚皮宿怨发挥出来，所以他于《游侠列传》特地着精神，乃至其余诸记传中，凡遇挥金杀人之事，他便啧啧赏叹不置。一部《史记》，只是'缓急人所时有'六个字，是他一生著书旨意。"这当然对司马迁的"一生著书旨意"理解得过于褊狭、过于片面一些，而且司马迁早在"李陵之祸"前七年就开始著述《史记》，显然不光是为发挥什么宿怨，但他还是抓到了"史笔精神"的核心的。一则他看出了司马迁作《史记》，是有所为而发的，是有倾向性的，是有目的性的；二则他看出司马迁的理想人物是那些"挥金杀人""路见不平，拔刀相助"的游侠，是那些"其言必信，其行必果，已诺必诚，不爱其躯……而不矜其能，羞伐其德"的英雄。一篇《游侠列传》，足以说明司马迁对各种人物的臧否尺度：他鄙薄高官厚禄的卿相，也不满独善其身的隐者，而独对于"其行不轨于正义""儒家所排摈不载"的游侠推崇备至，这是有缘故的。他歌颂游侠，实际上就是歌颂体现在游侠身上的那种"路见不平，拔刀相助"的精神，而这种精神，又往往是从被压迫者被损害者的愿望中生发出来的。真正赋予《史记》以生命力，使它万古长青、磨而不磷的，恐怕主要是这种"史笔精神"，也就是司马迁这种"路见不平，拔刀相助"的精神，以及由此而产生他对于自己笔下的历史人物的刻骨铭心的爱和恨吧。在这种意义上，《史记》不是用笔墨写出来的，而是用生命写出来的。

还可以引用金圣叹的一段话作为旁证：

> 若庄周、屈平、司马迁、杜甫，以及施耐庵、董解元之书，是皆所谓心绝气尽，面犹死人，然后其才前后缭绕，得成一书者也。……夫而后知古人作书，真非苟且也者。

为什么要写到"心绝气尽，面犹死人"，然后得成一书呢？因为这些作者都是用生命来写书的，他们不仅把自己的知识和才华写在书中，而且把自己的全部生命都灌注入书中了。像这样用生命写成的书，当然有"藏之名山，传之其人"的不朽价值。

鲁迅先生认为一部《史记》，是"史家之绝唱，无韵之《离骚》……不拘于史法，不囿于字句，发于情，肆于心而为文"，并引茅坤所言"读《游侠传》即欲轻生，读《屈原贾谊传》即欲流涕……"云云，以明己意。（见《汉文学史纲要》第十篇）可知鲁迅先生所器重的，正是司马迁这种"史笔精神"，至于"辞章""文笔"等等，则犹为余事而已。鲁迅先生又岂是屑屑于辞章的一个人！

一九六一年十月

谈谈细节的真实

　　关于现实主义，恩格斯说过一句众所周知的名言："照我看来，现实主义是除了细节的真实之外，还要真实地再现典型环境中的典型性格。"恩格斯的意思是说，现实主义的文艺作品应当具备细节的真实；而细节的真实又必须服从于典型化的原则，不是"为真实而真实"。当然，对于不同的文学样式，要求它的细节真实程度应当有所不同，对小说和话剧要求得更严格些。

　　古往今来的现实主义作家和艺术家们，几乎都毫无例外地很重视细节的真实，只要在自己的作品中出现了一个不真实的细节，就引为莫大的遗憾。高尔基本人是当过烤面包工人的，对烤面包的劳动、面包房里的生活当然十分熟悉，但由于偶然的疏忽，也写错了一个细节。列夫·托尔斯泰曾批评过他的短篇小说《二十六个和一个》，说小说中所描写的烤面包的火炉，位置摆得不对。高尔基很同意他的批评，曾说过："的确，火炉里的火光，对于那时的工人的身子，就不应该像我所描写的那样的照法。"高尔基也指摘过果戈理的中篇小说《塔拉斯·布尔巴》里面有一些不真实的细节，例如这篇小说描写一个波兰地主在战斗中把两个哥萨克一刀劈裂，从头直落到马鞍上的砍开，这是根本不可能的。巴尔扎克认为，如果小说在细节上不是真实的话，它就毫无足取。他自己对于这一点是身体力行、一丝不苟的，他在《黄金》那篇小说中就谈到，为了仔细观察巴黎郊外工人住宅区的生活细节，他常常穿上褴褛的衣服、破旧的皮鞋，混进工人中间去，留心看他们争论各种生意经，有时还故意跟在从戏院回家的工人夫妇后边，听他们说的家常话。

　　不仅像托尔斯泰、巴尔扎克和高尔基那样的现实主义艺术大师，就是像雨果和梅里美那样的浪漫主义作家，对于细节的真实也还是十分注意的。读过《巴黎圣母院》的读者都会觉察到，雨果对巴黎市区各式各样的建筑物的描绘，几乎精确到像一个建筑工程师所能达到的那种程度。梅里美在中篇小说《阿赛纳·吉约》中也特别注意细节的真实，这篇小说的故事发生在十九世纪二十年代的巴黎，当时社会生活中的一些真人真事，例如一八二一年意大利歌剧院公演《奥赛罗》，温和保守派出版的机关报《清议报》，青年艺术家和浪子们经常在那儿碰头的"罗什·德·刚嘉尔酒家"，巴黎咖啡馆的老板法明，以及医生们开始使用的"叩诊法"等等，都一一出现在小说中，大大增加了他的描写给予人的真实感。

我国的古典文艺作品虽然比较强调"传神"，但认真严肃的作家和艺术家们对于细节的真实也是从来不肯掉以轻心的。郭若虚所著的《图画见闻录》记载着一个有趣的故事：

> 马正惠尝得斗水牛图一轴，云厉归真真迹，甚爱之。一日展曝于书室之外，有输租庄客立阶下，凝视久之，既而窃哂。公见之，呼问曰："吾藏画，农夫安得观而笑之，有说则可，无说则罪。"庄客曰："某非知画者，但识真牛，其斗也，尾夹于髀间，虽壮夫謷力，不可少开，此画牛尾举起，故笑其失真。"

这个故事也许是出于虚构，但由此可见前代画家非常讲究细节的真实，就是一条牛尾巴之微也不放过。从前张僧繇画《群公祖二疏图》，士兵有穿草鞋的，阎立本画《昭君图》，妇女有戴帷帽的，都为识者所讥，因草鞋盛行于南方水乡，非京师所有，帷帽始于隋代，非汉宫所见。清代上海某画家绘时事画，中有一人戴三眼花翎，一帽缀翎三支，支各一眼，并排于后，见者都传为笑柄。可知细节一有谬误，丹青虽工，终非完璧。至于文学作品也不例外，《红楼梦》写封建贵族的家庭生活，无论是起居饮宴，言谈举止，衣冠服饰，婚丧典礼，都写得细致入微，逼真动人，就是清代的世家子弟读起来，也找不出它在细节描写上有一丝半点的谬误之处。

为什么几乎所有的古典艺术大师们都这样讲究细节的真实呢？这和艺术的特性有关。正如黑格尔所说："艺术的特性就在于把客观存在（事物）所显现的作为真实的东西来了解和表现。"这就是说，文艺作品总是要把现实生活在艺术上再现出来，把一个个活生生的人物在艺术上创造出来，使读者和观众有如临其境、如闻其声、如见其人的感觉，从而通过这种美感的享受来领受教育。乡下人看戏，先问演得像不像，才论演得好不好，这是有道理的。假如根本演得不像，吕布不像吕布，张飞不像张飞，曹操不像曹操，孔明不像孔明，这些人物就无法在观众的眼前活起来，更谈不到什么"典型环境中的典型性格"了。

我们当代的文艺创作，一向很注意细节的真实，这是五四以来的优良传统。如像《祝福》和《林家铺子》那样的小说，在改编成电影时，有好些细节描写简直可以原封不动地搬过去。不过，百密也有一疏，在近年来问世的一些作品中，我们还是可以找到不少破绽。比如有一部著名的电影，故事发生在二十世纪二十年代，外景中竟出现了"公私合营"的商号招牌；有一部著名的长篇小说，故事发生在一九五三年，书中却一再出现"预备党员"的称号。这些虽然都是无关宏旨的微瑕，但只要导演、作家和编辑们稍稍留心，不是完全可以避免的么？更令人惊异的是，有些在现实生活中根本不可能发生的事情，有时也会在作品中出现。比如我在一部叙事诗中看到过这样的细节描写：女主人公刚刚分娩，孩子呱呱坠地，她马上就能够背负伤员，跋涉长途，逃避敌人的追捕。这是很难令人相信的。又如在一部长篇小说中有这样的细节描写：一个女工人因救护公共财产受了重伤，被送进医院救治，她厂里的同伴们竟挤在手术台前，焦急地看着医生给她动手术。试问有哪一个现代化的医院会容许一群没有经过任何消毒措施的非医务人员去旁观手术的进行呢？

在某些历史剧中，细节的真实性更常常被打折扣。《甲午海战》是一出很不错的历史剧，但初稿中有些细节描写是不尽符合历史的真实的。比如剧中有一场写到各国的外交官和洋员们在李鸿章官邸的庭院中肆无忌惮地高谈阔论对中日战争的阴谋诡计，就算他们不怕"隔墙有耳"，在这样的一个场合商讨外交机密，交换情报，收买间谍，也是难于设想的。最后一场写刘公岛人民群众武装起义，击败日军，生擒敌谍，虽然作者旨在象征中国人民的反帝怒潮方兴未艾，但距离当时历史的真实情况未免太远了。此外对李鸿章的昏庸腐朽，刘步蟾的跋扈骄横，也未能写得恰如其分。稍有历史知识的人都知道，李鸿章其实是一个老奸巨猾、深谋远虑的大官僚，他对外献媚帝国主义，对内镇压人民群众，都有一套手腕，并不如剧中所写的那样一味糊涂；刘步蟾虽有李鸿章作后台，可是在他的顶头上司丁汝昌提督的面前，也不可能放肆到这样不顾上下尊卑的程度。当然，历史剧的细节描写不容易做到完全真实，其原因很多。一则年湮代远，衣冠文物，风习人情，无由目睹，单凭间接资料，难免以讹传讹。再则作者对正面人物爱之至深，往往失诸溢美，甚至不惜把他们"拔高"到相当于我们今天的先进人物的水平，对反面人物又责之过甚，往往失诸溢恶，甚至把他们丑化得完全不近情理；溢美溢恶，都容易导致"失真"，一"失真"，读者和观众就不信服，反而会得到"掩善"和"隐恶"的效果，而使人们形象的典型性、作品的思想意义和艺术感染力量都蒙受不利的影响，这也许不是作者始料所及的。

至于反映当前现实生活的文艺作品，只要作者有实事求是之意，无哗众取宠之心，既留心观察，又认真考究，要保持细节描写的真实，似乎并不太难。有一位经验丰富的新闻记者，他所写的通讯大都富有现场气氛，细节描写十分精确。据说他在进行采访的时候，总是随身带着一架摄影机，他的摄影技术并不高明，也无意拍摄新闻图片来配合文字发表。他只是将准备描写的对象——拍摄下来，以便在写作时引起回忆，不至遗漏了或者弄错了任何一个必须写进通讯里去的细节。对于文学创作来说，他这种方法未必切实可行，但是他对于细节的真实一丝不苟的要求，倒是值得我们学习和借鉴的。难道我们不能以缜密的调查研究、详尽的笔记来代替摄影么？

一九六二年二月

门外诗谈（二十则）

片言明百意，坐驰役万景

在一切文学样式中，要求以最精粹的语言、最简练的笔墨来表现最丰富的内容的，恐怕莫过于诗歌了。李白的《静夜思》，以二十个字，写出了多么绵邈的情致。马东篱的《天净沙》小令，以二十八个字，写出了多么深邃的意境。刘禹锡云："片言可以明百意，坐驰可以役万景，工于诗者能之。"这句话可谓抓到了诗歌的艺术特点。言简意赅，以少许胜人多许，的确是诗歌之所长，但要做到这一点，却极不容易。前人有题画竹诗曰："莫将画竹论难易，刚道繁难简更难。君看萧萧只数笔，满堂风雨不胜寒。"作诗之甘苦，亦复如此。袁枚说："人但知寥寥短章之才短，不知喋喋千言之才更短。"此语可为动辄下笔数千行者针砭。

情与景

情景交融，是写景诗词的佳境，一般地说，交融的情和景总是相适应的。例如"月白风清，如此良夜何"，月白风清之景与欢欣闲适之情相适应。"月黑杀人夜，风高放火天。"月黑风高之景与恐怖惨酷之情相适应。陆机《文赋》说得好："悲落叶于劲秋，喜柔条于芳春。心懔懔以怀霜，志眇眇而临云。"情与景之相适应，大率类此。但也不是没有例外。如"春草碧色，春水绿波"，本是良辰美景，想不到下面两句却是"送君南浦，伤如之何"，何等感伤；"风雨如晦，鸡鸣不已"，颇有点凄厉的味道，想不到下面两句却是"既见君子，云胡不喜"，倒是欢愉之辞。文艺创作贵有独创性，表面上看来很不调和的情和景，偏偏用在一起，却能适变制宜，恰到好处，更显得不落俗套。

诗如其人

文如其人，诗更是如其人，在诗歌创作中，作者的艺术气质和创作个性是最难于掩饰的。盛唐时，李（白）杜（甫）并称，李之俊逸豪迈，杜之雄浑沉着，宛如双峰对峙，各有千秋。晚唐时，李（商隐）杜（牧）并称，李之深情绵邈，杜之雄姿英发，亦如二水分流，不容淆混。风格即人，有如此者。不过，大手笔往往有几副笔墨，如韩昌黎有"银烛未销窗送曙，金钗欲醉座添春"句，华赡绮丽，与其平夙所擅长的"横空盘硬语"相对照，俨若出自两人之手。陆放翁的《沈园》二首和《钗头凤》一阕，悱恻缠绵，亦殊不类"铁马冰河入梦来""中原北望气如山"等豪言壮语。可知艺术风格不但因人而异，有时也会因作者处境和思想感情的变化而异的。

诗贵含蓄

诗贵含蓄，"不著一字，尽得风流"，"言有尽而意无穷"，留给读者以想象的余地，才是诗中的醇境。白乐天诗非不佳，但有些篇章稍嫌太直太露，例如《新丰折臂翁》，写到"万人冢上哭呦呦"，本来就可以收韵了，他却生怕读者不了解他的意图，又加上"老人言，君听取……"一段，把话都说尽了。李商隐的无题诗，无人能解，也许不足为训，但这些诗至今仍能传诵不衰，它们的意境深远，耐人寻味，恐怕是一个主要的原因吧！

贵精不贵多

叙事诗写人物不宜过多。《琵琶行》《木兰辞》《陌上桑》都只是集中笔力写一个人。《长恨歌》写了两个人，重点是唐明皇。就是古典叙事诗中最长的《孔雀东南飞》，在全诗中不过出现了七个人物，其实也只是着重写兰芝和仲卿两个人。古典戏曲（特别是折子戏）也是如此。北昆《林冲夜奔》是一个人唱的独角戏。京剧《苏三起解》两个人唱，本来有两个解差，精简了一个，只剩下了一个崇公道了。总之，在叙事诗中塑造人物，贵精不贵多，千万不可如韩信将兵，多多益善。

警　句

作诗往往先得警句，然后完成全篇。警句总是产生自诗人对生活独特的感受和深刻的认识，它们有时候能够把诗人引导到一种神妙的创作境界，使得他的创作欲望空前旺盛，一气呵成全篇。自然，也有在得到一句或几句警句之后而无力完成全篇的，或者勉强凑成全篇而在艺术上不完整的。如谢灵运"池塘生春草"一语，清新自然，不愧"初日芙蕖"之誉，但综观《登池上楼》全篇，殊觉平平；姜白石"淮南皓月冷千山，冥冥归去无人管"二语，意境幽清，可供玩味，但《踏莎行》全阕，则颇见浅薄。可知整篇作品在艺术上十分完整的确实不易多得。

孟子论诗

孟子虽然以好辩出名，却很少发表有关文学问题的见解，但有一次，他就《诗经》中《小弁》一诗，提出了与高子不同的意见。

《小弁》这首诗，有人说是周幽王的太子宜臼所作，有人说是尹吉甫的儿子伯奇所作，总之是一个"为人子者"因被谗见逐、怨愤而作的，呼天控诉，语极沉痛。高子是否定这首诗的，他说这首诗有一股怨气，所以是"小人之诗"。孟子却为这首诗辩护，他认为父亲有大过，儿子有怨言，正是"亲亲"的表现，不怨，倒是对父亲疏远了。怨，不一定就是不孝；不怨，反而是不孝。（见《孟子·告子章句下》）

孟子固然也和高子一样，都是从封建伦理道德标准出发来评论这首诗的，可是他的思想方法却比高子全面。他不仅就诗论诗，而且还注意到"知人论世"，联系作者的生平处境和应有的思想感情作具体的分析，因此他的论断自然要比高子这种简单化的批评合情合理得多了。

我们论诗，也许不必以孟子为师，却不妨以高子为戒，特别是根据一首诗来评论一个作者，更应当力求全面一些，慎重一些才好。

诗与画

《芥舟学画编》云："画与诗皆士人陶写性情之事，故凡可入诗者，皆可入画。"此说恐怕未必尽然。比如曹植的《赠白马王彪》，元稹的《遣悲怀》《古诗十九首》第四首等，都是传诵千古的赫赫名篇，但以之入画，恐怕很难曲尽其意。大抵写景的诗歌宜入画，写情的诗歌不见得都能入画，写单纯事物的诗歌宜入画，写复杂事物的诗歌不见得都能入画。莱辛认为，诗歌不宜于描写静物，画不宜于叙述动作；但同时他也承认，诗也可以描写静物，只要通过动作，通过效果，化静为动，画也可以叙述动作，只要选定动作过程中顶点前的一刹那，摄取下来。此说有一定道理。

真实性

作诗不可不讲求细节描写的真实性，但也不宜抠得太死，如欧阳修指摘张继《枫桥夜泊》一诗："'姑苏城外寒山寺，夜半钟声到客船'句则佳也，其如三更不是撞钟时。"未免吹毛求疵。如果按照这个标准，则"燕山雪花大如席""黄河之水天上来"，都使不得；非改为"燕山雪花大如毛""黄河之水青海来"不可。这样一来，细节虽然真实，诗味却没有了。

诗就是诗，"过于执"对于诗总是不利的。

"直观反映"的山水诗

有人认为，有一种山水诗，它们对自然的能动的反映是在直观反映的基础上进行的，作者只写出一些生理上的感受，并没有流露什么社会思想感情。像这样直观反映的山水诗，严格说来，算不上艺术品。

这种说法，恐怕值得商榷。山水诗，毕竟是诗人头脑的产物，而诗人的头脑又不同于照相机，不可能作纯粹直观的反映。不管表现得如何曲折、如何隐晦，山水诗中的自然景物，归根到底，总是作者的思想感情的一种象征、一种反映、一种寄托、一种抒发。没有王摩诘的情趣，就写不出"明月松间照，清泉石上流"；没有陶渊明的胸襟，就写不出"平畴交远风，良苗亦怀新"。即便撇开把山水写成怎样这一点不谈，光就写什么山水来说，和作者主观的思想感情也不无关系。古画书上所说的"喜气画兰，怒气画竹"，不是很朴素地说明了这个道理么？

假如说，这样一种"没有流露什么社会思想感情"的山水诗算不上艺术品，那么，轻音乐、花鸟画、静物画、动植物雕塑等等，大部分也都要被开除出艺术品的行列之外了。

改　诗

作诗不可不改。改一遍，总会去掉一些瑕疵，增添一些好词佳句。白居易的诗看来似极平易，好像都是一气呵成、一挥而就、未经反复推敲的，殊不知他在修改诗稿时也很下工夫。有人看过他的原稿，发现某些篇章的定稿改得和初稿几乎无一字相同，可谓千锤百炼。

不过，由于过分屈从别人的意见，或者受了一些清规戒律的影响，不惜违反自己原来的创作意图，破坏了作品的艺术结构，越改越坏的诗也不是没有。例如袁枚在《随园诗话》中所记方扶南三改《咏周瑜墓》诗一事。其少作云："大帝君臣同骨肉，小乔夫婿是英雄。"虽然诗味不多，总还算贴切稳妥。中年改为"大帝誓师江水绿，小乔卸甲晚妆红"已觉十分生硬。到晚年又改为"小乔妆罢胭脂湿，大帝谋成翡翠通"简直不知所云。又如唐代著名诗人刘禹锡作"重九"诗，诗中原来用了一个"糕"字，但"糕"字是不见诸经传的，当时一般读书人都把这一类字眼当作"俗字"，认为不宜入诗。因此刘禹锡也只好把这个"糕"字去掉，改用别的字眼。后来有人讥讽他说："刘郎不敢题糕字，空负诗中一世豪。"可见清规戒律之妨碍诗歌创作，真是自古已然了。

但愿我们今天的诗人，不要像刘郎那样顾虑重重，大胆地打破一些清规戒律。

古代的政治诗

古代的政治诗，直抒政见、针砭时弊的固然不少，如陆游的"公卿有党排宗泽，帷幄无人用岳飞"、陈与义的"庙堂无策可平戎，坐使甘泉照夕烽"、李纲的"胡骑长驱扰汉疆，庙堂高枕失堤防"等都是。但也有托物讽喻、意在言外的，如辛弃疾的名作《摸鱼儿》（以"更能消几番风雨，匆匆春又归去"起句的那首），表面上看来，似乎只是描绘一派暮春景色，其实作者痛心国势的阽危，愤恨朝廷的亲小人远贤臣、权奸的殃民祸国，语极沉痛哀切，难怪皇帝读了这首词，气得变了脸色。清代诗人钱梅溪写过一首咏蛙声的七绝："信宿扁舟夜未央，蛙声阁阁最凄凉。荒江月落天将晓，不辨官私闹一场。"某宰相见之，笑道："此诗当为江南吏治而作也。"吓得作者赶紧声明，此诗是一时遣兴之作，与时事无关。宋人唐庚有绝句云："说与门前白鹭群，也宜从此断知闻。诸公有意除钩党，甲乙推求恐到君！"明眼人都会看出，这其实是一首很厉害的政治讽刺诗，网罗所至，虽门前的白鹭亦不能免祸，可见封建统治集团迫害之酷了。

由此可知，文学创作之服务于政治，不仅在途径上有直接间接之分，即便同是直接服务于政治的，表现手法亦各有不同，有的用直笔，有的用曲笔，有的锋芒毕露，有的皮里阳秋，论者不可不辨。

酒与瓶

《红楼梦》第七十八回写了一段插曲：有一天，贾政命宝玉、贾环、贾兰各做一首诗挽吊婳嫡将军林四娘，贾兰做了一首七言绝句，贾环做了一首五言律诗，宝玉却笑道："这个题目似不称近体，须得古体，或歌或行，长篇一首，方能恳切。"众人听了，都站起身来点头拍手道："我说他立意不同！每一题到手，必先度其体格宜与不宜，这便是老手妙法。"后来宝玉做了一首长达四十多句的七言古体。

说到作诗，宝二爷的确是当行里手。他知道哪一种样式适合哪一种题材。这是文艺创作上一条重要的规律，很值得研究。就拿古典诗歌来说，如果要李商隐把他的《锦瑟》诗写成七言古体，要韩昌黎把他的《石鼓歌》写成七言律诗，即使能够勉强写得出来，恐怕也很难尽情尽意。至于七绝不适于叙事和描写，却便于抒情，这是作过旧诗的人都知道的。

有人把诗比作酒。酒有多种，酒瓶也有多种。花雕最好装在坛子里，白兰地却要盛以玻璃瓶，才能各得其所。

那么，就现代的诗歌创作来说，格律诗、自由诗、散文诗、民歌体，甚至旧体诗……似乎都可以不拘一格，百花齐放。我们既然提倡题材多样化，就应当让每一种酒都装进最合适的瓶子里，多几种瓶子又何妨呢？

现代语汇和旧体诗

过去不少诗人都用当代语汇入诗，清末诗人黄遵宪在这方面就做得不错。

现代人作诗，反映的是现代生活，表现的是现代人的思想感情，完全不用现代语汇，几乎是不可能的事。

不过，作旧体诗，也很难完全不用旧辞藻。旧辞藻和新语汇放在一起，运用得不好，就好比把酱油掺进牛奶里面，弄得不伦不类，败坏读者的胃口。

田汉同志作旧体诗，常常用一些新语汇，如赠梅兰芳的绝句：

> 亲发加农意兴豪，硝烟浓处卷惊涛。
> 先生歌后经三日，犹有余音绕战壕。

又如其近作《七百万人齐怒吼》一律：

> 古巴自古须眉壮，阶级豪情动八方，
> 今日燎原千丈火，当时创业几条枪；

何能解甲投馋虎？只有磨刀向饿狼！

七百万人齐怒吼，此声安得入宫商。

　　"加农""阶级豪情"等等，都是现代语汇，其中"加农"一词，还是英语cannon的音译，但用在这两首诗里却一点儿也不显得别扭。大抵田汉同志的旧体诗，命意新颖，遣词自然，又有风骨，有些诗句朴素平易、明白如口语，偶尔用一些新语汇，也无格格不入之弊，而有水乳交融之美，就大胆用新辞这点来说，对于写旧体诗的人，这种功夫的确是可以作借鉴的。

　　陈寅恪先生也曾自谦地说过："论诗我亦弹词体。"（见《论〈再生缘〉》）其实弹词体的诗也不见得没有好诗。今天我们学做旧体诗，倒不妨先作些弹词体，大胆运用现代语汇和口语入诗，比之一味套用古人的陈词滥调，似乎还要更适合时代的需要吧。

格　律

　　大概从唐代开始，诗歌就有了比较严密的格律，既要讲究平仄谐和，又要讲究押韵，如果是律诗，还要讲究对仗工整。

　　今天我们作旧体诗，要不要讲究格律呢？恐怕还是应当有一定的格律。旧体诗讲究格律，主要是为了构成艺术形式的完美；押韵的作用是要使声韵谐和；平仄相同的作用是要使声调多变化，不单调，念起来铿锵悦耳；对仗的作用是要形成词句的整齐的美。如果把格律丢在一边不管，就势必会影响艺术质量。

　　同时，格律和内容也有一定的关系。某一种体裁比较适宜于表现某一种题材，古体便于叙事，七绝长于抒情，这是凡作过旧诗的人都知道的。就拿对仗来说，也不光是要求工整，而且要求它更好地表现内容。刘勰在《文心雕龙·丽辞篇》中就提出过"反对为优，正对为劣"的主张，因为"反对"是用意义相反或不同的词来相对，上下两句从不同的角度来表达同一的意境，内容一定比较丰富；"正对"是用意义大致相同的词来相对，上下两句的涵义不免重复，内容一定比较单调。前者如"那堪玄鬓影，来对白头吟"（骆宾王），后者如"冠盖非新里，章华即旧台"（杜审言），孰优孰劣，一读就可以分辨出来。

近来读到一些今人作的旧体诗，很多都不管格律，我想这问题值得研究。另外，还有一种说法，认为"新格律和旧格律的根本区别点，在于前者是同内容紧密联系着的；后者则同内容没有什么联系，只是按照一定的字数、平仄等等'填'出来"。如果这里所说的"旧格律"是指旧体的格律诗而言，恐怕是不公允的。因为古代的优秀诗人，也大都能够运用完美的艺术形式，来做到更好地表现内容，并不赞成牺牲内容来迁就形式。旧体格律诗也不是只按照一定的字数、平仄就可以"填"得出来的。把写旧体格律诗的诗人不分皂白地一律当作形式主义者，那未免太冤枉了。

当然，今天我们在作旧体诗的时候讲究格律，也不必要求过严，甚或食古不化。比方押韵，大可不必完全按照古代的韵书来押，大体上押同韵字就可以了；古音和现代语音有所不同，完全按照古韵，反而显得不谐和。讲对仗，不必因为力求工整，就以辞害意。讲平仄谐和，只要能念得顺口，偶然出现个别的不依常格的拗句，也是可以允许的。

直与曲

《沧浪诗话》云："语忌直，意忌浅……"一般地说，此论极对。因诗贵含蓄，总以寓意微远渊永为高，若只有开门见山之妙，而无引人入胜之境，就索然寡味了。不过有时亦未可一概而论，如"朱门酒肉臭，路有冻死骨"，语可谓直矣，何尝不若"参天满布英雄树，万井啼寒未有衣"；"上邪！我欲与君相知，长命无绝衰。山无陵，江水为竭，冬雷震震，夏雨雪，天地合，乃敢与君绝"亦可谓直矣，又何尝不若"春蚕到死丝方尽，蜡炬成灰泪始干"。又如"两个黄鹂鸣翠柳，一行白鹭上青天""日出江花红胜火，春来江水绿如蓝"之类，都未必有什么深意，但亦不失为传诵一时的佳句。大抵诗发乎情，尤贵自然，只要能道出真情实感，或者写景状物，如在目前，往往是好诗，直一些，浅一些，似乎也无伤大雅。

细节描写

　　"诗之用，片言可以明百义；诗之体，坐驰可以役万象。"（见薛雪《一瓢诗话》引刘禹锡语）所以在诗歌中不宜作太繁琐的细节描写。诗歌一般概括力都非常强，往往以一当十。《木兰诗》叙述木兰十年的战斗生活，只写了六句；《焦仲卿妻》描写兰芝离开焦家时的梳妆打扮，可谓尽态极妍，但从"鸡鸣外欲曙"到"精妙世无双"，一共只写了十二句，六十个字。《琵琶行》描写琵琶女在弹奏琵琶时所创造出来的美妙艺术境界，可谓淋漓尽致，但从"转轴拨弦三两声"到"唯见江心秋月白"，也不过写了二十四句，一百六十八个字。如果诗人们处处都用繁笔，恐怕就没有一个读者能够耐心读下去了。

求　解

　　读诗不可囫囵吞枣，不求甚解，但亦不可买椟还珠。探幽索隐，求索片言只字的歧义，反而不能"会其指归，得其神理"。比如有人读毛主席《蝶恋花》词，一定要追问最后一句"泪飞顿作倾盆雨"是一人之泪，二人之泪，还是四人之泪；又有人读"夜半钟声到客船"，一定要考证当时苏州一带的寺院是三更打钟，还是五更打钟。如此求"甚解"，其实大可不必。

复杂和单纯

　　有人说，写复杂而曲折微妙的感情，诗不如文；写单纯而酣畅淋漓的感情，文不如诗。这话未尝没有一定道理，但也不是没有例外。如《还珠吟》一诗，写女主人公对赠珠的对方不无爱慕之情，但又碍于"事夫誓与同生死"的封建"大义"，只好"还君明珠双泪垂"，而自叹"恨不相逢未嫁时"，这位贵夫人的心情是何等复杂矛盾啊！全诗只有十句，却写得鞭辟入里，曲尽幽微。诗歌固然以写单纯的感情者为多，然未始不能写复杂的感情，此在有才能的诗人能自树立耳。

比　喻

　　古人作诗，多用比兴手法，或"感物言志"或"托物起兴"，如此方可增加诗味。其中有用直接比喻的，如"关关雎鸠"，以成双捉对的水鸟来象征爱情的追求，"硕鼠硕鼠"，以贪婪无厌的硕鼠来象征残酷的剥削者，这些都一眼看去就十分明白。也有比喻得很曲折隐晦的，如曹操《短歌行》以乌鹊的"绕树三匝，何枝可依"来喻人民流离失所之苦，古诗《焦仲卿妻》以孔雀的"五里一徘徊"来状夫妇依恋难舍之情，但一经点明，人们就感到这样的比喻确实贴切新颖，不落窠臼。新民歌中有些比喻也很有特色，如"莫学灯笼千只眼，要学蜡烛一条心"，但隐喻不多见，新诗中隐喻更少。

一九六二年三月至一九六三年三月

韵味、气势及其他

韵 味

古人论诗,最讲究韵味。但,究竟怎样才算是有韵味呢,却不容易说得清楚。

试设一比喻:在一处幽奥的林谷中,荫岩竦壑,重峦复嶂,老树撑云,藤萝卷石,若有阳光照耀其上,疏影横斜,恍惚变幻,则阴阳凹凸,奇横纵肆之趣,有不可思议者,如此境界,自饶韵味。反之,平沙万里,浑浑无涯,或茫茫一水,波澜不兴,登临极目,非不壮观,但终觉平淡单调,如此境界,谓之少韵味或无韵味。王国维论陆游词曰:"剑南有气而乏韵。"以其笔力虽雄浑,终少弦外之音。

陶渊明诗韵味最深,如《饮酒》第五首"采菊东篱下,悠然见南山。山气日夕佳,飞鸟相与还"数语,看似寻常,而中有佳趣,味道隽永,令人百读不厌;以韵味论,自然是上品。

杜陵诗虽纡徐而不失言外之意,如"锦江春色来天地,玉垒浮云变古今""鱼龙寂寞秋江冷,故国平居有所思"等句,用他自己的话来说,真是"水中着盐,饮水乃知盐味",也是很耐细品的。

或谓讲究韵味是士大夫的艺术趣味,此说恐怕未必尽然。民歌语多率直,但富有韵味的也不少。"月子弯弯照九州,几家欢乐几家愁?"能说这样的句子没有韵味么?!

气 势

古代的文艺理论，常常提到文气。古文家论文，尤以"气"为主要标准。或曰"一气呵成"，或曰"喷薄而出"，或曰"跌宕多姿"，或曰"抑扬顿挫"，或曰"宛转屈伸"，都是指文气而言。

皇甫湜称韩昌黎文为"长江大注"，钱谦益称庄子《华严经》"浩如烟海"。所谓"韩潮苏海"，就是说，韩昌黎的文气似潮水，苏东坡的文气似海浪。以水势来比喻文气，这是古已有之的。水势忌壅塞，文气忌黏滞，这也是相类似的。

大抵古人所说的"文气"，固然有各种不同的含义，但在多数的情况下，指的是"气势"之"气"，这和文章的起伏、呼应、衔接、开合等有关。文章要写得活，又有一定的章法，不蔓不枝，能放能收，才能有气势贯通于其间，否则万语千言，终成堆砌的死局。行文有如下棋，一着之差，往往全局俱乱，一两处有钩章棘句，就足以破坏整篇的文气了。

文章脱稿，最好拿来朗读；一读，则文气之优劣自见。作文如果不讲究修辞炼句、谋篇布局，缺乏节奏感，就一定通不过朗读这一关。

偏 见

偏见是人所难免的，而艺术上的偏见，更是屡见不鲜。

欧阳修不喜欢杜诗，苏东坡不喜欢司马迁的《史记》，王夫之力诋曹植。列夫·托尔斯泰认为贝多芬不过是一个嗜好与欲望的引诱者，认为他的第九交响曲是离开人类的作品；莎士比亚根本不懂得描写人物，连第四流诗人也说不上；米开朗琪罗和易卜生也一无可取。雨果非常鄙薄司汤达，他带着极大的轻蔑评论《红与黑》道："我试着读了一下，但是不能勉强读到四页以上。"这样的例子，不胜枚举。

生活道路的不同，艺术趣味的不同，性格和气质的不同……都足以形成这一个作家、艺术家对那一个作家、艺术家的偏见。曹丕说得好："文人相轻，自古而然。……夫人善于自见，而文非一体，鲜能备善，是以各以所长，相轻所短。"可谓道破此中消息。

　　作为一个文艺欣赏者，偏见还关系不大，你不喜欢那一部作品，不看它就是了。但作为一个文艺评论家或文艺刊物的编辑，就有必要克服自己的偏见，对作品的评价，应当力求做到"爱而知其恶，恶而知其美"，切不可以自己的口味，作为唯一的标准，罢黜百家，独崇一尊。因为这么一来，对于百花齐放、百家争鸣，就会造成障碍。

一九六三年三月

"国家不幸诗家幸"（外二则）

记得有两句古诗："国家不幸诗家幸，赋到沧桑句便工。"这两句诗虽不成为一条规律，但在一定条件下却也有一定道理。

假如屈原不是置身于腐朽黑暗的政治环境里，碰上了国破家亡的悲惨遭遇，他绝对写不出《离骚》《哀郢》《涉江》《怀沙》《抽思》等使人荡气回肠的佳作。

假如杜甫不是面对着"朱门酒肉臭，路有冻死骨"的现实生活，经历了干戈离乱、民不聊生的"安史之乱"，他绝对写不出《咏怀》《北征》《羌村三首》、"三吏""三别"等沉郁顿挫、传诵千古的诗篇。

这两句诗同样也适用于我们一个时期的诗歌创作。在十年浩劫中，国民经济到了崩溃的边缘，国将不国！有多少人死在武斗的疆场上，死在"自己人"的枪弹下，又有多少人含冤受屈、饮恨吞声而死去。一个社会主义国家，搞了二十多年，竟然出现如此悲惨的局面，党、国家和人民都在阵痛中颤抖。要说不幸，这该是史无前例的最大不幸了。但其结果，却产生了大量感人肺腑、动人心弦的诗歌。首先是天安门诗歌，创造了中国自有诗歌以来的历史奇迹。我相信，即使再过千百年，它们还会铭刻在中国人民的心碑上，这才真正是不朽之作。接着，中国诗坛上又涌现了大量优秀的政治抒情诗，例如艾青的《在浪尖上》《古罗马的大斗技场》，白桦的《阳光，谁也不能垄断》，邵燕祥的《致窦守芳同志》，张志民的《按照人民的命令》，韩瀚的《为真理而斗争》，雷抒雁的《小草在歌唱》，叶文福的《将军，不能这样做》等等，还有上百篇类似的诗篇。这些诗歌激动了广大读者群众的心。

"国家不幸诗家幸"！这是令人痛心的事情。当然，我们并不希望这样的情况重演一遍。我们爱诗歌，但是我们更爱国家和人民。

"义愤出诗人"

"文章不是无情物"。文学作品，特别是诗歌，是感情的产物，甚至可以说，是感情的结晶。

当然，各种感情都可以产生诗歌，无论是欢欣鼓舞也好，凄凉悲怆也好，悱恻缠绵也好，都可以成为诗歌的酵母。但，人类最强烈的感情，恐怕还是爱和恨吧。对于我们这一代人来说，假如说，爱，是不能忘记的；那么，恨，是更不能忘记的！特别是在十年浩劫当中，恨可能比爱还要强烈得多。

司马迁说得好："诗三百篇，大抵贤圣发愤之所为作也！"义愤出诗人，这在古今中外都没有例外。激于义愤，用血和泪写成的诗篇，总是一些最动人的诗篇，哪怕它们在艺术上比较粗糙。天安门诗歌的作者，并没有几个是专业诗人。

一个有正义感的诗人，难道能够忍心在人民的困难和痛苦面前闭上眼睛，对震动自己良心的不公平、不合理的事件保持缄默？对于和社会正义相对立的"丑"和"非"无动于衷、不感到义愤填膺的人，绝不可能成为一个真正的诗人，不管他有多高的才华和智慧！

无爱无憎，就没有诗。"温柔敦厚"，绝不可能是我们这一代的诗风！

"要铸屠鲸剚虎辞"

柳亚子先生写过一首题为《为人题词集》的七绝：

慷慨悲歌又此时，词场青兕[①]是吾师。

裁红晕碧都无取，要铸屠鲸剚[②]虎辞！

---

① 指宋代词人辛弃疾。河北忠义兵马首领耿京部下僧义端叛宋降金，辛弃疾擒获了他。义端说："我识君真相，乃青兕（犀牛）也。力能杀人，幸勿杀我。"弃疾斩其首归报。见《宋史·辛弃疾传》。

② 剚，音zì，义同刺。

我认为，这是一首好诗。我们今天最需要的，还是"屠鲸刲虎"的诗歌，说得通俗一点，就是批判揭发林彪、"四人帮"，肃清其流毒余毒的诗歌，就是干预生活的诗歌，就是针对涉及国家和人民命运的问题发言的诗歌，或者是，其他有战斗性的诗歌。当然，裁红量碧的诗歌，也就是趣味性、娱乐性的诗歌，例如风景诗、田园诗之类，只要它们给予人们一种健康的美的享受，我们也不应当排斥，在百花园中，它们也是一种花。但比之前者，它们只能居于第二位。

一九七九年，一年将尽之夜。

关于提高创作质量的几点浅见

近两三年来，文学创作的成就和突破，可以毫不夸张地说，确实超过建国以来历史上的最高水平，这一点大家都一致承认。但同时也应当清醒地看到，我们还有若干不足之处，主要表现在创作质量提高得不够快，而在题材、故事情节、艺术表现手法等方面雷同的现象也比较多一些。

作品是人写出来的。创作质量的提高，主要决定于作家的思想水平和艺术才能的提高。

首先，我们的作家还要站得高一些，用先进的思想来观察生活、研究生活、剖析生活，才能深刻地反映生活。近年来，写"文化大革命"的文学作品不可谓不多，但大多数只是停留在表现十年浩劫期间许多悲惨的往事，揭露林彪、"四人帮"及其死党伤天害理的罪行上面，却很少作品能够探索出"文化大革命"之所以发生的根本原因。有些作品仅仅接触到一点点，就不能进一步深入挖掘下去了。在这方面，文学界是落后于理论界的。我们的作家好像对理论研究，特别是对历史研究都不大感兴趣，其实作家们很有必要与理论家一道、与人民群众一道去探索、总结二十多年来历史的经验和教训，对我们二十多年来走过的道路进行再认识、再批判，只有认识得清楚了，批判得彻底了，才能反映得深刻。一个大作家，必须同时是个思想家，不能体现深刻思想的文学作品是很难有长久的生命力的，更谈不上概括一个时代的历史风貌。当然，即便认识到了，探索清楚了，还有一个能否通过艺术形象表现出来的问题，表现得好不好的问题。假如表现得很好、很深刻，能够正确地表现历史的真实和生活的真实，但由于种种原因，仍然不能发表，不能公演，那就不是作家的责任了。

其次，我们有一些作家（特别是青年作家）的基本功还不过硬，还不善于掌握丰富的艺术表现手法，这主要是由于他们对中外文学作品中的珍品、精品学习得不够。有些青年作家连《红楼梦》《水浒》《聊斋志异》《唐诗三百首》和托尔斯泰、巴尔扎克、雨果等人的代表作都没有读过，更不用说近代和当代影响较大的中外名著了。有少数青年作者的文化水平也不高，稿子上的错别字和语法错误比比皆是。常言道，"没有不识字的秀才"，不识字的作家、文理不通的作家恐怕也是不会有的。毋庸讳言，由于十年浩劫的影响，我们这一代青年人所受到的文学教育和语言学教育是严重不足的，有些同志甚至连《辞海》《辞源》《现代汉语词典》《汉语成语词典》等工具书也不善于使用。文学写作应该重视基础训练，阅读中外古今名著时要一字一句地认真阅读，认真钻研，认真推敲。每一个难懂的或者罕见的词汇都不要放过，要养成勤于查阅各种工具书、勤于向别人请教的习惯。有了扎扎实实的基础功夫，才能不断地提高写作才能。至于中国作家协会各地分会和有关的专业机构、学校（例如文学期刊编辑部、青年文化宫、业余大学、电视大学等等）也应当为这些"先天不足"的文学青年举办各种类型的讲座和读书班、学习班，让他们有充分的"补课"机会。

向古今中外的文学珍品、精品学习，自然应当取法乎上，先学习那些经过百数十年时间考验的现实主义作品。同时，现代西方各种流派的手法，也都可以借鉴。传统的现实主义的创作方法和现代各种流派的表现手法，其实并不是不能相容的，而是可以互相结合的。在当前世界上许多国家的文学创作中，这两者就有互相结合的趋势。不过，我们学习现代西方文学的表现手法和技巧时，还是应当立足于现实主义的土壤上，照顾到中国读者的文学欣赏兴趣和习惯，然后这些手法和技巧才能化为我们自己的血肉，成为中国广大人民群众喜闻乐见的东西。

再次，生活积累不多，视野比较狭窄，恐怕也是当前某些青年作家的薄弱环节。在抗日战争、解放战争时期成长起来的作家，一般地说，生活经历还是比较丰富的，有的人打过仗，有的人坐过牢，有的人参加过各方面的革命斗争，从事过各种职业。在建国以后培养起来的作家，大多数人也经历过多次政治运动，下乡搞过土改和"四清"，接受过正反两方面的教育。但那些在粉碎"四人帮"前后，依靠勤奋学习成长起来的青年作家，虽然彼此的经历、学习和修养各有不同，但比起前两代人来说，他们所接触到的生活面总难免狭窄一些。其中有些人往往只能从自己的小窗口去看世界，看生活，着重于抒写个人经历过的悲欢离合，个人感受到的爱恨恩仇。这样的作品有时也会震撼人心，也能从某一个方面反映出一代人的命运，但毕竟有一定的局限性，难于和概括整个时代的历史风貌、史诗式的作品（例如托尔斯泰的《战争与和平》、雨果的《悲惨世界》等等）相比拟。近年来优秀的长篇小说出现不多，这恐怕也是原因之一。因此，有关文艺领导部门似乎有必要为这一代青年作家创造条件，让他们有更多的机会接触到广大人民群众，学习社会，加深他们对各式各样的人的思想感情的理解，启发他们对涉及人民和国家命运的重大问题进行思考。所采取的方式不妨因人而异，因创作的需要而异，不必强求一致，不必急于求成。过去的经验证明，让作家有一个生活基地是可以的，但要求他们长期蹲在一个点上，一蹲就是三五年，而对于全国或者某一个较广大的地区的情况却缺乏深刻的理解，这样恐怕也未必有利于他们对生活进行更集中、更高度、更全面的概括。至于"走马观花"式的创作旅行，对于写游记、写特写有时候是用得着的，但对于积累生活、收集素材来写中长篇小说的作者则恐怕收效不大。一个作家感到最得心应手的还是写自己最熟悉的、经过长期深思熟虑的东西。

文学创作质量的提高，恐怕还要有一个相当长的过程，不可能一蹴而就。应当承认，和世界上的先进国家相比，我们不仅在科学技术上是落后的，在文学艺术上也是落后的。建国三十一年以来，我们还没有几部在国际文坛上产生过重大影响的文学作品，这和我们这个拥有将近十亿人口的泱泱大国是很不相称的。我们不要妄自菲薄，但是也不能盲目自大。在引进先进的科学技术的同时，适当地、有选择地多引进一些好的或者比较好的当代外国文学作品，以供研究和借鉴，这显然对于提高创作质量是会有好处的。

一九八〇年

往事与抒情

首先应当声明一句，我不是一个专门从事文学创作的人，我的经验和教训都是不足为训的。

最近一两年来，我写了十多篇散文，基本上可以分为两类：一类是以叙述一个故事开头，而以我对这个故事的感想和抒情来结束的；另一类则是悼念亡友的文字。总之，大都是以叙事为"画龙"，而以抒情来"点睛"。我通过往事抒写出自己的感情，而力求用自己的感情去打动读者的心。

在一个人的一生中，总有一些永志难忘的往事，也有一些不堪回首的往事。这些往事构成某一种情绪的波流，萦绕着我们的心灵。我既不能也不忍把它深埋，就只好抒诸纸笔。因此我所写的抒情散文，大都是以这些往事为题材的。在我国古代的散文中，归有光的《项脊轩志》《先妣事略》，王守仁的《瘗旅文》，袁枚的《祭妹文》，都是属于这一类。

我写过一篇题为《丁香花下》的散文，记述"一二·九"北平学生救亡运动的时候，我在某一次游行示威中被反动军警打伤了，身上染满了血迹，躲进北池子南口一户人家里。亏得那家人有一个女中学生给我包扎了伤口，擦干净了血迹，更换了衣服，才得幸免于被捕。后来我为了把衣服还给她，约她到中山公园来今雨轩的丁香花下会面。我把借用的衣服交还给她，她也把洗干净了的衣服交还给我，就匆匆握别了，彼此连姓名都不知道。但这件事从此永远铭刻在我的心灵中。我一看到丁香花，一闻到丁香花的香气，就想起这么一件事，这么一个人，仿佛又看到她消逝在丁香花丛中轻盈而苗条的身影，仿佛又听到她离去时轻轻的脚步声。有一位英国的汉学家，读过这篇散文后跟我开玩笑说，这真是一个"感伤的罗曼斯"，有点像斯托姆的《茵梦湖》的情调。

我还写过一篇题为《想起了哀伤的眼神和泪光》的散文，记述一九五七年反右派斗争期间的一段悲惨的往事：一个四川泸州市的青年女教师由于她的恋人错划为"右派"，被遣送去劳动教养，就离开她的家庭出走，在北京流浪了一个多星期之后，举目无亲，走投无路，企图结束自己的生命，被民警带到派出所里。她曾经恳求我收容她在我家里当保姆，但当时我自己正受到严厉的批判，处境已经十分危殆，由于害怕受到株连，我婉言拒绝了她的请求。后来她就消息渺然，死生莫测，大概是寻找她"最后的归宿地"去了。我觉得自己辜负了一个人的信赖，辜负了一个把我当作亲哥哥一样的年轻女孩子的信赖，我伤害了一个人的心，甚至可以说，我间接杀害了一个人。为了这件事情，我的良心受到很严厉的谴责。我一次又一次地忏悔而流泪，然而这已经是徒然的了。

类似的散文我还写过好几篇，例如《中秋节的晚餐》写的是我在部队里当参谋时所经历的往事，《湛江鸿爪》写的是我干地下工作时所经历的往事。每一篇都糅合着浓郁的抒情。更确切地说，是抒发着我怀旧的心情。怀旧，就难免有点淡淡的哀愁，甚至有点辛酸。

由于这些往事全都是我亲身经历过的，我写起来比较不大费劲，只要闭上眼睛，回忆沉思，这些人和事就会历历出现在我的眼前。我无须进行太多的艺术加工，只要如实描绘、直抒胸臆就行了。

我在渺小的一生中经历过好些悲惨的往事、可歌可泣的往事，当然也有不少欢乐的往事、使人振奋的往事。这一切，我都不能忘记。对于我们这一代人来说，不能忘记过去，是一个十分沉重的负担。罗曼·罗兰说："黄昏礼赞白昼，暮年礼赞人生。"人到黄昏，对于自己一生中经历过的往事总是会有一种特殊的感情的。这就是我为什么老是爱把往事作为散文创作题材的原因。

当然，我并不排斥写景状物的知识性、趣味性的散文，我也写过一些游记（例如《黄山秋行》），一些专门描绘鸟兽、草木、虫鱼的散文（例如《记洁园的菊花》），但这一类文字在我的散文创作中只占极小的比例。我总觉得，缺少了抒情，散文就不能打动人心。散文的领域是海阔天空的，它是一种短小精悍、拿得起放得下的文学样式，可以叙事，可以写景，可以抒情，可以刻画人物，也可以通过比喻来发议论。但是我比较喜欢叙事与抒情相结合的散文，这可能是出于我个人的偏爱。我做了一些不大成功的尝试。不过，这一类抒情散文我都是噙着眼泪写出来的。我不知道，它们是否也会吸引出某些读者的眼泪。

一九八〇年十二月于昆明

悔其少作与愧其少作

近来我每写完一篇新作，总是拿它和青少年时代写的同类型作品对比着来读两三遍，假如觉得新作的水平超过旧作，至少也和旧作不相上下，我就放胆把新作投给报刊发表。相反，假如觉得新作的水平还不如旧作，这说明我的写作才能并没有什么长进，甚至每况愈下，我就赶紧把新作藏诸楗椟，不轻易示人，更没有勇气拿去投稿了。

文学创作不同于其他技艺。一位特级厨师烹调出一道美味佳肴，第二道菜大体上也会达到差不多的水平，不至于大为逊色，不堪下咽。一位出色的裁缝师傅裁制了一套称身的服装，第二套大概也不会太离谱，甚至穿起来也出不了大场面。但是在文学创作上，第二部作品远远落后于第一部作品的例子多的是。特别是长篇小说，第一部可能是成名的代表作，而第二部、第三部……却根本得不到读者的认可。著名俄国作家果戈理的《死魂灵》誉满全球，但续篇写出来以后，他自己越看越失望，越恼火，只好忍痛付诸一炬了。

悔其少作，这说明作家的创作水平有所突破、有所发展、有所提高；愧其少作则说明作家已经到了"江郎才尽"的地步，作品日益退步，今不如昔了。

奉劝愧其少作的作家们，还是暂时搁笔，采用勤读苦练或者其他办法来提高自己的写作才能，然后重新执笔为好。写不出来就不必硬写。粗制滥造只会损害一个作家的声誉，使他的作品贬值，这样做未免劳而无功，得不偿失。

小题材与大作品

题材有大小之分，但作品并不能光看题材的大小而定优劣、分高下。有时候，小题材也同样可以表现出重大的主题思想。我们承认题材是有差别的，但是不能承认题材可以决定一切。

鲁迅先生所写的《一件小事》，只不过是看到北京的一个人力车夫在无意中带倒一位老太太，老太太并没有受到多重的伤，又没有人看见，他本来可以置之不理，扬长而去。但作为一个正直的人，车夫宁愿冒着吃官司、赔偿汤药费的风险，搀扶着老太太一步一步地走向巡警分驻所（即现在的派出所）去。鲁迅先生从这样的"一件小事"中看到车夫的"大"，从而反省到自己的"小"来。这篇短短的不到一千两百字的小品文之所以动人，因为它确实是出自作者的真情实感，并非为文造情，无的放矢。"文章虽小意非轻"，这样的《一件小事》也许比那些所谓写"重大题材"的假、大、空的革命样板戏还要有价值得多。

作品谈

从《约翰·克利斯朵夫》
论知识分子的自我改造

> 当你见到克利斯朵夫的面容之日，是你将死而不死于恶死之日。

几乎全无例外地，每一个中国新文艺作家都出身于知识分子阶层，而且这些作家也常选取知识分子的生活作为写作的题材，作为描绘的对象。从五四以来，我们曾经有过鲁迅的《伤逝》和《在酒楼上》，冰心的《超人》，郁达夫的《沉沦》，叶绍钧的《倪焕之》；一九二七年大革命以后，我们又看到以恋爱和革命的冲突作为中心的茅盾的三部曲（《动摇》《幻灭》《追求》），叶永蓁的《小小十年》，巴金的《雷》《电》《雾》，张天翼的《移行》；之后，由"一二·九"到抗战初期，中国文坛先后出现了《八月的乡村》（萧军著）、《新生代》（齐同著）、《刘明的苦闷》（严文井著）等，都或多或少地写出了我们同时代的知识分子的面貌。但，直到今天为止，我们似乎还没有看见一部真正刻画出知识分子的灵魂，写出他们在过渡时代中不仅在物质生活方面而且在精神生活方面所经历的艰险的巨著。在上述那些比较成功而获得较多读者的作品里面，作者固然已经费尽气力给我们创作了一些栩栩如生的人物。然而，我们不得不抱憾地说，这些人物的性格还是残缺不全的，没有一个可以比得上阿Q。好像在银幕上一样，我们只接触到他们的声音颜色，只看到他们的悲欢离合、痴嗔贪欲，可不能感受到他们心灵的颤动、血液的沸腾，与他们达到共同呼吸、息息相关的境界。要从上述这些作品中的典型人物的身上，找出一面照见我们自己心灵和面貌的镜子，寻求我们这一代知识分子自我改造的道路，仍然是显得非常不够的。其原因，有人归咎于作家生活的不安定，没有充分时间去创作更伟大更深刻的典型；也有人认为作家对于他们笔下的人物怀着偏爱，对于这些人物所存在的缺点持着一种宽恕的态度，甚至有意识地为他们的弱点去辩解，不愿意去揭露他们的弱点（见《中原》第二卷第二期芦荻先生的论文），也许这些都是不可否认的因素，不过在这些因素之外，还有一个相当重要的因素，那就是中国知识分子的孤独性与唯我性。

没有一个阶层比中国的知识分子更加孤独，他们不仅和其他的阶层互相隔绝起来，更坏的是即使在同一阶层的个别分子之间，也彼此拼命建筑着高不可逾的墙壁，彼此尽可能在自己身上覆盖着各种掩蔽的外衣。除了自己之外，他们不想了解任何人，也不想为任何人所了解，甚至有时对自己都不想了解。

不错，由于对农村和城市劳动者的生活很隔膜，对全般社会现象不了解，大多数作家不得不在知识分子群中去找寻他们的人物，去分析这些模特儿的性格，去观察记录这些模特儿的特征，然而这种工作比之从沉沉暮霭中去撷取霞彩还要艰辛，即使作家们所绘写的人物都是他们自己最熟悉的伴侣，然而关于他们的一切，你所知道的仍是那么稀少，致使你不能不把自己的性格特征，移植到他们的身上。结果，好些以知识分子为主人翁的作品都变成作家全部的或部分的自我表现，也往往只有这一类自供式的作品获得较大的成功。

不管原因如何，今天，广大的青年读者已经不满足于这些概念化的纸面人物，这些没有灌以血肉的时代幻影，他们要求一个比少年维特和哈姆雷特更富于人间性、时代性、战斗性的新英雄，一个人类以更大的苦难和更深的磨炼去追求的典型。他们希望通过这些英雄的性格，照出自己的弱点，激励起自我改造的勇气，去奔跑在这方生未死的时代之前。在这种意义上，罗曼·罗兰所创造的英雄约翰·克利斯朵夫是足以担当起这任务而无愧色的。

《约翰·克利斯朵夫》是写成于一九〇四至一九一二年间的，这期间正是德法间冲突最尖锐的时期，罗曼·罗兰企图透过这本书的两个主人翁——德国音乐家约翰·克利斯朵夫和法国诗人奥里维，提出反对战争的理论和法德两大民族可能由友情融洽在一起的思想。罗兰这种反战立场，无疑还是超阶级的、唯心主义的幻想，而且没有几年就遭遇到一九一四年的风暴而趋于破灭，但这些错误并没有掩盖这部长达十卷的巨著的光辉。他所创造的约翰·克利斯朵夫，已被当作一般心中燃烧着智慧与热情，不断地追求人类美满生活和创造人类幸福的知识分子的塑像。他的个性是坚强而反抗的，不但善于战胜外来的敌人，更善于战胜内在的敌人，这种性格不仅是存在于向上的进步的知识分子中间，而且可以说已经扩展到各种不同的生活领域，不同阶层的人类战士的身上。高尔基在庆祝罗兰七十寿辰的纪念论文里就这样写过："你所理想和创造的英雄约翰·克利斯朵夫，只有在社会主义的国家发展中才会实现。"高尔基的话并不错，成千成万的约翰·克利斯朵夫——新人道主义与国际主义的英雄，已经在苏联伟大的反法西斯战争中和狂热的生产运动中具体成形，他们给妖气腾腾的尘世带来了充满希望的黎明时代。今天，贫血而麻木不仁的中国知识分子，从这样人物的身上，应该可以获得更多的启示和教训，汲取更多的勇气和灵感，去洗刷自己陈旧的情绪和腐朽的意识，创造蓬勃的新生命力。正如罗兰在《米开朗琪罗传》的序言中所写道：

　　伟大的心魂有如崇山峻岭，风雨吹荡它，云翳包围它，但人们在那里呼吸时，比别处更自由更有力，纯洁的大气可以洗涤心灵底污浊，而当云翳破散的时候，它又威临着人类了。

　　我不是说普通的人类都能在高峰上生存。但一年一度他们应上去顶礼。在那里他们可以变换一下肺中底呼吸与脉管中的血液。在那里，他们将感到更迫近永恒。以后，他们再回到人生底广原，心中充满了日常战斗底勇气。

约翰·克利斯朵夫就是这样伟大的心魂，至少我们应当向他一年一度地顶礼！

然而，我们应当说明罗兰并没有把约翰·克利斯朵夫创造成一个不可企及的英雄范型，他毫不容情地暴露他的弱点，鞭挞他的弱点。写他不止一次地几乎被人生的苦难和卑下的情操所屈服，但结果他毕竟能够自拔更新，反过来克服了人生的苦难和卑下的情操，就在这种不断的矛盾、冲突和搏斗之中使得他的英雄性格像浮雕似的凸现出来。关于这，我们不妨拿译者傅雷先生的话作为注释：

　　……切不可狭义地把克利斯朵夫单看做一个音乐家或艺术家底
　传记。艺术之所以成为人生底酵素，只因为它含有丰富无比的生命
　力。艺术家之所以成为我们的模范，只因为他是不完全的人群中比
　较最完全的一个。而所谓完全并非是圆满无缺，而是颠扑不破地再
　接再厉地向着比较圆满无缺的前途迈进的意思。

　　是的，"得天独厚"和"圆满无缺"并不是英雄的标志，我们所称为英
雄的乃是那些不甘于灵魂的平庸而向外面的不合理的现实世界和内心的因袭腐
朽的观念世界时时刻刻进行着搏斗的人。只有在这种意义上，才能够了解罗兰
所创造的英雄约翰·克利斯朵夫，也只有在这种意义上才能使处于黑暗时代中
的知识分子了解"自我改造"对本身的重大意义。

　　知识分子从来就不是强者，而脱胎换骨的自我改造可不是轻而易举的过
程。如果他们不能把根须移植到黑土的深处（民众中间），他们就不能汲取和
积蓄更多的力量，向旧的时代冲击。对于一个常常陷于孤独的知识分子，最可
怕的还不是时代的暴风雨、革命斗争的火焰（这些可能给予他有益的考验和铸
炼）。倒是长期的政治低潮，日常生活中的冰霜雨雪，镀金社会的魔障泥沼，
在不知不觉之中对他的感情与意志的侵蚀，使他从人生的战场上开小差出来。
他的周围并不是没有朋友，但他做梦也不能希望从这些朋友的身上获得多大
的鼓励与支援。"涸辙之鲋，相濡以沫"，怎能改变他们悲剧的命运。只有人
民大众的强烈生命力才是他苦海中的方舟，即使他用骷髅似的脚步踏住了它，
他也将会得救而慢慢地坚强壮大起来。这样的历程是克利斯朵夫曾经一再体验
过的。

　　克利斯朵夫生来就带有人民的血液，他的母亲就是一个贫穷的平民阶级
的女子，和他的父亲并不"门当户对"，不懂得音乐，没有教育，可是她给予
克利斯朵夫的影响，还超过他的酗酒的父亲。还有舅父高脱弗烈特，一个流浪
的贫苦的歌人，却是克利斯朵夫幼年和少年时代唯一的导师，他教给克利斯朵
夫："一个英雄是竭尽所能的人……如果你是善的，一切都会顺利；即使你不
成功，还是应当快乐……"这几句平凡的话，的确藏在克利斯朵夫的心底，铸
炼成他"甘心为善而受苦"的崇高人格的一部分。

在黑暗的巴黎摸索了一段时间以后，克利斯朵夫的力量慌乱了，意识暗晦了，精神和肉体一样困惫，就在这个紧要的关头，他邂逅了一个乡下人出身的女仆西杜妮，这一场邂逅拯救了克利斯朵夫濒于破碎的心灵和躯体：

> "我在法国人中间已经混了一年了，"克利斯朵夫说，"可是除了想作乐或想学着别人作乐的榜样的人以外，我不曾见到一个还想着别的事情的人。"
>
> "不错，"西杜妮说，"你只看见有钱的人，有钱的人是到处一样的。实在你对于法国还一无所见。"
>
> "——就算这样罢，"克利斯朵夫答道，"那末我从头看起。"
>
> 这样他才看到法兰西底真面目，见到使它觉得不朽与天地合一，多少像他一样的征服者，多少的一世之雄在它眼前烟消云散而它始终无恙的法国民族。
>
> ——"节场"第二部

就这样，克利斯朵夫才认识了法兰西民族，更确切地说，他认识了人民大众。随着他的病体复活的就是这种爱人类的精神，为人民大众服务的坚定不移的信念。这里作者用爆发着热情的火花的词句，给我们描摹出一幅动人的图画：

> 邻室有人唱着，一个女孩天真地弹奏着莫扎特底曲子，远处听来格外显得动人，他（克利斯朵夫）想道：——你们，我爱着而不认识的人，你们不曾受过人生底屈辱做着明知不可能的伟大的梦，和敌对的世界抗拒着的人——我真愿你们幸福，幸福对你们多么甘美。噢！朋友们，我知道你们在那里，我张着臂抱等待你们！我们之中隔着一道墙，我会一块一块摧毁它！但同时，我亦把自己摧毁了。我们还有相聚的一天么？在另一道墙——死——筑起之前，我还能和你们相遇么？但亦没有关系，只要我为你们工作，为你们造

福，而你们在我死后稍稍爱我，那末——，我尽管孤独，孤独一生也无妨。

——"节场"第二部

是的，知识分子和劳动人民之间隔着多少道墙，要摧毁那些墙和劳动人民打成一片，就不得不同时把自己摧毁（否定自己的阶级性），然而这却是一条曲折崎岖而漫长的道路，是一场悲戚艰辛而孤独的战斗，在未走到新的人民队伍里去之前，他得冲破包围在他的周围的旧的制度，旧的道德观念和因袭传统；得忍受来自新旧两个壁垒的暗箭明枪，旧的阶级把他当作真正的敌人，新的阶级却未必把他当作真正的朋友，尽管他竭智尽忠地为他们工作，为他们造福，他们还是一样地误解着他，警惕着他，提防着他。这也难怪，在一个悲天悯人的知识分子和劳动人民之间，感受既不相同，情操也难一致。如果知识分子以游离于人民之外的"救世主"自居，将"为人民服务"看成"施舍"和"赏赐"，结果他一定会觉得人民都是些忘恩负义之徒，只好失望地回到他以前反戈出来的旧营垒里去，转过头来对人民宣战。在今天中国知识分子群中，这种人恐怕也为数不少罢！

然而，克利斯朵夫可不是这种患着心灵吝啬病的人，他只要求他们在他死后稍稍爱他，就愿意为他们忍受一生的孤独，这正是二十世纪初叶的罗兰凄然的情调、强烈的痛苦和英雄的心愿。一个具备着这样的情操的知识分子，虽然还不曾走入人民中间，但无疑他和人民的距离已经不会太远了。

自然，这样还不够，他必须与以主人自居的劳动人民结合起来，在新人类的战斗序列中占一席位，那时，人民大众将会这样回答他：

你不是孤独的，你不是属于你的。你是我的许多声音中间的一个，是我的许多手臂之中的一条。为我说话吧。为我攻击吧。但若手臂断了，声音哑了，我，我还是站着。我将用你以外的别的声音，别的手臂来斗争。即使战败，你还属于一个永不战败的队伍。记住，你就在死亡中也将胜利。

——"燃烧的荆棘"第二部

在这里，克利斯朵夫已经达到了"与神明同寿"的境界，这神明不是别的，正是我们知识分子"上下以求索"的劳动阶层。在二十世纪四十年代的今天，新兴的劳动阶层就是引领民众创造人间天国的神明，就是人类的"原动力"。知识分子应该摘去自己污浊的心，而换以人民的心，必要时还得熄灭了自己的生命，为了燃起人民的生命，面对着黑暗的时代，为大众斗争，与大众共苦乐。

王国维也曾用三句词来象征人生的三个阶段。第一句是"昨夜西风凋碧树，独上高楼，望断天涯路"，第二句是"衣带渐宽终不悔，为伊消得人憔悴"，第三句是"众里寻他千百度，蓦然回首，那人却在灯火阑珊处"。如果允许我们将这三句词来比拟知识分子转变过程的三个阶段，也是非常恰当的，那么，在第一阶段里，他产生了悲天悯人的情怀，注视着人生的苦难而热爱着受难的人民。在第二阶段里，他立下了鞠躬尽瘁为人民大众服务的决心，甘愿把自己的生命青春献给他们。在第三阶段里，他找到了人民大众，投身到他们的群中，跟他们打成一片。这三个阶段是古今中外从落后走向进步的知识分子所必须经历的境界。正因如此，凡是并非来自民间而是走向民间的人，可以从约翰·克利斯朵夫身上，看到一个最英雄的范型，找到一条最正确然而也是最曲折的道路。如果有人发现除了这条道路之外，还有其他的捷径，他们可以不经过思想的矛盾、长期的摸索，就能够直接投入新存在之中，获得如鱼得水的欢乐，那当然更好。不过，对于大多数知识分子，恐怕还得重走约翰·克利斯朵夫曾经走过的一段路，这虽然艰苦一点，但决不会是冤枉的。

一九四六年冬

略谈《封神演义》

　　《封神演义》一书，长达百回，共约七十万字，篇幅跟《三国演义》差不多，在我国古代小说中，可以算是一本大部头的作品。此书大概产生于明代隆庆、万历年间（一五六七至一六一九年）。作者是谁，已不可考。据日本库藏的明代万历年间的刻本，也就是该书保存至今最早的版本，题作"钟山逸叟许仲琳编辑"。究竟作者是许仲琳，抑或另有别人，许仲琳的身世如何，目前都还没有考证出来，只好暂作悬案。

　　不管怎样，《封神演义》这本书，近三四百年来，在我国民间还是流传很广的。像哪吒闹东海，姜太公遇文王，妲己设计害比干，以至神荼郁垒、哼哈二将、混元金斗等故事，至今还为人们所津津乐道。有许多地方戏的剧目、曲艺的唱本、说书的平话，也都取材于《封神演义》。甚至人们对行为不正派的妇女，就管她们叫"妲己"；对反复无常的小人，就管他们叫"申公豹"；可见《封神演义》一书影响之深广。

　　《封神演义》主要是写殷（商）、周斗争的一段史实。殷（商）、周斗争在历史上虽然真有其事，但根据近代历史学家的研究，我国在殷代还是奴隶社会时代，所谓"殷"和"周"是两个各自独立的部族，在他们之间并没有从属的关系。《封神演义》按照我国过去传统的说法，把殷纣王当作天子，把周武王当作诸侯，把殷（商）、周之争写成一个封建王朝和藩属之间的斗争，这是不符合历史的真实的。况且，《封神演义》的内容，和过去传统的历史记载也相差甚远，书中许多主要人物的姓名都是不见经传的，完全是出于虚构；有些人物的生卒年代也和正史所载不符，例如老子（老聃）本是春秋时人，孔子曾向他问礼，距周代开国时已有五六百年之久，但他竟然也在书中出现。假如说，《三国演义》是"七分实事，三分虚构"（清代学者章学诚在《丙辰札记》中对《三国演义》的评语），那么，《封神演义》至少是"七分虚构，三分实事"；何况所谓"实事"，也只是取材于传统的历史记载，其实是不符合于历史的真实情况的。因此，《封神演义》虽名为"演义"，实际上并不是《三国演义》式的历史小说，而是近似于《西游记》式的神话小说。

像好些古代文学作品一样，《封神演义》的人物和故事情节，并非由作者（且不管他是谁）一个人所创造，而是集合了许多民间神话、传说、野史、轶闻，以至佛经故事的大成。早在《封神演义》产生前二三百年间，就已经有《武王伐纣平话》一书出现，"演义"的故事轮廓，大致是以"平话"为基础的。但"演义"的内容比"平话"丰富得多，情节比"平话"复杂得多，人物比"平话"要多得多，字数也十数倍于"平话"。可以假定，除"平话"外，作者一定还参考了其他有关殷（商）、周斗争和宗教斗争（主要是释、道之争）的神话、传说、遗闻、轶事，并运用自己的想象力，加以夸张渲染，集中整理，编写成书。例如托塔天王李靖，创作于唐代的敦煌艺术品中就已经有这个人物形象，可见关于他的传说是古已有之的。妲己一向是和褒姒并称的，唐代人的诗中也提到她，关于她的传说，也是由来已久了。《封神演义》的最古版本，不署"许仲琳著"，而署"许仲琳编"，其原因恐怕就在于此。作者自称为"编"，这说明他采用了别人的许多材料，表示不敢掠美之意。罗贯中所作的《三国演义》，在古本的首页上也写着"晋平阳侯陈寿史传，后学罗本贯中编次"，也是同一体例、同一意思。

说起来倒很有趣。所谓"武王伐纣"这一段史实，本来带有很大的虚构成分，首先纣王与武王之间根本就没有什么"君臣"关系。大抵春秋战国时代，"以臣伐君，以下犯上"的诸侯、大夫很多，他们迫切需要在历史上找出一些先例，作为理论根据，证明他们这样做是合法的，于是就杜撰出什么"汤放桀，武王伐纣"的历史事件来。但，这一段伪史，数千年来，却成为政治家们和学者们聚讼纷纭的一桩公案。非难武王的一派，可以拿伯夷叔齐来作代表（伯夷叔齐当然未必真有其人，但他们的主张总是有人透过他们的口提出来的），他们责问武王："父死不葬，援及干戈，可谓孝乎？以臣伐君，可谓忠乎？"这就是说，殷纣王虽然是一个暴君，但武王不守君臣之分，以下犯上，也是不应该的，这样的行为，将有损于君权的神圣，而且会成为天下后世"乱臣贼子"的口实。拥护武王的一派，可以拿孟子（轲）来作代表，他认为："贼仁者谓之贼，贼义者谓之残，残贼之人，谓之一夫，闻诛一夫纣矣，未闻弑君也。"这就是说，像殷纣王这样不仁不义的暴君，是应该被打倒的；武王伐纣，是"吊民伐罪"的正义事业。这两种意见，显然后者比前者较为进步，较为符合于人民的愿望和要求；而《封神演义》的作者，毫无疑问是站在后者的立场的。他不仅无情地揭露纣王的残暴无道、屠杀人民的罪恶，肯定武王推翻暴君的统治是合情合理的行为，而且还进一步提出"天下者非一人之天下，乃天下人之天下也"这样激进的主张（见原书第946页，作家出版社出版）。这是一种包含着强烈的民主因素的政治思想，在当时来说，是有一定的进步意义的。这是《封神演义》优于《东周列国演义》之类的书籍的一个重要因素。

作者包含着民主因素的思想，不只表现在主题思想中，也表现在一些次要的情节中。书中某些寓言式的神话，也或多或少地反映了反抗封建礼教和伦理观念的精神。最突出的是第十二至十四回所写的哪吒削骨肉还于父母，当他的父亲李靖相逼太甚时，他竟提枪与父亲厮杀，要戳父亲三枪，以泄心头之恨。这种行动，与封建宗法制度所规定的"君要臣死，臣不死是为不忠，父要子亡，子不亡是为不孝"的原则是绝对不相容的。因此，我们可以肯定哪吒是一个反抗性很强的人物。明末人钟伯敬批《封神演义》，把哪吒比拟于《西游记》中的孙悟空、《水浒》中的鲁智深和李逵，可谓颇有眼力。书中又写赤精子劝殷洪、广成子劝殷郊帮助武王伐纣（按：殷洪、殷郊都是纣王之子），在封建社会中，敢于公然提倡子可以抗父，臣可以伐君，真是了不起的大胆。此外，如对助纣为虐、反动到底的申公豹，作者赋予他以一个脸朝着背脊的形象，象征着他的倒行逆施，也是极其深刻的讽刺。

作者在书中充分表现出他有丰富而卓越的想象力。如第五十八回写吕岳把瘟丹洒入西岐城井泉河道之中，使西岐军民都感染了瘟疫；第八十一回写余德把毒痘向四面八方泼洒，使周营三军人人发热，浑身长出天花。那时候当然还没有"细菌战"，作者凭他的想象力，已经想到散布病毒可以制敌人死命，而且知道瘟疫和天花都是由传染得来，这是很符合于科学原理的。又如第六十四回写罗宣用火鸦攻西岐，第八十八回写杨任用手心里那两只"神光射耀眼"侦察地下敌人的行动，就其效能来说，也暗合于现代武器中的"火焰喷射器"和"雷达"。作者在三四百年前，能够有这样的想象，是十分惊人的。宋代词人辛弃疾曾写过一首送月词："可怜今夜月，向何处，去悠悠？是别有人间，那边才见，光景东头。"近代文学批评家王国维极赞赏他的想象力丰富，直悟月绕地球运行之理，与科学家密合。从《封神演义》来看，作者想象力的丰富，至少可与辛弃疾媲美。

可是，《封神演义》也充满着相当多的封建性糟粕。书中大部分篇幅，写的是阐教与截教斗法的场面，大都荒诞不经，无甚意义，虽然在一定程度上也反映出中国各宗教教派间的矛盾和斗争，但最后却得到"三教合一"的结局。所谓"三教合一"，正是历代封建统治者所求之不得的。宗教本来是麻醉人民的鸦片，基本上是为反动统治阶级服务的，各教派间的矛盾和斗争，正是统治阶级内部的矛盾和斗争的反映，假如能够使这些矛盾统一起来，对于封建统治阶级施行愚民政策自然是更加有利。"三教合一"的口号，就是在封建统治阶级这样的要求底下应运而生的。《封神演义》的内容，客观上对宣传这一口号起了一定的作用。其次，书中又大肆宣扬"在劫难逃""人力不可胜天"的宿命论思想，仿佛战争的胜负、事业的成败、个人的吉凶祸福，一切都已前定，绝非人力所能改变。这种宿命论思想，几乎贯穿全书，作者通过具体情节，一再反复宣传，这一消极因素大大削弱了这部作品主题思想的积极意义。既然"成汤当失天下，周室已生圣主"这一事实是"天意已定，气数使然"，那么，哪一边是正义的、得民心的，哪一边是非正义的、失民心的，反而显得并不重要了。怪不得作者给一些正面人物（如闻仲等）也安排了他为殷纣王殉葬的命运。此外，书中有个别章节，如写土行孙与邓婵玉成婚那一回，颇有些色情猥亵的描写，对于整部作品来说，虽占比重不大，但终究是要不得的败笔。

和一般第一流的古典文学作品比较，《封神演义》的艺术水平是相当低的。书中某些人物的性格模糊混乱，如雷震子、龙须虎、哼哈二将等，只是形状怪异，法术离奇，但看不出他们在性格上有什么特征；又如杨戬所收的梅山七怪，摆黄河阵的三位仙姑，每一个都大同小异，比之《西游记》中的那些魔头，各有个性，从不重复，自有高下之分。即便是姜尚这个主要人物，也写得并不十分出色。第七十三回写姜尚既答应了佳梦关守将胡升归降，胡升降后，姜尚又立即杀了他，这和姜尚平日守信义、重诺言的性格是矛盾的，《三国演义》写孔明，就绝不会有如此败笔。人物写得不够鲜明、突出，缺乏感染力量，是《封神演义》的致命伤；至于写景状物，文笔也很拙劣，大抵千篇一律，乏善足陈；而且结构上既不谨严，情节也有交代不清之处。书中写到某人已被敌方所擒，尚未获释，又突然在阵上出现，这显然是谬误的。据说作者著述此书时，其志不小，盖欲与《西游记》《水浒》鼎足而三。①其实无论就思想内容而言，或者就艺术性而言，此书都不逮后二者远甚，简直是不能相提并论的。

有人提出疑问：《封神演义》写妲己惑纣，终至亡殷，是否污蔑女性，宣传"红妆祸水""惩尤物，窒乱阶"等封建思想？《封神演义》的作者生长于封建社会中，不容讳言，他是有轻视女性的思想的。例如他写姜尚的妻子马氏改嫁农民张三老后，听说姜尚封了相，享尽人间富贵，气得自缢而死，就是这种思想的流露。不过在全书中，这种思想并不占主要地位。而且《封神演义》中所写的妲己，乃是女娲娘娘派去进行破坏活动、断送纣王天下的"奸细"，她的所作所为，都是为了达到这一目的。加以她是一个狐狸精，所以残贼生灵，屠杀无辜，惨恶异常，毫无人性，她的行为自然是应该予以否定的。这种情况，和一般旧小说所写的"红妆祸水，倾国倾城"也有所不同。同时，作者也创造了一些属于正面人物的女性形象，如敢于拼命与纣王抗争的贾氏、黄妃，英勇善战的邓婵玉和龙吉公主等，如果说作者鄙薄一切女性，似乎是不公允的。

总而言之，《封神演义》是一本混杂着民主性的精华和封建性的糟粕的古代小说，就其总的倾向来说，基本上还是健康的，有积极意义的。更由于它所搜集的神话、传说、野史相当丰富，对于研治中国文学史、社会史的人，也有一定的参考价值。

一九五六年三月

---

① 见梁章钜：《浪迹续谈》。

科学和诗的结晶

——略谈高士其的儿童科学文艺创作

　　我们每个人恐怕都有过这样的体验：当我们还在幼年的时候，就开始对自然界的奥秘有着强烈的好奇心和求知欲，我们常常蹲在地上看蟋蟀打架或蚂蚁搬家，蹲上几个钟头也不觉得厌烦。正如鲁迅先生所说："孩子是可以敬服的，他常常想到星月以上的境界，想到地面下的情形，想到花卉的用处，想到昆虫的言语；他想飞上天空，他想潜入蚁穴……"[1]因此，写给孩子看的读物，很重要的一个方面，就是给他们介绍科学知识，教育他们去认识和改造自然。这方面的题材又是非常广阔的：上至宇宙之大，下至蚊蝇之小，从北极探险到星际旅行，从无线电到原子能，从固氮菌肥料到喷气式飞机，从动物园到自然博物馆……无一不可以写，无一不值得写，无一不是孩子们迫切需要知道的。苏联著名儿童文学作家伊林说得好："每一门科学仿佛都向我们召唤，邀请我们专门去写它。到处都闪耀着文学还没有接触的一堆堆最宝贵的新材料。到处都标明着文学家们的笔尖还没有走过的道路。"[2]

　　古往今来的学者作家，在这方面做了不少工作。十八世纪的俄罗斯大科学家罗蒙诺索夫，就写过不少科学诗，开辟了科学与文艺相结合的道路。被列宁称为"俄国革命的镜子"的列夫·托尔斯泰，人们常津津乐道他写的《战争与和平》《安娜·卡列尼娜》和《复活》，却很少有人谈到他给孩子们写的通俗读物（其中有不少是科学读物），他在这上面花了差不多整整三年的时间呢。高尔基在一九三三年亲自拟订过一个庞大的儿童科学读物创作计划，其中包括地球、空气、水、动物、植物、铁和其他金属的使用对人类有什么意义、

---

　　① 鲁迅：《且介亭杂文·看图识字》。
　　② 伊林：《论儿童的科学读物》。

人类怎样出现在地球上、人类如何学会思考、科学的奇迹、关于未来的技术、科学怎样使人成了巨人等十多个主题，他要求优秀的科学劳动者和具有高度的语言艺术修养的文学家们都来直接参加这种读物的出版工作。

可惜，在咱们中国，这方面工作还没有受到科学家和作家们足够的重视。儿童科学文艺作品，数量既不多，题材的范围也比较狭窄。拿一九五六年中国作家协会编选的《儿童文学选》来看，全书四十多万字，入选的儿童科学文艺作品只有两篇，在各种不同的体裁中占最小的比例。其实这种作品倒是极受儿童欢迎而应该大力提倡的。在这里，我们不能不想起数十年如一日地专门从事科学文艺创作的高士其同志。

高士其同志早在二十多年前就开始写科学小品文了，如《细菌与人》《抗战与防疫》《菌儿自传》《我们的抗敌英雄》等，都是脍炙人口的名篇。在这些作品中，他一方面用通俗易懂的文字，向群众传播科学知识，另一方面用巧妙的比喻，号召全国人民奋起抗日救亡，同时尖锐地抨击国民党反动派政府的"不抵抗政策"。这些作品的读者对象，包括大朋友和小朋友，但恐怕主要还是大朋友。新中国成立后，高士其同志还是继续写他的科学文艺作品，却主要是为少年儿童们而写的。他逐渐创立一种独特的体裁，形成一种独特的风格，这种文学形式目前还没有一个固定的名称，我们暂且管它们叫科学童话和科学儿童诗吧。

高士其同志是个科学家，是个著名的细菌学者，他所写的科学童话和科学儿童诗，就其内容来说，都是严格地忠实于科学法则和科学事实的，都是完全以正确的科学理论和实验作为根据的。他尽最大的努力，用恰当的比喻、生动的例子、通俗易懂的语言，把一些科学道理和科学现象向小读者们解释得清清楚楚，但绝不"以辞害意"，损害科学的准确性。他的创作态度是非常严肃的。有一次，他要为《少年文艺》写一篇《炼铁的故事》，他很担心写不好，因为他对于炼铁的过程并不十分熟悉，更缺乏感性的知识，他特别看了好几本关于冶金工业的书，后来又扶病（他的身体几乎是完全瘫痪的）到石景山钢铁公司亲自体验了一趟，才动笔写。他认为，科学嘛，就要求绝对的准确，容不得丝毫歪曲。因此他的作品，即使从科学的角度来加以考察，也不容易找出错误和外行话来。

高士其同志的科学文艺作品，并不以单纯地向儿童传授科学知识为满足，更可贵的是，它们同时注意到以共产主义思想教育儿童——教育儿童热爱劳动，教育儿童热爱社会主义建设事业，教育儿童认识到工人阶级力量的伟大，教育儿童认识到世界人民爱好和平、帝国主义侵略成性，并且帮助儿童树立唯物主义的世界观，鼓励他们向科学进军，为美好的生活而奋斗。在好些诗篇中，作者都以无比的热情来歌颂劳动，例如：

> 手，伟大的手，
> 劳动者的手，
> 我赞美你！
> 没有你，
> 世界就不会前进；
> 没有你，
> 历史就不会前进。
> 手，在田野，
> 你是锄头和镰刀的主人；
> 你会播种谷子，
> 你会收割庄稼。
> 手，在工厂，
> 你是机器和马达的主人；
> 你会纺织衣料，
> 你会制造器具。
>
> ——《太阳的工作·手的进化》

作者也以同样的热情来歌颂我们祖国的社会主义建设事业，在《五年计划的科学故事》里，他以朗朗上口的诗句，描绘了我国第一个五年计划在地质勘探、钢铁工业、机器工业、化学工业、轻工业、交通运输业、邮电事业和农业等各方面胜利完成计划的情况，使小读者们读起来感到有趣，觉得新鲜，不但获得许多关于祖国建设的知识，而且激发起崇高的爱国主义情感。在《原子的火焰》和《走进原子时代》两首科学儿童诗里（均见诗集《时间伯伯》），作者在把有关原子能的知识简单讲解清楚之后，还将人民把原子能用于和平建设事业和战争贩子以原子武器作为威胁和讹诈的资本作了鲜明的对比，使小读者们对当前的国际形势得到一个正确的认识。我们可以看到，高士其同志在他的创作中，不仅注意到科学性，首先还注意到思想性。他的好些科学儿童诗，同时也是共产主义的教育诗篇。

写科学童话和科学儿童诗，往往会碰到一个难题：为了要介绍科学知识和说明许多科学现象，不得不使用一些专门术语和名词，假如作者没有较高的语言艺术修养，不懂得儿童的语言和心理特点，就很容易把这一类作品写成枯燥无味的教科书。高士其同志不仅是一个科学家，同时又是一个文学家和诗人，他懂得把许多复杂的科学道理和奥妙的科学现象，用鲜明生动、通俗易懂的语言表达出来，使儿童易于接受；他还善于运用形象化的比喻和儿童所熟悉的例子，所以比较适合小读者的口味。例如在《我们的土壤妈妈》一诗中，有这样的几个比喻：

> 我们的土壤妈妈，
> 是地球工厂的女工。
> 在大自然的建设计划中，
> 她担负着
> 几部门最重要的工作。
> …………
>
> 她是矿物商店的店员。
> 在她杂色的柜台上，
> 陈列着各种的小石子和细砂，
> 都是由暴风雨带来的，
> 从高山的岩石上冲洗下来的。
>
> 她是植物的助产士。

在她温暖的怀抱里，
开放着所有的嫩芽和绿叶，
摇摆着各色的花朵和果实，
根和她紧密地拥抱。

她是动物的保姆。
在她平坦的摇床上，
蹦跳着青蛙和老鼠，
游行着蚂蚁和蚯蚓，
蜷伏着蛹和寄生虫。

她是……

要向儿童抽象地解释清楚土壤的构成、功能和作用，不是很简单的事情，但女工、店员、助产士、保姆这几种人是干什么的，一般十一二岁的孩子都知道，经过这一系列的比喻，儿童对于土壤的特性，就有一个大概的认识了。又如关于"时间"这个概念，也是比较复杂、不容易为儿童所理解的，请看高士其同志用什么方式来向他的小读者讲解吧：

时间伯伯，
你是最勇敢的飞行员！
你有一双健壮的翅膀，
一刻不停地在飞行；
你飞过宇宙的每一个角落，
飞过辽阔的天空、飞过无边的海洋，
从冰雪的冬天飞到炎热的夏天，
从白昼飞到黄昏，
又从黑夜奔向黎明。

你飞过天上的银河，

你告诉我们，

最远的星光要到达地球的表面，

需要十万万年；

你飞过长满青草的水池边，

蚊子正在振动它的翅膀，

你告诉我们，

它每一次振动用不了千分之一秒钟。

　　这首诗语言优美，构思巧妙，以最远的星光到达地球来计算最长的时间，以蚊子翅膀的每一次振动来计算最短的时间，这是多么确切、多么形象化，而又多么有诗意的描述啊。这首诗不但简单明了地告诉了读者：时间是怎么一回事，从古到今，人们如何计算时间，而且指出了时间对我们人类是何等可贵；既能丰富儿童的知识，又能培养儿童爱惜时间的观念。科学儿童诗能够达到这样的水平，恐怕可以算得上是科学和诗的结晶了。

　　高士其同志另一种常用的艺术表现手法，就是把所描写的对象"人格化"：土壤是妈妈，时间是伯伯，科学是老先生，病菌是小魔王，空气是流浪者。"火"有三个儿子：大儿子是灯，二儿叫做炉子，三儿就是蒸汽机……这样写是很符合儿童的心理特点的。在我们的许多儿歌中，不是也有"月亮奶奶""太阳公公""耗子大爷"之类的称呼么？但既然是"人格化"，事物的特性就必须符合"人"的性格：土壤妈妈是仁慈宽厚的，时间伯伯是矫健敏捷的，病菌小魔王是阴险恶毒的……他们的行为和语言又必须与性格相符，只有这样，才能在小读者的脑中构成一个个鲜明的形象。

　　写作科学文艺作品当然不是轻而易举的事情。如果只有科学知识而没有艺术修养，以概念的说理来代替形象的描写，作品就会写得呆板枯涩，不能引人入胜；相反，如果只有艺术修养而没有科学知识，文字也许写得很美、很生动，但内容上却常常会出错误、闹笑话。而且因为读者对象是文化程度不高的中小学生，还要不用难字，用比较容易懂的话，写起来真是"比做古文还难"（鲁迅语）。我们希望科学家和文学家来一个大协作，多为儿童们写作这一类作品。科学家写出来了，可以请文学家进行艺术加工；文学家写出来了，可以请科学家担任技术顾问。至于有志于从事儿童科学文艺读物写作的青年作者，特别是中小学教师，也可以向科学家和文学家请教，向科学家学习科学性，向文学家学习艺术性。最要紧的是，大家都努力去写，只要写的人多了，从量中求质，总可以拿出点好货色来。何况儿童读物长期都处在供不应求的情况底下，我们前一辈人，曾把那些在光绪年间出版的《天地玄黄》和《看画识字》当作儿童"科学"读物，但是时至今日，难道我们还忍心让孩子们去读那些书么？

一九五九年六月

管窥"孔雀"片羽

　　郭沫若同志认为蔡文姬的《胡笳十八拍》是一首自屈原的《离骚》以来最值得欣赏的长篇抒情诗，那么，与《胡笳十八拍》差不多同时出现的《孔雀东南飞》[①]，也可以算是一首前无古人的最值得欣赏的长篇叙事诗。它们堪称为汉乐府诗中的"双璧"。

　　这首出自无名氏之手的《孔雀东南飞》，得到古往今来文学家一致的好评。沈归愚推崇它为"古今第一首长诗"。陈祚明在《采菽堂古诗选》中也称赞它："历述十许人口中语（其实只有七个人，并没有十许人之多。——引者注），各各有其声情，神化之笔也。"直到现代，无论是郑振铎同志编著的《插图本中国文学史》也好，北京大学同学编著的《中国文学史》也好，都给予它很高的评价。五四时期提倡反封建的新文学的时候，以《孔雀东南飞》为题材改写的话剧就出现了四种之多；京戏和一些地方戏的剧目、曲艺的唱本、说书的平话，也多有根据它的情节改编的；可见其深入人心，流传极广。

　　在中国文学史上，以家庭悲剧为题材的作品本来很不少。随便举几篇韵文作品为例，《诗经》中的《氓》，在敦煌千佛洞发现的《韩朋（凭）赋》，以至宋代陆游的《钗头凤》等都是；如果拿《孔雀东南飞》和这些同是脍炙人口的名篇相比较，那么，前者的艺术成就就特别清楚地显现出来了。《氓》固然是一首"如怨如慕，如泣如诉"的好诗，感情极为细腻而真挚，但女主人公的形象总嫌单薄一些。《韩朋赋》的情节很曲折，结构相当严谨，人物形象也很鲜明，可惜语言过于质朴，"略输文采"，比不上《孔雀东南飞》那样凝

---

　　① 关于《胡笳十八拍》和《孔雀东南飞》的著作年代，历来众说纷纭，莫衷一是。根据郭沫若同志的考证，认为《胡笳十八拍》是蔡文姬所作，那么，假如《孔雀东南飞》的序言也是完全可靠的话，这两首诗的著作年代是相去不远的。

练，那样瑰丽，那样精致。《钗头凤》作者的不幸遭遇，几乎和《孔雀东南飞》的主人公是一模一样的，他悲愤冲天的情绪，表露于文字，颇足以激起人们共鸣同感，但它毕竟只是一首抒情的小词。我们可以毫不夸张地说，《孔雀东南飞》是中国古诗史中的一部最成熟、最弘丽的长篇叙事诗。

《孔雀东南飞》最显著的艺术特色，就是于叙事中带有极强烈的抒情成分，所以感人的力量尤深。叙事诗有情节，有人物，在表现手法上可能和小说有些近似，但它首先应当是诗，必须具有诗的意境、诗的气氛、诗的情调、诗的韵味。如何把浓郁的、令人神往的诗情和真实的人物形象刻画结合起来，这恐怕是叙事诗创作中的一个关键性问题吧。写小说，你也许可以像福楼拜尔和左拉那样，完全冷静地、客观地去描述人物和事件，可是这种手法，对于写叙事诗不见得是完全适用的，因为这样一来，就势必放逐了抒情，排斥了抒情，而把叙事诗写成像汉赋那样干巴巴的东西了（其实比较好的汉赋，如贾谊的《鹏鸟赋》《吊屈原赋》，蔡邕的《述行赋》等，还是带有强烈的抒情成分的）。我国古典叙事诗，凡是艺术成就较高的名篇巨著，不论是《孤儿行》和《木兰诗》也好，《长恨歌》和《琵琶行》也好，大都带有相当强烈的抒情成分，而这一点，在《孔雀东南飞》中尤为突出。就拿"孔雀东南飞，五里一徘徊"这两句起头来说吧，就使人感到一种悱恻缠绵、黯然销魂的气氛，有预示全篇悲剧结局的作用。篇中一再运用"举手长劳劳，二情同依依"，"晻晻日欲暝，愁思出门啼"，"怅然遥相望，知是故人来"，"生人作死别，恨恨那可论"等苍凉哀感的诗句，渲染出一种萦纡郁愤、凄厉逼人的情调，紧揪着读者的心灵，叫他们窒息，叫他们哭出声来，叫他们悲愤填膺地责问：天地间还有什么比这个更悲惨的呢？天地间还有什么比这个更残酷的呢？长诗的最后一段写焦刘两人合葬，墓上松柏连理，梧桐交荫，鸳鸯双飞，象征像蒲苇一般韧、磐石一般坚的爱情比死还强，不是人间什么恶势力所能破坏得了的，这样的结局与古代很多传说（如梁山伯与祝英台的故事、韩凭与贞夫的故事）都相似，但作者多加上"行人驻足听，寡妇起彷徨"等描写，也使它更富于抒情色彩了。

现实主义的文学作品，不管它们的风格有多么千差万别，但从其创造人物形象这一个方面来看，都有一个共同的特点，即恩格斯所说的"典型环境中的典型性格"。不过这样的标准，不宜一般地要求于诗歌，因为即使在长篇叙事诗中（抒情短诗更不用说了），也不容易做到真实细节的细致描写，对于环境的描写、人与人之间的社会关系的描写都难免有一定的局限性，只要诗中人物所表达的思想感情基本上反映了典型环境中的典型性格的思想感情，也就可以算是符合现实主义的标准了。然而，《孔雀东南飞》还是写出了"典型环境中的典型性格"的，后世把它改编成戏剧，在情节和人物的描述上并不需要作太多的补充，就是有力的证明。诗中的人物，性格特征非常鲜明突出：兰芝和仲卿的遭际命运是相同的，但表现却各有不同。兰芝是坚强不屈、敢于正视悲剧的命运、敢于和压迫她的封建势力作面对面的斗争的，"勿复重纷纭"这句话，说得何等干脆，何等斩钉截铁。仲卿却一再委曲求全，后来到一切都已绝望，兰芝的大归成为不可避免的定局，他仍然对未来的重聚抱着空虚的幻想，而且拿这空虚的幻想来慰藉自己和兰芝。他虽然是个男子汉，却比兰芝懦弱得多、驯服得多了。直到下定了决心自杀前的一刹那，他还在母亲（其实这就是杀害他和兰芝的凶手）的面前作依依不舍的儿女态，说出像"儿今日冥冥，令母在后单"这样"低声下气"的话来，这也是完全符合这一人物的性格特征的。"悍然求去""负气诟谇"（这两句话是有些封建卫道者对兰芝的贬辞，其实正足以说明她的反抗性）的兰芝决不会这么窝囊！就是两个次要的人物，焦母和刘母，性格也各不相同，刘母显然还是比较近人情的，比较能体贴儿女的，纵然她也不能完全谅解兰芝的所作所为，看到兰芝归来就"大拊掌""大悲摧"，颇有责备之意。至于焦母和刘兄，虽然同是封建统治阶级的当权派，同是扼杀这对青年夫妇的刽子手，他们的姿态也并不完全一样：一个用的是高压手段，一个用的是软功夫；一个是横蛮的暴君，一个是自私的市侩。在叙事诗中，纯粹以白描的手法把人物的个性写得如此鲜明，如此生动，如此细致，完全摆脱"千人一面"的公式化的窠臼，实在是难能可贵的。这一点，不能不算是《孔雀东南飞》极大的艺术成就。

还有一点值得我们注意的，就是《孔雀东南飞》剪裁的巧妙。长诗一开头，就通过兰芝的自述，勾勒出她聪明能干、品格高尚的形象，揭露出她和焦母不可调和的矛盾，这手法实在高明得很。假如从主人公的来历、身世一一叙起，就不免浪费不少笔墨，显得臃肿啰唆。陈祚明在《古诗选》中举出这一段来说明《孔雀东南飞》的"剪裁之妙",倒是很有眼力的。诗中对人物和事件的描述,应繁的地方绝不用简笔,应简的地方绝不用繁笔,总是写得恰到好处。例如写兰芝离开焦家时的梳妆打扮,从"鸡鸣外欲曙"起到"精妙世无双",一共描写了十二句之多,连穿什么鞋子、戴什么首饰都写到了,这不仅为了写出兰芝的容貌美丽、仪态万千,更主要的是为了要写出兰芝从容不迫、成竹在胸、不甘在压迫者面前示弱的气概。所以她在婆婆面前一滴眼泪也不掉,直到与小姑作别时,才"泪落连珠子",直到出门登车去时,才"涕落百余行"。这是一个多么坚强、多么有骨气的性格!又如写太守家准备迎亲那一节,从"交语速装束"到"郁郁登郡门",一共写了十四句之多,辞藻华丽,极力铺陈,因为越是把太守家的排场写得显赫阔气,就越发能表现出兰芝"富贵不能淫,贫贱不能移,威武不能屈"的情操。在这些地方,诗人都不惜用了繁笔,于造境上特别着力,以烘托出女主人公的精神面貌。但是在描述兰芝回到自己家中,拜见母亲时,则只用了"入门上家堂,进退无颜仪"十个字,因为那时候兰芝悲愤、委屈、羞愧种种复杂的心情,不是通过语言行动所能表达出来的,要写,就得用大段的心理剖析,但这与全诗所采用的白描手法又显得太不协调了,诗人对此只好避重就轻,用一段简笔就带过去。至于兰芝和仲卿之死,是全诗的高潮所在,对于这两个可爱的、纯真的、无邪的生命痛苦地消逝,诗人是用了全部感情、全部力量来描写的,从"其日牛马嘶"到"自挂东南枝",虽然只有十二句,六十个字,但几乎是一字一泪,一句一阵颤抖,赛似贝多芬的《悲怆奏鸣曲》。其实整篇诗又何尝不是一部悲凉壮采的乐章,在这儿充满着使人心碎的绝望、忧郁的悲歌、沉痛的抗议,自然其中也掺杂着温存的爱的倾诉。

一九五九年七月

重读《人间词话》

恩格斯在《费尔巴哈与德国古典哲学的终结》中说过一句一针见血的评语："歌德像黑格尔一样，各在自己的领域以内，都是真正的奥林匹亚山上的宙斯，然而两人都未能完全免去德国的庸人的习气。"

我们读了王国维的《人间词话》，也仿佛有点类似的感觉。这本曾经被人品评为"珠玉"的小册子，其实是瑕瑜互见的。当然，在这里，"德国的庸人"应当改为"中国的封建士大夫阶级"。同时，在文学的领域内，王国维虽则是中国封建士大夫阶级的最后一位巨子，但还说不上是什么"宙斯"。

王国维是一个充满着矛盾的人，对于人生和艺术，他抱着一种至今还令人敬佩的严肃态度；对于做学问功夫，他富有一种实事求是的科学分析精神；他不仅具有渊博的学识，而且具有非凡的艺术敏感和独具只眼的洞察力。然而，他的世界观显然是很不对头的；在政治上，他是一个保皇党，一直以"国朝遗老"自居，并且自甘为这个腐朽透顶的封建王朝殉葬，毫无价值地断送了自己的生命。

同样的矛盾也贯穿在他的文艺思想中。他的一部《人间词话》，就是这种错综复杂的文艺理论的总汇。在这里面，有许多极其精辟、极其高明的见解，有许多鞭辟入里的艺术分析，但同时，也掺杂着不少主观主义的、观念论的偏见。

随便举些例子吧。王国维常常反复不绝地强调，词以境界为最上。有境界则自成高格，自有名句。这"境界"，究竟是什么东西呢？根据他自己下的定义："能写真景物真感情者，谓之有境界，否则谓之无境界。"看来，他主张的是真情实感，是情景交融。对此，他还作了一些补充："大家之作，其言情也，必沁人心脾。其写景也，必豁人耳目。其词脱口而出，无矫揉妆束之态。以其所见者真,所知者深也。"这就是说,真实是诗词的命脉,也是一切艺术的命脉。没有真实,哪里有情景交融的佳句,哪里来动人的艺术呢?这种说法,在我们今天看来,固然未免失诸空泛。因为写出真景物真感情就能产生真正的艺术,这话只有在一定的前提下才正确,就是这真景物真感情必须和人民和时代融为一体,必须符合人民的愿望和利益。但是在二十世纪的初叶,在那个"一切文学都是瞒和骗"(鲁迅语)的时代里,王国维楬橥提倡真实的文学。反对虚伪的文学(游词),提倡"忧生""忧世",为人生而艺术,反对"为美刺投赠之篇"(酬酢的文字),提倡"以自然之眼观物,以自然之舌言情",反对"使隶事之句,用粉饰之字"、敷衍雕琢的形式主义,不能不说是含有天才的真知灼见。

严肃地对待生活是创作真实的艺术的先决条件。列夫·托尔斯泰曾经说过,他生平有着许多缺点,可是他却没有那最重要的一种——虚伪。有些评论家甚至认为,不虚伪,正是这位老艺术家伟大的人格和艺术的基础。王国维也是非常坚持艺术家要严肃地对待生活、要忠实于生活的,他对前代词人的褒贬,也往往以此为主要的标准之一。他说过一段意味深长的话:

> 古今之成大事业大学问者必经过三种之境界:"昨夜西风雕碧树,独上高楼,望尽天涯路",此第一境也。"衣带渐宽终不悔,为伊消得人憔悴",此第二境也。"众里寻他千百度,回头蓦见那人正在灯火阑珊处",此第三境也。此等语皆非大词人不能道。

这就是说,在第一阶段里,他产生了"忧生忧世"的情怀,注视着人生的苦难而执着地去追寻自己的理想,鲁迅也曾引用过"路漫漫其修远兮,吾将上下而求索"这两句话来说明同样的境界。在第二阶段里,他下了"鞠躬尽瘁,死而后已"的决心,甘愿把生命和青春献给自己的理想。在第三阶段里,他已经达到了自己的理想,一旦豁然贯通,真有"朝闻道,夕死可矣"般的欣慰了。他又说:

> 词人之忠实,不独对人事宜然,即对一草一木亦须有忠实之

意，否则所谓游词也。

　　当然，所谓忠实于人生、忠实于自己的理想，和忠实于真理，往往并不完全是一回事，问题在于要看忠实于怎么样的人生，怎么样的自己，怎么样的理想。文文山殉国柴市口，方孝孺埋骨聚宝门，两人虽然同样是慷慨赴死，见危授命，却不无轻重之别。因为前者尽忠于整个民族，而后者只是尽忠于建文帝。"忠其所不忠"，"贤其所不贤"，甚至违反了历史的发展规律而不自觉，这正是前代不少"忠臣义士"的悲剧的根源，王国维也未能例外。不过，话又得说回来，作为一个封建时代的文人，能够说出这样忠实于人生、执着于理想的话来，而且身体力行之，毕竟是不容易的。王国维也许是一个顽固而矛盾的悲剧人物，但绝不是一个假道学、伪君子，比之那"獭祭诗书充著作，蝇营钟鼎润烟霞。翩然一只云间鹤，飞去飞来宰相衙"的陈眉公之流，他毕竟率真可取得多了。

　　王国维不但推崇现实主义，而且还看到现实主义和浪漫主义两者间辩证的关系。关于这，他有好些精辟的见解。限于篇幅，姑举数例：

　　　　有造境（想象——引者注），有写境，此理想与写实二派之所由分。然二者颇难分别，因大诗人所造之境必合乎自然，所写之境亦必邻于理想故也。

　　　　自然中之物互相关系，互相限制。然其写之于文学及美术中也，必遗其关系限制之处，故虽写实家亦理想家也。又虽如何虚构之境，其材料必求之于自然，而其构造亦必从自然之法律，故虽理想家亦写实家也。

　　　　诗人对于宇宙人生，须入乎其内，又须出乎其外。入乎其内，故能写之，出乎其外，故能观之。入乎其内，故有生气，出乎其外，故有高致。

这些话，也许并非完全出于王国维本人的创见，可能是受了西欧文艺思潮（如雪莱等人的著作）的一些影响，但即使在今天看起来，还是觉得他说得不错。特别是他指出，诗人对于宇宙人生，须入乎其内，又须出乎其外。这就是说，艺术家必须深入现实生活，但同时又必须站得高一些，看得远一些，超出于现实生活之上。这更是很卓越的见解。中国的古典文学评论家对这个问题有所发现的，王国维当然不能算是第一个。例如刘彦和在《文心雕龙》中就提出过"酌奇而不失其真，玩华而不坠其实"。但说得那么明确，那么合乎科学精神的，恐怕还是自王国维始。

然而，王国维的文艺思想却是建筑在唯心论的基础之上的，这导致他发了一些似是而非的议论。例如说：

> 客观之诗人不可不多阅世，阅世愈深则材料愈丰富，愈变化，《水浒传》《红楼梦》之作者是也。主观之诗人不必多阅世，阅世愈浅则性情愈真，李后主是也。
>
> ……故生于深宫之中，长于妇人之手，是后主为人君所短处，亦即为词人所长处。

此说前段有道理，后段则不对。李后主之所以能写出一些忧愤深广、动人肺腑的词来，还不是因为他经历了国破家亡的惨痛。假如他真正一辈子都是"生于深宫之中，长于妇人之手"，岂能有"故国不堪回首月明中"等语？王国维也认为后主之词，"真所谓以血书者"，试问"不多阅世"的"主观诗人"，怎能有这样深切的感情？揆诸前说，岂不是自相矛盾？

脱离现实生活，或者对现实生活视而不见，听而不闻，采取超然旁观的态度，恰恰是一个艺术家的致命伤。《红楼梦》里面有两句话说得好："世事洞明皆学问，人情练达即文章。"诗人无"主观""客观"之分，都必须以"多阅世"为当务之急；反对"多阅世"，光凭"主观精神"作为万应灵符，必然会走到邪路上去的。

《词话》中还有一些渗透着封建正统思想的"道学话"。例如说，"读《水浒传》者，恕宋江之横暴，而责其深险"。又说，"词至李后主而眼界始大，感慨遂深，遂变伶工之词而为士大夫之词"，等等。这些都表现出作者封建士大夫阶级的偏见。其实所谓"伶工之词"，又何尝没有佳作，例如传诵千古的《胡笳十八拍》，不是也有人认为是出于唐代歌者董大之手的么？就是王国维曾经致力研究过的宋、元戏曲，其中有不少又何尝不是"伶工之词"呢？

从严格的思想立场上来全面地批判王国维的文艺思想，自然不是这篇短文所能胜任。我们在这里所要指出的仅仅是，王国维的《人间词话》是一部混杂着精华和糟粕的文艺理论，既不可把它当作"烂苹果"扔掉，也不要囫囵吞枣，以免中毒，只要挖去烂掉的部分，这只苹果还是颇有营养价值的。

一九五九年七月

《山乡巨变》琐谈

一

有那么一种作品，以雄浑的笔墨、高亢的调子、宏伟的气魄，写出轰轰烈烈的生活场面、惊天动地的英雄业绩，它的人物总是站在矛盾的尖端和生活的激流中间，经历着如火如荼的斗争，出生入死的考验。整部作品是充满着那样排山倒海的力量，那样惊心动魄的情节，那样烈火狂飙般的英雄人物，使得你读了它，兴高采烈，血液沸腾，心怦怦然不能自已。这自然是好作品。

另外还有那么一种作品，并不以上述这些特色见长，却同样有吸引人的地方。它以亲切、真挚、热情而富有幽默感的笔触，通过对日常生活和人物心灵深处的微妙活动的细致刻画，展示出人物精神面貌的变化，描绘出一幅幅色彩鲜明、诗意浓郁、风趣盎然的生活图画。写人物，则细腻入微，笑语音容，跃然纸上。说故事，则娓娓动听，如话家常，如数家珍。真是浅语皆有味，淡语皆有致，使得你一面低声诵读，一面会心微笑，回味无穷，不忍释手。这同样也是好作品。

这两种作品体现着两类不同的艺术风格。我国古代文人们往往喜欢用"阴阳""刚柔"等字眼来概括这两类不同的艺术风格。例如清代著名学者和散文家姚鼐就对这两类不同的艺术风格作过一番对比和分析：

> ……文者天地之精英，而阴阳刚柔之发也……自诸子而降，其为文无弗有偏者。其得于阳与刚之美者，则其文如霆，如电，如长风之出谷，如崇山峻崖，如决大川，如奔骐骥。其光也，如杲日，如火，如金镠铁。其于人也，如凭高视远，如君而朝万众，如鼓万

勇士而战之。其得于阴与柔之美者，则其文如升初日，如清风，如云，如霞，如烟，如幽林曲涧，如沧，如漾，如珠五之辉厂如鸿鹄之鸣而入寥廓。其于人也，谬乎其如叹，邈乎其如有思，暖乎其如喜，愀乎其如悲。观其文，讽其音，则为文者之性情形状，举以殊焉。

——《复鲁絜非书》

说文章是"天地之精英"，是天地间阴阳刚柔之气所生发出来的，这自然是唯心的、夸大的说法，但姚鼐认为这两类艺术风格各有各的佳妙处，不宜有所轩轾；他并且指出，像欧阳修和曾巩的文章就是偏于阴柔之美的，这也并不影响他们成为宋代的大散文家。这番话，还是说得有理的。

用"阴阳""刚柔"等字眼来概括或比拟我们今天多样化的艺术风格，当然是不够用的，而且是不尽贴切的。可是，我们应当看到，在现代创作中，上述这两类不同的艺术风格也是同时存在着的。如果说，《红旗谱》和《保卫延安》较接近于前者，那么，是否可以说，《山乡巨变》更接近于后者呢？或者，就同一个作者的不同作品对比着来看，是否可以说，《暴风骤雨》较接近于前者，而《山乡巨变》更接近于后者呢？

不同艺术风格的作品，往往从不同的角度，采用不同的艺术表现手法，来反映现实、创造人物、概括时代，在这些方面，我们应当充分尊重作家的选择自由，不必强求一致。《山乡巨变》较多采用纤细的笔墨，对于时代风貌比较着重从侧面来进行描写，有关日常生活和风土人情的描绘，在书中占有较多的篇幅。但，作者总是力求透过一些看来是很平凡的日常生活事件，来显示出它们所蕴藏的深刻的社会意义，透过个人的生活遭遇和日常言行，来挖掘出人物性格中的社会内容。细心的读者不难看出，刘雨生与张桂贞的离婚，与盛佳秀的结合，陈先晋一家的争吵，王菊生的装病和假闹夫妻反目……无一不是和农业合作化运动息息相关。作品之所以着重描写这些日常生活，正为的是要表明农村中的社会主义革命浪潮，怎样渗透到生活的每一个角落。因此，总的说来，作品还是能够以精致而优美的艺术形式，正确地、多方面地反映了农业合作化运动过程中两条道路的斗争和新旧意识的矛盾冲突，为读者清晰地描绘出这场革命运动的基本情况和来龙去脉，以及它在人们的阶级关系上、家庭关系上以至内心深处所引起的复杂微妙的变化，从而出色地塑造了一系列的农村中各个阶层的人物形象。它的思想意义和艺术成就，都是值得我们充分肯定的。

二

自然，《山乡巨变》的艺术成就，不仅在于它以所创造的艺术形象充实了我们的文学画廊，而且在于它以卓越的艺术经验丰富了我们的文学园地。无论在塑造人物的手法上，驱遣语言的技巧上，以至在民族形式的探求上，它都显示了独特的风格，给我们提供了许多有益的借鉴。

我们常常提到，建国以来长篇小说创作当中所取得的一个突出的成就，就是有许多作家，特别是一些富有创作经验的老作家，已经在创作上逐渐形成了自己独特的艺术风格。在这些独具风格的老作家当中，周立波同志是很值得称道的一个。他那种富有民族特色和地方色彩的，平易而又隽永、凝练而又自然、细腻而又明快的艺术风格，在《暴风骤雨》中已经初步形成，而在《山乡巨变》中更有所发展，并且进入成熟的境界。不过，充沛在《暴风骤雨》中的那种"阳刚之美"，到了《山乡巨变》却显得逐渐减弱了。

在《山乡巨变》中最令人击节赞赏的艺术特色，就是作者能够用寥寥几笔，就活灵活现地勾勒出一幅幅人物个性的速写画。以亭面糊为例：这位老倌子不出场则已，一出场，他的一言一笑，一举一动，无一不使他的性格焕发着奇异诡谲、丰富多彩的光芒。当你看到他向邓秀梅吹嘘自己也曾起过几次水，差一点就成为富农地主的时候；当你看到他在动员入社的大会上悄悄溜去睡懒觉，事后又声明要"打个收条"收起人家对他的批评的时候；当你看到他在乡政府里有声有色地编造那段实际上反映了他在入社问题上的矛盾心理的"夫妻夜话"的时候；当你看到他大讲什么"人畜一般同"的养牛经，给耕牛戴上一顶破草帽的时候；当你看到他奉命去侦察反革命分子龚子元的阴谋活动，反而被人家灌得酩酊大醉的时候；当你看到他禁不住酒香的引诱，亏空了八角钱公款去大喝一顿，回到社里来被当会计的儿子"卡住"的时候……你都会被他那些幽默的、喋喋不休的谈吐，那些天真得可爱而又荒唐得可笑的行为强烈地吸引住，禁不住莞尔而笑。作者用在亭面糊身上的笔墨，几乎处处都是"传神"之笔，把这个人物化为有血有肉的人物，声态并作，跃然纸上，真显出艺术上锤炼刻画的功夫。亭面糊的性格有积极的一面，但也有很多缺点，这正是这一类带点老油条的味儿而又拥护社会主义制度的老农民的特征。作者对他的缺点是有所批判的，可是在批判中又不无爱抚之情，满腔热情地来鼓励他每一点微小的进步，保护他每一点微小的积极性，只有对农民充满着真挚和亲切的感情的作者，才能这样着笔。

比起亭面糊来，作者用在菊咬金身上的笔墨是少得多的，但仍然写得有声有色，情貌无遗。这完全得力于作者善于选择几个有典型性的细节：例如在《正篇》中写他对继父继母所玩弄的权谋机诈；为了抗拒人家动员他人社，不惜扯痧装病，跟堂客相里手骂；在《续篇》中写他发动一家三口拼命和社员竞赛挑泥，在社里宣布封山的第一个早晨，他还钻了空子，把大枫树劈成柴火出卖；临到决心入社的关头，还要送一副腰舌给刘雨生做人情，好找个靠山……书中只抓住这几个细节着力描绘了一下，就充分揭示出这个顽强的"老单"工于心计和自私自利的本色，令我们一见不忘。在这些地方多加玩味，我们就可以悟出作者之所以能够以少许胜人多许的道理。

"严重的问题是教育农民。"亭面糊和菊咬金这两个人物，形象地阐明了这句名言的深刻意义。

有些同志认为，在《山乡巨变》中，落后农民形象的艺术光彩盖过了正面人物的艺术光彩，我看这也未必尽然。比如刘雨生这个人物，还是写得相当丰满和鲜明的。且不说在《正篇》中已经写到他怎样以忠厚的态度来对待那个负心地遗弃了他的妻子，怎样以坚忍不拔的意志来克制自己内心的痛苦，怎样以任劳任怨的精神来应付头绪纷繁的工作，使得他那劳动人民的"本真的至性"焕发着动人的光辉。在《续篇》中，这个人物的性格又有了进一步的发展，主要是他那作为一个农村党员干部的思想品质和内心世界得到了更为充分的表现。作品一方面通过刘雨生处理工作，从事劳动等重要社会活动，正面地描写了他那公而忘私、谦虚谨慎的美德；另一方面又通过对他和盛佳秀的爱情的描写，真切动人地展示出他的内心世界的丰富性。我想，每一个读者读到刘雨生去动员盛佳秀出借肥猪的情节（《续篇》第十七章），都会禁不住执卷凝思，悠然神往，感到这真是一段绝妙文章。这儿没有惊心动魄的情节，没有剑拔弩张的争论，没有火辣辣的语言，这一对爱人体贴、温存、抱怨、疑虑、伤心、欣慰……种种复杂微妙的心情，个人利益与集体利益的矛盾，新旧思想的斗争等完全是通过一些随随便便的家常话，一些日常生活中的细微动作巧妙地表现出来的（例如开始进行谈判时，盛佳秀紧张得把手里擦着的碗掉在洗碗盆子里，一下子打破两只，刘雨生却坐在桌子边默默地抽烟；最后问题得到圆满解决时，盛佳秀只是温情地问刘雨生一句："你还没有吃饭吧？我热饭给你吃。"就放下针线，起身去弄饭）。我们读起来，好像作者不大着力刻画，不大注意技巧，不故作惊人之笔，你看，他写得多么朴素平易，不加雕饰，其实，这才是真正高明的技巧，真正到家的功夫。这在文学史上不乏先例。比如陶渊明的诗，柳宗元的散文，吴敬梓的小说，大抵都是经过惨淡经营然后达到貌似平易而实隽永的境界，比之那种锋芒毕露、力竭声嘶、一览无余的作品，自有高下之别。王安石说得好："看似寻常最奇崛，成如容易却艰辛。"一般艺术修养不够、艺术经验不足的作者，不容易体会到此中甘苦。

听说有人认为，像刘雨生这样的农村党员干部，虽则是那么忠心耿耿，淳朴踏实，但缺少雷厉风行的作风、叱咤风云的气派，因而他的精神境界不是很高的。我看，这样的要求对于这样一个人物来说，未免是过分责备求全了。我们有各种各样的共产党员，有各种各样的农村干部，像刘雨生这样一个有实事求是之意、无哗众取宠之心、立场坚定、作风踏实的人，经作者艺术地再现出来，倒是十分可贵的。况且无论在了解情况、掌握政策、联系群众、团结干部等各个方面，他都做得很好，在社员中很有威信，这样朴素谦逊而又公道能干的基层干部，正是我们党在农村工作中最可依靠的力量。值得注意的是，这样的正面人物过去很少出现在我们的文学作品中。现在周立波同志特别赏识这样的人物，给他塑造了富有特色的艺术形象，虽然还不是概括得很高，但不能不说这是作者在生活当中有胆有识的发现，在塑造正面人物的创作劳动上一个重要的成就，值得我们欢迎和重视。同时，对比着刘雨生和李月辉，作者还写了一个盛气凌人、作风生硬的朱明，虽则着墨不多，但几处地方用的都是"阳秋贬笔"，在这里，我们可以看出作者对这两种不同的干部作风的评价。

书中有一些着墨不多的次要人物，如刘雨生的新旧两个爱人——盛佳秀和张桂贞，治安主任盛清明，甚至那位开口诗云、闭口子曰的李槐卿老夫子，都有较为鲜明的个性特征。当然也有着墨较多而写得不成功的，如龚子元和他的堂客就是。这也许是由于作者对于反面人物、反面现象还认识不深，跟这一类"牛鬼蛇神"没有打过什么交道，因而在艺术上也不免有"巧妇难为无米之炊"的遗憾了。

三

作者不仅善于描绘人物个性的速写画，也同样善于用寥寥几笔，勾勒出一幅幅饱含着诗情画意的风景画和风俗画，使全书抒发着浓郁的生活气息，弥漫着清新的泥土芬芳，呈现着明丽的地方色彩，这是《山乡巨变》在艺术创作上另一个可贵的特色。我们还记得，在《暴风骤雨》中，作者对"千里冰封，万里雪飘"的北国风光作了优美的描绘，到了《山乡巨变》，这些风景画中的山容水色又换了一番风貌，俨然是雨景空游艺濛、峰峦映翠的湖南山乡了。作者并不经常作大段大段的自然景物描写，他比较喜欢把对自然景物的描写融化在故事情节中，借此烘托出生活环境的氛围。请看，这就是亭面糊的家：

……邓秀梅远远望去，看见一座竹木稀疏翡青的小山下，有个坐北朝南，六缝五间的瓦舍，左右两翼，有整齐的横屋，还有几间作为杂屋的偏梢子。石灰垛子墙，映在金灿灿的朝阳里，显得格外地耀眼。屋后小山里，只有疏疏落落的一些楠竹、枫树和松树，但满山遍地都长着过冬也不凋黄的杂草、茅柴和灌木丛子。屋顶上，衬着青空，横飘着两股煞白的炊烟。

走近禾场，邓秀梅看见，这所屋宇的大门的两边，还有两张耳门子，右边耳门的门楣上，题着"竹苞"，左边门上是"松茂"二字，看见有人来，禾场上的一群鸡婆吓跑了，只有三只毛色花白的洋鸭，像老太爷一样，慢慢腾腾地，一摇一摆地走开，一路发出嘶哑的噪叫。一只雪白的约克夏纯种架子猪正在用它的粗短的鼻子用劲犁起坪里的泥土，找到了一块瓦片子，当作点心，吃进嘴里，嚼得崩咚崩咚的响。

寥寥几笔，不仅描绘了一幅浑合自然、错落有致的山村风景画，而且展示出我国农村在土地改革后生气蓬勃的欢乐气氛和翻身农民的幸福生活，即便作为一篇写景的短文来读，此中佳趣也足供玩索。而写得更为兴会淋漓、神采横溢的还有《续篇》《雨里》章中的一些片断：

雨落着。盛家吃过了早饭，但还没有看见一个人把孩子送来。盛妈坐在堂屋门边打鞋底。亭面糊靠在阶砌的一把竹椅上，抽旱烟袋。远远望去，墩里一片灰蒙蒙；远的山被雨雾遮掩，变得朦胧了，只有二三处白雾稀薄的地方，露出了些微的青黛。近的山，在大雨里，显出青翠欲滴的可爱的清新。家家屋顶上，一缕一缕灰白的炊烟，在风里飘展，在雨里闪耀。

雨不停地落着。屋面前的芭蕉叶子上，枇杷树叶上，丝茅上，藤蔓上和野草上，都发出淅淅沥沥的雨声。雨点打在耙平的田里，水面漾出无数密密麻麻的闪亮的小小的圆涡。篱笆围着的菜土饱浸着水分，有些发黑了。葱的圆筒叶子上，排菜的剪纸似的大叶上，冬苋菜的微圆叶子上，以及白菜残株上，都缀满了晶莹闪动的水珠。

雨越下越大，天都落黑了。屋檐水的水柱瀑布似的斜斜往下拉。地坪里，小路上，园土间和山坡上，一下子都漫满积水，流走不赢。田里落满了，黄水漫过了田塍，一丘一丘，往下边奔流，水声响彻了四野。

隆隆的雷声从远而近，由隐而大。一派急闪才过去，挨屋炸起一声落地雷，把亭面糊震得微微一惊，随即自言自语似的说：

"这一下不晓得打到么子了。看这雨落得！今天怕都不能出工了。"他吧着烟袋，悠悠地望着外边。

这一幅雅澹幽美的山村雨景图，真是可以媲美米芾的山水画。但，它和山水画又有所不同：一则，它不仅作静态的描写，而是静中有动，初写小雨，继写中雨，最后写大雨，一层深似一层，各有各的景色；二则，它不光是写景，而是情景交融，通过这几段对雨天气氛的描写映衬出亭面糊那股慢腾腾的懒散劲儿，恰到好处。

作者不仅对自然景色作了优美而精确的描绘，在他的清淡明秀的笔墨中，又蕴藏着对农村新生活多么热情洋溢的赞美和饱含诗意的抒情啊！例如《续篇》中《竞赛》《插田》《双抢》等章节，都对集体劳动生活作了富有诗意的描写；在《联欢》那一章里，荡漾着社员庆祝丰收的欢乐气氛；篇末描写刘雨生和盛佳秀洞房之夜的章节，也分明是一幅喜气洋洋的农村新风俗画。它们不仅给予读者以丰富的美感享受，而且在他们心里唤起对农村新生活的热爱和向往。这些描写不仅富有诗情画意，同时也是有思想性的。

作者固然擅长于写景状物，但并不是为写景而写景，为状物而状物，他主要是通过对生活环境和生活气氛的描绘，来表现出人物的命运和性格特征。菊咬金家那个严丝密缝的谷仓、那座贴着"血财兴旺"的猪栏、那些用了多年还完整如新的农具，显示出这个野心勃勃的中农发家致富的"雄图"。陈先晋家那顿碗碗不离辣椒、中间放着一钵清汤寡水的白菜的晚餐，真是菜如其人，烘托出这个勤俭持家的老倌子执拗的个性。谢庆元家的床铺上一条绣花红缎子被窝和一块补丁的粗布褥子的对照，标志着这位贫农出身在土改时得到了好处的副社长的家境。盛佳秀那座门虽设而常关的宅院，更点染出女主人公守活寡的不幸身世。所以写景状物，归根到底，还是为了写人，使人物的性格、情绪融化于具体事物的描写中，或寓情于景，或寓情于物，或寓情于事，这些都是需要相当深厚的艺术修养才能运用自如的笔墨。

《山乡巨变》的作者所取得的高度艺术成就，分明是与他成功地吸取了中国古典作家丰富的创作经验有关。从周立波同志一些早期的作品中，可以看出较为显著的欧化的痕迹。周立波同志在一篇文章中也提到过，自己"选读中国的东西太少了，这是偏向。"有鉴于此，他近年来颇致力于钻研中国古典作品，认真学习这些作品的优点而不受它们的局限，把这些优点和他从外国名著中所吸收到的长处糅合起来，加以融会贯通，有所发展，有所创造，逐渐形成一种更加圆熟、更加凝练而富有民族特色的艺术风格，有某些外国古典作品之细致而去其繁冗，有某些中国古典作品之简练而避其粗疏，结合两者之所长，而发挥了新的创造。

四

周立波同志在谈到《暴风骤雨》的创作经过时，曾经谦逊地指出这部作品有"三不够"。第一是气不够，第二是材料不够，第三是语言不够。《山乡巨变》是否有不够的地方呢？恐怕也是有的。在这里，我想提出一些坦率的然而不见得是确当的意见，希望能得到作者和读者的指正。

我觉得，主要还是"气"不够，这里所说的"气"是指作品中的时代气息而言。作为一幅有景有情、有光有色的生活画卷，《山乡巨变》达到了相当完整的艺术境界；但作为一部概括时代的长篇小说，《山乡巨变》对于农业社会主义改造这一历史阶段中复杂、剧烈而又艰巨的斗争，似乎还反映得不够充分，不够深刻，因而作品中的时代气息、时代精神也还不够鲜明突出。是的，作品对农业合作化运动的各个重要方面都作了比较准确的描写，可是还有若干不足之处。例如写合作化运动，深入串联、发动群众、申请入社、合作社成立、与单干户竞赛获得胜利、合作社进一步巩固和发展等一系列过程都写到了，却没有充分写出农村中基本群众（贫农和下中农）对农业合作化如饥似渴的要求，也没有充分写出基本群众在党的坚强领导下，在斗争中逐步得到锻炼和提高，进一步自己解放自己，全心全意为集体事业奋斗到底的革命精神。仿佛农业合作化运动这场深刻的社会主义革命只是自上而下、自外而内地给带进了这个平静的山乡，而不是这些经历过土地改革的风暴和受到过党的教育和启发的庄稼人从无数痛苦的教训中必然得出的结论和坚决要走的道路。又例如写农业合作化过程中错综复杂的矛盾斗争、两条道路的斗争、新旧意识的斗争和敌我斗争都写到了，但总嫌写得比较表面化、简单化一些，思想内容还不够深湛，没有能够进一步挖掘出矛盾的核心，没有通过人物和事件显示出这几种矛盾斗争的内在联系，因而使得作品的思想深度和作品的艺术成就似乎显得不够相称。比之《暴风骤雨》，《山乡巨变》在艺术上无疑是更为成熟和完整的，但缺少前者那种突出的时代气息，那种农村中阶级矛盾和阶级斗争的鲜明图景，这是令人感到美中不足的地方。

当然，也许作者在生活中所看到的农业合作化运动，就是出现在他笔下的这个样子，我们没有权利要求作家去写他所不曾体验过的、不曾调查研究过的，或者还不曾熟悉的东西。这里，我们只想提出一个问题：就是作家深入生活的深度和视界的广度、思想的高度有很好地结合起来的必要，对局部地区的生活细致的观察和对全国形势深刻的理解也要很好地结合起来，也就是说，作家在满腔热情、全神贯注地反映某一个地区的生活变革的同时，必须着眼于全国的革命形势和整个时代的主流，好比下围棋，虽然着手于一子，却要着眼于全局，只有这样，才能对生活进行更集中、更高度、更全面的概括。从这一方面说，《山乡巨变》似乎还有作进一步努力的余地。

此外，我们也还可以举出作品一些次要的缺点：例如对龚子元的反革命活动写得不够真实；对谢庆元的错误根源挖掘得不够深刻，对他的转变过程又写得过于简略一些；在文字上，冷僻的方言用得多了一些，稍嫌驳杂；《续篇》枝蔓较多，而且不无斧凿的痕迹，不如《正篇》那样畅适自然；同时到了《续篇》，作者的生活底子就显得不是那么丰厚，个别地方甚至笔力不逮，因而在艺术的完整性上也不免有点逊色了。

总的来说，《山乡巨变》的作者在艺术的追求上取得了很大的成就，以其独特的艺术风格、耀目的艺术光彩、对人物的性格和心灵细致的剖析、对农村新生活富有诗意的描绘，开拓了文学创作的新境界。从《暴风骤雨》到《山乡巨变》，作家的艺术风格显然是有所变化的，如上所述，作为一个比拟，前者偏重于"阳刚之美"，后者则偏重于"阴柔之美"，这自然是可以的。可是，也许由于作家的美的趣味的追求偏得稍微过了一些，相对地忽略了生活中阶级斗争的严峻形势，这就使得作家的眼界受到一定程度的局限，因而在概括时代的深度和广度上也多少受到了一些影响。在这个意义上，《山乡巨变》比之《暴风骤雨》，是既有所得也有所失的。关于这，我有一种大胆的设想：这两类不同的艺术风格最好是能够互相结合，互相交融，可以有所偏重，却不宜过于偏废，或者截然划分，特别是在长篇小说中，我们更不妨使用几副笔墨。既然在《暴风骤雨》中也颇有一些纤细的笔墨，时时吐露珠玉之声，那么，在《山乡巨变》中，假如作者稍稍采用一些雄健的笔墨，抒写一点风云之色，大概也还不至于损害艺术风格的和谐吧。一个作家的艺术风格，尽管已经达到成熟的境界，但总还是在不断发展、不断提高，而不是一成不变的，如果《暴风骤雨》是作家过去阶段的艺术风格的标志，《山乡巨变》是作家现在阶级的艺术风格的标志，那么，在未来阶段中，我们相信，这两者一定会有更好的结合，更好的交融。

一九六一年二月

向《永州八记》取点经

我国古代文艺创作，以自然景物人诗入画的极多。王摩诘诗中有画，画中有诗：他的诗，主要是山水诗；他的画，也主要是风景画。故宫绘画馆陈列的历代名画，风景画似乎也占很大的比重。

写景散文的盛况，不如诗画，但也不乏佳作。唐宋八大家中的欧阳永叔、苏子瞻、曾子固等都是写景的能手；而柳宗元的《永州八记》，更是千古传诵的赫赫名篇。

柳宗元写景状物，在练字遣词上是很用功夫的。他能够用准确、鲜明而生动的语言，把自然景物在艺术上再现出来，给人以一种实感：使你不但像看照片一样，见到这个景物的形状，而且像看立体电影一样，能够感觉到这个景物的神态，仿佛一伸手就可以触摸到它似的，比之"诗中有画"，似乎又更进一步了。请看，他是这样写石潭中的游鱼的：

> 潭中鱼可百许头，皆若空游无所依。日光下澈，影布石上，怡然不动，俶尔远逝，往来翕忽，似与游者相乐。
>
> ——《至小丘西小石潭记》

这里一共只用了四十个字，把鱼儿写得多么活灵活现，真可谓尽态极妍了。"皆若空游无所依"一句，写的确是清澈的潭水中的游鱼，绝不是河中、湖中的游鱼。唐人沈佺期有一句诗——"鱼似镜中悬"，所摹绘的也是同样的景物，但用"悬"字，就显得板滞一些，不如上述这段文字写得那样生动了。

把鱼儿写活，不足为奇，柳宗元还能够把石头写活呢：

其石之突怒偃蹇，负土而出，争为奇状者，殆不可数。其嵌然相累而下者，若牛马之饮于溪。其冲然角列而上者，若熊罴之登于山。

——《钴鉧潭西小丘记》

石头本来是死的，柳宗元比之于"牛马饮溪""熊罴登山"，它们就"活"起来了。从这里，我们可以悟到描写自然景物的一条经验，那就是不仅要"肖其貌"，更重要的是要"传其神"。不但鸟兽虫鱼有"神"，花卉树木有"神"，就是山水土石，也无不有"神"。前人论画，说山有起势伏势，石有立势走势，这就是它们的"神"之所在。绘画讲究"取势"，诗文更要讲究"传神"。写景状物，纵然穷极工巧，刻画入微，倘若面目俱在，而神气索然，也是缺乏艺术感染力量的。要"传神"，写出静中之动，恐怕也是一法。

当然，《永州八记》的难能可贵处，不仅在于它的写景状物能"豁人耳目"，而且在于它的抒情言志也能"沁人心脾"。"八记"中固然也有单纯以写景见长的篇章，但其中好几篇都是寓情于景、托物言志的。茅坤说柳宗元其实是"借石之瑰玮，以吐胸中之气"，可谓知音。在《始得西山宴游记》《钴鉧潭记》《钴鉧潭西小丘记》中已经颇有些感慨语；最后的一篇《小石城山记》，写景的笔墨不多，却发了一番议论：

噫！吾疑造物者之有无久矣，及是愈以为诚有。又怪其不为之于中州，而列是夷狄，更千百年不得一售其伎，是固劳而无用，神者傥不宜如是。则其果无乎？或曰："以慰夫贤而辱于此者。"或曰："其气之灵，不为伟人，而独为是物；故楚之南，少人而多石。"是二者，余未信之。

这显然是借大自然的酒杯，浇自己胸中的块垒，生发出一种"同是天涯沦落人"的情感了。

情景交融，是写景散文的佳境，"八记"在这方面的造诣很高。在其中好几篇中，作者主观的思想感情与客观的自然景物相结合，浑然一体，使自然景物的形象成为作者主观的思想感情的象征。像在上述这一篇中，作者就不但把石头拟人化，而且简直以石为友、自比于石了。王国维曾把写景的诗词分为"有我之境"与"无我之境"。其实严格地说来，"无我之境"是不存在的。哪一个作家、诗人和画家笔下出现的自然景物，不或多或少地带点"我之色彩"呢？苦瓜和尚石涛说得好："山川使予代山川而言也。山川脱胎于予也。予脱胎于山川也。搜尽奇峰打草稿也。山川与予神遇而迹化也。所以终归之于大涤也。"（见《石涛画语录·山川章》）绘画如此，以诗文写自然景物又何尝不是如此。要写好自然景物，首先就要让自己与自然景物"神遇而迹化"，达到"意境两浑，物我交融"的创作境界。写景散文要写得情景交融，神色酣畅，这种"意境两浑，物我交融"的创作境界恐怕是不可少的。刘彦和不是也说过，"登山则情满于山，观海则意溢于海""写气图貌，既随物以宛转；属采附声，亦与心而徘徊"么？

今天的散文作者，也许不必像柳宗元那样，借大自然的酒杯，浇自己胸中的块垒；却不妨借伟大祖国河山的新貌，抒发自己胸中的壮志豪情。

一九六一年六月

"高吟肺腑走风雷"

——关于鲁迅先生几首旧体诗的杂感

一

作为这篇短文的题目的诗句，是摘引自清代诗人龚定庵的《三别好诗》的，所谓"别好"，是指他特别爱好的、深受其影响的文学作品而言。在龚定庵来说，是吴梅村集、方百川遗文和宋左彝学古集。在古往今来的文学作品中，我也有所"别好"，而鲁迅先生的旧诗更是缠绵于心、朝夕不能忘怀的。故借"别好"之诗，以表感激之情。

同时，我觉得，以"高吟肺腑走风雷"这七个字来概括鲁迅先生的旧诗的主要特色，也颇为恰当。这些诗篇大都既有恳切情深、感人肺腑的一面，又有挥斥风雷、激人斗志的一面。"横眉冷对千夫指，俯首甘为孺子牛"这一联名句，不仅是先生的伟大人格的写照，而且也可以看作是先生的诗风的概论。

二

我是在这样的情况下，第一次读到先生的诗篇的。

说起来，是整整二十年前的事了。一九四一年，正是皖南事变以后的那几个月，国民党反动派在全国范围内掀起了反共高潮，对八路军和新四军大举进攻，对共产党人和民主人士横加迫害，在解放区和游击区的边沿，固然遣将调兵，进行摩擦；在大后方，更是狼虎横行，择人而噬。有不少原来在桂林、重庆坚持抗日救亡工作的文化界人士都纷纷避居香港。就在鲁迅先生逝世五周年纪念的那一天，旅港的进步文化界人士举行了一个晚会，在晚会上演出了一出有关鲁迅先生生平的活报剧。那位扮演鲁迅先生的演员，用悲壮沉重的声调朗诵了《为了忘却的记念》中的那首七律，当他朗诵到"忍看朋辈成新鬼，怒向刀丛觅小诗"的时候，座中有不少人都悲愤填膺、泣下沾襟了。在当时，我们这些人，大概谁都有几个朋友埋尸在重庆防空洞里、碎骨在上饶集中营中吧，触景生情，自不免百端交集。何况这首诗又是感人肺腑的好诗呢！从那时起，这首诗就在我的心中扎下了根。

后来，有一位干地下工作的同志（他是个业余书法家），知道我酷爱鲁迅先生的旧诗，又手书了两首七绝送给我，记得有一首是：

　　岂有豪情似旧时，花开花落两由之。
　　何期泪洒江南雨，又为斯民哭健儿。

还有一首是：

　　血沃中原肥劲草，寒凝大地发春华。
　　英雄多故谋夫病，泪洒崇陵噪暮鸦。

他是挥泪和墨来写的，我也是挥泪吞声来念的。因为就在写诗的前几天，我们得到一个消息：有几位战友在广东韶关慷慨就义了。这消息像铁锤一样的打在我们的心上。

在这些难忘的岁月里，鲁迅先生的诗篇，真是像俄罗斯传说中英雄丹柯那颗燃烧着的心似的，照亮了我们的战斗道路，教会了我们"能杀才能生，能憎才能爱"的革命精神。我们当中有不少人，都是受到先生的感动和影响而走进革命阵营中来的，或者是受到先生的激励和鼓舞而在革命斗争中坚持下去的，而这些诗篇，正是我们的桥梁，也是我们的战鼓。

三

吴乔的《围炉诗话》说："诗之中须有人在。"这话很有道理。我还想引申一下：真正的好诗应该是从整个人产生出来的。鲁迅先生的诗，也是如此。

比如在《亥年残秋偶作》一律中，先生伤时忧国、忧愤深广的情操，跃然纸上。先生的挚友许寿裳有云："此诗哀民生之憔悴，状心事之浩茫，感慨百端，俯视一切，栖身无地，苦斗益坚，于悲凉孤寂中，寓熹微之希望焉。"[①]可谓知音。像这样的诗，难道不正是先生的精神面貌的真实写照么？至于"万家墨面""风生白下""故乡黯黯""文章如土"等诸什，情调亦多类此。读其诗，其人宛在。

然而，鲁迅先生的精神面貌，还有另一方面，他惯于以谈笑从容的态度，反戈一击，制强敌之死命。因而集中也颇有些嬉笑怒骂、"燃犀烛怪"之作。读《南京民谣》《赠邬其山》《崇实》《学生和玉佛》《教授杂咏》等篇，亦可想见其坚定、乐观的战斗精神和一针见血的讽刺才能。非先生，曷克臻此！

四

先生所作，在艺术上也是十分卓绝的。属辞雅丽，可比风骚；定势沉雄，不殊汉魏；有长吉之奇崛而避其阴森，具义山之绵邈而去其纤巧，情重而意深，力遒而辞婉。五四以来，文学家能作旧诗者不乏其人，但工如先生者殆未多见，郭老称之为"前无古人，后启来者"，实非溢美之词。

一九六一年九月

---

① 许寿裳：《鲁迅旧体诗集跋》。

孙犁作品的艺术特色

一

当我在一个明净的秋日黄昏，从苍茫的田畴上默默地缓步走回家去的时候；当我在一个幽静的月夜里，独个儿凭栏远眺，看着银灰色的山峰在云端浮动的时候；当我在江阔云低的客舟中，忽然听到一支熟悉的深情的乐曲的时候；当我在炎热而尘土飞扬的旅途上遇到一位热情的农村姑娘，她亲切地请我喝一碗清凉而略带甜味的井水的时候；当我蹲在炕头上跟我那位老房东挑灯夜话，听着他的恳切而严肃的声音，看着他的善良、正直而又有点忧郁的面容的时候……不知道是什么原因，我会自然而然地联想起孙犁同志的作品中的某些人物和景象，某些气氛和情调，而在这一刹那间，我就感到仿佛有一股暖流灌入我的心。

据我所知，好些读者也和我有着同感，他们都爱读孙犁的作品，而且给这些作品的艺术魅力陶醉了。

我喜爱孙犁的作品。但是对这些作品进行全面的研究和综合的分析，说出个所以然来，这不是我所能胜任的事情。在下面，我只记下了一些片断的、零碎的感想。

二

我觉得，孙犁的作品，虽然绝大多数都是小说，却有点近似于诗歌和音乐那样的艺术魅力，像诗歌和音乐那样打动人心，其中有些篇章，真是可以当作抒情诗来读的，当作抒情乐曲来欣赏的。作家在艺术上所追求的，似乎是一种诗的境界、音乐的境界。假如要拿文学作品来比拟，它们的浪漫主义色彩，使我想起高尔基早期的作品，比方说，《草原的故事》；它们的精致而明丽的笔触，使我想起梅里美；它们的浓郁的诗情和富有风趣的幽默感，又使我想起契诃夫的某些短篇。（在某些方面，孙犁同志可能受过这些作家的影响，但是他已经加以融会贯通，有所发展，有所创造，而形成一种他个人所独有的而且具有民族特色和时代特色的艺术风格了。）当然，这些印象大都是得自我个人的直觉的、粗浅的感受，不一定准确。不过，我问过几位爱读孙犁的作品的同志，他们也有类似的感受。比如有人指出过，像吴召儿和双眉这样的人物形象，像荷花淀和芦花荡这样的生活场景，都是被充分浪漫主义化了的。乍看起来，好像不大真实，其实这比真实还要真实，比真实还要美。也有人说过，孙犁的作品大都是以抗日战争时期和解放战争时期冀中军民十分艰苦的斗争生活作为题材的，但是它们却更多地去歌颂坚定乐观的战斗精神，军民之间和劳动人民之间的阶级友爱，用痛苦换来的欢乐，在战斗中赢得的幸福……这样的浪漫主义精神无疑是健康的、积极的、革命的。

三

孙犁的作品具有强烈的艺术感染力量，不错，这不能不归功于他在艺术技巧上的圆熟。单就文学语言而论，也可以看出他的功力深厚、独具匠心。孙犁的文学语言，可以说得上是一种美的语言，它们不但能够准确地表达出作者的思想感情，描绘出鲜明的生活图景，刻画出生动的人物形象，而且还能够赋予作品以一种独特的诗意和艺术魅力。有些好词佳句，例如《铁木前传》开端和结尾的那几段，《芦花荡》和《荷花淀》中那些情景交融的描写，真是写得情意酣畅，色彩鲜明，只要你读过一两遍，就会留下深刻的印象，甚至可以背诵出来。散文的语言，能够这样精铸熟练，有声有色，既多风趣，又富抒情味，确实是不可多得的。

不过，要使作品产生打动人心的艺术感染力量，不可能完全依靠艺术技巧，更主要的，还得溯源于作家对人民的热爱，对生活的深情和激情。我们从好些作品中都可以感触到，孙犁同志跟冀中人民有一种血肉相关的战斗感情，一种在长期同甘苦、共患难中建立起来的阶级感情。比如在《山地回忆》这一篇中，作者就把这种深情厚谊抒发得淋漓尽致。故事是从阜平乡下有一位农民代表到天津参观，去探访作者，作者想买几尺布送给他引起的。一开头，作者就用饱含感情的笔触写道：

> 为什么我偏偏想起买布来？因为他身上穿的还是那样一种浅蓝的土靛染的粗布袄褂。这种蓝的颜色，不知道该叫什么蓝，可是它使我想起许多事情，想起在阜平穷山恶水之间度过的三年战斗的岁月，使我记起很多人。这种颜色，我就叫它"阜平蓝"或是"山地蓝"吧。

接下去，他写到自己在打游击的征途上怎样和这家人认识了，并且成了老交情；这家人的闺女妞儿起初怎样责骂他，教训他，后来又心痛他在寒冬十月里光着脚，给他做了一双新袜子；他怎样帮忙妞儿的父亲去贩枣，赚了钱给妞儿买了架织布机子。这一切虽然都是些生活琐事，但在作者抒情的笔墨下，又是写得多么亲切啊！这双作为深情厚谊的象征的袜子的下落，也是写得十分动人心弦的：

> ……从此以后，我走遍山南塞北，那双袜子，整整穿了三年也没有破绽。一九四五年，我们战胜了日本强盗，我从延安回来，在碛口地方，跳到黄河里去洗了一个澡一时大意，奔腾的黄水，冲走了我的全部衣物，也冲走了那双袜子。黄河的波浪激荡着我关于敌后几年生活的回忆，激荡着我对于那女孩子的纪念。

也许我们这一辈人，谁都或多或少地经历过艰苦的战争生活，受到过战地人民这样或那样的爱护和帮助吧，一读到这些篇章，就会情不自禁地想起许多往事，记起许多故人，回味着那种令人神往的深情厚谊。这些作品的艺术感染力量，我以为主要是建筑在这样的基础之上的。作品中最能打动人心的地方，也正是那些焕发着劳动人民的人性美和人情美的地方，那些激荡着强烈的、亲如骨肉的阶级感情的地方。

四

一个作家的艺术风格，尽管已经达到相当成熟的境界，总还是不断发展、不断提高的。从孙犁同志最近的一部作品——写成于一九五六年初夏的《铁木前传》看来（从此以后，他就病倒了，一直到现在还没有完全恢复健康），他不仅在艺术修养上更趋于圆熟，同时对社会的观察和对生活的认识也更深一层了。从表面上看来，《铁木前传》所着重描写的似乎只是老年人之间的友谊，青年人之间的爱情，平静的农村日常生活和劳动，甜蜜而又有点辛酸的童年往事，在人生历程中常常会遇到的一些离合悲欢……可是它的思想意义却是十分深刻的。这部未完成的中篇小说真实地动人地写出了农村在土地改革后的阶级分化，农业合作化初期社会主义和资本主义两条道路的斗争，以及这些变化和斗争怎样渗透到生活的每一个角落中，影响着人与人之间的关系。细心的读者不难看出：黎老东和傅老刚友谊的决裂，六儿和九儿爱情的波折和分离，黎老东和四儿父子间的龃龉，甚至小满儿那种奇特的性格和命运……无一不是和整个社会的阶级关系息息相关，尽管在作品中写得比较含蓄蕴藉，但是在深刻和动人的程度上，远非那些浅入浅出、一览无余的作品所能并比。作品一开始就不遗余力地描写木匠黎老东和铁匠傅老刚之间的深厚友谊，那是多么动人的劳动人民的友谊之歌啊！然而，即便是这样真挚、深厚和美好的友谊，这样在长期协同的辛勤劳动中建立起来的友谊，也终于不得不由于阶级分化而趋于决裂，这里所提出的社会问题，正是作者对生活进行了深刻的探索和认真的科学分析（阶级分析）所得出来的结论。作品深刻的思想意义和严峻的现实主义精神也就在于此。作品的第十二章，也就是写这两位老朋友最后决裂的那一章，几乎每一笔都是丝丝入扣、力透纸背的，就连傅老刚最后说的一句话——"亲家，我不是到你这里来逃荒啊"也使我们很自然地会想起鲁迅先生在小说中所惯用的那种写实手法。像这样曲尽幽微、鞭辟入里的笔墨，在作者过去的作品中倒是比较少见的。

如果拿《铁木前传》和《白洋淀纪事》中的某些篇章对照着来看，我们就可以更清楚地看到作家所努力走过来的道路。从双眉（《村歌》中的人物）的身上，我们不是可以看到小满儿的影子么？从老木匠全福的身上，我们不是可以看到黎老东的影子么？从吴召儿（《吴召儿》中的女主人公），妞儿（《山地回忆》中的人物）、小胜儿（《小胜儿》中的人物）这一类女孩子的身上，我们不是可以看到九儿的影子么？但是《铁木前传》中的这几个人物，写得比他们的"影子"丰满得多、完整得多、有分量得多了，特别是他们的内心世界显得更加丰富了，他们性格中的社会内容也更加深刻了。从这里就可以看出，作者对生活长期探索、反复玩味的过程，对提炼题材、进行艺术构思所下的勤勉功夫。在思想性和艺术性上，《铁木前传》都突破了作者原来的水平，而迈进了新的一步。

如果说，在《白洋淀纪事》的许多篇章中，浪漫主义还是基调，那么，到了《铁木前传》，浪漫主义和现实主义就有了进一步的结合，作品中的现实主义因素有所发展，作品的思想内容也更加深厚了。这标志着作者的艺术风格产生了新的变化，在原来的基础上增添了一些更深沉、更扎实的东西。

五

有些同志认为，孙犁在创作上的艺术成就，固然是值得击节赞赏的，但可惜他的作品太缺乏时代特色了，这大概指的是他比较少去正面描写我们时代的巨大斗争生活，而他那种纤丽的笔触和细腻的情调，又和我们这个高歌猛进、挥斥风雷的时代有点不大相称吧。关于这，我有一些不同的看法。

是的，就孙犁的大多数作品来说，它们比较擅长于描绘生活长河中的一朵浪花，时代激流中的一片微澜，或者是心灵世界中的一星熛火，若是用绘画来比拟，它们近似于一幅幅色彩宜人、意境隽永的"斗方白描"。但，这样的"斗方白描"也可以从各个方面，各个角度来反映革命历史和现实斗争，如果将它们放在一起来看，又何尝不足以构成一定历史阶段的时代风貌的画卷？在读着《白洋淀纪事》的时候，冀中军民的斗争生活——战争、土地改革、初期的合作化运动，以至农村中的日常生产劳动……不是都历历如绘地展现在我们的眼前么？这些作品固然有不少都是以"儿女情、家务事、悲欢离合"作为题材的，可是这些"儿女情、家务事、悲欢离合"又是和革命斗争那么血肉相连、息息相关，我们往往可以从一个人或者一个家庭的命运中看到当时斗争生活的风貌。比如在《嘱咐》这一篇中，作者所写的岂仅是一个妻子对即将出发到前方去的丈夫的嘱咐，其实正是整个解放区人民对前方战士的庄严的嘱咐，深刻动人地体现了人民和军队、后方和前方那种相依为命同生共死的亲密关系。怎能够说这样的作品缺少时代特色呢？

至于纤丽的笔触和细腻的情调，正是孙犁的艺术风格的特色，我们既然提倡艺术风格多样化，就不应对此责备求全。我们的生活是多姿多彩的，既有烈火狂飙的一面，也有光风霁月的一面；既有铁骑奔腾的一面，也有飞花点翠的一面。如果要全面地反映我们整个时代的风貌，就不但容许，而且必须鼓励各种不同的艺术风格百花齐放，各尽所能，"既能以金钲羯鼓写风云变色的壮丽，也能用锦瑟银筝传花前月下的清雅"，何况孙犁还是善于"用谈笑从容的态度来描摹风云变幻的"[1]，稍稍偏重于柔和之美，恐怕还不能算是"白璧微瑕"吧。

六

自然，这并不是说，孙犁的作品没有美中不足的地方，在我看来，他的弱点倒表现在另外一些方面。比方说，出现在他笔下的人物性格是不够多样化的，作品中所反映的生活图景也还不够广阔，因而有些作品就显得重复，前一篇往往好像是后一篇的素材或者雏形，这大概和作者的生活积累还不够丰厚有关，对他的创作来说也是一种局限。若是要求他对我们时代的风貌进行更广泛的描绘和更高度的艺术概括，对人物性格进行更完整、更深刻的刻画，那恐怕还不能完全满足。特别是在长篇小说《风云初记》中，这样的弱点就显得更加触目了。因此，在长期积累生活经验的劳动上，在更深入地观察和研究各式各样错综复杂的矛盾斗争的工作上，作家似乎还有作进一步努力与开拓的

---

[1] 以上引文均见茅盾：《反映社会主义跃进的时代，推动社会主义时代的跃进！》。

余地。

以孙犁同志的艺术才能，以他对待生活和创作的严肃的态度，要想突破这种局限，并不是太困难的事情。在《铁木前传》中，可以看出他已经取得了重大的进展。我们相信，只要他能够早日恢复健康，《铁木后传》和今后的作品一定会写得更加出色的。作为一个忠实的读者，我殷切地期望着！

一九六一年十月

《李慧娘》的改编

改编古典戏曲，似易实难。改编得好的，可以去芜存精，推陈出新；改编得不好的，难免剜肉补疮，点金成铁。孟超同志根据《红梅记》（明·周朝俊作）情节改编的《李慧娘》，可以肯定是属于前一种。

旧本《红梅记》固然不失为一出好戏，可是瑕疵也不少。首先是主题不集中，枝蔓较多，卢昭容的一条线索与李慧娘的一条线索同时展开，两者之间又缺乏有机的联系，结构上是比较松散的。至于写人，亦颇有失：例如李慧娘生前怯弱，死后坚强，前后颇不一致。裴禹倜傥不羁，不畏强暴，然一入相府，便甘就西席，安居半年之久，反置卢氏婚姻于脑后，亦大不近情，自相矛盾。其余细节上有漏洞的地方，就更不胜枚举了。而且全剧长达三十四折之多，要一次演完，非大加压缩不可。因此，对于这样一个传统剧目，改编是完全有必要的。

孟超同志此次改编，采用的是大刀阔斧的手法，只摘取原作若干情节，重加编写，另创新篇。他完全砍掉卢昭容那一条线索（这是明智之举），把中心放在李慧娘和裴禹对贾似道的斗争上，虽然也写到男女主人公之间的爱情，但他们的爱情却是建立在政治上志同道合的基础之上的，比之旧本仅仅强调怜才慕色，似乎又更深一层、更高一层了。改编本保留了原作中一些主要情节和精彩曲词，而又加以丰富，加以提炼，使人物性格更加鲜明完整，情节更加精练集中，以少许胜人多许，在艺术上也比原作高出一头。而更为难能可贵的是，改编本的曲词，大都属辞典雅，保持昆曲传统的艺术色彩，特别是《幽恨》一场，意境凄厉，情采斐然，极似白仁甫、汤显祖辈得意之笔。这就不能不归功于改编者对古典文学修养之深、功力之厚了。

孟超同志是太阳社的老诗人，对创作已搁笔多年，这次编写《李慧娘》，可以算是老树发新花。可喜的是，这东风第一枝，竟是文苑的奇葩，剧坛的异卉。

一九六一年十月

请读《一瓢诗话》

最近一个时期以来，很多同志对我国古典文艺理论遗产产生兴趣，发表了一些就这个方面进行探讨的文章，其中有不少文章都谈到历代的诗话和词话。不过，就已发表的文章来看，所谈的范围大都还只限于众所周知的那几部著作，像钟嵘的《诗品》、严羽的《沧浪诗话》、袁枚的《随园诗话》、王国维的《人间词话》之类，一些比较冷僻的著作就很少有人提到。其实，过去的诗话词话，数量很多，内容又十分庞杂，其中有些珍贵的遗产淹没在浩如烟海的古书堆中，也是难免的。因此，我们就特别需要多做一些"爬罗剔抉，刮垢磨光"的工作。比如，清代薛雪的《一瓢诗话》，就是一部历来不大为人所重视，却具有真知灼见的好书，虽然作者在书中某些地方只是发挥他的老师横山先生的主张，并非全部都出于自己的创见。

薛雪是乾隆年间的一位名医，与同时的叶香岩（天士）齐名，而素不相能，他甚至把自己的住宅取名为"扫叶庄"，以示"敌意"，但每见叶所制方，又未尝不击节称善，可见他毕竟是一个有度量、有胸襟而不囿于偏见的人。

薛雪对诗歌创作提出了不少有胆有识的见解。首先，他很强调艺术上的独创性，鼓吹独树一帜，标新立异，反对依傍门户，盲目模仿古人。《一瓢诗话》开宗明义，就有一段话说得很好：

> 学诗须有才思；有学力，尤要有志气，方能卓然自立，与古人抗衡。若一步一趋，描写古人，已属寄人篱下。何况学汉魏，则拾汉魏之唾余；学唐宋，则啜唐宋之残膏，非无才思学力，直自无志气耳。吾师横山先生云："剽窃古人，似则优孟衣冠，不似则画虎不成。与其假人余焰，妄僭霸王，孰若甘作偏禅，自领一队。不然，岂独风雅扫地，其志术亦可窥矣。"

接着还有好几段话，都是反复抨击"剽掠潜窃""蹈前人意"，提倡"翻洗窠臼""陈言务去"的，其中有一段说：

> 范德机云："吾平生作诗，稿成读之，不似古人，即焚去。"
> 余则不然，作诗稿成读之，觉似古人，即焚去。

真可谓快人快语。自宋以来，"向古人集中作贼"，几乎是很多诗人的通病，宋代的"江西派"自炫"无一字无来处"，清代的"浙派"标榜"无一字一句不自读书创获"，都是坦率的自供。薛雪这些话，可为"抄书""偷语"的"诗贼"们作针砭。

薛雪反对剽窃吞剥古诗，但是绝不反对向古诗学习，吸收其中一切有益的东西作为借鉴，他自己就是师法杜甫的，《诗话》中也力劝学诗者"原本三百篇楚辞，浸淫乎汉魏六朝唐宋诸大家……会其指归，得其神理"。他所鄙薄的，只是那些把继承和借鉴去替代自己的创造的没出息的诗人，并非对古典传统抱虚无主义的态度，这一点，我们千万不可对他有所误解。

薛雪竭力提倡艺术风格多样化。他认为："作诗家数不必画一，但求合律，便可造进，譬如作乐，八音迭奏，原各就其所发以成之。"又说："论诗略分体派可也。必曰某体某派当学，某体某派不当学，某人某篇某句为佳，某人某篇某句为不佳，此最不心服者也。人之诗犹物之鸣，莺鸣于春，蛩鸣于秋，必曰莺声佳可学，使四季万物皆作莺声，又曰蛩声佳可学，使四季万物皆作蛩声，是因人之偏嗜，而使天地四时皆废，岂不大怪乎！"这些说法，颇有点主张"百花齐放"的味儿，在二百多年前能够有此高论，很值得我们注意。此外，他还进一步要求诗人应当具备几副笔墨，抒写多种题材，"如来三十二相，八十种好，何所不现"。所以杜陵不妨有"香雾云鬟"之句，昌黎不妨有"银烛金钗"之辞，陶渊明《闲情》一赋，更不是什么"白璧微瑕"了。

薛雪论诗，总是把思想性放在第一位，他于古代诗人中特别推重杜甫，尝谓"浣花一举一动，无不是忠君爱国悯时伤乱之心"，可见其品鉴的标准。他自称"平生最爱随笔纳忠触景垂戒之作"，对于"昨日到城郭""锄禾日当午"等诸什，"见必手录，信心闲哦，未尝忘之"。他自己所作的"冲泥觅叶为蚕忙，到处园林叶尽荒。今日始知蚕食苦，不应空着绮罗裳"一绝，也透露出同情民生疾苦的感慨。这种思想是贯穿在他的诗话和作品中的。因此他主张学诗要注意思想修养，作诗必先具有胸襟，"有胸襟然后能载其性情智慧"。又说："具得胸襟，人品必高，人品既高，其一謦一欬，一挥一洒，必有过人处。"这和鲁迅先生所说的"从喷泉里出来的都是水，从血管里出来的都是血"，颇有共通之处。吴乔所说的"诗之中须有人在"，亦与此意暗合。

薛雪大概看到有些诗人才思平庸，学力浅薄，却自视甚高，往往以"敏捷千首""倚马万言"自负，"连篇累牍，不几年间，刻稿问世"，灾梨祸枣，贻笑旁人，所以他在《诗话》中一再引用前代诗人"两句三年得，一吟双泪流""吟成五个字，捻断数茎须""夜吟晓不休，苦吟鬼神愁""生应无辍日，死是不吟时"等甘苦之言来谆谆告诫世人，力言作诗不易。同时，他还提出了一项"具体措施"：

> 著作脱手，请教友朋，倘有思维不及，失于检点处，即当为其审改涂抹，使成完璧，切不可故为谀美，任其渗漏，贻讥于世。然有一辈，负固不服，反以此修怨者，亦不可不防。但看平日相与何如耳。……

这段话，真是"警世通言"。但愿每个诗人都能接受薛雪这番语重心长的劝告，著作脱稿，不必忙于出版，先找一两位有眼力而又认真严肃的朋友看看，虚心倾听他们的意见，择其善者而从之，然后反复进行修改加工，使成完璧。这样做，对于提高诗歌创作的质量将会大有好处。

《一瓢诗话》的可取之处，还不止这些，它对艺术技巧也有不少好见解，限于篇幅，在这里未能一一介绍。自然，《诗话》中也不免有一些"怪论"，例如它对词曲杂体都极力贬低，不给予平等的地位，对少年辈酷爱爱情诗词，亦诋为"不谙诗道"，这就未免失诸偏颇和迂腐了。

最后，我觉得，像《一瓢诗话》这样有一定研究和参考价值而又流传不广的著作，尽管它还存在着若干缺点，实在有重新排印出版的必要。

一九六二年一月

寒夜话《聊斋》

　　《聊斋志异》是我最早熟悉的一部古典文学作品，从小便熟习于听老年人讲这些故事，一听便着了迷。

　　说也奇怪，不久以前，我把《聊斋志异》里的一些故事讲给我的一个刚达学龄的小女儿听，她也听得津津有味。像《崂山道士》这样的故事，她听了一遍，就能够复述出来。

　　一部文学作品，能够使这样一些不同时代、不同年龄、不同经历的读者同样着迷，恐怕不能不承认它真是有点"艺术魅力"了吧。这"艺术魅力"从何而来呢？它具有怎么样的艺术特色呢？这是我在这篇短文中所试图探讨的问题。

一

　　我觉得，情节的生动性和丰富性，是《聊斋志异》的一个主要的艺术特色。（别小觑了这一点，马克思提倡"莎士比亚化"，恩格斯一再强调莎士比亚在戏剧史上的作用，不正是因为他们特别激赏莎士比亚戏剧中生动而丰富的情节么！）鲁迅先生评论《聊斋志异》，说它："描写委曲，叙次井然，用传奇法，而以志怪，变幻之状，如在目前；又或易调改弦，别叙畸人异行，出于幻域，顿入人间，偶述琐闻，亦多简洁，故读者耳目，为之一新。"虽只寥寥数语，却是十分确切的品题。例如众所周知的名篇《促织》，真可谓尽情节曲折、布局奇妙之能事。此篇开始写主人公成名因捕不到蟋蟀供应官府，屡受追比杖责，忧闷欲死。后来求神问卜，历尽艰辛，好不容易才捉到一头"巨身修尾，青项金翅"的健蟀，正在举家庆贺，不幸这头健蟀却被他的儿子误杀了，儿子害怕责罚，跳井自杀，成名呼天抢地，悲恸欲绝。等到他把儿子从井中救出，发现还有一丝半丝气息，心情稍慰，但看到蟋蟀笼空，又气断声吞，僵卧长愁。到这里，作者忽然笔锋一转，写成名又捉到一头外貌不扬的小蟋蟀，这头蟋蟀屡斗屡胜，成名把它献进了皇宫，换得了很多赏赐，原来这头蟋蟀正是他儿子的灵魂所变化的。最后儿子复苏，合家团圆，皆大欢喜。全篇不过一千四五百字，写主人公从悲到喜，喜极生悲，悲极复喜……悲喜交集，祸福环生，形成波澜起伏、高潮迭出的格局，故事的发展始终不离开蟋蟀的得失这一条主要线索，读者的心弦也随着蟋蟀的得失而忽弛忽张。"山重水复疑无路，柳暗花明又一村。"《聊斋志异》中好些篇章引人入胜之处，每在于此，这绝不是一些开门见山、一览无余的作品所能比并的。《聊斋志异》全书共四五百篇（《聊斋志异》的通行本载四百三十一篇，目前我们已发现的佚文有七十一篇，共合五百篇以上），写同类题材的作品也有不少，却没有一篇在情节上是重复的。光凭这一点，作者也够得上称为一个说故事的能手了。

《聊斋》脱稿后，作者曾将其中某些篇章改写成通俗的"俚曲"，供民间演唱。如将《商三官》和《席方平》改编成《寒森曲》，将《张鸿渐》改编成《磨难曲》和《富贵神仙》，将《张诚》改编成《慈悲曲》等等，当然在内容上有所增添，在描写上有所铺张，但一篇千余字的短篇小说，能够改编成为一部供演唱数小时之久的戏曲，若不是原作具有十分丰富和生动的情节，这是很难设想的。

二

《聊斋志异》中最令人击节赞赏之处，就是作者能够用寥寥几笔，就活灵活现地勾勒出一幅幅人情世态的速写画，真可谓"以一目尽传精神"。特别是在一些恋爱小故事中，往往借助于人物的一两个小动作，或者一两句随随便便的谈话，就把小儿女初恋时缠绵缱绻的心情神态，抒写得细腻入微，淋漓尽致。例如在《阿绣》中，写少年刘子固暗恋杂货肆中的少女：

> ……临行，所市物，女以纸代裹完好，已而以舌舐粘之，刘怀归不敢复动，恐乱其舌痕。积半月，为仆所窥，阴与舅力要之归，意倦倦不自得，以所市香帕脂粉等类，密置一箧，无人时，辄阖户自检一过，触类凝思。

又如在《婴宁》中，写少年王子服在郊游中邂逅女郎婴宁：

> ……生见游女如云，乘兴独遨。有女郎携婢，捻梅花一枝，容华绝代，笑容可掬。生注目不移，竟忘顾忌。女过去数武，顾婢曰："个儿郎目灼灼似贼"，遗花地上，笑语自去，生拾花怅然，神魂丧失，怏怏遂返。至家，藏花枕底，垂头而睡，不语亦不食。

又如在《王桂庵》中，写王桂庵追求邻舟的姑娘：

> 王樨，字桂庵，大名世家子。适南游，泊舟江岸。邻舟有榜人女，绣履其中，风姿韵绝。王窥瞻既久，女若不觉。王朗吟"洛阳女儿对门居"，故使女闻。女似解其为己者，略举首以斜瞬之，俯首绣如故。王神志益驰，以金锭一枚遥投之，堕襟上；女拾弃之，若不知为金也者。金落岸边，王拾归；已又以金钏掷之，堕足下；女操业不顾。无何，榜人自他归。王恐其见钏研诘，心急甚；女从容以双钩复蔽之。榜人解缆，顺流径去。王心情丧惘，痴坐凝思……

这些描写都可谓尽态极妍。更为难能可贵的是，作者作这样的描写时，竭力做到不一般化，以不同的细节来表现人物的不同的性格和不同的身份。譬如企图以金锭金钏来表示爱情，这只能是"大名世家子"的所为，小书生刘子固决不会出此，他至多关起门来偷偷赏玩爱人的芳泽。当面揶揄男子，复遗花于地，笑语自去，在封建时代，也只有像婴宁那样倜傥不羁的女郎才能有此胆量。又如同是写惊惶失措、狼狈不堪状，于朱孝廉，则写他"朱躅踏既久，觉耳际蝉鸣，目中火出，景状殆不可忍……"（见《画壁》）；于杨万石，则写他"坐伺良久，万石频起催呼，额颊间热汗蒸腾"（见《马介甫》）；于张鸿渐，则写他"一夜方卧，忽闻人语沸腾，捶门甚厉，大惧，并起，闻人言曰：'有后门否？'益惧，以门扉代梯，送张度垣而出"（见《张鸿渐》）。因为这三个人的情况是各有不同的：朱孝廉与天女幽会，突遇金甲使者搜查，伏匿床下；杨万石正在招待客人，担心悍妻突出逐客，自己下不了台；张鸿渐却是钦案逃犯，亡命十年，刚刚潜返家门，所以一遇到风吹草动，就如惊弓之鸟，望月而飞。凡此种种，都是略加点染，人物即声态并作，跃然纸上，而且如来三十二相，八十种好，相相不同，好好各异，决无"千部一腔，千人一面"之弊，真显出艺术上精铸熟练的功夫。

情节的生动和丰富，细节描写的精确和鲜明，固然有赖于艺术技巧，但更主要的，恐怕还是得力于作者的生活底子厚，观察力敏锐，对现实认识得深刻、感受得真切。《聊斋志异》的作者生于明末，长于清初，数历乱离，饱经忧患。他的家道又是从小康逐渐坠入困顿的。他坎坷潦倒，至于暮年，一生遭际，"门庭之凄寂，则冷淡如僧，笔墨之耕耘，则萧条似钵"（《聊斋志异·自序》），对人情世态，民生疾苦，体验尤深，阅世观人，如见肺腑，故能有入木三分、力透纸背的描绘。《阅微草堂笔记》的作者纪昀曾非难他说："……燕昵之词，媒狎之态，细微曲折，摹绘如生，使出自言，似无此理，使出作者代言，则何从而闻见之，又所未解也。"这自然是外行话。但纪昀的非难，适足以证明《聊斋志异》的成功之处。

三

《聊斋志异》在艺术创作上另一个可贵的特色，就是笔墨的容量很大。作者善于把复杂的情节、丰富的内容压缩凝练在极简短的篇幅中，以少许胜人多许。刘禹锡云："片言可以明百意，坐驰可以役万景，工于诗者能之。"以此求之于小说，确实不易多得，而《聊斋志异》倒可以算是一例。像《席方平》这样复杂曲折的情节，写主人公先后打了四场官司，备受酷刑，几经周折，最后才得昭雪冤狱，只用了两千字。《续黄粱》写一个人的"两生"经历，几度沧桑，也不到三千字。综观全书，千把两千字的佳作为数不少。如果拿来和今天我们的短篇小说对比，以篇幅计，几乎是"一以当十"了。作者之所以能够写得那么简短，那么精练，窍门全在于集中。在每篇作品中，他大抵只集中笔力写一两个人物，凡是有助于表现主要人物的性格特征的细节，他尽可能写得委曲入微，否则就一笔带过，写得十分简略，绝不节外生枝，在一些陪衬人物和插曲上面多费笔墨。对人物的外貌、服饰和所处的环境，他也描写得不多，除非这样的描写有助于展示人物的精神面貌，他才勾勒几笔，也旨在传神，不求形似。如在《画壁》对"散花天女"的外貌的描写："拈花微笑，樱口欲动，眼波将流。"不多不少，只为她写了十二个字。对男主人公动了爱情的描写："朱注目久，不觉神摇意夺，恍然凝想，身忽飘飘，如驾云雾……"不多不少，只为他写了二十二个字。像这样"极省极俭地画出一个人的特点"的艺术表现手法，在我国古典文学作品中倒是常常运用的，譬如《史记》就是以此见长。《留侯世家》着力描写了张良为圯上老人纳履这一细节，《淮阴侯列传》突出地描写韩信挎下受辱和漂母赐食等细节，《李将军列传》生动地描写了李广被俘后夺胡马逃归和射石没镞等细节，而对于这些人物一生中的大事，倒不一定一一都加以描写。因为这些看来只是"小事一段"的细节，最足以充分地表现出人物的性格和气质。《聊斋志异》的作者是深得此中三昧的，如于石清虚，但写其爱石之痴（见《石清虚》），于郎玉柱，但写其爱书之笃（见《书痴》）；余不多及，而其人宛在，风貌如生。诚然，现代人的生活比古人复杂得多，我们师法《聊斋》，亦未可胶柱鼓瑟，食古不化，但刻画人物贵在集中，细节描写必须精选，这些宝贵的艺术经验，对于我们的文学创作（特别是短篇小说的创作）还是很有些借鉴作用的。

四

有一位青年读者告诉我说，读《聊斋志异》，故事情节并不难懂，可是作品中的主题思想，却未易一目了然。比如《书痴》一篇，根据异史氏在篇末之说，好像旨在劝人对身外之物不可积之过多，好之过甚，"积则招妒，好则生魔"，但就全篇的内容看，似乎并不如此，毋宁是对豪强迫害弱者、夺人所爱的悲剧有所讽喻。看来这位读者的眼力还不错，他看出了《聊斋志异》作者的一片苦心。

的确，在小说家中，蒲松龄是比较喜欢用"曲笔"的一个。他很注意含蓄，尽量做到"言有尽而意无穷"，让读者有回味寻思的余地，可以用自己的想象来补充原作，甚至发展原作，而不是由作者把什么话都说尽。

　　自然，作者之所以多用"曲笔"，主要还是由于他对当时的文字狱存有戒心。作者对贪官污吏、土豪劣绅的穷凶极恶、科举制度的黑暗和流弊、封建婚姻制度的不合理等等，都有极强烈的愤恨，这一点，他在《自序》里也承认过，《聊斋志异》其实是一部"孤愤之书"。但在文字狱的威胁下，他又生怕文章贾祸，不敢直言不讳。看过《聊斋志异》手稿的人都会发现，作品中有些"干碍"的地方，总是改了又改，删了又删的（例如《王成》篇"贝勒府购致甚急"改为"京中巨室购者颇多"，"大亲王"改为"某王"；《促织》篇"异史氏曰"下面有一段话全段删去；等等）。他竭力磨光棱角，杜绝引起"误会"的一切可能性，有时甚至不得不采用"奴隶的语言"，打几句掩护，读者如果仅仅从"异史氏"的按语来推定每篇的题旨，那就未免所见者浅了。

　　尽管如此，作者这些"皮里阳秋"的笔墨，还是用得非常巧妙的。如《司文郎》明明是骂主考官有眼无珠，不辨文章优劣，却编出一个瞽僧评文的故事，说盲和尚的鉴定能力比开眼的主考官还要高明得多。《梦狼》篇暗示，天地间的官吏大都是虎狼，有的还甚于虎狼。《续黄粱》写贪官污吏在阴间被罚饮金钱的溶液，只轻轻点了一句："生时患此物之少，是时患此物之多也。"像这样一针见血而意味深长的讽刺，在书中屡见不鲜。正如约翰·穆勒所说："专制使人们变成冷嘲。"作者的冷嘲才能也是在残酷的封建专制统治下锻炼出来的，在这种意义上，倒真是"因难见巧"了。

五

　　《聊斋志异》的可取之处，自然不止这些，比如作者知识的渊博、幻想的奇妙、修辞的雅洁、行文的流畅等都是为历来的论者所称道的，在这篇短文里，不可能一一论及。至于有关此书的进步意义和时代局限性、阶级局限性等等，过去已经有过很多文章详加论述，更没有重复的必要了。我在上面所谈到它的一些艺术特色，也大都是得自个人直觉的、粗浅的感受，没有经过全面的研究和科学的分析，不一定准确，不当之处，还希望读者们提出批评。

一九六二年一月

情景交融的风俗画

凡是对艺术创作有兴趣的人，大都有一种爱好：我们欣赏某一个画家的巨幅油画，同时也想看看他的速写素描，以至他在创作前打的草稿；我们爱读某一个作家的长篇小说，同时也想看看他所写的札记随笔，和一切作为素材积累下来的东西。因为把这两者对照着来看，常常可以发现一个艺术家或作家观察生活、搜集材料和准备创作的经验。起初，我是抱着这样的愿望来阅读孙犁同志这本题名为《津门小集》的小册子的。我听说这本小册子是作者在一九四九至一九五六年间对天津市工人和郊区农民的劳动、生活、爱情和斗争的零星记载，主要是将所闻所见，疾书为文，夹叙夹议，有些篇章甚至就是采访日记，并没有经过多少艺术加工。

可是，当我读到这本小册子的时候，我的研究兴趣反而被欣赏兴趣压倒了。逐篇读下去，在我的眼前仿佛展开了一幅幅色彩宜人、意境隽永的"斗方白描"，有的是风景画，但更多的是风俗画。它们成功地把这个北方大城市的风景线和人民新生活的诗意的美融合在一起，既有小品文的纤丽韵致，又有诗歌的抒情色彩。而更为难能可贵的是，几乎每一篇都洋溢着作者对新生活的热爱和歌颂，对劳动人民的温厚真挚的感情。怎能说这些速写仅仅是素材，而不是艺术品呢？难道我们可以否认齐白石用寥寥几笔勾勒出来的几只虾、一条草虫、一树紫藤是艺术品么？王国维认为，艺术作品的境界有大小，但不能以此分优劣。这话还是有道理的。

请看，这是出现在集中的一幅雨天小景：

> 最动人的场面是大雨过后，她们从工厂出来，担心脚下的新白鞋。而在工厂的大门以外，家属们早提着雨鞋，抱着雨伞等候她们

了。送鞋送伞的，多是年幼的弟妹，他们从家里赶来，光头赤脚。这些孩子们非常满意这个差事，很愿意给做工养家的姐姐服务，很愿意到姐姐做工的地方观光。

他们在工厂的门前，排成两行，让小雨淋着光头顶，却不肯把伞张开。工人下班出来，他们就不断探问：

"看见二姐吗？二姐下来了吗？"

一见姐姐出来，他们就跑过去完成任务，姐姐把雨伞张开，就回身招呼她的伙伴们，她们有的三个人围在一个雨伞下面，有的两个披着一件雨衣，在大雨滂沱中说笑着回家去。

——《团结》

这不是一幅最平凡的日常生活图景么？然而在作者抒情的笔墨下，却写得那么情景交融、亲切动人，它轻轻地抚动着我的心弦，赛似春霖在润泽着千花百草。生活是多么美好、多么芬芳啊！凡是有劳动着的人群的地方，都有着幸福和欢笑哩。集中有好些篇章，例如《宿舍》《慰问》《保育》《厂景》等，写的也是类似的情调和气氛。它们唤起我一些美好的回忆，因为在这一段期间，我也是抱着同样的欣悦心情来看待生活的。

在散文创作领域里面，速写随笔本来是一种引人注目的花朵。为了敏捷地反映迅速变化的新鲜事物，并且便于在报纸刊物上及时发表出来，这种文学样式很值得提倡一下。在这种意义上，《津门小集》的出版，也是有些倡导作用和借鉴作用的。

一九六二年十一月

《婴宁》浅析

《聊斋志异》中不乏奇文，其中《婴宁》篇的用笔尤为鹘突奇崛，不落俗套。

若论故事情节，《婴宁》比之《聊斋志异》中别的篇章，并不算太曲折离奇。它所写的只不过是一个极其平常的恋爱故事：少年书生王子服在郊游中邂逅女郎婴宁，一见倾心，单恋成疾，后来亲往探访，才知道婴宁原来是他的表妹，遂相携返家，竟成佳偶。如果不是在篇中反复点明，婴宁原是狐母所生，鬼母所育，此篇实在不能归入"志异"之列。像婴宁这样一个活泼可爱的狐女，真是使人"忘为异类"的，把她当作人来看，又有何不可呢。

这篇作品最令人击节赞赏的地方，倒是在于它能以寥寥几笔，就写出人物性格的特点。婴宁的性格特点，分析起来也很单纯，不外是好笑、爱花和憨。作者在篇中反复着墨、多方入手来描写的，也不外这几点。从写婴宁初见王子服时拈花微笑起，直写到婴宁"生一子……见人辄笑，亦大有母风"为止，全篇中有十多处写到婴宁的笑，见客笑，看花笑，谈情说爱时笑，举行婚礼时也笑……写得尽态极妍，但是无一意重复，无一笔雷同，真是绝妙文章。写她爱花，也不一般化。开头就写她捻梅花一枝，笑容可掬。接着写她的住宅，从远处看是"丛花乱树"，从近处看是"桃杏尤繁"。她一露面，就是"执杏花一朵，俯首自簪"。后来她又顾小婢笑道："视碧桃开未？"处处都点出女主人公爱花成癖。写到她结婚后，还是"物色遍戚党，窃典金钗，购佳种：阶砌藩溷，无非花者"。作者写花，其目的还是为了写人。因为鲜艳妩媚的花朵，正是婴宁的纯真、明朗的性格的象征，用花来烘托婴宁，是最恰当不过的了。花可爱，爱花的人就更可爱。

写好笑，写爱花，可以从表面的动作来写，还不算太难；进一步，要写出她的憨，那就不容易了。关于这，篇中有一个细节写得很妙：

> ……生俟其笑歇，乃出袖中花示之。女接之，曰："枯矣！何留之？"曰："此上元妹子所遗，故存之。"问："存之何意？"曰："以示相爱不忘也。自上元相遇，凝思成疾，自分化为异物，不图得见颜色，幸垂怜悯！"女曰："此大细事！至戚何所靳惜，待兄行时，园中花，当唤老奴来，折一巨捆负送之。"生曰："妹子痴耶？""何便是痴？"曰："我非爱花，爱捻花之人耳。"女曰："葭莩之情，爱何待言。"生曰："我所谓爱，非瓜葛之爱，乃夫妻之爱。"女曰："有以异乎？"曰："夜共枕席耳。"女俯思良久，曰："我不惯与生人睡。"语未已，婢潜至。生惶恐，遁去。少时，会母所。母问："何往？"女答以园中共话。媪曰："饭熟已久，有何长言，嗫嚅乃尔？"女曰："大哥欲我共寝。"言未已，生大窘，急目瞪之。女微笑而止……

一个妙龄女郎，遇到表兄向她求爱，拿出她所遗的花朵相示，她反而天真无邪地说："你爱花吗？那还不容易！等到你走的时候，我叫老仆人折一大捆送给你就是了。"这已经令人忍俊不禁、拍案叫绝了。后一段更是痴人痴语，憨态可掬，若不是婴宁，无论哪一个女郎都说不出这样的傻话。但，这位"傻小姐"又是傻得多么可爱啊！

在文学作品中，要塑造一个特殊性格的人物形象，往往比塑造一个寻常性格的人物形象还要吃力。《阿Q正传》中的阿Q，《巴黎圣母院》中的钟楼怪人加西莫多，《堂·吉诃德》中的吉诃德先生，都特别显出作者的功力。有些细节，一定要写得很夸张，渲染得淋漓尽致，但又要写得合情合理，令人信服。《阿Q正传》描写阿Q被判处了死刑时在供状上画押，他使尽平生力气画圆圈，生怕画得不圆，被人笑话。一个被判处了死刑的犯人，连性命都保不住了，还计较什么圆圈画得圆不圆呢？这简直是不可思议的。然而阿Q之所以为阿Q，正表现在这一点上。《婴宁》的作者也深得此中三昧。一个大闺女，把表兄向她求爱的话毫无保留地告诉母亲，也是不可思议的。然而婴宁之所以为婴宁，也正表现在这一点上。

文学作品写"畸人异行"，不妨尽量夸张，但不能不顾情理，比如篇中处处都写婴宁笑，唯独写她对丈夫谈及亡母时，不但不笑，反而哽咽涕零。如果在这种情况下，婴宁还是嬉笑如常，那么，她就一点也不可爱，而只是一个全无心肝的狂人了。作者善用浪漫主义手法，但同时又不违反现实主义精神，他的高明处就在于此。

不过，《婴宁》篇中的细节描写，也并非全无败笔。例如写婴宁假装与邻家的男子暗约幽会，其实是用法术来惩罚他那一段，不但笔墨猥亵，堕入恶趣，而且与婴宁平素纯洁、明朗的性格格格不入，真可谓"佛头着粪"，玷污了这个可爱的人物形象了。

有人也许要问：像《婴宁》这样的作品，艺术性固然很高，但思想意义何在？我们要知道，封建时代礼教极严，像婴宁那样倜傥不羁的女郎，敢于对陌生的青年男子当面揶揄，谈笑无忌，她的所作所为，在当时实在足以惊世骇俗，远超越于一般女性之上。光是这个艺术形象的本身，就具有反对封建礼教的进步意义。何况整篇作品还颇有点鼓吹自由恋爱的意思呢！

一九六三年二月

《红楼梦》琐谈

一

　　《红楼梦》是一部反封建的小说，这是我们大家都承认的。不过它的反法，和别的反封建的小说又有所不同。它不像《水浒》那样，直接歌颂起义的农民军，直接抨击封建统治的残酷压迫；也不像《西游记》那样，采用寓言的形式，说明封建正统并不是那么神圣不可侵犯，而是可以把它打得落花流水的；又不像《儒林外史》那样，集中笔力来控诉封建科举制度害人之惨酷。它的反封建，主要是从内部来反，从内部把它的老根挖出来，从内部把它的脓疮揭出来，一层深似一层地剥露了封建制度的种种罪恶——吃人的礼教，自欺欺人的道德伦理，腐朽昏庸而又强暴的专制统治，封建家庭对青年男女无情的迫害，形象地阐明了所谓"升平盛世"只不过是阴森可怕的黑暗王国，显赫一时的封建家族只不过是一匹残酷而又疯狂的巨兽，它不仅吞噬了自己的儿女，最后还将吞噬了它的自身。作者生长在封建贵族家庭，自旧营垒中来，反戈一击，更易制强敌的死命。因此《红楼梦》的思想内容特别深刻，封建统治阶级也特别切齿痛恨它，自刊行以来，即被目为"谤书"，屡遭查禁。封建统治阶级甚至不恤造谣说，入阴间者，每传地狱治曹雪芹甚苦，曹氏的后代又因"林清犯阙"一案牵连遭到灭族大祸（其实此曹与彼曹毫无关系），实为著《红楼梦》一书的报应，借以恐吓爱读《红楼梦》的人。满洲某巨公，当嘉庆年间，为江西学政，尝严禁贾人不得售《红楼梦》，犯者罚无赦，又告人曰："《红楼梦》一书，讥刺吾满人，至于极地，吾恨之入骨。"同治年间，丁日昌任江苏巡抚，也曾明令查禁《红楼梦》。封建统治阶级把《红楼梦》看作洪水猛兽，由此也可见《红楼梦》反封建的思想威力。

探春在书中的第七十四回说过一段话："……可知这样大族人家，若从外头杀来，一时是杀不死的。这可是古人说的，'百足之虫，死而不僵'，必须先从家里自杀自灭起来，才能一败涂地呢！"不管作者是否意识到，这段话是有深刻的涵义的。一部《红楼梦》所要写的，正是封建阶级败亡的过程，而且主要是写它衰萎腐朽的过程。当然，封建社会的最后崩溃，不仅由于它内部的分崩离析，更主要的，是由于那些汹涌澎湃的农民革命运动的冲击，这一层，《红楼梦》就没有直接写到了。

二

曹雪芹的思想，有积极的一面，也有消极的一面。

积极的一面大概是由于他老家被抄、生活遭遇剧变所形成的；消极的一面则主要和他的阶级局限性、时代局限性有关。不过，从他所受的前代的思想家的影响来看，也未尝不可以找出一些线索。

积极的一面，自然是反封建的思想，其中尤为突出的，是妇女解放、男女平等的思想，敢于蔑视当时一般人奉为金科玉律的三纲（特别是夫纲）的思想。我们不知道曹雪芹有没有读过李卓吾的书，有没有受过李卓吾的影响，但从《红楼梦》中流露出来的有关这个问题的思想，和李卓吾的主张倒是颇为接近的。李卓吾曾经明确地提出过男女平等的观点，抗议封建社会对妇女的蔑视和压迫，他在《答以女人学道为见短书》中说：

> 谓人有男女则可，谓见有男女岂可乎？谓见有长短则可，谓男子之见尽长，女人之见尽短又岂可乎？（见《焚书》卷二）

曹雪芹在《红楼梦》开卷第一回就声称：

> 今风尘碌碌，一事无成，忽念及当日所有之女子，一一细考较去，觉其行止见识皆出我之上，我堂堂须眉，诚不若彼裙钗……闺阁中历历有人，万不可因我之不肖，自护己短，一并使其泯灭也。

他还借贾宝玉之口，力倡"女儿是水做的，男人是泥做的"之说。水，喻其纯洁；泥，喻其污浊。可见女性并不低于男性，在许多方面还高于男性，这一观点是贯穿全书的。对照着来看，可知李、曹两人对妇女问题的看法确实有其相近的地方，那就是，他们都主张男女平等，反对"男尊女卑"的观念。

李卓吾的反封建思想对晚明的文艺界、学术界是有极其重要的影响的，如汤显祖就曾渴望读到《焚书》，以期从中寻找思想武器；公安三袁提倡以真情卓见为文，亦与李卓吾的主张符合；他们的流风余绪影响及曹雪芹也是意料中事。

至于曹雪芹思想中消极的一面——虚无主义的思想，似乎是受老庄的影响较多（自然也有一些佛家思想）。自魏晋以来，中国封建士大夫的文学艺术作品，很少能越出道家的藩篱，所谓"外儒内道"，几乎是中国封建时代绝大多数文学家、艺术家的精神面貌，曹雪芹也未能例外。何况他的一生遭际，从纨绔膏粱、钟鸣鼎食沦落到环堵蓬蒿、绳床瓦灶，使他更容易接受老庄思想的影响。

概述《红楼梦》全书结局的《好了歌》及其注解，所表现的就是一种典型的老庄思想。老子说："吾所以有大患者，为吾有身。及吾无身，吾有何患？"而《好了歌》及其注解不恰好是这句话形象化的演绎么？贾宝玉的反抗情绪虽然强烈，但在饱经忧患之余，终于以遁世为其出路，这种寻求解脱的途径也是和老庄思想默契的。在书中第二十一回提到宝玉读庄子的《胠箧》篇，并且戏续了一段，在六十三回又有邢岫烟述说妙玉赞美《庄子》的话，这些虽然不是主要情节，但也可见曹雪芹对庄子是颇感兴趣的。敦诚敦敏兄弟在诗中一再把曹雪芹比拟于阮籍和刘伶，这两位古人在思想上，甚至在生活态度上不也是庄子的徒子徒孙么？

自然，老庄思想在《红楼梦》中并没有占主导的地位，一般地说，《红楼梦》作者的思想还是入世的，而不是出世的，否则他不可能写出这部倾向性十分强烈的作品。

何况，老庄思想对曹雪芹的影响，固然主要是消极的，但是也不见得完全没有积极的因素。例如表现在贾宝玉身上的要求个性解放、无拘无束的思想，是否和庄子所主张的"绝对自由"的人生观多少有点关系呢？贾宝玉对封建礼教和封建正统观念采取蔑视而放浪不羁的态度，是否和庄子的虚无主义哲学多少有点关系呢？这些问题，都是值得我们进一步探讨和研究的。

三

林琴南说："中国说部，登峰造极者，无若《石头记》。叙人间富贵，感人情盛衰，用笔缜密，著色繁丽，制局精严，观止矣。"林琴南对文学问题的好些见解，并不见得高明，或失诸迂腐，或失诸偏颇，他甚至对五四运动所提倡的文化革命也抱着反对的态度，唯独上述这一段对《红楼梦》的艺术成就的评语，还是说得有理的，绝非溢美之词。

《红楼梦》在艺术成就上有三绝：一曰人物描写，二曰语言，三曰结构。前两者已有不少文章谈及，不必再赘。单就结构一端而论，也可以说得上是"前无古人，后启来者"。

《三国演义》和《水浒传》多以几回篇幅集中写一个人物或一桩重要事件，光看这自成一个单元的那几回（如《三国演义》有关"赤壁之战"的那几回，《水浒传》中有关林冲被陷害的那几回），结构还是相当严谨缜密的。但综观全书，则各个单元之间似乎还缺少有机的联系。至于《儒林外史》基本上是一组连续性的短篇，那就更不用说了。

《红楼梦》虽然是一部未完成的长篇小说，但它的结构绵密，布局精严，前后呼应，条理分明，至足惊人。它的每章每节，都衔接得很自然，很紧凑，而且草蛇灰线，往往伏笔在十数回之前，接应在十数回之后，随便举一个小例：第五十一回写庸医胡君荣给晴雯看病，乱用虎狼药，人们也许以为，这么一个"跑龙套"的人物，走过场之后，就不会再派什么用场了，谁料得到到了第六十九回，这位庸医还要出场一次，而且是杀尤二姐的刽子手。他的性格又是前后一致的：给晴雯看病，他只注意到那两根给金凤仙花染的通红的长指甲；给尤二姐看病，一见到她的美貌，又魂飞天外，不辨气色。对这么一个极次要的"小人物"，无关宏旨的情节，尚且如此注意衔接，其他更可想而知了。

《红楼梦》全书（特别是前八十回），自始至终，都没有夹杂骈枝之弊，筋弛脉散之病，确实是一种伟大的艺术构思。在我国的古典小说中，短篇结构谨严，剪裁整齐，不枝不蔓的尚不在少数，比如《聊斋志异》中就有许多这样的篇章，至若长篇巨制，求一通篇结构严密，纲举目张，极少漏洞之作，实不可多得，有之，当以《红楼梦》为首屈一指。

四

王国维曾把《红楼梦》比于歌德的《浮士德》，评价虽高，但未免比拟不伦。我以为，在世界文学史上，曹雪芹的地位，实在可与巴尔扎克、托尔斯泰等最优秀的语言艺术大师并驾齐驱。《红楼梦》一书，是最伟大的批判现实主义文学巨著之一，完全可以和《人间喜剧》《战争与和平》并列在世界文学宝库中而无愧色，而且它的诞生时间，又比后两者早得多。

然而，毋庸讳言，《红楼梦》一书在世界文坛上尚未引起应有的注意和获致应得的评价。一方面，这固然由于它所描写的我国封建社会中形形色色的生活未易为外国读者（特别是西方国家的读者）普遍理解，不免在阅读和欣赏的过程中构成障碍；另一方面，缺少完美的译本恐怕也是一个极为重要的原因。截至一九六一年一月为止，《红楼梦》只有日文和俄文的全译本，而且俄译本的译文质量尚不够理想。法文虽有全译，但还未刊行，至于英、德、意文的译本则都是节译的。

"奇文共欣赏"，像《红楼梦》这样一部登峰造极的文学杰作，却未能在全世界读者中间广泛流传、长久流传，这实在是令人遗憾的事。我殷切地期望着，在不久的将来，《红楼梦》各种文字的比较完美的译本都能够陆续刊行。为了完成这一项意义重大的工作，大概任何一个文学翻译工作者都不会吝惜他的时间和精力吧。

一九六三年初夏

关于张洁作品的断想

一

我不太熟悉张洁同志，照理说，我是没有资格评论她的作品的。何况，要认真地评论张洁同志的作品，的确不是一件容易的事情。她的作品，是她的独特的艺术个性的产物，也可以说，是她的人格的结晶。正如她自己所说的："写文章的人，或许能描绘自己作品中主人公的细腻的心理活动，却往往不能分析清楚，作者本人在某种特定情况下所产生的复杂的心理状态。"（见《起步》）那么，笨拙的我，又怎能分析清楚她在创作时所产生的复杂的心理状态以至她的艺术个性呢？假如我只是用一些社论式的政治术语和文艺评论的行话去评论她的作品，给作品贴上这样或那样的标签，我肯定会曲解甚至亵渎了这些精致的艺术品，那么，我还是干脆不写为好。

因此，我必须郑重声明，这篇文字所记录下来的，只限于一些直觉的、粗浅的印象，一些片断的、零碎的感想，而不是什么系统的科学的论证和分析。严格地说，这不能算是文学评论文章。

二

我记得，高尔基曾经说过："我们读着安东·契诃夫的小说的时候会有一个印象：仿佛在一个忧郁的晚秋的日子里，空气十分明净，光秃的树木，窄小的房屋和带灰色的人都显得轮廓分明。"（见《文学写照》中的《安东·契诃夫》）我们读着张洁同志的小说和散文的时候，是否也有类似的印象呢？有的。但是我还有一种独特的印象：我仿佛看到了一幅幅优雅而娟秀的淡墨山水画，诗情画意被笼罩在一层由温柔的伤感所构成的朦胧薄雾之中。它们有点不可捉摸，但是它们又是那么强烈地触动读者的心弦。正像我们读契诃夫的作品时所感觉到的一样，作品中主人公的心灵和读者的心灵，好像是一对频率相同的音叉，敲响了一个，另一个就自然而然地跟着共鸣和振动。这是不是纯粹个人主义的"音叉"所引起的共鸣呢？如果是这样，契诃夫就不会成为旧俄时代的杰出作家，更不会成为高尔基的良师益友。同样的，张洁同志的作品中也蕴藏着对于与社会正义相对立的"非"的鄙视和憎恨，尽管多少有些伤感，否则，我们就不会为之动心。

应当指出，这样的境界，这样的情调，是作者所特有的，至少在当前中国文学领域中，我们还很难读到相同的甚至是类似的作品。

我不能用准确的、科学的语言来说明产生这种艺术效果的原因。但是我猜想，这也许和作者的艺术风格不无关系。张洁同志的作品并没有什么曲折离奇甚至完整的故事情节，也不着重去描绘人物的行动和笑语音容，而只是倾注全力去刻画人物心灵深处的微妙活动。她所写的，虽然绝大多数都是小说和散文，却具有近似于音乐和抒情诗那样的艺术魅力，像音乐和抒情诗那样的打动人心。如所周知，音乐和抒情诗是不能叙述故事情节的，也不擅长于描绘人物形象，它们只能倾诉于人们的心灵。

三

假如允许我作进一步猜想，作者大概是不会带着笑容和幽默感去观察生活的，而总是皱着眉头、带着沉思的神态去观察生活。她对严酷的现实生活有时感受到揪心的痛苦，但是她绝对不会号啕大哭，把痛苦尽情发泄出来，而只是咬紧牙关，抑制着自己的热泪，竭力把痛苦缄藏在心底。敏感的读者不难从作品的字里行间感受到这种充满着悲悯的深沉的感情。这种感情在《爱，是不能忘记的》中表现得最为淋漓尽致，而在《忏悔》中表现得最为凝练而深刻。

作者曾经用过"痛苦的理想主义者"这么一个词儿，我不知道，她说的是不是她自己。"痛苦的理想主义者"是纯洁的，但是在任何时代，他们都只能是悲剧人物。作为一个忠实的读者，我实在不忍想象这位聪明纯洁、富有才华的作者竟会成为悲剧人物。但愿，我的猜想只不过是毫无根据的胡思乱想。

四

有些读者也许认为，张洁同志所写的，大部分都是爱情故事。例如《爱，是不能忘记的》，从题目到内容，大概总会被人们当作爱情故事来读的吧。关于这，我倒有一点不同的看法，我认为，这篇小说并不是一般的爱情故事，它所写的是人类在感情生活上一种难以弥补的缺陷，作者企图探讨和提出的，并不是什么恋爱观的问题，而是社会学的问题。假如某些读者读了这篇小说而感到大惑不解，甚至引起某种不愉快的感觉，我希望他们不要去责怪作者，最好还是认真思索一下：为什么我们的道德、法律、舆论、社会风习等等加于我们身上和心灵上的精神枷锁是那么多，把我们自己束缚得那么痛苦？而这当中又究竟有多少合理的成分？等到什么时候，人们才有可能按照自己的理想和意愿去安排自己的生活呢？

五

作者或许已经意识到，由于她过于执着地去探索生活的悲剧性，总有一天，会给她和她的作品带来无穷尽的非议。有时候，她有意给一些充满着感伤情调的作品挂上一条光明的尾巴。比如《哪里去了，放风筝的姑娘》就是一个突出的例子。她大概想让读者们"破涕为笑"吧。可是，涕泪是真实的，而笑却显得有点勉强。我们为作者善良的愿望所深深感动，但还是不能相信，这个善良的愿望竟会那么容易变成现实。我们坚信，我们的社会必然会一步步前进的，我们的生活也会一天天变得更加光明和更加美好的。但，任何一个政治上比较成熟的人都会承认，人类社会每一步前进都要付出一定的代价的，只不过有时候多一些，有时候少一些。而且，我们大概还免不了要继续做一些使别人和自己都痛苦的蠢事和错事。我们不需要绝望的悲观主义，同时我们也不需要廉价的乐观主义。假如在现实生活中还有悲剧，还是按照它的本来面目来写吧！为了不再产生这样的悲剧。看来，作者大可不必过分介意别人的议论，也不必过分担心这样的作品是否会"不合时宜"。

六

有人提出，张洁同志很少写重大题材，也就是说，她很少对涉及人民和国家命运的问题发言。不知道是由于她"心有余悸"，有意识地回避这方面的题材，还是由于她的艺术风格不适宜于创作这一类史诗式和政论式的作品？但我总觉得，她的是非观念和爱憎之心都是非常强烈的，她很关切普通人的命运，这就决定了她不可能回避涉及人民和国家命运的问题。不过，她很少从正面写，而更多的是从侧面写。例如在《谁生活得更美好》中，她辛辣地讽刺了那个自命不凡、装成一副"趣味高雅、思想深奥"的模样而实际上灵魂卑鄙肮脏的吴欢，而热情地歌颂了那个对待生活和工作都十分严肃认真而且具有极高的美的鉴赏能力和创作能力的女售票员，这难道不是关系到当前我们青年一代的理想情操、道德风尚的重大问题么？这样的作品的教育意义和社会意义，恐怕也不在《窗口》和《班主任》等作品之下吧。文学作品当然应当干预生活，但干预生活也可以采取各种各样不同的方式，张洁同志是以"契诃夫的方式"来干预生活的，她轻轻地叹着气对那些应当受到谴责的人们说："同志，你生活得可不那么好！"

七

直到今天为止，张洁同志只发表过十多篇作品，要全面地论述她在创作上的成败得失，未免为时过早。况且，正如我在前面所说过的，我虽然十分喜爱张洁同志的作品，但是要我对这些作品进行深入的研究和综合的分析，这恐怕不是我所能胜任的事情。不过，有一点是完全可以肯定的，她已经逐步形成了一种独特的艺术风格。在她这十多篇作品中，无论是万多字的短篇小说和电影剧本也好，还是千把字的散文也好，无一不融化着和突现着她鲜明的艺术个性。假如随便把她的一篇作品涂去署名，掺杂在许多作品之中，我相信，一个细心的读者不难分辨出哪一篇是出自她的手笔。因为从意境情调到思想语言，都是她所特有的，是别人所代替不了的。记得不久前有一篇文章写道："假如我是一个作家，我要努力做一件在今天并不很容易的事。那就是：表现我。"也就是说，表现自己独特的艺术风格。张洁同志是已经做到了这一点的。我们所殷切期望于她的，是发展、提高而不要轻易抛弃、改变她所特有的艺术风格。当然，我们也希望作者能够更进一步扩展她的视野，文风更为明快一些。

一九七九年十二月

从《理论风云》到"马丁风波"

我最近出差月余，经历了"八千里路云和月"之后，刚刚回到家中。我捧起来读的第一本书，不是可以消除疲劳的富有娱乐性、趣味性的惊险小说和传记文学，也不是脍炙人口、轰动文坛的文学新作，而是李洪林同志的理论文集《理论风云》（三联书店一九八五年六月出版）。这本书虽然出版已达一年，但有幸读过它的读者恐怕还是寥寥无几的。我问过好几位知名的学者和作家，他们都不胜诧异地瞪着眼睛说："果真有那么一本'奇书'吗？怎么我没有听说过呢？"

这是一部很厚的书，达三十八万多字，要用一千几百字来介绍它的内容和主旨，实在不容易办到，似乎也没有必要。不过，作者的主张是十分明确的。他要求有一个良好的政治民主化的环境，认真贯彻执行"双百"方针。他认为，现在的政治气氛比过去年代（包括"十年动乱"前的十七年）自然要好得多了，但还是大大的不够，对"左"的思潮和封建主义遗毒的危害都是不容低估的。他所举的实例都极有说服力。由于作者的笔调颇有文采，有些篇章还富有幽默感，读起来引人入胜，使你不忍释卷，不像一般的理论书籍那么枯燥沉闷，要硬着头皮来读。它不是杂文，却胜似杂文。

这部书又是很有现实意义的。据《新华日报》载：去年十一月二日，南京大学哲学系青年教师宋龙祥，以"马丁"的笔名在《工人日报》发表了一篇题为《当代我国经济研究的十大转变》的文章。这篇文章引起北京、上海以至海外理论界、新闻界的关注。海外有些报刊在介绍该文时，曲解了作者原意，提出了一些指责，尔后在"出口转内销"的过程中，它又被人视为应当清除的"不洁之物"。于是引起了一场风波。南京大学相当多的师生对这篇学术探讨性文章，仅仅因为外报的曲解，给扣上了"学术功利主义的想法"和"食洋不

206

化的作风"等帽子，而在国内也遭到种种非议和责难，感到很不理解。幸而经过一场辩论之后，风波总算平息了。多数人都认为马丁的文章并无大错，而且作者勇敢地突破了传统观念中的某些教条，倒是难能可贵的。我想，假如大家都读过李洪林的《理论风云》而又同意他的观点的话，这一场"马丁风波"本来是大可不必闹起来的，真是"天下本无事，庸人自扰之"。至于那位马丁老师因此而受到很大的精神压力，有好几个月都提心吊胆，更是冤哉枉也！

但愿有更多的人（特别是学术界、文艺界的领导同志）都来读一下《理论风云》。今后像"马丁风波"之类的"风波"大概可以减少一些，假如还不能完全根绝的话。

值得一读的"奇书"

最近读到瑞士著名汉学家胜雅律教授所著的《智谋》（刘晓东、朱圣好译，上海人民出版社一九九○年出版，一出版便成为畅销书，初版印数达十万册），我认为，这是一部值得一读的"奇书"。

这部书的主要内容是阐述中国历代相传的著名谋略"三十六计"的（其实它只讲了前十八计，后十八计还没有来得及细读）。难能可贵的是，对每一计，它都引用大量有关资料，说明了它的出处，历史上使用过这一计的战例、史实供读者参考，而且引用的大都是出自中国古代典籍的资料，只有少数是出自外国书籍的资料，也有一部分是现代的中外战例。说起来很惭愧，作为一个中国知识分子，我当然懂得"三十六计"是什么。关于第一计"瞒天过海"，它的本意我大体上也明白，指的是利用示之于众的假象来掩盖真正的目的，寓密谋于不受人怀疑的公开行动之中。但是关于"瞒天过海"这个典故的出处，我向来是不求甚解的，根本不知道它的来源竟是出自唐太宗御驾亲征，统率三十万大军，想攻取高丽的战史。至于"瞒天过海"中的那个"天"字，我一向把它理解为指的是"上天"。胜雅律教授却从《永乐大典·薛仁贵征辽事略》一书中考证到，原来"天"字指的是"皇上"，也就是唐太宗本人。胜雅律教授深有所感地慨叹道："看来，不潜心钻研中国的历史，第一计是得不到正确的理解。"

这话不假，为了搞清楚这"三十六计"的来历，作者真是费尽了移山心力。一个外国学者为了考证一个"天"字的涵义，就用了如许功夫，光是这一点，就值得我们钦佩了。

中国人本来是富于智谋的，至少不逊于其他民族，但不少中国人却偏偏讳言"智谋"二字，好像"智谋"就是"阴谋诡计"的同义语，为正人君子所不齿。其实"智谋"本身并没有善恶邪正的属性，主要看你怎样使用它们，使用它们来达到什么目的。例如《三国演义》中的曹操是个智谋大师，他同时又是个突出的反面人物；但在同一本书中最突出的正面人物诸葛亮，又何尝不是一个智谋大师！？

《智谋》不光是一部使人增长知识的书，由于它列举了大量实例对各个计谋进行了生动的说明，因此，它也能教会人们怎样来使用这些智谋。说到底，智谋毕竟只是手段，只是工具，而不是目的。你可以使用它来做好事，也可以使用它来做坏事。《智谋》只是一部教人变得聪明一点的书，军事家应该读，政治家应该读，商人和企业家应该读，运动员和棋手也应该读……因为在战争和政治斗争中，甚至在贸易竞争和体育比赛中，处处都需要使用智谋。假如你是个好人，读了只有好处，能够帮助你取得成功和胜利，只要你没有害人之心，它就绝不会有什么副作用。

我是在一九八七年五月访问瑞士时认识这本书的作者胜雅律教授的。当我在瑞士居留期间，他热情款待，还不遗余力地帮了我不少忙。瑞士最流行的语言是德语，而我一句也不懂。当我在苏黎世大学参加座谈会时，讨论到比较复杂的问题，讲英语有时也感到词不达意，他就自告奋勇给我当翻译。为了这一类琐事，浪费了他不少时间。但他一刻钟也不耽误向我学习汉语的机会，有一次，我用英语谈到瑞士是一个既有"免于恐惧的自由"又有"不虞匮乏的自由"的国家，他对"免于恐惧"和"不虞匮乏"这两句短语特别欣赏，一定要我用汉语写出来，逐个字念给他听，当然也很快就学会了。在我的心目中，他就是一个这样乐于助人而又学而不厌的学者。在这方面，他一点儿也不像个什么智谋大师，倒像个文质彬彬、不耻下问的恂恂儒者。

一九九一年秋

黄节的《蒹葭楼诗续稿》

记得早在"文化大革命"刚刚结束的时候，也就是一九七六年十一月间，我与香港《大公报》副总编辑陈凡兄晤谈于梅花村王匡兄府上，陈凡兄赠我以黄节的《蒹葭楼诗续稿》一卷。岁月不居，流年似水，距今已十有五年了。

黄节的《蒹葭楼诗集》初刊行于一九三四年，流传于世间已有半个世纪以上，此后编辑、刊行《黄节诗选》大都以此书为依据。至于《蒹葭楼诗续稿》则极为罕见。我的舅父、南社诗人马小进教授生前为黄节先生的挚友，寓居北平期间，与黄过从甚密，但从来没有听到他谈及《蒹葭楼诗续稿》，大概《蒹葭楼诗集》初刊于一九三四年，经过作者手定，翌年冬作者即因病辞世，纵有新作和存稿也来不及整理付梓了。

这部《续稿》是香港著名藏书家何耀光先生根据汪孝博先生所搜集的未见于《蒹葭楼诗集》的逸诗十三首，加上刊印《蒹葭楼诗集》时因害怕"触犯时忌"而删去的《我诗》一首①，共计十四首汇集而成，用上等宣纸木刻版精工印刻。卷首附有章太炎所作的《黄晦闻先生墓志铭》和黄节自撰的《诗律序》《重印诗律序》暨黄节旧作的《诗律》全部，作为学术著作，这部海外"孤本"还是很有保存价值的。可能由于成本很高，印数极其有限，此稿虽得

---

① 《我诗》一诗，全文如下："亡国哀音怨有思，我诗如此殆天为。欲穷世事传他日，难写人间尽短诗。习苦蓼虫惟不徙，食肥芦雁得无危。伤心群贼言经国，孰谓诗能见我悲。"此诗作于一九三二年冬日，手稿涂改三四次，仍未写定。当为罗原觉先生书扇，附记云："此余辍吟之作，收韵不可以书见，即前六句亦未示人，故刊集时删之。"由此可见，此诗之所以未收入《蒹葭楼诗集》，完全是出于政治上有所顾忌，不得已而割爱。其时正值"九一八"事变后第二年，平津一带，白色恐怖甚亟，杀人如草不闻声也。

刊印，但并未行世，只在少数有同好者之间流传，未免令人深感遗憾。近年来诗坛虽以新诗为主流，但旧体诗仍然有广大的读者和作者，我以为，对旧体诗有同好者不妨翻印此书，并公开发行，加以推广，这对于弘扬我国的传统文化，也不见得是多余的事。

为《约翰·克利斯朵夫》说几句公道话

最近人民文学出版社重新排印出版了罗曼·罗兰的长篇小说《约翰·克利斯朵夫》。当我看到这部久违了三十年的重版新书的时候，高兴得几乎要跳起来。不必讳言，我从青年时代起就非常喜爱这部波澜壮阔的巨著，而且深受它的影响。对于约翰·克利斯朵夫的人格和艺术个性，我总是心向往之，认为这是一种崇高的理想和人生态度。约翰·克利斯朵夫贡献于人类的是这样多，而他取诸人类的又是这样少，真可谓达到超凡入圣的境界。我以为，如果缺少了这部巨著，不但二十世纪的法国文学史将会为之失色，而我这渺小的一生也将少去一根可依靠的精神支柱！

不过，对于这一代刚刚成长起来的青年读者来说，《约翰·克利斯朵夫》的社会效果，平心而论，确实应当一分为二。它所宣扬的人道主义、大勇主义和个人奋斗，无疑是属于资产阶级思想的范畴，假如我们不加批判、毫无保留地接受过来，可能会产生一定的消极影响，容易变成孤芳自赏、脱离群众的个人主义者。当然，这种个人主义的出发点在于要通过个人奋斗对人类社会作出贡献，促使人类团结，和卑鄙龌龊、损人利己的个人主义是有所不同的，也许，可以管它叫做崇高的个人主义吧！但，这样的个人奋斗，假如不和人民群众的革命力量结合起来，不和社会实际斗争结合起来，不管战斗者作出多么壮烈的牺牲和付出多么沉重的代价，最终胜利还是无望的。约翰·克利斯朵夫的一生，毕竟是悲剧的一生。正如他在临终前所慨叹的："我只做了一点儿事，没有能做得更多。我曾经奋斗，曾经痛苦，曾经流浪，曾经创造……有一天，我将为了新的战斗而再生。"这是一种"他生未卜此生休"的深沉的感慨，虽然他还没有完全绝望，他期望后一代将会为新的战斗而再生。

然而，同时也应当看到，这部巨著以排山倒海般的艺术力量震撼着人们的心灵，它所体现的人道主义思想和大勇主义精神，教导人们要正直地、光明磊落地生活，要纯洁善良，诚恳朴实，勇猛向上，要敢于向一切邪恶势力和庸俗的市侩主义作斗争，要敢于维护社会正义……所有这些方面，还是具有积极的教育意义的，是有利于我们在精神生活上拨乱反正的。

在这里，我还想顺带提出，不久前有人对《约翰·克利斯朵夫》作出如下的评价：

> 在反击右派的斗争中，人们发现有一些年轻人，他们的个人主义思想发展到和我们社会主义社会势不两立的严重地步。他们反对党的领导，反对毛主席的无产阶级革命路线。有人在提高认识之后，在检查自己的反动思想的根源时，指出《约翰·克利斯朵夫》这部小说给他们的消极影响……一股歪风邪气随着这部小说渐渐扩散，污染我们社会的健康气氛。（见上海文艺出版社出版的《论罗曼·罗兰》，第179—180页）

假如上述这段文字写在"十年浩劫"期间，这是不足为奇的，也是可以理解的。但《论罗曼·罗兰》一书出版在一九七九年二月，也就是在打倒了"四人帮"已经两年半之后，作者仍然坚持这样的观点，就未免使人惊讶和惶惑不安了。

我想，这位作者之所以发表这么一段奇谈怪论，硬是要向罗曼·罗兰和《约翰·克利斯朵夫》泼污水，这不仅是对某一部文学作品的看法问题，倒适足以说明，在我们某些同志的头脑中，林彪、"四人帮"的余毒残垢还未完全肃清，"左"比右好的僵化思想仍然相当根深蒂固，假如按照他们的标准去衡量中外古典文学名著，能够"入线"的实在非常有限了。其实，今天的文学总是从过去的文学发展而来的，总是要借鉴于过去的文学作品的。科学技术需要"引进"，文学艺术又何尝不需要"引进"，外国的、古代的一切好的和比较好的东西都可以拿来，作为借鉴，借以提高我们文艺创作的艺术质量。我们既要反对崇洋复古，又要反对历史虚无主义，否则，"古为今用，洋为中用"的方针，就仅仅是一句空话，无法认真贯彻执行。

诚然，我并不否认《约翰·克利斯朵夫》可能有一些消极的影响，但，它的主流还是好的，人道主义总比兽性好一些，而坚持正义、耿介不阿总比阿谀谄媚、卖身投靠好一些吧！假如我们大家都按照约翰·克利斯朵夫的准则去做人行事，那么，"十年浩劫"期间所发生的家破人亡的悲剧和写"效忠信""劝进书"之类的丑剧大概也可以稍稍减少一些吧！至于把极少数人反党、反社会主义的行为归咎于《约翰·克利斯朵夫》一书的影响，这显然是不公平的，也是不符合实际情况的。何况对于当时所谓"反党、反社会主义的行为"，历史早已作出了公正的结论，其中绝大多数是根本不能成立的。

作家论

学杜厄言

行义高于文采

在古代诗人中，对于杜甫，我特别有一种"旷百世而相感"的感情。从少年时代起，我就喜爱杜诗，每当读到"朱门酒肉臭，路有冻死骨！荣枯咫尺异，惆怅难再述""国破山河在，城春草木深""不眠忧战伐，无力正乾坤"等感人肺腑的名句的时候，总是"歔欷而不可禁"。昔人有云："屈子（原）行义高于文采。"我想，杜甫也是一个这样的诗人。最使杜甫成为我热爱和仰慕的对象的，不仅是他的"丽句清词"，更主要的还是他与日月争光的人格。如果这位诗人不是具有"葵藿倾太阳，物性固难夺"那样坚决的性格，"穷年忧黎元，叹息肠内热"那样密切关怀人民命运的深厚感情，"数尝寇乱，挺节无所污"那样不屈不挠的民族气节，"相看受狼狈，至死难塞责"那样强烈的政治责任感[①]，"安得广厦千万间，大庇天下寒士俱欢颜"那样愿与人民同甘共苦的博大胸怀……单凭他的天才和他在艺术上的成就，或许他也不失为一代的艺术巨匠，可是，我对他除了崇敬和钦佩之外，大概很难有这种念念不忘、心向往之的情怀吧。

不错，对于一个诗人来说，才气是重要的，艺术技巧也是重要的，但更可贵的，还是对人民刻骨铭心的热爱，对生活锲而不舍的沉思，"以天下为己

---

① 杜甫职居左拾遗时，有侍御吴郁，因秉公处理胡人间谍案件，得罪了权贵，被肃宗贬往长沙。杜甫本来想为吴郁仗义执言，但他自己也刚刚受到房琯事件的牵连，差一点给判罪，因此只好任凭吴郁含冤受屈。后来他路过吴郁的故宅，深自谴责，感到自己既有亏谏官职守，又对不起吴郁，故有"余时忝净臣，丹陛实咫尺，相看受狼狈，至死难塞责……于公负明义，惆怅头更白"等诗句。

任"的胸怀，和超乎一般见解之上的深刻精辟的思想；真正赋予作品以震撼人心的生命力的，毕竟是诗人伟大的人格和崇高的精神，而不是一些铺采摛文的笔墨。

不薄今人爱古人①

杜甫对同时代诗人的谦逊态度，是令人感动的；杜甫对前代诗人的正确评价，也是令人心折的。

"文人相轻，自古而然。"杜甫在这一点上却不同乎流俗。李白和他在艺术风格上迥不相同，论近体，特别是律诗，李白也确实比不过他，就常情来说，他完全有理由以自己的所长，轻李白之所短。可是杜诗中提到李白的不下十数篇，不是"怀"，就是"忆"，一则曰"白也诗无敌"，再则曰"敏捷诗千首"，三则曰"诗成泣鬼神"……总是一往情深，推崇备至，从来没有说过一句贬低李白的刻薄话。不光是对李白如此尊重，就是对才气不高的薛华，杜甫也满腔热情地鼓励他说："近来海内为长句，汝与山东李白好。"此外对高适和岑参，对元结和孟云卿，也无不如此。他绝不因为自己有这样伟大的成就，就瞧不起同时代其他的诗人，正相反，在创作上他倒是很注意"乐取于人以为善"，来丰富自己的艺术修养。

当然，在同时代的诗人中，他也是有所鄙薄、有所讥讽的，但仅限于那些学识浅陋、胸无定见而又偏好逢迎时尚、嗤点前贤的"轻薄"后生。

杜甫对于前代的文学遗产，特别是对于六朝和初唐的诗人，也是认识得较为全面、评价得较为公允的。一味醉心于模仿六朝文学的形式技巧，以"绮错婉媚为本"的宫廷诗人，如上官仪之流，固然不足为训；而陈子昂和李白等人，对六朝文学却一笔抹杀，只提倡"汉魏风骨"，这在当时来说，确有其积极的作用，然而平心而论，也未免失诸偏颇。杜甫就不同于他们。一方面，他竭力为南北朝最后的一个大家庾信和初唐四杰（王勃、杨炯、卢照邻、骆宾

---

① "不薄今人爱古人"，原诗中的"今人"是指庾信和初唐四杰，"古人"是指屈原、宋玉等古代诗人。我在这里借用这句诗，"今人"泛指同时代的诗人，"古人"泛指前代的诗人，和原意有些出入。

王)辩护,反对把他们全盘加以否定,指出他们都具有卓越的才能,在文学史上应有一定的地位。但另一方面,他也认为他们比之接近风骚的汉魏诗人,自有高下之分;同时他对于过分秾丽纤巧的诗风,六朝的藻绘余习,也不无微词。在他看来,"翡翠兰苕"之作,在诗歌中固然也可以独具一格,毕竟未可与掣鲸鱼于碧海那样雄健的才力和恢宏的气魄相提并论。

总之,对于六朝和初唐的文学遗产,杜甫既不是一笔抹杀,也不是盲目崇拜,而是取其精华,弃其糟粕,这种态度无疑是正确的。他爱古人,是爱之以"德"(有一定的原则),而不是爱之以"迷信"。

喜其体裁备

杜甫能够熟练地运用当时流行的一切诗歌形式。不论是古体也好,近体也好,五言也好,七言也好,律诗也好,绝句也好,他写起来都得心应手,每有所作,往往臻于绝唱。他在歌、行方面,和高适、岑参相比,丝毫没有逊色;他的绝句虽然数量不多,但在艺术形式的完美上却完全可以媲美"二王"(王之涣、王昌龄);若论律诗,他更是有资格坐上第一把交椅。陈毅同志诗云:"吾读杜甫诗,喜其体裁备。"可谓知音!

杜甫不但擅长多种多样的体裁,他还具备好几副不同的笔墨来抒写多种多样的题材。他既能以沉郁顿挫的基调,唱出"三吏""三别"、《北征》《咏怀》等悲歌,又能以雄浑劲健的笔触,抒发"拔剑斫地""白日放歌"的豪兴;《秋兴》之瑰丽沉雄,颇似庾子山的暮年诗赋,《月夜》之绵邈深情,又岂让李商隐的《夜雨寄北》。元稹称老杜"上薄风雅,下该沈宋,言夺苏李,气吞曹刘,掩颜谢之孤高,杂徐庾之流丽,尽得古今之体势,而兼人人之所独专"(见《唐故检校工部员外郎杜君墓系铭》)。这几句话虽不见得完全确切,但由此可见,杜甫很善于博采众长,从前代诗人和同时代诗人的一切艺术经验中吸取滋养,并且加以融会贯通,有所发展,有所创造,而形成一种他个人所独创的又具有时代特色的艺术风格。"转益多师是汝师",这的确是杜甫自道创作甘苦之言,并非哗众取宠的漂亮话。后人称杜甫为"诗圣"。"圣"者,"集大成,金声而玉振之"之谓也。

不以辞害意

杜甫做诗，很讲究艺术形式的完美，无论在修辞炼字上，在声律对仗上，都认真下工夫。正如他自己所说的："语不惊人死不休"，"新诗改罢自长吟"，"晚节渐于诗律细"，等等，都是自道创作甘苦之言，洵非虚语。律诗的声调最好能做到出句（单句）的末字上去入三声俱全，如果首句押韵，则平上去入四声俱全，这样朗诵起来才显得音调铿锵，抑扬顿挫。根据王力先生所作的统计，以《唐诗三百首》中所选的杜诗而论，五律十首，合乎上述情况的占八首，七律十三首，合乎上述情况的占十首。若论对仗，《秋兴八首》，几乎首首都十分工整，无瑕可指。可是杜诗中有些有名的对句，却不大讲求词性的相对，不一定以名词对名词，以动词对动词，以形容词对形容词。如"遥怜小儿女，未解忆长安"（《月夜》），"世人皆欲杀，吾意独怜才"（《不见》）等，对仗都不算很工整，但情重意深，感人肺腑，堪称绝唱。由此可见，杜甫在诗歌创作中一方面很着重追求语言形式的完美，尽可能做到音调铿锵，对仗工整；但另一方面他还是以内容为重，决不肯以辞害意。有些诗人不惜牺牲内容来迁就形式，甚或为了押韵和调协平仄，就把常用的词汇上下倒置和写出似通非通、谁也看不懂的诗句，这种情况在杜诗中是极为罕见的。清代文学家郑沄云："少陵一生不为钩章棘句。"自是笃论。

诗中有人在

吴乔（修龄）云："诗之中须有人在。"我最服膺此语，而杜甫是真正做到了这一点的，他的创作和他的政治实践、生活实践完全相一致。杜诗中的大多数名篇佳句，不但表达出诗人鲜明的创作个性和艺术气质，而且体现了诗人伟大的胸襟和崇高的人格，读其诗，其人宛在。杜诗深切感人之处，亦在于此。

当我们读"三吏""三别"、《北征》和《咏怀》时，不是可以感到诗人忧国忧民的满腔悲愤么？当我们读到《羌村三首》《又呈吴郎》，不是可以感到诗人一种深厚的"民胞物与"的感情么？当我们读到《茅屋为秋风所破歌》，不是可以感到诗人一种崇高的舍己为人的心愿么？当我们读到《梦李白》《赠卫八处士》，不是可以感到诗人一种真挚的肝胆照人的友情么？甚至读到像《客至》那样的吟咏日常生活之作，不是也可以想见诗人平易近人、和蔼可亲的风度么？不知道别人的感受如何，记得我在少年时代学读杜诗，每当一灯独对、一卷在手、低回讽诵之际，总好像跟一位聪明正直的长者在促膝谈心，又好像跟一位严肃认真的知己在挑灯夜话，可以尽情地倾吐自己的衷曲，同时又接受着他的潜移默化，多少次的颠踬曾由他挽扶，多少次的苦闷曾由他排解，多少次的彷徨曾由他启导，多少次的痛楚曾由他抚慰。我想，这不仅是诗歌的艺术魅力，而且是诗人的人格力量在感召着我。

从前有那么一种说法：李贺的诗是用心血写出来的[①]；我们也可以说，杜甫的诗是用生命写出来的。据《唐诗本事》载，李白曾有诗戏杜甫曰："饭颗山头逢杜甫，头戴笠子日卓午。借问别来太瘦生？总为从前作诗苦。"此事可能是出于虚构，李白虽自负放达，未必如此轻薄。但从另一方面来看，这些话也有点道理。杜甫把自己的生命都写进诗中了，焉得不苦？焉得不瘦？

文章老更成

诗人早慧，古今中外皆然。白居易十六岁就写出了《赋得古原草送别》，莱蒙托夫也是十六岁就写出了《预言》；李贺死时年仅二十七岁，济慈死时年仅二十六岁，夏完淳死时年仅十七岁，都留下了不朽的杰作。在文学史上，杜甫可以算是一个稀有的例外。杜甫虽然在少年时就写过一些诗文，但都没有传下来，他的创作生涯实际上到三十岁左右才正式开始，而他的主要作品十之八九都是在四十多岁以后才写成的，那时候，他已经是一个数历乱离、饱经忧患的中年人了。他见世面大，阅世深，又用全副心肠去关怀人民、贴近人民，这形成了他的生活的广度、深度和密度，也形成了他的作品的广度、深度和密度。因此，在深刻和动人的程度上，杜诗远不是一些以铺采摘文见长或者以小智小慧取胜的作品所能比并的。从题材方面来看，杜诗也包罗万象，当时

---

① 李贺习惯于苦吟，他的母亲常说："是儿要当呕出心始已耳！"

政治上、社会上的许多重大的矛盾和问题，杜诗几乎都接触到了。陈毅同志诗云："干戈离乱中，忧国忧民泪。"这两句诗的确概括了杜诗的主要内容。后人尊称杜诗为"诗史"，并非溢美。裁红量碧之作，应酬投赠之篇，在杜集中虽然不是绝无仅有，但毕竟不占大量的篇幅，比之陆放翁的《剑南诗稿》，就有所不同。①

在艺术技巧上，大多数杜诗也达到一种精练圆熟、炉火纯青的境界，真是"篇无累句，句无累字，圆润明密，言如贯珠"（陈子龙《王介人诗余序》）；而且极少用隶事之句、粉饰之字，镂金错彩，敷衍成章，很能显出这位老诗人精深博大的功力。自然，集中也有些长篇排律，尚未能完全摆脱形式主义的窠臼，似乎不足为训，然而，这仅仅是白璧微瑕而已。我们不必"为贤者讳"，但亦切不可"以一眚掩大德"。

杜诗有句云："庾信文章老更成，凌云健笔意纵横。"（《戏为六绝句》之一）又云："庾信平生最萧瑟，暮年诗赋动江关。"（《咏怀古迹五首》之一）这虽是杜甫赞美庾信之辞，也未尝不可以看作是他老人家的"夫子自道"。

一九六二年三至四月

---

① 陆游生前曾将诗稿痛加删削，但现存者尚有万首左右，其中虽然有不少具有深刻的思想内容和完美的艺术形式的佳作，可是也有数量相当多的一部分是没有多大意思的。

应当向托尔斯泰学习什么？

——为纪念托尔斯泰逝世七十周年而作

今年十一月二十日是列夫·托尔斯泰逝世七十周年。记得二十二年前，一九五八年十月六日，我在上海出版的《新民晚报》上读到一篇题为《托尔斯泰没得用》的论文。当时我正在张家口地区干新闻工作，一天到晚和电讯、报道、社论等打交道，忙得不可开交，跟文艺这一行早已绝缘。但对这篇文章的奇谈怪论，老实说，我是不敢苟同的。有些话，有如骨鲠在喉，不吐不快。无奈一来自己连本职工作都没有做好，遑论其他；二来正值反右派斗争之后，到处正在搜索"漏网右派"来作补课对象，自己旧债未清，哪里还敢乱说乱动。所以只好把这口气憋在肚子里。第二年年初，在北京见到张光年同志，谈起这篇"奇文"，他也颇不以为然，说一定要写篇文章好好地反驳它一下。他说到做到，不久就写了一篇长达七八千字的论文《谁说"托尔斯泰没得用"？》，发表在《文艺报》一九五九年第四期上面。听说在"文化大革命"期间，为了这篇反"左"文章，他还挨了批斗，作了检讨，颇吃了些苦头。

由于事隔二十多年，读过《托尔斯泰没得用》这篇"奇文"，而且记得它的主要论点的读者恐怕已经寥寥无几了。在这里，只好浪费点篇幅极其简略地介绍一下，以达到"奇文共欣赏"的目的。

《托尔斯泰没得用》的作者提出：我们必须"漠视"托尔斯泰，然后才能超越托尔斯泰，才能出现不少的我们的托尔斯泰。为什么可以"漠视"托尔斯泰？何以说托尔斯泰是"没得用"的呢？作者列举了三大理由。

理由之一是："托尔斯泰不会反映我们的时代"。"托尔斯泰只不过在托尔斯泰那个时代里，才有机会成为托尔斯泰。如果让托尔斯泰来到今天，他不见得能把我们的时代反映得好，更谈不上正确和成为'艺术精品'了。"

理由之二是：托尔斯泰"慢条斯理的写作方法"，不符合我们这个时代"多快好省"的要求。

理由之三是：托尔斯泰长寿，又是个贵族地主老爷，他有的是时间。加以他那个旧俄社会生产力停滞不前，让他有充分时间去观察描摹，因而就容易精细地刻画出这种社会中的人和事，他的成就是占了社会停滞的便宜。

在稍微有点文学常识和历史常识的人看来，这三大理由都是站不住的，是十分荒谬可笑的，甚至是不值得一驳的。然而，这样的"理论"在当时竟然大行其道，反对过它的人甚至要作检讨，可见在一九五七年下半年到一九七六年这一段时间内，极左思潮在文艺领域（当然不仅限于文艺领域）内猖獗到何等程度了。

对于上述三个理由，张光年同志已经列举了充分而有力的论据逐一加以反驳，限于篇幅，我们就不必复述了。

在这里，我只想补充一下，托尔斯泰并不是"没得用"，而是大大的有用，他值得我们借鉴、学习的地方有很多很多。

首先，我们应当学习托尔斯泰的真实。托尔斯泰曾经说过，他生平有着许多缺点，可是他却没有那最重要的一种——虚伪。他是真实的。不虚伪、真实，就是托尔斯泰那伟大的人格和艺术的基础。我想，我们每一个写作品或者文章的人，都不妨反躬自问一下：有没有说过谎话、大话？有没有说过违背自己良心的假话？就在大喊大叫"托尔斯泰没得用"的那几年，我们的文学作品里不正是充斥着"瞒和骗"的内容么？明明眼看着不少农民饿得面黄肌瘦，全身浮肿，却在那里大写什么"社员笑着抬头望，白云擦着谷堆尖"。明明知道大炼钢铁，搞了无数"小土群"，劳民伤财，陷国家于灾难性的困境，却在那里大写什么"铁水滚滚似火龙，能把地球绕三圈……超英何须十五年"。倘若我们站在托尔斯泰面前，他老人家和蔼地问一句："亲爱的诗人、作家们，你们写的都是真实吗？"我们难道不感到羞愧难言，无地自容么？

一个真实的人的经历，往往是迂回曲折的，甚至是坎坷痛苦的。但，我之所以崇敬以至眷爱托尔斯泰这位苦恼的"圣人"，把他当作自己的良师，不只是因为他的天才、他在艺术上伟大的成就，更主要的，恐怕还是因为他的正直的良心，他鄙视虚伪、崇尚真实的精神。真实是人格的命脉，也是艺术的命脉。没有真实，还有什么真正的文学艺术可言呢？

其次，在文艺创作上，我们应当学习托尔斯泰那种反复推敲、一丝不苟的严肃态度。不错，托尔斯泰的写作方法好像有点"慢条斯理"。一部《战争与和平》，他写了六七年。一部《安娜·卡列尼娜》，他写了四五年。甚至《安娜·卡列尼娜》开头那一句话，他也数易其稿，最后才改定为"幸福的家庭都是相似的，不幸的家庭各有各的不幸"。看来是"慢条斯理"，其实每一个细节、每一句话都是经过惨淡经营的，这适足以证明他谨慎认真、精益求精的高度责任感。文艺创作的成绩，是不能完全以作品数量的多寡、完成作品的迟速来定优劣、分高下的。好有一比，一头母象要怀胎一年多才能生下一头小象，而一头母猪只要怀胎三四个月就能生下一窝十多只小猪。难道一只小象的价值就比十多只小猪低得多么？陆游留下的《剑南诗稿》有近万首诗，而杜甫留下的《杜少陵集》只有一千四百多首，不及陆游的七分之一。难道可以说，在古代诗人当中，杜甫的地位就比陆游低一等么？

托尔斯泰著作等身，就绝大多数作品来说，都能保持较高的艺术质量，这和他在创作上严于律己的态度是分不开的。巴尔扎克也同样是著作等身，却难免瑕瑜互见。他有些作品，如《驴皮记》之类，比之《高老头》《欧也妮·葛朗台》等显然是有所逊色的。有时候为了多赚稿费，他就不惜粗制滥造。在这一点上，我们应当学习托尔斯泰，而不应当学习巴尔扎克。当然，巴尔扎克也有不少呕心沥血的力作，完全可以和托尔斯泰媲美。

再次，我们还应当学习托尔斯泰时时刻刻关心和研究当代的政治、社会问题和人民生活的精神。关于托尔斯泰，列宁一共写过七篇文章，对他进行了最深刻、最精辟、最全面的分析和评价。总的说来，列宁是承认甚至赞扬托尔斯泰的。一方面，列宁严正地、尖锐地批判了托尔斯泰世界观中消极的、有害的部分。但另一方面，列宁认为："托尔斯泰是一个天才艺术家，不仅创作了无与伦比的俄国生活的图画，而且创作了世界文学中的第一流作品。"这些作品"无情地批判了资本主义的剥削，揭露了政府的暴虐以及法庭和国家管理机关的滑稽剧，暴露了财富的增加和文明的成就同工人群众的穷困、野蛮和痛苦的加剧之间的深刻矛盾"。因此列宁把托尔斯泰称誉为"俄国革命的镜子"，这就是说，托尔斯泰"在自己的作品中反映出革命的某些本质方面"。当然，由于托尔斯泰世界观的局限性，在他的作品中所反映出来的俄国生活的图画并非全部都是正确的，其中有矛盾，甚至有被歪曲了的东西。列宁指出："托尔斯泰观点中的矛盾，不仅是他个人思想的矛盾，而且是一些极其复杂和矛盾的条件、社会影响、历史传统的反映，这些东西曾经决定了改革后和改革前这一时期俄国社会各个阶级和各个阶层的心理。"因此，即便是这些矛盾的、被歪曲了的东西，对于革命者也不见得是毫无用处的：一则可以把它们当作一面镜子，来了解群众（主要是农民）思想上的弱点；二则可以作为最有普遍意义的对立面，用来教育群众克服这些弱点。

托尔斯泰是一个道德使命感特别强烈的思想家和作家。他虽然是"贵族地主老爷"，他的心却常常是向着下层人民群众的。终他的一生，总是在不断地探索生活，研究生活，剖析生活，提出各种重大的社会问题，揭露出各种社会的痼弊，借以引起疗救的注意，甚至拟出种种疗救的药方。尽管他的药方不见得很有效，甚至是有害的或者是有副作用的，例如他所提出的"对恶不抵抗"，实际上就助长了恶。但不管怎样，他的作品毕竟"表现了被压迫的广大群众的情绪，描绘出了他们的悲惨境况，反映了他们自发的反抗和愤怒的情感"，起了"俄国革命的镜子"的作用。和杰尔查文之流一味对反动统治者歌功颂德的御用文人不可同日而语。作为一个作家，他是无愧于自己的良心，无愧于时代，无愧于人民的。我们今天的时代当然不同于托尔斯泰的时代，但是他这种"以天下为己任""己饥己溺""民胞物与"①的精神，难道不值得为我们所师承么？

我对托尔斯泰并没有做过什么专门的研究，甚至他的作品我也没有全部读过，我根本没有资格去写纪念或者评论托尔斯泰的文章。我相信，那是有比我更为胜任的人的。我只是想针对"托尔斯泰没得用"那种"左"得出奇的论调，把自己憋在心里已经有二十二年之久的话说了出来，唱一句反调："托尔斯泰大大的有用！"因为我们在某些方面，还远远比不上托尔斯泰，还需要向托尔斯泰学习许多东西。

一九八〇年十一月

---

① "禹思天下有溺者，由己溺之也。稷思天下有饥者，由己饥之也。"语见《孟子·离娄章句下》。"民，吾胞也。物，吾与也。"语见张载《西铭》。意谓关心人民群众的疾苦，与人民群众同甘苦，共患难。

沈从文和林语堂

新中国成立以来，文学史家很少提到沈从文和林语堂，偶然提到，也是毁多誉少，甚至基本上加以否定。我以为，这并非客观的持平之论。

评价一个人应当看他的全部历史和全部工作（对于作家和学者来说，要看他的全部著作和言论）。假如只看到他消极的一面而忽略了他积极的一面，或者只看到他积极的一面而掩盖了他消极的一面，就往往失诸片面。

沈从文一生中犯过严重的错误。在抗战中期，他跟林同济、雷海宗等人一起创办过《战国策》，这是一个宣扬法西斯政治思想、为蒋介石的独裁统治提供理论根据的刊物，沈从文虽然不是挂帅的主将，此事也给他本来比较清白的历史留下一个污点。但同时也应当承认，在五四运动后的一段时间内，他是一个相当重要的作家。他的小说《边城》，就文学价值来说，无疑是可以传世的力作。郭沫若曾谴责过沈从文的作品有不少赤裸裸的色情描写，看来也不必讳言。在三十年代初期的文学创作中性欲或性行为的描写，也不是沈从文独家的产品，比如郁达夫的《沉沦》、丁玲的《莎菲女士的日记》等也有这一类描写，只要不会产生诲淫的不良社会效果，似乎是不必深责的。至于建国以后，沈从文放弃了文学创作，专心致志于中国古代文化研究工作，他在这方面的成就和贡献，也是不容抹杀的。

林语堂的情况跟沈从文有些类似。他是中国现代文学史上一位颇有影响的作家，同时又是一位在国际上知名度很高的学者。他饱受西方文化的熏陶，看问题往往带着资产阶级知识分子的偏见，有点"洋绅士"的味道。但他同情北平和上海学生的抗日救亡运动，反对国民党反动派迫害爱国学生、封闭《新生周刊》、逮捕和监禁杜重远，称赞中国共产党和平解决西安事变，促成全民抗战，并且预言在中日战争中中国必胜，日本必败，中国共产党人将会成为中国民主政制的基石……（以上论点均见林氏著《吾土吾民》一书第十章《中日战争之我见》）。这反映出林语堂思想中进步的一面。当然，在同一篇著作中他也说过，"蒋介石不会建立独裁统治"，因为蒋氏的"权势已如此显赫，他没有必要去违抗民意实行法西斯统治，从而动摇自己的领导"。这种说法不但表现出他在政治上糊涂与无知，客观上也给国民党反动派涂脂抹粉，起了麻痹人民反抗的消极作用。至于他在抗日救亡运动的高潮中，创办《论语》，提倡幽默，虽说是"寄沉痛于幽闲"，实际上是"化屠夫的凶残为一笑"了。

平心而论，沈从文、林语堂两人都是知识渊博、在学术上有较高造诣、对中国文化事业有一定贡献的作家和学者。他们在思想上是不革命的，但这不等于说他们在政治上是反革命的。苏联在十月革命后也有这样的大作家，例如阿·托尔斯泰和帕斯捷尔纳克。

一九八九年元旦

张天翼和他的寓言[*]

　　寓言是一种很古老的文学样式。古希腊有《伊索寓言》。我国早在两千多年前的春秋战国时代，寓言就已经盛行。《孟子》《庄子》等著作中都有不少寓言，例如"揠苗助长""刻舟求剑""守株待兔""狐假虎威""东郭先生"等等，都是为人们所熟悉的。一般地说，寓言大都是带有劝谕或讽刺性质的简短故事。主人公可以是人，也可以是动、植物或生物，往往借此喻彼，寓某一带有教育意义的道理于简单的故事之中。

　　张天翼同志是我国著名的老作家，我早在四十年代后期就认识他了。后来在十年动乱期间，同被打入"牛棚"，有一段时间还一起被关在一间只有五平方米的"斗室"里，朝夕相对，索然寡欢。不过天翼同志还算豁达乐观。他读书很多，学识渊博，甚至对佛经里的一些哲理和故事也十分熟悉。他说话不多，但富有幽默感。晚上"斗室"里一灯如豆（当时名列"黑籍"的"牛鬼蛇神"只准两人合用一颗十瓦的灯泡），既然无须读书写字，也无法读书写字，我们只好躺在破木床上聊天，上下古今，无所不谈。当然彼此都不敢谈及政治问题和文学问题，因为隔墙有耳，万一说错了话，给造反派的"战士"听到了，说不定"一言可以丧身"。因此，我们谈话的内容大抵以古书中的趣闻逸事为限，这也是苦中寻乐之一法。

　　我属马，天翼同志也是属马的，比我年长十二岁。他的创作生活又开始得很早。我还在青少年时代就读过他的小说和童话，例如《华威先生》《包氏父子》《清明时节》《大林和小林》《秃秃大王》等都是他的代表作。至于他在新中国成立后所写的《宝葫芦的秘密》《罗文应的故事》《蓉生在家里》等

---

　　*　此文系《张天翼寓言》序。

等，也是小朋友们很欢迎的。可惜我已经人到中年，失落了童心，对这些很能吸引读者的儿童文学作品已经没有多少兴趣了。

《张天翼寓言》所收入的寓言，大都是他在解放战争后期的作品，主题多数是讽刺和控诉反动统治者穷凶极恶、倒行逆施、残害人民的罪行，有些则是用嘲讽的笔法揭露剥削阶级人物的丑恶嘴脸和愚蠢可笑的心态，大都是有针对性的。由于时间已经过了四五十年之久，今天的少年读者不见得都能够理解作者当时的用心和寓言的主旨所在。因此，我接收出版社的委托，在每篇寓言的篇末，加上几句极简短的题解，也许对少年读者多少会有点帮助。但，我的浅见也可能有曲解作者原意的地方，可惜天翼早已不在人间，再也无法征询他的意见了。每念及此，我不禁惘然若有所失。

我所认识的钟敬文老师

一九六六年早春，我从北京调职到广东，颇有迁谪意。钟敬文老师写了阕《金缕曲》给我送别，多劝慰勖勉语，也记述了他和我数十年来的交情：

> 珍重都门别。正杨枝待绿，砌余残雪。同寓京华疏见面，杯酒临歧意切。学艺话滔滔难竭。曾记论交逾两纪（十二年为一纪），道香江坪石心犹热，斗争事，从头说。
>
> 送君万里回南粤。望乡关，英雄辈出，白云山屹。看战取荣群勋业。若遇故人相伺讯，谓正挥银管歌王杰。襟抱在，轻华发。

这是一首情深语秀的好词，我读了，十分感动。

说来话长，虽然钟敬文老师曾在中山大学当过几年教授，我在抗战期间也在中山大学借读过，后来还在那里毕业。但他认识我却在我已经走出了校门之后，我没有听过他的课，不能算是他的及门弟子。一九四三年秋天，我受中共地下党派遣打进国民党第七战区长官司令部的编纂委员会当一名中校军官。由于战局紧张，那个军事机关从韶关近郊河边厂搬到粤北坪石，跟中山大学文学院同在一个小镇上。编委会的主任委员许崇清和代理主任委员张铁生都是钟敬文老师的老朋友，编委会主办的《新建设》杂志又经常要向钟老师约稿，作为一个职司跑腿联络的中级军官，我少不得每隔几天就要登门拜访一次。钟老师态度和蔼，平易近人，从来不摆大教授的架子，慢慢就跟我熟悉起来了。他比我年长十五六岁，整整相差一代人，但是我们之间没有代沟，还是能够促膝谈心，甚至搏酒说文，成为忘年交。

当时我刚刚二十六岁，全身披挂，戎装佩剑，腰间还掖着一支锃亮的勃朗宁手枪。钟老师是一位恂恂儒者，看到我这身起起武夫的打扮，完全像一个国民党的青年军官，不知道他心里怎么想，会不会多少有点戒心。他不可能知道我其实是一个有八年党龄的中国共产党党员、八路军办事处的情报军官，所以我们的谈话内容仅仅以文艺问题为限，至多分析一下当时的军事形势，从来不敢涉及政局，特别是国共两党的关系。张铁生同志曾向我透露过，钟敬文老师是一位倾向进步的民主人士，完全拥护共产党的抗日民族统一战线主张。应当说，我对钟老师是了解的，也很尊敬他。但钟老师对我并不摸底，他大概认为我是一个知识分子出身的爱国青年军官，至少不会居心叵测地去坑害一个学者。对于我的其他方面，他都一无所知，也不便多问。不过，他对我的气质和为人还是知道一些的，在一篇文章中，曾经提到我给予他深刻的印象。

我们交往的时间不长，一九四五年年初，日本侵略军为了打通粤汉铁路，以跑步的速度攻占了长沙、衡阳，直下耒阳、郴州，逼近坪石。坪石快要沦陷前几天，我去过钟老师的住宅，向他报告了当前战局的严重，我所在的单位已经接到紧急撤退的通知，接着，就分头各自逃难了。直到抗战胜利复员回到广州以后，我们同住在豪贤路的一间公寓里，有机会时常见面，谈罗曼·罗兰，谈莎士比亚，谈鲁迅，谈郁达夫……当时我已经退役，在一所中学里当高中英语教师，作为公开职业掩护，实际上我正在从事一项十分机要的秘密工作，担任军调处执行部第八小组我方首席代表方方将军的联络参谋，执行第八小组我方代表团和广东地下党之间的联络任务。因此，我还是特别谨慎，和钟敬文老师只谈文艺，不及其他。不过，他已经逐渐看出我的政治倾向了。

不久，钟老师和我都受到国民党特务的注意和监视，在广州待不下去，只好先后撤退到香港。钟老师在达德学院教书，我在香岛中学教书，到那时，我们之间已经可以倾心相许、剖腹相示，再也不需要步步"设防"了。当时我在地下党文委工作，文委书记邵荃麟同志对钟老师评价极高，认为他的文章富有唯物主义辩证法思想，可以算得上是一个党外的布尔什维克，我在业余时间也从事文艺创作，将十多篇习作编成了一部散文集《浮沉》。张铁生同志不很赞成那里面的某些文章，理由是感伤气味颇浓，情思又是"知识分子"的。

邵荃麟同志也读过这部散文集。他的评价是：没有八股腔，有几篇文章写得很美，情文并茂，但是情调有点悲凉伤感，他认为像这样的书还是可以出版的，不至于贻害青年。既然得到了文委书记的批准，我就放胆拿书稿去请钟敬文老师作序了。钟老师的序文写得很有分寸，也很有说服力，我的第一本散文集之所以能够顺利问世，和钟老师的推荐是分不开的。他对我的作品并没有作"不虞之誉"，承认这些文章中"有呻吟，有独语，有近于感伤的怨诅"，但最可贵的地方是真实，不虚伪。直到今天，我还是承认他所说的是持平之论，他不愧是我的知音。

钟老师是性情中人，他对朋友从来不责备求全，总是多看人家的长处，少看人家的缺点。例如他怀念林林同志的诗：

> 海涅斗心原屹屹，子房风致乃恂恂。
> 南溟劫火横飞后，何处沧波问此人。

又如赠夏衍同志的《送别》诗：

> 曾因感极句难免，危驿千灯照别愁。
> 临大节时终定脚，提清名处每低头。
> 已剜苦胆投优孟（夏衍同志是剧作家），
> 且任狂歌笑孔丘。
> 谁共此时山海会，一窗星影坐清幽。

还有一首读报后，赠给李春光同志的诗：

> 叱咤寒敌胆，弹文忒壮哉！
> 无私故无畏，真理出真才。
> 衰草迎风靡，寒梅斗雪开。
> 太平湖畔路，何日拜兄来。

从上面这三首诗可以想见，钟敬文老不光是一个呕心沥血、寻章摘句的诗人，而且是高风亮节、肝胆照人的志士。关于这，他早年有一首夫子自道的诗：

> 衣满征尘风啮肤，仓皇犹记走洪都（南昌）。
>
> 宝刀如雪心如火，肯为艰难罢壮图。

文如其人，诗如其人，没有"千锤万击还坚劲"的英风侠骨，是写不出这样的豪言壮语来的。钟敬文老师青年时代很可能有一段可歌可泣的战斗经历，可惜他老人家讳莫如深，我们后辈不知其详，未敢妄加猜测。尚望钟老师有以教我。

在一九五七年那个不寻常的夏天，钟敬文老师也和许多知识分子一样，惨遭奇冤横祸，但他生性豁达，精神上虽然受到极大打击尚能泰然处之，安心做自己的学问。一九六三年的一个严寒的冬夜里，他在家中设便宴给王蒙、黄谷柳两位"难友"饯行（王、黄两同志跟他同在一个"学习班"学习过），特别邀请我去作陪。在酒酣耳热之余，他忽然诗兴大作，即兴写了一首七律赠给我们：

> 一灯明丽助朋欢，泼泼文心语涌澜。
>
> 雪后菊花仍照座，梦中乡味忽登盘。
>
> 英年已误矜文采，前路应同励岁寒。
>
> 岭外域西原一室，心如满月共团圆。

钟老师当时身处逆境，困顿多年，一家数口住在一间陋室之中，仍然能够保持革命乐观主义精神，勖勉我们咬紧牙关熬过"寒冬"，尽力去做自己应该做的事，而不作垂头丧气之语，这一点是最值得我学习的，在十年浩劫期间，每当我痛苦得几乎不想活下去的时候，总是暗自讽诵着钟老师这几首诗，它们确实能够使我减除痛楚，增添勇气。革命的诗篇总是教导人们要聪明纯洁、勇猛向上的，在这种意义上，钟敬文老师可以称得上是一个革命诗人。

钟老师坚忍不拔的战斗精神是值得我们敬佩的；他与人为善、宽厚博大的胸怀同样是值得我们敬佩。

一九八九年四月

书评与序跋

一部用生命写出来的书

——读《小城春秋》

一

最近我们读到好几部以过去几十年间中国人民斗争事迹为题材的长篇小说：描写辛亥革命的有李劼人的《死水微澜》《暴风雨前》，李六如的《六十年的变迁》；描写抗战前地下党所领导的革命斗争的有高云览的《小城春秋》。

这几部长篇小说有一个共同点：它们都是回忆录式的作品，有着许多自传性的东西。细心的读者不难看出：《六十年的变迁》中的主人翁季交恕就是李六如的影子，《小城春秋》中的许多人物都是高云览的师友和同志，而《死水微澜》和《暴风雨前》也是作者的少年时代在艺术上的复活。这些小说里面所表现的大都是作者亲自经历过、观察过的事情，因而也比较严格地忠实于现实生活。

在我们这个时代，写过去并不比写现在更为容易些。我们的社会变化得非常急剧，人们的精神面貌也以意想不到的速度在改变着。且不说辛亥革命时代的青年与我们今天的青年迥然不同，就是三十年代的共产党员、共青团员的思想感情恐怕也和我们年轻一代的党员、团员不大一样了。作家要表现出当时的时代气息和人物风貌，只能借助于他们对过去生活的回忆，而很难在今天的现实生活中找到很多的补充。曹雪芹和《红楼梦》中的人物共同生活了几十年，即便到了晚年，他还能在后一辈青年男女的身上看到贾宝玉和林黛玉的影子。可是我们在今天就无法再找到一个"吴七"来作模特儿，纵使他老人家尚健在人间，也早已变成另外一种人物了。

因此，写过去几十年间人民斗争事迹的任务，只能落在一些中年以上的作家的身上，可是这样的作家又为数不多。光是在这种意义上，上述这几部长篇小说的出现，也是值得我们珍视和注意的。

二

然而，我之所以比较更多地喜爱《小城春秋》，甚至过于性急地来介绍它，还有我个人的理由。我是在三十年代里成长起来的人，而且有一段时间经历过书中所描写的斗争生活。这部作品揭开了我的回忆的帷幕，把我带到少年时代和青年时代去。读着它，我不禁时常发出惊叹和感喟，书中的若干人物，竟和我同时代的人物非常相似。我只要掩卷闭目，就能看见他们当中好些人痛苦而神圣的面容。在我的回忆中，有我的剑平、我的吴坚、我的四敏、我的仲谦、我的秀苇……而我在他们中间也认出了自己。生活在今天的人已经和生活在昨天的人离开得很远了，但这部作品仍然保留着这些过去的人的形象。根据这样的感受，我不能不承认，作者在这部长篇小说中，的确把三十年代一些革命知识分子的精神面貌真挚地、精确地、巧妙地表现了出来。他们的性格是丰富而复杂的（有共同的时代特征，也有鲜明突出的个性），就是一个最不敏感的读者也可以分辨得出，剑平不同于四敏，四敏又不同于吴坚，虽然他们都是坚贞不屈的共产党员，都是视死如归的革命志士，而且都是带点书生气的知识分子。

三

在艺术的成就上，《小城春秋》也许算不上是一部第一流的作品，但是，它具有强烈的激动人心、鼓舞斗志的力量。这不仅因为它写出了三十年代国民党统治区地下党所领导的革命斗争和震动全国的厦门大劫狱事件，塑造了一些从事地下工作的英雄儿女们的光辉形象，更主要的，恐怕因为作者是抱着非写出来不可的热情去写的。正如作者所自白：他要"用我的生命来写这一件已经过去了的党的光辉的史诗"，"写这些死在国民党刀下而活在我心灵里的人……使我有这个信心和勇气的，首先是党的真理召唤了我，其次是那些已经成为烈士的早年的同志和朋友，他们的影子一直没有离开我的回忆。我不再考虑我写的能不能成器，因为我已经抑制不住自己，我的笔变成了鞭策自己的思想感情的鞭子了。当我构思的时候，那些不朽的英魂，自然而然就钻进我的脑子里来，要求发声"①。

记得爱伦堡在创作《暴风雨》的时候，也说过这样的话："我本来不打算写《暴风雨》的，为什么我还是写了呢？我觉得，死者是有发言权的。我常常思念那些未能从战场上归来的亲人和朋友，一想起在前线上所听到的那些故事和知心话，就对自己说：'这些人已经不能描写他们曾经怎样生活，怎样战斗，怎样死亡的了。'我不得不坐下写出来，因为我不能摆脱那些回忆，不能逃避那件我认为已成为义务的事情。也许《暴风雨》是一本不成功的作品，但是我并不懊悔写了它，因为我实在不能不把它写出来。"②

我想，作为一个作家，最可贵的就是这种精神。作者有这种非写出来不可的精神，内心燃烧着伟大的情感，写出来的作品就一定热情洋溢，即使艺术水平低一些，技巧差一些，也还是能感动人的。假如说，《小城春秋》有它成功的地方，最主要的关键也在这里。不错，对于一个作家来说，才气是重要的，但更重要的，是非写出来不可的精神，是作家对于社会的道义感和责任感，是作家对于他笔下的人物刻骨铭心的爱和恨。真正赋予一部作品以生命力的，毕竟是上面所列举的那些东西。

应该说，《小城春秋》的作者是以自己的生命换来了作品的生命的。他在病中，仍然天天以九小时的劳动来坚持写作，直到逝世的那一天，他还修改过这部作品的原稿。在作品公开问世的半年前，他就溘然长逝了。只要是知道这样的创作过程的读者，大概谁都会以虔敬的心情来打开这部作品吧！

---

① 高云览：《〈小城春秋〉的写作经过》。
② 爱伦堡：《作家与生活》。

四

我在上面这样说，丝毫也没有贬低这部作品的艺术价值的意思。应该公平地说，尽管结构还不够谨严，语言还不够精粹，但是在这部小说的许多篇章里，都闪耀着作者的才华和智慧。如果拿他的技巧去和一般新作家的技巧相比，就会觉得我们的作者似乎确是写得高明些。例如关于四敏、剑平、秀苇三人在爱情的纠葛中的心理状态的描写（第十四、十五、十六等章），吴七和吴坚、剑平等去逛海那一夜的描写（第四章），书茵和吴坚在侦缉处会见那一幕的描写（第三十七章），四敏和剑平知道蕴冬牺牲后的心情的描写（第十七章）……都是富有艺术内容的。这些描写都是由敏锐地观察和严格地选择出来的细节所构成的。作者似乎很善于看出一般人所忽略的而对于创造人物性格很有帮助的事实细节，而且很善于利用这些细节。书中有些细节描写是达到精雕细琢的程度的，作者尽了很大努力来显示出人物的内心世界。作者很爱读《红楼梦》，在表现手法方面，他的确从《红楼梦》中学到了不少窍门。通过人物一两个细微的动作、一两句似乎是无关要紧的话，来显示出他们的灵魂深处最隐蔽的东西，是《红楼梦》作者的拿手好戏，也是该书作者的拿手好戏。例如作者写四敏对于一切幼小生物都溺爱到难以想象的程度，聪明的读者会觉察到这绝不是闲笔，这不仅写出了四敏的"软心肠"，更因为四敏有一个心爱的妻子和一个刚出世的孩子丢在他所不知道的地方呢。又如作者写吴七在病中的呓语："……吴坚，你肯不肯替俺写个介绍信，让俺到阴府见你们的四敏，看他要不要俺这块料……？"这样的话，只有像吴七这样的人才说得出来。

另外，作者丰富的人生经历和广博的生活知识也是值得我们注意的。他认识过各式各样的人，自己也在各种不同的生活中打过滚，体味过不少甘苦。这些生活体验给他提供了在艺术上更丰富多彩的、更真实的画面。他不仅当过穷教员和小职员，也体验过"上层社会"灯红酒绿的生活。他不仅熟悉像剑平、吴坚、四敏那样的革命知识分子，也熟悉像吴七那样的江湖豪侠，像刘眉那样的唯美派艺术家，像丁古那样的"孙克主义"学者，甚至也可能接触过像金鳄那样的刽子手和赵雄那样的特务头子。书中的一些反面人物，特别是赵雄这个法西斯分子，是写得相当成功的。他是一个活生生的、有血有肉的人，而不是像在其他一些小说中的特务头子那样，只有一个青面獠牙的魔影。他常常不无醉意地对自己宣传那种"再没有比软心肠更愚蠢的了"的"恶魔主义"哲学，作为他去犯骇人听闻的罪行的理论根据。可是为了掩饰他所犯的罪行，在表面上，他又装得那么文质彬彬，那么讲义气，那么重人情，有时甚至哭得双眼红肿，为死者在衣袖缠上黑纱。作者把旧社会中许多伪君子、利欲熏心的坏蛋、卑劣的野心家的性格特征，全都集中在这个人物的身上了。从这个事实也可以看出，熟悉各式各样的人，洞察各式各样的人情世态，对于一个作家来说，确实有着重要的意义。真正的文学总是和社会生活联系着的。

<h1 style="text-align:center">五</h1>

自然，不能说这部作品没有美中不足的地方。由于作者参加实际革命斗争的时间毕竟过于短暂，他在后半生基本上离开了中国革命的主流，他对地下斗争生活的观察不免有很大的局限性，这就妨碍了作品的主题更进一步深刻化和广阔化。例如在作品前半部中出现的以几个革命知识分子为中心的生活图景，是写得非常真实的、具体的、精细的；但后半部所写的牢狱生活和劫狱斗争，就使人感到借助于想象的成分未免太多一些了。特别是最后两章写吴七的凫水逃亡和秀苇在起解途中遇救，更显得过于"传奇"，不近情理，因为敌人在大劫狱事件刚发生过不久，绝不会疏忽大意到这种地步的。在这里，读者就不能不提出疑问：是否作者为了要布置一个大团圆的结局才强使他的人物逢凶化吉；而善人善报，更好像是宿命的必然？

以人物论，书中的几个革命知识分子都写得栩栩如生，每个人物的思想、感情和行动都有较深刻而突出的刻画，唯独另一个主要人物——地下党领导人排字工人李悦——处在他们当中就显得有点逊色，形象远不如前几个人物那么生动了。这一点恐怕很难强求于作者，尽管他熟悉许多人物，但是对于李悦这么一个沉着而冷静的工人阶级出身的党员的内心世界，他还是理解得不够透彻的。

我们并不要求作者一定要写到革命知识分子的范围以外去，每个作家都有选择他的题材和人物的自由。但革命斗争的各个环节既然是那么紧密地相连着，小说的主人翁也不可避免地要碰到各个战线上的战友，经历着各式各样的斗争生活。假如作者看不到革命斗争的各个方面（尽管他不一定要着重写出来），小说的艺术结构的广度和深度就难免受到一些影响。小说中写剑平去闽西游击区两三年之久，但只用两句话作了交代，他经过这两三年锻炼后，性格好像也没有多少发展，在这个主人翁成长的历程上面，就留下一段空白了。小说写厦门的地下斗争，从一九三一年写到一九三六年，这期间却看不出有什么显著的变化。全国政治形势的变化对这个地区的影响，上级党对这个地区地下斗争的领导作用，游击战争与城市地下斗争的关系，地下党与群众的血肉关系……似乎都未能通过书中所描写的生活图景明朗地反映出来。果真如作者所说，把这部小说当作革命史诗来看，那么，它的艺术构成似乎就显得不够丰富、广阔和深厚了。

此外，也许由于作者舍不得放弃他认为是非常有趣的素材，小说中也出现了一些不是十分必要的篇章。例如第十三章以整整一章的篇幅，来写刘眉和剑平关于艺术问题的争辩。这一章固然写得很有趣，读者也许会为刘眉那些"怪论"和"洋相"所吸引。但对于全书来说，这一章似乎缺少密切的有机的联系。

一九五六年十二月

我喜爱这些"贝壳"

——《贝壳集》读后

我是一个生长在海边的孩子，从小就喜欢在海滩上拾贝壳；有时候，还会扎一个猛子，潜泳到海底去拾贝壳。

别小看了这些贝壳。每一块贝壳，不管是大如手掌的也好，小如指头的也好，美如蝴蝶儿的也好，丑如癞蛤蟆的也好，都记录着生命的痕迹、历史的痕迹。那一只斑驳的海螺，可能已经在海底沉睡了好几千年；那一枝窈窕的海花，也许是亿万个原始生物的骸骨。我把拾回来的贝壳放在一个养热带鱼的玻璃缸里，让它们掩映在绿幽幽的海藻和五彩缤纷的鱼儿之间，每当风雨之夕，就能引动我许多沉思和遐想。

在我看来，在海滩上拾贝壳，和在大海里钓鱼一样，有活跃思想、开阔眼界、陶冶性情等好处。

我离开海洋生活已经好些年，拾贝壳这玩意儿，也已经不弹此调久矣。感谢秦牧同志，他送给我们的那本《贝壳集》，也同样有活跃思想、开阔眼界、陶冶性情等好处。

一部《贝壳集》，这里面包含着多少智慧的语言啊！例如在《不朽》里面，作者意味深长地告诉我们：人类社会中真正的不朽，应该是那些以他们的力量贡献给人民事业的人；在《复杂》里面，作者反复不断地劝告我们：要掌握事物的复杂性，要相信万事万物都有内在矛盾，要实事求是，要力求避免对事物绝对化、简单化、片面性、表面性的认识；在《谈北京药材铺》里面，作者能近取譬地讽喻我们：搞文教工作不宜操之过急……这些道理看来似乎都很平常，但假如我们好读书，又求甚解，难道不是很可以从这些智慧的语言中汲取一些教益么？

一部《贝壳集》，这里面又蕴藏着作者多么广博的知识啊！上至宇宙之大，下至蚊蝇之小、鸟兽虫鱼、草木花卉、声光化电、日月星辰、先秦古籍、西哲名言、上古图腾、原始公社……无所不谈，言必有中，使你如入山阴道上，目不暇接。打开这一本小册子，好比翻阅一部具体而微的百科全书，加以作者说来娓娓动听，如话家常，如数家珍，读者有上文化课之益，而无读教科书之劳，可以增广见闻，丰富知识。何况贯穿在这些知识当中的，还有耐人寻味的、有价值的思想，它赛似一根金线，把一颗颗明珠都串起来了。比如《吃蛇》一篇，看来似乎只是茶余酒后的奇谈，但作者不是明明在提倡新鲜事物、反对保守思想么？至于《蝴蝶》《梅梅》《谈俑》等篇，则更是"此中有深意"的寓言了。

然而，散文小品毕竟是文学的一支，光凭思想，光凭知识，还是不足以打动读者的心的，它必须有感情，也就是说，要有感染力量。《贝壳集》的最可贵之处，还在于它洋溢着作者热情真挚的声音。不论是说理也好，叙事也好，论辩也好，写景也好……作者的笔端都时常蕴藉着丰富的感情，用他自己的话来说，就是要把读者引进"一种感情微醺的境界""一种像喝了酒似的如醉如痴的境界"。《社稷坛抒情》固然足以使我们"发思古之幽情"，从而缅怀民族文化传统的伟大，深感到祖国统一的可贵；《在遥远的海岸上》又何尝不是在极力鼓舞着我们的爱国主义热情，给这种强烈的感情"打开一个很自然的喷火口"；而《王影娘》更是满腔热情地歌颂着可歌可泣的国际主义精神，让你对这位小姑娘舍身救人的英雄事迹感到心怦怦然不能自已；就是《南国花市》，也不仅仅是一篇写景的美文，它的妙处更在于情景交融，情文并茂，沁人肺腑，抒发着浓烈的乡土气息。

当然，《贝壳集》也不是没有美中不足的地方。记得年前与三五同志，尊酒论文，有一人说："秦牧同志的杂文，辣则辣矣，然而尚未做到鞭辟入里；秦牧同志的散文，美则美矣，然而仍未达到炉火纯青的地步。有些篇章似乎文胜于情。"当时我颇以他为知音。今天重读《贝壳集》，也还有点同感。

一九六一年二月

空谷足音

——《陶渊明写〈挽歌〉》读后

近几年来，历史剧佳作出现了不少，关于历史剧的讨论也挺热闹，相形之下，历史小说却成了"冷门"。且不说我们还没有足以媲美《水浒传》和《三国演义》那样的长篇巨著，就连五四以来鲁迅的《故事新编》，茅盾的《豹子头林冲》《大泽乡》，郁达夫的《采石矶》那样的引人入胜、动人心弦的历史小说，我们在当代文学创作中也已经久违了。在这方面看来，陈翔鹤同志的近作《陶渊明写〈挽歌〉》，真可以算得是"空谷足音"，令人闻之而喜。

读完了这篇小说，更不禁悠然神往。记得从幼年在私塾老师的戒尺逼迫下背诵《归去来兮辞》时开始，我认识陶渊明已经有三四十年了，但从来没有像今天这样感到他老人家是那么和蔼可亲，那么通情达理。感谢陈翔鹤同志，他将陶渊明写活了，写出了陶渊明的本来面目。在他的笔下，陶渊明再不是一个"干青云而直上"的高不可攀的"贤者"，而是一个朴素得和一般人一样的老头儿，因而对于我们来说，也就显得特别亲切了。

写历史小说，其窍门倒不在于征考文献，搜集资料，言必有据；太拘泥于史实，有时反而会将古人写得更死。更重要的是，作者要能够以今人的眼光，洞察古人的心灵，要能够跟所描写的对象"神交"，用句雅一点的话来说，也就是"心有灵犀一点通"吧。只有这样，才能真正体会到古人的情怀，揣摩到古人的心事，从而展示出古人的风貌，让古人有血有肉地再现在读者的面前。《陶渊明写〈挽歌〉》是做到了这一点的。

也许有人会说，塑造陶渊明这样一个隐士的形象，又有什么积极意义呢？话可不能那样说。如果在当时的现实生活中还有慧远和尚、檀道济和颜延之之流的人物，那么，像陶渊明这样的耿介之士，恐怕还不能算是"多余的人"吧。鲁迅先生向来鄙薄"隐士"，唯独对于陶渊明却不无景仰之情。他认为陶渊明并不是如同某些论客们所捏造的那样只是"浑身静穆""整天整夜的飘飘然"，也还有其"金刚怒目"的一面。只此一端，也足透此中消息。更何况，陶渊明对生死的看法，对生活的态度，都是颇有些唯物主义的味儿的。正如篇中所写，他主张"纵浪大化中，不喜亦不惧，应尽便须尽，无复独多虑"，这和当时的大法师慧远所说的"人死而神不灭"，就显得有点针锋相对。作者所赞赏的，也正是陶渊明这些比较积极的地方。因此，《陶渊明写〈挽歌〉》这个短篇，固然并不是什么"警世通言"，但也未可以毫无思想意义的"小摆设"目之。

一九六一年十二月

一部诗的小说

——读《风云初记》

一

我也曾这样想过，孙犁同志的作品，虽然绝大多数是小说，却有点近似于诗歌那样的艺术魅力，像诗歌那样打动人心。他所创造的，是诗歌的艺术境界。他的艺术气质，也有点近似于诗人的艺术气质。最近读了他新出版的长篇小说《风云初记》，更进一步证实我这种想法。特别是因为《风云初记》的第一、第二集都是十年前脱稿的，而第三集直到最近才整理，改写出来。透过这样一部创作时间长达十年之久的作品来探讨作者的艺术风格特色，也许是更有代表性，因而也是较为切合实际的吧。

一部《风云初记》，几乎可以当作一篇带有强烈的抒情成分的诗歌来读。是的，它有故事情节，有人物形象，有细节描写，这一切都符合长篇小说的条件，但是它同时又具有诗的意境、诗的气氛、诗的情调、诗的韵味。把浓郁的、令人神往的诗情和真实的人物性格的刻画结合起来，把诗歌和小说结合起来，这恐怕是《风云初记》一个最显著的艺术特色。我们甚至可以大胆地设想，在某种意义上，孙犁同志是采用写诗的方法来写这部小说的。他是一个善于创造意境和情调的抒情艺术家，是一个诗人型和音乐家型的小说家。

二

诗歌和小说究竟有什么区别呢？什么是诗歌最主要的特质呢？从前有那么一种说法："文如饭，诗如酒。"（见清·李重华《贞一斋诗说》）这种说法虽然不尽确切，却很形象地说出了诗歌的主要特质。酒，是能够喝醉人的；诗，也能够把读者引进一种感情微醺的境界，甚至是一种如醉如痴的境界。当然，一切文学作品都必须表现感情、动人情感，但最适宜于表现感情、动人情感，而且往往能达到最深度和最强度的文学样式，恐怕无过于诗歌。诗歌尽管可以分为叙事、写景、咏物、抒情等种类，实际上总是以思想作为灵魂，以感情作为血肉。诗歌的思想内容，又总是要通过抒情表现出来的，而且感情往往不仅是通过故事的发展和人物的行动来表现，同时也由作者直接抒发。没有抒情就没有诗。缺乏感情的诗就好像是害了贫血病。好诗，就必须饱含着深厚的、真挚动人的感情。在这一点上，《风云初记》是具备了诗歌的特质的，因为它的抒情成分十分强烈。作为长篇小说，它似乎并不以情节曲折丰富见长，不以结构谨严精密取胜，对生活图景和人物性格也不一定都作精确细致的刻画，却更着重于描写人物在某一种感情状态支配下内心世界强烈的颤动，或者微妙的荡漾，借以引起读者的共鸣同感。这些描写往往是带着抒情诗的韵味的。这里是从小说的第一集中信手拈来的两个例子。第一段写的是芒种和春儿的爱情：

芒种望着天河寻找织女星。他还找着了落在织女身边的、丈夫扔过去的牛勾槽，和牛郎身边织女投过来的梭。他好像看见牛郎沿着天河慌忙追赶，心里怀恨为什么织女要逃亡。他想：什么时候才能制得起一身新人的嫁妆，才能雇得起一乘娶亲的花轿？什么时候才能有二三亩大小的一块自己名下的地，和一间自己家里的房？

半夜了，天空滴着露水。在田野里，它滴在拔节生长的高粱棵上；在土墙周围，它滴在发红裂缝的枣儿上；在宽大的场院里，滴在年轻力壮的芒种身上和躺在他身边的大青石碌碡上。

这时候，春儿躺在自己家里炕头上，睡得很香甜，并不知道在这样夜深，会有人想念她。她也听不见身边的姐姐长久的翻身，和梦里的热情的喃喃。养在窗外葫芦架上的一只嫩绿的蝈蝈儿，吸饱了露水，叫得正高兴；葫芦沉重的下垂，遍体生着像婴儿嫩皮上的茸毛，露水穿过茸毛滴落。架上面，一朵宽大的白花，挺着长长的箭，向着天空开放了。蝈蝈儿叫着。慢慢爬到那里去。

——《风云初记》第一集

第二段写的是高翔媳妇对丈夫的爱情：

能把孩子送到丈夫的身边也是好的。在她想来：比做衣裳，孩子就是一个小针，能把母亲心里这条长长的线带到那边去，并且连在一起；像一条小沟，使这个洼里的水流进那一个洼；像一只小鸟，从这个枝跳上那个枝，从这棵树飞到那棵树。

今天夜里，在五龙堂这个小村庄里，至少要有两个女人，难以入睡。

——《风云初记》第一集

应当说，这两段爱情描写，都是情深语秀的好诗，写得那么朴素自然，又是那么意境深远，真是沁人心脾、感人肺腑的好笔墨。虽然它们既不分行，也不押韵，但比之许多分行押韵的诗还更有诗味呢！前一段"托物言志"，以牵牛织女星来比拟这一对农村青年男女的爱情，既贴切，又构成生动而优美的形象，在这形象之中表现出来了奇妙的想象和真挚动人的情感。后一段一连用了三个比喻，细腻入微地传达出了一个年轻的妻子对长久别离了的丈夫的款款深情，这确实是出于作者的巧思。自然，这样的艺术表现手法也是我国古典诗文中所常用的，读到这一段的时候，我们不是很自然地会联想到陶渊明《闲情赋》中"愿在衣而为领""愿在裳而为带""愿在发而为泽""愿在眉而为黛""愿在昼而为影""愿在夜而为烛"等十个表示互相爱恋者愿长合而不离的比喻么？

不要以为，作者仅仅能够把儿女柔情写得那么富有诗意，他同时也是善于用饱含诗情的笔触来摹描时代风云的变幻的。例如下面那一段，虽然只是寥寥几笔的塞外风光的速写，却很完整地构成了诗的意境、诗的情调、诗的气象，最得"风人深致"：

部队爬到了长城岭上的关口。……

站在关口回望，在关里，除去那挤到一块的一排排的山谷山峰，就什么也看不见了，那些人烟，那些河流，完全隐蔽起来了。太阳还没有落下，圆圆的月亮就出现了，她升起得很快，好像沿着长城滚过来。有一大群山羊，这时还没有下山，黑色的羊群在岩石上跳跃着，沐浴在落日的红光里。那个背着水斗饭袋的中年牧人，抱着牧羊的小铲，向着阳光坐在长城的墩台上。你啊，是回忆着古代的频繁的争战？还是看见新的部队出关，感到你和你的羊群有了巩固的保障？

战士们在关口休息了一下，他们爬上城墙，抚摩着那些大砖石。不知道由于什么，忽然有很多的人唱起《义勇军进行曲》来，一时成为全连全队的合唱。他们的心情像长城上的砖石一样沉重，一种不能遏止的力量，在每个人的血液里鼓荡着，就像桑干的河水。歌声呀，你来自哪里？凌峭的山风把你吹到大川。古代争战的河流在为你击节。歌声呀，唱到夕阳和新月那里去吧！奔跑在万里的长城上吧！你灌满了无穷无尽的山谷，融化了五台顶上的积雪，掩盖了一切的呼啸，祖国现在就需要你这一种声音！

——《风云初记》第三集

这是在写战场，写行军，写得多么壮美，多么瑰丽，多么有浪漫主义色彩，多么有抒情味儿，这不分明是一支洋溢着革命豪情的战歌么？作者的确具备好几副不同的笔墨，他"既能以金钲羯鼓写风云变色的壮丽，又能以锦瑟银筝传花前月下的清雅"。一个诗人本来是应当有这样的生花妙笔的。在他的笔下，无论是原野、道路、河流、瓜园，还是一棵小草、一只蝈蝈儿，都饱蘸着感情。自然景物和人物的感情总是和谐地、巧妙地交流在一起，从而创造出情景交融的、诗意盎然的艺术境界。

强烈的抒情成分是孙犁同志的作品中最显著的艺术特色，就《风云初记》来说，也并不例外，这一点看来是大家都没有异议的。问题在于，对于这种强烈的抒情成分的看法如何。是否会有人觉得，情感太多，就显得风云气少，甚至不免有点小资产阶级的味儿？关于这，我想最好是用作者自己的话来回答：

> 情感是从生活产生的，写作之前，对生活的体验、分析和研究，就是情感积蓄的过程，没有真实的激动了的感情，就写不成好文章。不要害怕把情感放进文章。有些人以为有抒情的成分就是小资产阶级，也是不对的。在现实生活里，充满伟大的抒情……
> ——《作品中的生活性和真实性》

我很赞成作者这番话，对于文学创作来说，美好的、真挚的感情是永远不嫌太多的。要散播阳光到别人心中，必须自己的心里有。要写出打动人心的好作品，作者的情感也必须首先激动起来，放射出热力和光芒。

三

诗贵精练，尤贵含蓄。精练和含蓄，也是《风云初记》另一个鲜明的艺术特色。

《风云初记》（特别是第三集）的笔墨容量是相当大的。作者把众多的人物、广阔的生活图景、纷纭复杂的情节压缩凝聚在比较简短的篇幅中。从一个人物到另一个人物，从一个生活横断面到另一个生活横断面，作者的描写往往是采取"跳跃式"的笔法，虽然有贯穿全书的主题和主线，并不显得骈枝夹杂，但毕竟有点像连续性的短篇。长篇小说采用这种写法，固然有它的方便之处，那就是可繁可简，能略能详，在形式上相当自由，不必为了考虑结构的匀称，布局的整齐，情节的安排，波澜的起伏，而有时不得不多转一些弯儿，多费一些笔墨。不过，我们有些读者似乎还不大习惯于这种诗歌式或散文式的小说。他们阅读长篇小说，总是喜欢选择那些有开有合、有始有终、富于故事性、对每个人物最后的命运都有个交代的。所以《儒林外史》的读者，就远不如《三国演义》那么广泛，虽说题材有所不同，但结构形式也未尝没有一些关系。有些同志读了《风云初记》，感到它有好些篇章确实能够给人们提供丰富的精神力量和艺术享受，但作为一部长篇小说，似乎还缺少一种吸引着人们一口气读下去、不忍释卷的力量。有时候，甚至觉得作者未免惜墨如金，精简得有点过分，作品中有些故事和人物都还没有充分发展，就戛然中止。读了全书，意犹未尽，多少有点好像作品还没有写完的感觉。他们之所以会有这种感觉，一方面是由于小说基本上采取连续性短篇的结构形式，并不严格要求前后呼应，线索分明，描述有中心有重点；另一方面，恐怕也和作者比较着意于提炼和剪裁，笔墨力求精简，因而有些地方未能充分挥洒开去、写得淋漓尽致有关。其实在长篇小说中，少不免总要有些乍看起来似乎与主线、主题并无直接关联而其实与主线、主题颇有些内在联系的所谓"闲笔浪墨"穿插在其间的，例如《红楼梦》中有关刘姥姥的篇章，全部删去，似乎也未尝不可，但缺少繁茂的枝叶陪衬和扶持，花朵虽然妩媚，也就显不出摇曳多姿了。

在当代的小说家中，孙犁同志是比较喜欢用"曲笔"的一个。他很注意含蓄，尽可能做到"言有尽而意无穷"，让读者有回味寻思的余地，而不是由作者把什么话都说尽。比如李佩钟这个人物，作者对她的缺点是有所批评的，可是在批评中又对她抱着无限同情。但不论是批评也好，同情也好，作者用的都是"曲笔"。书中有一段，不是写到了李佩钟对高庆山产生一种朦胧的爱情么？这一段是写得非常含蓄的。细心的读者读到这儿，也许禁不住会执卷凝思，悠然神往，细细体味着隐藏在其间的微妙的感情，而粗心的读者说不定一下子就忽略过去了。作者曾经说过，李佩钟的内心里带着多少伤痛——别人不容易理解的伤痛。对于某些读者来说，这的确是不容易理解的；但对于某些读者来说，也许反而会感受得更深。凡是讲究含蓄的作品或文章，往往有一定的深度。深，当然不容易一下子就理解得透彻。但只要你能够钻进去，所得到的受用又远非阅读那些浅入浅出、一览无余的作品或文章所能比拟的。

四

是的，"尺有所短，寸有所长"，每一种艺术风格都有它的长处，同时也有它难于突破的局限。用作诗的方法来写小说，比较便于发挥作者的抒情能力，比较擅长于描绘生活长河中的一朵浪花，时代激流中的一片微澜，或是心灵世界中的一星爝火，因而比较适用于短篇和中篇。若是在长篇小说中，要对人物性格进行更完整更深刻的刻画，对时代风貌进行更高度的艺术概括，采用这种艺术方法恐怕就难免会遇到一定的困难。《风云初记》的艺术感染力量很强，它从各个方面、各个角度反映了抗战初期冀中军民的斗争生活，构成一定历史阶段的时代风貌的画卷。书中一些主要人物（例如春儿和芒种）的性格特征大都相当鲜明，他们的性格的形成、发展和变化过程也是合情合理的。不过作为典型性格来要求，则还有一定的距离。人物站出来了，可是看来还挖得不够深，写得不够细，这大概是由于作品的抒情成分超过了精雕细琢的刻画所致吧。

也许作者富于阴柔之美的艺术风格，更适宜于表现女性的性格，作者笔下的人物，一般地说，女性比男性写得要更好一些。而女性之中，又以像春儿（温柔而又坚定、善良而又刚毅、单纯而又干练的农村姑娘）和李佩钟（性格比较复杂，有弱点，但竭力摆脱旧意识的羁绊而走上革命道路的青年女干部）那样的人物，尤为出色。可能有更多的读者比较喜欢春儿，我却以为，李佩钟倒是一个有着独特灵魂的人物，作者在她身上着墨不多，但"她那苗细的高高的身影，她那长长的白嫩的脸庞，她那一双真挚多情的眼睛"，始终是在读者的眼前活灵活现的。可惜在第三集中，她只是昙花一现，就鸿飞冥冥，踪迹渺然。虽然作者在全书的最后，给她安排了一个壮烈的牺牲，让她的名字刻在抗战烈士纪念碑上，并且为她作了几句辩解，但终究不能完全满足读者对她的怀念，本来她的性格还是有进一步发展的余地的。书中还有两个次要人物，变吉哥和老温，性格也都比较鲜明，可惜都还没有得到充分的发展。

有一位读者说："孙犁同志大概是太善良了吧，他不大了解坏人，在这本书中，他几乎没有写成功一个反面人物。"这句话自然是带点开玩笑的成分。不过，《风云初记》中的那几个反面人物，除了田大瞎子和俗儿还有点分量外，其余都写得比较单薄，也是事实。作者在描述他们的时候，较多地采用于漫画化的手法，而未能入木三分地揭示出他们的灵魂的丑恶。这也许是由于作者生活上的局限，他对于这一类牛鬼蛇神认识不深，跟他们没有打过什么交道，因而在艺术上也不免有"巧妇难为无米之炊"之叹；同时，这恐怕跟作者所采用的艺术手法也不无关系。讴歌美的事物，唤起人们对未来的向往和对生活的信心，你可以用优美的抒情笔墨；而揭发邪恶，剖析旧社会的渣滓，你就不大好用音乐般的语言了。在诗歌中，出现过花木兰，出现过秦罗敷，出现过焦仲卿妻，可是自古至今，还没有出现过一个王熙凤呢！

五

尽管《风云初记》还有一些美中不足的地方，但是我无意对它责备求全，甚至也不希望作者对它作太多的修改。让这部像诗一般的长篇小说，带着它本来的朴素的面貌和动人的风格流传下去吧，它是一定能够流传下去的。今天我们大家都还饥渴于真正具有艺术魅力、真正能够丰富人们的内心世界和提高人们的精神品质的文学作品，有那么一部作品出现，难道还不值得我们感到欣幸和感激么？

一九六二年，一年将尽之夜

"九州生气恃风雷"

——读《亚非诗选》第一分册

今年五月间，亚非作家会议常设局在锡兰科伦坡出版了英文版的《亚非诗选》第一分册，这是一本值得我们重视的出版物。这本诗选收集了锡兰、中国、刚果、印度尼西亚、朝鲜、苏丹、坦噶尼喀、越南等十个国家五十多位诗人的七十篇诗歌。这本《诗选》的出版，标志着亚非文学运动的新气象。诗人们以自己的诗篇，鼓舞亚非人民的革命斗争，控诉新老殖民主义的压迫和奴役，揭露以美国为首的帝国主义阵营的侵略政策和战争政策，对争取民族独立和保卫世界和平的斗争作出了重大的贡献。因此，这本《亚非诗选》，不只是一本普通的诗集，它是亚非诗人在无比壮烈的革命斗争中唱出来的战歌，也是整个大时代乐章中重要的一阕。

"现代诗中应有铁，诗家也要会冲锋。"（《读〈千家诗〉有感》）这是编进这本《诗选》中的越南人民革命领袖胡志明主席的诗句。可以说，这两句诗，是对《诗选》的作者们的勖勉，也是对整本《诗选》的诗风的概论，因为收入这本《诗选》的，大多数都是挥斥风雷、冲锋陷阵的诗歌。

这本《诗选》的作者，有不少人是直接参与火热的革命斗争的战士，例如惨遭殖民主义者和他们的走狗杀害的刚果民族英雄卢蒙巴，就有两首遗作收在《诗选》里，他在诗中曾经坚定地预言刚果人民在反殖民主义的斗争中必将获得最后的胜利：

从今以后将为你们所有——
两岸开满希望之花的那条大江；
从今以后将为你们所有——

大地连同它全部的宝藏。

…………

你们要把刚果建成幸福自由的国家，

在你们永远热爱的土地上，

在广大的黑非洲的中央。

——卢蒙巴《刚果》

　　读着革命烈士的遗诗，我们往往热血沸腾，心怦怦然不能自已，产生一种同仇敌忾的情感，正如印度尼西亚共产党第二副主席约多在他的一首悼念卢蒙巴的短诗中所表达的：

卢蒙巴的血是殷红的

卢蒙巴的血是殷红的

刚果！

你的革命如同我们自己的一样

我们把你的革命

看成全世界的革命

——约多《殷红》

　　苏丹诗人阿·穆·凯尔也在一首题名为《一个人倒下去，千百万人站起来》的诗中庄严地宣称：

我们再不流泪，我的同志，

为了复仇，我们要拿起武器，

我们要有义愤填膺的坚强队伍，

…………

一个人倒下去，

千百万人举起拳头，

让刽子手发抖吧，

我们要为卢蒙巴复仇!

亚洲、非洲和拉丁美洲是今天世界革命风暴的中心，这些地区的民族民主革命运动，正在汹涌澎湃，一浪高于一浪。进步的亚非诗人，既是这些革命斗争的积极参加者，同时又是这些革命斗争的记录者和代言人。诗人们在这个主题上所选择的题材是多种多样的。朝鲜诗人白仁俊用他锐利如雪刃霜锋般的诗笔，揭露了美国强盗在南朝鲜蹂躏和凌辱妇女的兽行，让这一群"衣冠禽兽"赤裸裸地站在全世界人民的面前受审（见《美国，赤裸裸的》）。越南诗人素友则以富有民族特色的诗篇，塑造了越南女儿陈氏里的英雄形象。陈氏里是越南南方的一个女青年，她曾几度遭到南越反动政权的残酷迫害，受过电刑、针刺、刀剐、火烙等种种毒刑，但她始终坚贞不屈，最后在人民群众的营救和帮助下逃脱了敌人的魔爪，回到祖国的自由土地——越南北方。这首诗以强烈的革命激情歌颂这个英勇的、光荣的越南女儿，也以庄严的义愤控诉美帝集团灭绝人性的罪行（见《越南女儿》）。印度尼西亚诗人哈拉哈普·班达哈罗的诗篇《他在战斗中倒下去了》中的英雄也是一个为反对殖民主义而献出了生命的战士，他在牺牲前的一刹那还紧握着拳头高呼："自由！自由！"锡兰诗人维陆派尔赖的短诗《采茶者》，以简洁的笔触勾勒出一群贫苦的劳动者的身影，他们为了给少数人建设"天堂"，却流尽了自己的血汗。坦噶尼喀诗人玛丝西·古尼尼的那首只有六行的短章《警察的搜捕》，惊心动魄地写出了白色恐怖的残酷气氛。读着这些诗篇，我们就可以想见，亚洲、非洲还有千百万人民痛苦呻吟在新老殖民主义者的铁蹄之下，还有广大的地区弥漫着反动统治的毒雾阴霾，从西贡到汉城，从刚果到安哥拉，集中营星罗棋布，法西斯的镣铐锒铛震响，我们怎能够对那些在水深火热中的阶级弟兄袖手旁观，熟视无睹，又怎能够同意向那些"两只脚的豺狼"卑躬屈膝，乞求和平？

歌颂亚非各国人民之间的革命友谊，赞美亚非各国人民建设美好生活的劳动，是这本《诗选》的内容的另一个重要方面。在这方面，印度尼西亚诗人西托尔·西杜莫朗访问中国的组诗（《诗选》里收了《古巴姑娘在北京》《公社的馒头》两首），我们读起来格外感到亲切。越南诗人瞿辉瑾的《海上渔歌》也是一首洋溢着优美情趣的劳动赞歌。

　　亚非作家会议常设局秘书长、锡兰作家森纳那亚克特别为这本《诗选》作了一篇序言，他说：出版《亚非诗选》，是亚非作家会议常设局出版亚非文学丛书的一个开端。鉴于诗歌是文学作品中最普遍的一种样式，爱好诗歌又是亚非人民以至全世界人民的特性，所以先出版诗选，作为亚非文学丛书的第一种。诗选的第二分册，将包括更多的亚非国家的诗人的作品，特别是在第一分册里还没有作品入选的那些国家。亚非文学丛书，除诗歌外，还包括短篇小说、长篇小说、戏剧、文学评论等若干种，都将陆续出版。

　　我们认为，《亚非诗选》的出版，是一项意义重大的、亚非革命文化的建设工作，因为它有助于创造亚非人民自己的进步文化，必然也就会促进亚非人民的革命斗争。

　　我们中国的诗人，愿意和亚非两洲进步的诗人、全世界进步的诗人，一同紧密地团结起来，坚决反对帝国主义、各国反动派和现代修正主义，为被压迫民族和被压迫人民的自由解放而斗争。《亚非诗选》是我们进军的战鼓，也是我们制敌的武器。

　　"九州生气恃风雷"。让革命的诗歌、革命的风雷，响彻亚非两洲，响彻全世界！

一九六三年八月上旬

从微笑到沉思

——读茹志鹃的几篇新作有感

从六十年代起，我就非常喜欢读茹志鹃同志的作品，例如《百合花》《高高的白杨树》《静静的产院》《如愿》……每篇我都读过好几遍。当时我直觉地感到，要说这些作品有多么深刻的意义，倒也不见得，但是它们都表现了生活中一些闪烁着光华的东西、发人深省的东西，它们拂拭去我们心灵上一些锈迹和灰尘，引导我们生活得更高尚一些，更美好一些。当时有人说，她所写的仅仅是一些小小的浪花，而不是波澜壮阔的大海（指的是作为"重大题材"的阶级斗争）。但我倒宁愿沐浴在这些小小的浪花中洗涤净自己的心灵，而对那时时刻刻都装腔作势地咆哮着的大海总是有点反感，这也许是由于我的感情过于"纤细"而神经又过于"脆弱"吧！

正如茹志鹃同志自己所说：生活"赋予了我一双单单属于我自己的眼睛。我就是带着这双眼睛去看我周围的生活的，这是一双带着幸福的微笑，非常单纯的，热情的，信赖的眼睛"。这是大实话。真的，十七年间，茹志鹃同志就是这样带着微笑去观察生活的，我们当中大多数来自革命队伍的人，亲身经历过抗日战争和解放战争的人，也都是这样去看待生活的。虽然自从一九五七年以后，有些人就笑得不那么自然，有些人甚至不大会笑了。

史无前例的"文化大革命"确实是一场"触及人们灵魂"的大革命，它使得许多微笑着的人都皱起眉头来，使得许多单纯的人都变得复杂起来，使得许多轻信的人都变得怀疑起来，使得许多盲从的人都变得聪明起来……茹志鹃同志，作为一个敢于独立思考的作家，自然也不能例外。用她自己的话来说："过去十七年中，我写歌颂的占绝大部分，经过'文化大革命'，我脑子复杂一点，也看到有一些东西需要鞭笞，也想拿起鞭子抽它两下子。在我的笔下是怎么鞭打法呢？这对我是个新课题。但是我相信，我的鞭打法也还会是我的。"

于是，茹志鹃同志的笔就开始发挥它的"鞭打"功能了。她重新剖析历史，重新认识历史，还历史以本来面目，重新评定过去二十多年来各式各样人物的是非功罪。下面列举数篇，略加分析。

《剪辑错了的故事》是一篇表现手法和艺术构思都别开生面的作品，跟作者历来的艺术风格也迥然不同，有点幽默，有点俏皮，但态度是十分严肃的。这篇小说只着重描绘了两个人物：一个是公社书记（后来提升为县委书记）老甘，还有一个，就是生产队队委、梨园管理负责人老寿。他们是老党员，也是老战友。老甘由于在"大跃进"时期弄虚作假，谎报放了一颗亩产一万六千斤的特大卫星而步步高升，官运亨通。老寿却由于实事求是，反对上缴过了头的高产粮，反对砍掉梨园种粮食，顶撞了上级领导，被定为"右倾分子"，受到留党察看两年、撤销一切职务的处分。我想，假如这篇小说写在五十年代末期或者六十年代初期，作者大概会肯定老甘而批评那个"跟不上形势""背了时"的老寿的。她这样写也是出于对党的信任和忠诚。可是到了一九七九年，经历了十年浩劫之后，作者的脑子早已翻了个个儿，她热情地歌颂那个敢于对人民群众负责、敢于对上级领导的错误决定作斗争的老寿，却严厉地谴责了那个不顾老百姓死活、谎报高产来博取高官厚禄的老甘。她通过老寿的想法，说出了一句引起一切真正有党性的共产党员和正直的人共鸣和深思的话："他觉出自己心里有忧，有愁，还不知道为什么有点伤心。他说不出，但总觉得现在的革命，不像过去那么真刀真枪，干部和老百姓的情分，也没有过去那样真心实意，现在好像掺了假，革命有点像变戏法……为什么变戏法，变给谁看呢？"说得真深刻啊："革命有点像变戏法。"而且这戏法，并不是从"文化大革命"才开始变的，而是从五十年代中期就开始变了。变来变去，变得整个国民经济到了崩溃的边缘。假如继续变下去，再不停止，恐怕会变得亡党亡国的。难道我们还能够否认，这样一篇作品具有深刻的社会意义和振聋发聩的作用吗？

在这里，我们还应当特别提到作者另一篇值得称道的、针砭时弊的作品《草原上的小路》。这篇小说的主题思想，和王蒙同志的《悠悠寸草心》一样，揭露和谴责某些干部官复原职后，又官复原样，把人民群众甚至共过患难的老战友、老同事、老部下的疾苦和冤屈统统置诸脑后，但求保住自己的"乌纱帽"，这是当前我们政治生活中一个尖锐的问题。但它和《悠悠寸草心》又不完全一样，它不是用"劝"的办法，而是用"鞭挞"的办法，鞭挞那个没良心的官僚主义者石一峰和他的儿子、庸俗的功利主义者石均的灵魂。别人读到这篇小说时的感受如何，我不得而知，至少对于像我这样的读者是震动极大的。我在"文化大革命"期间"解放"得比较早，恢复工作也比较早，而且恢复工作不久以后就担任了领导职务。我虽然还不至于像石一峰那样冷酷，把人家拿来要求复查冤、假、错案的申诉书一下子拦腰撕成两截，扔进废纸堆里去，但是在"走马上任"之后，跟群众的关系就越来越疏远了。人家找上门来，要求平反、改正过去的错误结论，要求分配工作，要求解决家庭团聚问题，要求解决住房问题……自己就有点不耐烦了，即使不把人家拒诸门外，至少心里也希望人家赶快告辞，不要再惹得我心烦意乱了。这些不正好说明，在我的身上也有点石一峰的气味了么？读完了这篇小说，再想想自己，我的脸就难免红起来。脸红起来，很有好处，也许正是我克服官僚主义的起点。我想，读过这篇小说的读者，和我有同感的，恐怕也未必没有吧。假如有这样感受的读者，他应当把这篇小说当作一面镜子，照照自己的灵魂，扪心自问，自己有没有辜负了人民的信赖和委托？他应当感谢作者给自己敲响了警钟。

《儿女情》所提出的是另一个在我们生活中普遍存在的问题，我们这一代人，顶多再过那么十多二十年，总归是要"灰飞烟灭"的，未来是属于我们后一代的，我们要向他们交割这个世界。但正如小说所提出的："向谁交割？"难道"向一个'不成器'的儿子，还带上一个'妖精'，献上自己的整个世界……"哪怕你是一个老干部、老党员，你曾经为革命流过汗，流过血建立过不少丰功伟绩，或者说得谦虚一点，就算是"没有功劳也有苦劳"吧。可是，当你生儿育女之后，就让儿女占领了"革命的制高点"，唯一的心事，就是把儿女安排在最舒适、最稳当、最有利可图的工作岗位上去，让顺风吹着他们长，供在神台上养着他们长，辛辛苦苦把他们培养成为自私自利的个人主义者，损人利己的新资产阶级，甚至为非作歹的流氓无赖……有朝一日，你合上了眼，离开了人间，就让这些乌七八糟的人来接你的班，你又有何面目去见马克思呢？这是摆在我们这些五六十岁的老同志面前的一个十分尖锐的问题，也是很难处理好的问题。小说中的女主人公田井是一个好样的老干部，她平易近人，公道能干，劳动观念强，作为一个十五级的党支部书记，又是修电灯，又是扎拖把，像个劳动大姐似的。过去在战争期间，她出生入死，立了二等战功。几乎可以算得上是一个革命的完人了。但这么一个革命的完人，还是过不了"儿女关"。她的儿子和未来的儿媳妇，却是十足的小市民，脑袋灌满了资产阶级思想的"妖精"。按照阶级观点来分析，他们是属于一个跟母亲完全不同的阶级——对立的阶级的。假如向这样的人"交割世界"，毫无疑问，党和国家很快就会改变颜色。这不仅是田井一个人的悲剧，也可能是我们这一代人的悲剧，但愿我们不犯错误，这样的悲剧也许不至于发生。

生活中的问题很多，茹志鹃同志的新作也很多，几乎每一篇作品都提出或者涉及一个新问题。例如《冰灯》描写一个忠诚于党的教育事业的教师怎样对抗着周围冷酷的政治环境，竭尽所能做好自己的工作，他好比是一根在"冰灯"里面燃烧着放射出光和热的蜡烛。《冰灯》这个题目是富有象征意味的。《离不开你》和《出山》着力描绘了两个无愧于人的庄严称号的普通人——刘桂芬和万石头在不同的遭遇中表现出来的可贵的道德品质，他们不声不响地作出了一般庸人会认为是"蠢事"的自我牺牲，从他们身上，我们可以看到一种崇高而纯真的精神力量，真是足以使"贪夫廉，懦夫有立志"。他们并不是在国家的政治生活中有着举足轻重作用的大人物。然而正是这样的平凡小人物、谦逊的人、没有头衔的人，支持着我们的国家和社会，有如地基和栋梁支持着屋顶一样。关切着这样的普通人的命运，为他们"树碑立传"，正是一个有着正直良心的作家所应尽的职责。要"歌德"，就该歌这样的德！

我没有读过茹志鹃同志这两年来的全部新作，也无意全面地论述她的创作道路。要完成这个艰巨的任务，我肯定是不能胜任的。我只想说出自己的一点感想：一个作家，从带着微笑去观察生活，到带着沉思的神态去观察生活，是一个质的变化，也可以说是一个质的飞跃。前些年，邵荃麟同志提倡过"现实主义深化"，却被认为是修正主义的文学主张，其实这个"现实主义深化"是十分重要的，要充分发挥文学的战斗作用和教育作用，就非坚持革命的现实主义不可，而且非"深化"它不可。从"微笑"到"沉思"，至少可以算是"现实主义深化"的第一步吧，我以为。

一九八〇年三月

"至情言语即天声"

——《一个普通人的启示》读后

我对一篇散文的喜爱程度，往往取决于初读时的感受。假如它感动了我，使我掉泪了，我就会认为它是一篇好文章。在阅读散文的时候，感情上的偏爱常会蒙蔽了我理智的判断和科学的分析，因此，我的评价不可能很准确、很公正。我是一个敏感的读者，但并不是一个很客观的批评家。

在近几年来我所读到的散文作品中，韦君宜同志的《一个普通人的启示》是深深感动了我的。也许因为作品的主人公李兴华同志是我的老熟人、老战友，特别是前几年他在北京养病的那一段时间，我们过从甚密，不知道摸滑了多少只小酒盅儿，读着这篇文章，我就禁不住潜然泪下，百感交集了。

当然，衡量一篇散文作品的标准本来应当是情文并茂。《一个普通人的启示》并不能算是文采斐然、才华横溢之作，在整篇文章中找不出多少清词丽句。它平铺直叙地讲了一件事，写了一个人，但由于作者是抱着真挚淳朴的感情来写的，不说假话，不加雕饰，不事铺陈，写人只是用白描手法，写情只是直抒胸臆。寥寥四五千字，就勾勒出一个"信而见疑，忠而获罪"的悲剧人物坎坷的一生。更往深一层看，也写出了我们这个国家从五十年代到七十年代曾经普遍发生过的深重灾难。在"反右"斗争扩大化中，有五六十万知识分子无辜受难，这是众所周知的事实了。但在这些无辜受难者当中，竟然还有一个"出身很好，历史纯洁"，少年时代参军、入党，一贯对党赤胆忠心的革命军人李兴华，这就显得特别不寻常。因而这个惨痛的教训就更值得我们记取了。

这篇散文虽然不以文采见长，但它对人物的性格和内心世界还是能够刻画入微的。例如对李兴华下放劳动之后，据说表现不好，又犯了错误，作为下放队长，作者亲自去了解他的思想情况，有那么一段简短的描写："在那个村子里，我又是在一间空房里和李兴华会面。我坐在一条破板凳上等着他，见他远远地来了，形容憔悴，和以前有些飞扬跋扈的模样已经大不相同。见了我，他低着头说：'您很好，我就放心了。'我也实在无可告慰，只好打句官话：'今后要注意改造。'……我怔怔地看他走出那条农村的小巷，看着这个人显然已消瘦的背影，想起初见时那个厚墩墩的样子，忽然悲从中来。我在这四顾无人的破屋里没有必要再抑制自己，就伏在那破窗台上，放声哭了一场。"

这一段文字，看来似乎极其平淡，却把李兴华含冤负屈而又无可奈何的愤懑和作者复杂矛盾的痛苦心情全部写得淋漓尽致，着墨不多，而力透纸背。我们读起来，这样一个扣人心弦、令人难忘的场面还历历如在目前。这是很有艺术感染力量的文字，而这种艺术感染力量主要来源于真实。

我以为，在文学创作领域中，"为情而造文"的作品总是要远远超出"为文而造情"的作品之上的。情文并茂，当然最好。假如二者不可得兼，我宁愿推崇那些"情胜于文"的作品。简朴无华、明白如话的《诗经》传诵至今，而那些仅仅以滥用辞藻、贪求新奇为能事的"汉赋"，千载之下，还能有几个读者呢？

《一个普通人的启示》自然是一篇"伤痕文学"，可是在这里面并没有多少呼天喊地的血泪，并没有多少揪心夺魄的故事，甚至作者的悲愤感情也是处在高度自我克制的状态之下的。她只是如实自供：她明明知道李兴华清白无辜，但是不得不公事公办地把他划成右派分子；她明明知道李兴华不是坏人，但是不得不板着脸正言厉色地教训他"今后要注意改造"。她是在演戏。这是一出很不好演的戏，她演得很不自然，但是又不得不违心地演下去。扮演这种角色的，无疑是个悲剧人物。但人们不禁要问，导演这出悲剧的，又是谁呢？

"至情言语即天声"。既然是"天声"，它就该不隐讳、不回避人世间的一切是非善恶。《一个普通人的启示》的重大意义，就在于它把历史的真实面目（虽然仅仅是一个侧面）呈现在我们的眼前，引起我们深思，促使我们反省，从而得出一个结论：这样的悲剧实在再也不能重演了。

一九八五年元月

《罗曼·罗兰文钞》读后

也许由于我在中学时代就读于一间爱尔兰人创办的学校，大部分教科书和课外读物都是西方文学作品。除了中国的古典诗词和散文之外，我更多地用西方文化来充实自己的头脑和心灵。对我影响较大的西方作家，有英国的莎士比亚和狄更斯，法国的罗曼·罗兰和雨果，俄国的托尔斯泰和契诃夫……其中尤以罗曼·罗兰的影响最为深远。

对罗曼·罗兰的著作，我不懂法文，无法读原著，凡是有中译本和英译本的，我大部分都读过了。我自己还翻译过他的长篇小说《迷人的灵魂》第五卷《搏斗》，是根据法国人Amalia de Alberti的英译本转译的。但对我影响最大的，还是他的代表作《约翰·克利斯朵夫》，这部具有超人的艺术魅力的巨著给我灌输了人道主义思想和大勇主义精神。我在青年时代曾经这样写过：假如没有《约翰·克利斯朵夫》这部巨著，近代的法国文学史将会减少了一点光芒，而我这渺小的一生也将会失去了一根重要的精神支柱。

读了几部自己所敬佩的作家的作品之后，自然会产生一种要了解这位作家的生平经历和创作生涯的强烈愿望。我读了茨威格的《罗曼·罗兰传》，还是感到不够满足。后来又得到孙梁教授辑译的《罗曼·罗兰文钞》，我如饥似渴地把这部长达三十多万字的书（当时分为上下两卷）一口气读完了，它帮助我进一步理解罗曼·罗兰的为人和他的内心世界。

在这部书中，我最感兴趣和深受教益的是上卷中散文诗一般的回忆录《内心的历程》和下卷中罗曼·罗兰同歌德的后裔梅森堡女士的通信，这两者都是研究罗曼·罗兰青少年时代的精神世界、思想、生活、恋爱和创作计划的珍贵的第一手传记材料。由于作者执笔时并不是作为公开发表的文字来写的，所以直抒胸臆，情深意真，不加雕饰，读之如见作者的肺腑，尤为难能可贵。

罗曼·罗兰的文笔本来是十分优美典雅的，文采斐然，而这两部分文字却有如初发芙蓉，自然可爱，遣词造句绝无矫揉造作的痕迹，说的是真话，透露的是童心。即使不是作为研究罗曼·罗兰的学术资料来读，而是单纯作为文学作品来读，读者也将会得到无穷尽的艺术享受。

"奇文共欣赏"，我不揣冒昧，谨将此书推荐给爱读罗曼·罗兰作品的同志们。

末了，顺便提一下，这部文钞的初版本刊行于一九五七年，距离现在将近三十年了。译者孙梁教授的治学态度十分严谨，这次重版，不但作了很多修正，补充了很多新材料，并且还进一步作了润饰，字斟句酌，连正文与注解中的不少典故、文史资料及译名等，都重新核对和修改，或增或删，几乎可以说是重新编译了一遍。重版一部书，竟费这样大的力气对内容一一重新修订，这种严肃认真的精神也是值得我们从事文学创作和翻译工作的人学习的。

读《民主元勋》后

人类中有坚实的灵魂。这个剧本所告诉我们的是关于一个坚实的灵魂的故事。

人们总爱把英雄渲染成一个神祇，至少也是一个"出乎其类，拔乎其萃"魄力伟大的领袖。却很少有人看到英雄"人的一面"，和我们一样，他也有着平凡的牵挂，辛酸的家累，甚至卑下的情感。但纵使有这些障碍物，他终于凭着自己坚强的力量（基于对人民的热爱而产生的力量），克服了它们而完成了他的职务，成为一个配得上"英雄"名称的人。《民主元勋》所要写的就是这一类的英雄。

剧本的主人翁美国民主之父杰弗逊总统不是一个叱咤风云的政治家，甚至不是一个战士，他没有战斗的气质，他的性格并不适宜于从事政治工作。即使在国事蜩螗、惊涛骇浪的关头，他还一心一意地惦念着要在亡妻玛莎坟上刻一块纪念碑。他厌恶斗争，他埋怨政治手腕破坏了每个人的幸福，他甚至诅咒："假如一定要靠政党的力量才能踏进天堂，那就宁愿一辈子在地狱受苦。"他只想在自己的故乡过着安静和平的生活，回忆着过去的时代，走向他从前所爱过的那些人……然而，他更热爱人民，他不能坐视他们在革命战争里所流的血白白浪费，他们牺牲了生命换来的自由受到官僚集团的玷污，他不能坐视他们被践踏在高贵的人的脚下。为了应援他们，他宁愿放弃了一切喜欢做的事情，牺牲了家庭、爱情和一切幸福，甚至被蒙上了"淫棍、无赖、流氓、伪君子"的名称，受尽了侮辱和迫害，而投身于一场孤独而悲戚的战斗。人民不允许他把事业放在中途，径自停下来休息享乐，他就只好为了完成他们的律令而鞠躬尽瘁，死而后已，站在岗位上紧握着舵。

杰弗逊的个性是诚挚、坦白而谦逊的，除了善良之外他恐怕没有别的杰出标记。他之所以接受华盛顿的任命去做法国大使，只是因为爱妻刚刚去世，心里感到非常空虚，想调换一个环境……他最感兴趣的事情是发明打麦机、哑巴用人（一种送饭菜的拖拉箱子）、活动马车顶，搜集意大利稻种和水仙花球根。这样一个富于人性的人是最容易和人民接近的，在决定政策的当儿，他从没有忘记征询老百姓的意见，也就是一个铁匠和一个侍者的"闲话"，使我们这位国务卿学了个乖，认清了"人民公敌"的脸孔。只有紧紧地依靠着人民，他才能够获得勇气，获得力量，他深知道："人民浪潮是无法抵抗的。你不能逆转他。它是人类久已失去的自由浪潮。你用什么方法也阻不了它的。也许你可以歪曲它一个时候，可是最后你一定会失败的。运用暴力和高压政策的老调子，你必然要失败的。"就凭着这种信念，他抗拒了以总统职位为交易条件的诱惑，他粉碎了以暴力推翻选举的威胁。一个温和得几乎像妇人一样的杰弗逊变成了一个倔强的老头儿，他要参加战斗，他要流血，因为他"不能叫人民在暴政之下不喘气地生活，不能叫他们屈服于独裁者的刀斧之下，不能让一个人的腐败的意念来压迫他们"。

一个最善良纯洁的灵魂，往往是一个最坚实健斗的灵魂。从杰弗逊的身上，我们可以看到今天中国许多民主战士的影子。试想一想，几年以来，"独裁者的刀斧""腐化的暴政"曾经迫使多少自由主义的知识分子、一向站在政治之外的学者都投袂而起，挺身而斗。和杰弗逊一样，他们本愿意躲在窗明几净的书房里，好好地研究一种学问。可是善良而正直的心灵，不容他们"接受幸福的私贿，把世界局限于方尺之内"（闻一多），甚或接受主子的召唤，向残山剩水间的黎民宣扬威德。他们只消一打开窗子，放进来的，不是自由的空气，而是震荡耳鼓的哀号：受人剥削的劳苦大众，被人迫害的纯洁青年，遭受欺凌的勤谨农民，一串串尽是那些为暴政所戕贼了的牺牲者，最残酷的不仅是战争带来的疾病痛苦与饥寒，而是统治者对人民的残忍。尽管是一个"有着一磅信心，十磅怜悯"的皮哀尔（爱伦堡《巴黎的陷落》中的人物，善良的知识分子的典型），目睹着这一桩桩违反正义的罪行也会使他投身进平民运动中而成为激进的人物。

同样，迫使杰弗逊"拂拭剑鞘，走向战场"的就是密汉尔顿的卑污的勾当，吃老百姓的鬼把戏。密汉尔顿永远反对民主，他认为必须用杀戮和鞭打来管理国家，他要把一切自由的呼声都叫作反动的乱党来镇压，拿着血淋淋的人头和人骨来恐吓人民。但杰弗逊没有被骇倒，反使他为民主而斗争的心情更坚决了，他讨厌政党，可是为了和汉密尔顿斗争，他要组织一个人民的政党，他不需要做总统，可是为了和汉密尔顿斗争，他不得不肩负起责无旁贷的重担，他除了故乡蒙特山罗，世界上任何地方都不能叫他安心住下，可是为了和汉密尔顿斗争，他宁愿走到街头、广场和做工的地方去……

杰弗逊的道路几乎是一切争民主的知识分子所经历的道路，是古往今来一切善良而坚实的灵魂所经历的道路。这个痛苦的普罗米修斯含泪地呼喊道："这一个斗争也许要用尽我毕生的精力……我讨厌斗争，可是我不能不这样做，我要安妮和杰夫（他的儿女——引者注）以及他们的孩子在一个自由的共和国里成长，我不能不这样做。"

让我们从他的呼声中得到感召吧！从他的榜样，我们可以获得一种抵抗着往下沉的引力。

关于《莫斯科日记》

罗曼·罗兰《莫斯科日记》是近年出版有价值的纪实专著之一。这本书写成于一九三五年，作者加以密封秘藏，约定到五十年以后才准出版。

一九三五年夏天，罗兰在莫斯科作了二十多天的访问。虽然按照今天所能看到的书面材料，一九三五年可以算得上是苏联最好的、最令人羡慕的年头：狂热的个人崇拜刚刚开始；恐怖等专制的环境与气氛已初步形成，但还未登峰造极。罗兰除了亲自目睹耳闻的好些情况以外，还从他的俄籍夫人的多位亲戚处，特别是从他夫人原来的俄籍儿子处得知许多第一手材料，包括政治秘闻。他深感到苏联政治环境和社会情况已有不少并不美妙的地方：人民群众不敢讲真心话；出身不好的青年（例如商人家庭的子弟）进不了大学，也找不到较好的职业；无缘无故的逮捕和流放已开始出现，而且受害人的职务越来越高；不论什么事情，一切大大小小的成就、功劳都必须归于斯大林一人身上……罗兰对这些现象都深恶痛绝，但又不好说出来。

放在罗兰面前有两种选择：要么就不讲真话，昧着良心说假话，唱颂歌；要么就把自己的所见所闻所感如实地记录下来，但暂时秘而不宣。罗兰选择了后者，他把保密的时间规定为五十年。五十年以后，罗兰早已离开了人间，斯大林也必定离开了人间，虽然他还无法预见到那时苏联也已经解体了。今天我们读到这部日记，不能不敬佩罗兰观察力的敏锐，头脑的清醒和超人的勇气，堪称"众人皆醉我独醒"，在这一点上，高尔基是远远比不上他的。当然，两人的处境也大不相同。

一本不可不读的书

从"文化大革命"期间开始，出自我国作家（包括业余作家）笔下的各式各样回忆录达百数十种之多，有专门记述一人一事的，也有综述某一个时期内所发生的重大政治事件和重大政治批判运动的。假如把独自成篇的和散见于报纸杂志上的完全计算在内，恐怕总数将会超过千种以上。我孤陋寡闻，所见有限，仅就我曾经过目的回忆录而论，佳作甚多。其中尤以韦君宜同志病中的近作《思痛录》最能震撼人心，催人泪下。假如按照感人的程度来衡量回忆录的优劣，《思痛录》无疑会获得多数票而名列前茅的。

不过，早在一九八○年二月间，我们就听到这么一种理论："这里我并不想多谈这些悲惨的往事（指发生在十年浩劫中那些悲惨的往事），我们讲得喉咙也发痛了，听得耳朵也起茧了，看得眼睛也冒火了……"假如上述这种理论也被认为是衡文的标准的话，那么，像《思痛录》这样的书被肯定的成分将会是微之又微的。《思痛录》的思想与艺术魅力全在于它所产生的痛感；不痛，它就没有什么可以吸引人的地方。韦君宜之所以在众多的回忆录中选定了写这种形式和内容的作品，就着眼于这个"痛"字，就因为它使人感到痛苦。

平心而论，《思痛录》也不无过分夸张的地方。例如书中提到的人民文学出版社编辑部的骨干分子的反思：几乎人人都自视为"特务"，"个个都曾经是叛徒内奸"，就是情节最轻微的也是"阶级异己分子"。但被打成"阶级敌人"的，确有一大批。一个专业出版社，在不长的时间内就被打出这么多坏人，整个社会的局面就更可想而知了。

常言道，观微可以知著。韦君宜特别选定写《思痛录》作为这一类"伤痕文学"的代表作品，确实是用心良苦的。所以，我们不仅认为《思痛录》值得一读，而且不可不读。因为从这样一部作品中可以看出某一个时代的人情世态以至政治风云。它不仅是一部勇于暴露黑暗的书，而且是一部"孤愤之书"。蒲松龄自称他的《聊斋》是孤愤之书，其实《思痛录》的孤愤还千百倍于《聊斋》。它不仅把千百万普通人都写成"牛鬼蛇神"，而且这些普通人也竟被逼以"牛鬼蛇神"自居，一点也不想反抗。

"报国心遏云行"

——读《南渡记》的随想

不久前，有一位老同志在拙作长篇回忆录《风雨年华》上题了一首七绝，说是赠给我的：

> 往事悠悠不计程，柔情一缕意非轻。
>
> 戎衣偶滴书生泪，常为斯文抱不平。

这是一首好诗，但我感到，我有点受不起，受之有愧。我想将这首诗移赠给《南渡记》的作者宗璞同志，除了第三句"戎衣"一词也许有点不大贴切之外（宗璞没有当过军人），其余大体上倒是挺合适的，平心而论，《南渡记》比之《风雨年华》更能承受得起这首诗的评价。

我和宗璞算不上是深交，我不敢谬托知己，但是我们的友谊也绝非泛泛之交。我就读于清华大学，是她的父亲冯友兰老师的及门弟子，她就读于西南联大，一先一后，总算有同窗之谊，从1959年到1962年，我们又一起在《文艺报》工作，共事有两三年之久。这两三年间，我们闹过几次小摩擦，据《文艺报》的旧同事分析，宗璞是一个出身于书香门第，带点闺秀脾气、名士派头的女作家，而我的前半生大部分时间都驰骋疆场，深入敌营，是一个性格强烈的"武夫"。我那种"剑及屦及"从严要求的工作作风使宗璞感到有点受不了。不过，我们又有共同的兴趣，共同的情操和共同的语言。记得《文艺报》付印之前，往往是由我和宗璞坐在《人民日报》印刷厂的楼上值班签字的。每当等候校样送上来的空隙时间，吃过夜宵之后，实在没事可做，就背诵起吴梅村的《圆圆曲》、张若虚的《春江花月夜》以至莎士比亚《哈姆雷特》中的名句来。谁背诵错了，一时记不起来，就不免被对方讽刺几句，数落几句，那时我们的心又有点相通了，甚至可以说一些不足为外人道的悄悄话，因为我们都曾接受过西方文化的熏陶，又热爱中国的古典文学。按照当时的政治标准来说，都是自命清高的旧知识分子。"人之相知，贵相知心"，自然，宗璞对我的了解，比我对她的了解还要深得多。她劝告过我的谅直之言，有些我至今还是作为座右铭的。比方她劝告过我，从事文艺工作的人千万不要过多、过深地介入政治斗争的旋涡。假如我能够彻底听从她的忠告，在以后那一段日子里，本来是可以省掉一些烦恼的。但也正因为听了她的忠告，我总算还没有陷得太深，逃脱了杀身之祸、缧绁之灾，才苟活到今天。

言归正传，还是让我们集中来谈谈《南渡记》吧。经过一九八七年年初那一度"轻寒"之后，由于不言而喻的原因，语隽情深、直抒胸臆的文学作品，特别是长篇小说，显得越来越少了，《南渡记》的出现，对我来说，真可以算得上是"空谷足音"，令人闻之而喜。不说别的，光是那种文采斐然、属辞典雅的艺术风格，就是我那些粗糙的抒情散文所望尘莫及的，我甘拜下风。主要因为我在外国文学和古典文学方面的造诣都远不如宗璞，像《南渡记》开头那六首"序曲"和语尾处那首"间曲"我就硬是写不出来。我只不过是"野狐禅"，而宗璞是修成正果的女菩萨。

当然，我喜欢《南渡记》，还有我个人的原因，这篇作品所精心描绘的故事情节，有不少就发生在我的母校清华大学，那间被称为"方壶"的房子，恐怕就是以冯友兰老师的府上作为原型的。从"一二·九""一二·一六"到"七七"卢沟桥事变，我在那里度过了两年难忘的峥嵘岁月，在校园里留下了我一生中美好的时光，同时也是严峻的时光，假如不是以这两年的峥嵘岁月作为起点（我说过："一二·九啊，我的起点。"），那么，我这渺小的一生将会走上一条怎样的道路，实在很难逆料。我也许会成为一个名医，成为一个专家和学者，甚至成为一个外国籍的华裔教授，但是绝对不会成为今天的我。我虽然"学书学剑两无成"，不过我绝不后悔。出现在作者笔下的人物，有不少是我所熟悉的师友，其中还有我魂牵梦萦的知己，我对他们总是依依不舍，念念难忘。正如《桃花扇》中所说的"残山梦最真，旧境丢难掉"，这部小说把我的故人和往事历历如绘地呈现在我的眼前，读后掩卷沉思，我情不自禁地黯然神伤，老泪纵横。旧梦是很难重温的，可是这部小说帮助我重温了旧梦，我感谢宗璞，她带着魔力的牵引带我深深地坠入旧梦中。

《南渡记》展现了众多的人物命运，其中最撼人心魂、动人肺腑的还是吕清非老人的命运，特别是他最后以一死拒任伪职的情节，小说写来悲壮而沉重，吕老人比当年那个"沉吟不断，草间偷话"的吴梅村高大得多了。有各种表现形式不同的壮烈牺牲，不一定都是喋血疆场，马革裹尸，像吕老人那样的壮烈牺牲，虽然是静悄悄的，也足以使"顽夫廉，懦夫有立志"（《孟子》），我不由得不想到我所敬佩的国学大师吴承仕先生。恕我直言，比起吕老人，作品中出现的那几个青年知识分子，代表人物应该是卫葑，就显得单薄得多，甚至有点不大真实了。当时，卫葑是个思想进步，刚毕业不久的研究生，而我是大学二年级学生，他可能比我大五六岁，基本上还是同时代的人，是抗日救亡队伍中同一辈的战友。对卫葑这样的人我自然是相当熟悉的。卫葑爱上了生长于诗礼簪缨之家的雪妍，后来又娶了她为妻子，这并不奇怪，恋人们在政治上也不见得都能够完全一致的。但他把自己的政治信念（当然不包括他的组织关系在内）和想离开沦陷后的北平，投奔游击区的意图全都瞒着妻子，这就有点不可理解了。我们这一辈的青年学生，加入了民先，第一个要告诉的就是跟自己最要好的女朋友，因为我们认为这是值得骄傲的事情，卫葑却对雪妍讳莫如深，这是违反常情的。何况当时投奔游击区的并不限于地下党员，非党青年群众也多的是，只要不是敌人就行。为什么卫葑一再拒绝雪妍的要求，不肯跟她同行呢？虽然后来还是通过组织，派人把她接到游击区。小说中还写到一九三六年初卫葑参加南下扩大宣传团，回来后参加民先队，接着又加入共青团，六月间转为共产党员，这也是使人难以相信的。因为当时党中央和北方局都已经决定撤销共青团组织（四月间北平的共青团组织正式撤销），二月间成立民先队，主要就是准备要让它取代共青团，没有先参加民先队，然后加入共青团之理。此外，卫葑有些行为、言论和他的性格、身份也是不大相称的，这个人物写得并不像吕老人那样成功、完整。

宗璞一九二八年生于北平，"一二·九"运动时她只有七岁，"七七"事变时她还不到十岁，这一阶段的许多事情她未必知道，知道了也未必能记得清楚，所以小说中有些细节不免出现失误。最突出的一个例子就是写学生去慰劳二十九军将士的时候唱歌，竟唱出《歌八百壮士》中的歌调，"宁愿死，不投降"，八百壮士坚守四行仓库，是淞沪战争末期的事（上海是在一九三七年十一月二十一日沦陷的），距离"七七"事变至少有三个月之久了。又例如写"一二·一六"那天学生去冲击西便门城门，用自己的血肉之躯去撞城门，头一排的人手掌流血了，后面的人换上去，才把铁门撞开。碰巧那一天我也在场，也去冲击过城门，我们是用铁路旁堆着的枕木把铁门撞开的，而且时在冬令，滴水成冰，大家都戴着皮手套或棉手套，并没有人会带着血淋淋的手掌欢呼起来。诸如此类不符合真实情况的细节还可以举出一些。当然，作为长篇小说，这些失误只不过是白璧微瑕。假如作者和责任编辑在发稿前多问几个当事人，是完全可以改正过来。

我无意对《南渡记》这部作品进行深入的研究和系统的分析，这恐怕不是我力所能及的事情。今天，文苑还比较荒芜，甚至还充斥着一些格调低下的作品，我们大家都渴望能看到有一部真正具有艺术魅力，真正能够丰富人们的内心世界和提高人们的精神品质的长篇巨著出现。《南渡记》尽管有某些美中不足的地方，但在一定程度上还是可以满足我们要求的，难道还不值得像我这样饥渴于精神食粮的读者感到欣慰和鼓舞么？故事并没有说完，这部作品肯定还会有续篇，我们在殷切地期待着。

一九八八年九月下旬

读归有光《项脊轩志》

　　归有光是明代的著名散文家，他的作品数量不算很多，却别具一格。他很少写什么重大题材，也不抒发什么豪情壮志，更不采用华丽的辞藻和偏僻的典故，丝毫不作矫揉妆束、雕章琢句之态。一般地说，他只是从亲人和朋友的日常生活和身边琐事中选取素材，用平易、朴素和淡雅的笔触，略加渲染，勾勒出人物的音容笑貌，抒写出自己寄托于这些人物身上的深挚感情，哪怕只有寥寥数笔，也都是至情言语，沁人心脾。王锡爵说归有光的散文："无意于感人，而欢愉惨恻之思，溢于言语之外。"可谓知音。如果说，宋代词人中可以分为豪放派（如苏轼、辛弃疾……）和婉约派（如秦少游、欧阳修……），那么，在散文创作中，归有光似乎也可以归入"婉约"一派的。

　　《项脊轩志》全文不到八百字。开头只描写了项脊轩这座破阁的清幽、静谧而又有点萧瑟、荒凉的环境，烘托出作者孤寂、凄婉的心情。接着通过老妪回忆作者的童年往事，追述作者早已辞世的母亲和祖母对他的关切和期望，虽然只有几句话，几个小动作，却情深意切，娓娓动人。作者对于自己的怀旧心情，只用了两句话来描写："语未毕，余泣，妪亦泣。""瞻顾遗迹，如在昨日，令人长号不自禁。"我们读到这里，也禁不住"心有戚戚焉"，引起了共鸣同感。因为像这样的童年往事，几乎是每个人都经历过的。"人生自是有情痴，此恨不关风与月"（欧阳修《六一词·玉楼春》），以往的岁月，总会给我们留下有时模糊、有时清晰的印象，一经别人提起，就历历如在目前，让我们重温心弦上的旧梦。这些归梦，有时是那么美好，有时是那么惆怅，有时又是那么辛酸。

　　《项脊轩志》最后的一节是作者悼念他的亡妻的，只有一百多字，所记述的也只是一些日常生活中的琐事。但最后一句"庭有枇杷树，吾妻死之年所手植也，今已亭亭如盖矣"却引起读者"人亡物存"的深沉感喟，正因为说得平淡，更显得凄凉，令人掉泪，使人心酸。

散文可以叙事，可以写景，可以刻画人物，但如果要它打动读者的心，就总归要以抒情为"点睛"之笔。归有光的《项脊轩记》是这样，他的另外两篇名作《先妣事略》《寒花葬志》也是这样。柳宗元的《永州八记》、范仲淹的《岳阳楼记》、王守仁的《瘗旅文》、袁枚的《祭妹文》也是这样，假如我们要从事散文创作，这种手法是大可以借鉴的。"至情言语即天声"，要打动读者的感情，主要还是得依靠一些发自作者衷心的至情言语。司马相如的《上林赋》《子虚赋》，辞藻非不华丽，文词非不丰富，但读起来一点也不动人，只因为它们缺少激发感情的酵母——至情言语。

文艺随笔

不合时宜

去年春天，我千辛万苦写了一篇文学评论文章，拿去请教批评家先生。由于我所评论的是一部众所周知的名著，它的主题思想又是显而易见的，我怕和别的文章重复，所以就从艺术技巧的角度多谈了几句。想不到批评家先生看了，脸孔一板，就教训起我来："你光谈艺术性，不谈思想性，这就是资产阶级唯心主义的文艺思想，胡适的研究方法就是这样的。你明白了么？"我虽不才，可是还不愿意把自己的名字跟胡适连在一起，连忙唯唯而退，把稿子拿回去，扔进火炉里烧掉了。

今年春天，我又写了一篇评论文章，这一回，我接受了去年的经验教训，就多谈思想性，少谈艺术性了。我只认识那么一位批评家，所以还是硬着头皮，拿去向他请教，满以为可以得到他几句夸奖。想不到他一边看，一边摇头，末了才把眼镜一摘，像被开水烫着了似的大嚷起来："庸俗社会学！庸俗社会学！"

我的两篇文章，先后给扣了两顶大帽子，我想：这是由于它们"生不逢辰"的缘故。要是第一篇文章产生在今年春天，而第二篇文章产生在去年春天的话，说不定会受到批评家击节赞赏，而且把它们推荐给刊物发表了的。因为他毕竟是我的朋友。

一九五六年七月

病　梅

　　清代文人龚定庵曾写过一篇《病梅馆记》，那里面记载着：有些种花人为了要把梅花种得合乎文人画士所欣赏的规格，就把花树作了种种"修改"，或者砍掉树干，专养旁条，或者拗曲枝杈，遏抑生气，结果弄得每一株梅花都病态百出，憔悴欲死。

　　我觉得，有些编辑同志对待作品的态度，也和那些种花人对待他们的梅花差不多。

　　最后我写了一篇短短的特写，发表在一个文艺刊物上。谢谢编辑同志的好意，把文中所有不合"规范化"要求的语言都给改正过来了。例如我写一个农民很怕老婆，老乡们管他叫"见天儿顶灯的"，这"见天儿顶灯的"是北方土话，自然不合"规范化"，因此蒙编辑同志改为"非常怕老婆的人"。至于"压根儿"就给改为"根本"，"咱们"就给改为"我们"，"赶明儿"就给改为"明天"，"有朝一日"就给改为"将来会有那么一天"……如此这般，语言倒是完全"规范化"了，既没有方言土语，也没有半文不白的词句了，可是全都枯燥无味，像个瘪三。

　　汉语规范化，我岂敢不赞成，可是实行起来，最好也不要"过于执"。假如按照这位编辑同志的标准，恐怕古往今来许多文学作品都必须经过一番"规范化"的手续。比方本世纪初叶的著名剧作家约翰·沁孤的用语多是爱尔兰方言，就非要都把它们改为标准的牛津英语不可了；绥拉菲摩维支写的《铁流》中夹杂着许多乌克兰方言，就非要都把它们改为标准的莫斯科话不可了。就拿我国的现代作家来说，沙汀和李劼人的作品多四川土话，老舍的作品多北京方言，鲁迅呢，好用文言文，恐怕都不免要"规范化"一番。

但，这样"化"来"化"去，我担心，一定要"化"出许多"病梅"来，这对于"百花齐放"未始不是一种祸害。

一九五六年七月

犬儒的刺

　　我们文艺界有一种不健康的现象：每当某一股风吹起来的时候，总有一些人在那儿一窝蜂地随声附和，推波助澜。究竟他们对于这股风是"信而从"呢，还是"盲而从"呢，抑或是"怕而从"呢？他们嘴里所说，笔下所写，和心里所想的，是否完全一致呢？这些问题，研究起来，倒是很有趣的。

　　常有这样的事：在一次座谈会上，某某同志极力称赞某一篇作品是难得的佳作，是可喜的收获，是大胆"干预生活"的榜样；可是过不了几天，在另一次座谈会上，他却在声色俱厉地斥责那篇作品是如何谬误，如何有危害性，如何宣传"敌对思想"了。别人听起来，真有点相信不过自己的耳朵，更有点相信不过这位发言者的良心。

　　自然，一个人也许会"觉今是而昨非"，但，从"是"到"非"，其间总有一定的过程，也有一定的根据，不会突然来一个一百八十度的"大转向"的。上述的现象，只能说明这个人善于看风转舵、毫无特操罢了。

　　但，是什么东西使得他像蜥蜴那样善于变色呢？是什么东西使得他这样言不由衷呢？

　　说出来也很简单，是对于"舆论的压力"和"传统的权威"的畏惧，是利害之心重于是非之心。本来嘛，文坛多风波，安全第一，而安全之道，又莫过于"随大流"，说得坦率一点，也就是"随波逐流"。鲁迅先生说得好："蜜蜂的刺，一用即丧失了它自己的生命；犬儒的刺，一用则苟延了他自己的生命。他们就是如此不同。"在不少场合，我们还可以看到这一类"犬儒的刺"。虽然在今天，他们也许再没有必要用"刺"来苟延自己的生命，恐怕仅仅是为了苟延自己的声名和地位罢了。

　　也许他们还会为自己辩解说："就算我们是'随波逐流'吧，随社会主义之波，逐社会主义之流，这又有什么不好？"我们可以这样回答道："真理不需要盲从的信徒，革命不需要机会主义的'战士'。随波逐流的人，今天可以随社会主义之波，明天也可以随非社会主义之波。今天可以逐社会主义之流，明天也可以逐非社会主义之流。更何况，你们今天所随的、所逐的，是否社会主义之流、社会主义之流呢，也还值得研究。"

毫无疑问，我们并不提倡"立异鸣高，逆情干誉"，更不提倡"固执己见"。一个人，假如真正能够"舍己从人，乐取于人以为善"，也未尝不是美德。但只有勇于坚持真理的人，才能虚心接受别人的意见，改正自己的错误，这和随波逐流、投机取巧的犬儒是毫无共通之处的。

文艺批评，总是要比眼力的。我们要有学问，要有修养，要有真知灼见，要有独立思考能力，但更重要的，是要有坚持真理的勇气，要有正道直言的特操，要有实事求是的精神。假如大家都成了"不敢有主见"的莫尔恰林[①]，那么，这学问，这修养，这真知灼见，这独立思考能力，又中什么用？不错，做"事后马克思"是最"安全"不过的。但，我们需要有更多的"事前马克思"，哪怕是百分之一的"事前马克思"也比百分之百的"事后马克思"强得多。要不然，也就用不着提出"百家争鸣，百花齐放"的方针了。

一九五七年四月

----

① 莫尔恰林是俄国诗人格里包耶多夫的诗剧《智慧的痛苦》中的人物。他阿谀谄媚，最怕得罪人，曾说过"在我的年纪，可不敢有主见"这样貌似谦逊、其实极端虚伪的话。

破水瓢的启示

五年前，我在海南岛五指山下一个地方干部的家中做客。主人是个黎族同胞，曾经在琼崖纵队里打过十多年游击。他家里有一件奇怪的纪念品，这是一只烧焦了一半的、裂开了口的水瓢，我端详了半天，也不知道是个什么宝贝。后来主人告诉我说，在他打游击的期间，国民党反动派悬赏过一千块光洋来买他的脑袋，买不到，有一天就派兵去包围他的家乡，把他的母亲和弟弟都抓起来严刑拷问，逼他们供出他和他的部队藏在什么地方。结果敌人把他的母亲和弟弟都折磨死了，把他家里一切值钱的东西都抢光了，然后放一把火，把他的房子烧成灰烬。海南岛解放后，他回到了故乡，在他的那座早已变成废墟的故居里捡到了一只他的母亲和弟弟曾经使用过的破水瓢。他看到了这只破水瓢，就仿佛看到了自己的母亲和弟弟，仿佛看到了一些牺牲了的乡亲和战友。因此，他把这只破水瓢保存起来，作为最珍贵的纪念品。

我理解这位老战士的心情。我自己也有这样的习惯：常常爱把一些从牺牲了的战友身上取出来的子弹和他们使用过的东西收藏起来。这些纪念品的存在，对于我来说，就是一种有力的鞭策。当我怯懦的时候，看到了它们，就会勇敢起来。当我软弱的时候，看到了它们，就会振作起来。当我为个人利害而患得患失的时候，看到了它们，就会内疚起来。当我骄傲自大的时候，看到了它们，也会变得谦虚谨慎一些。它们唤起了我对民族敌人和阶级敌人的同仇敌忾，也激励了我为建设社会主义而艰苦奋斗、克服困难的决心和勇气。

我由此而联想到，今天我们的文学作品，特别是一些描写革命历史题材的文学作品，是否也应当充分发挥和这些革命纪念品同样的教育作用和鼓舞作用呢？

今天二十多岁的青年人，在全国解放的时候，他们只不过十岁左右，连蒋介石和冈村宁次是什么人都不大了了，当然很难想象得到，旧中国在国民党反动派和日本帝国主义的统治下，人民的生活是多么悲惨，白色恐怖是多么严重，革命斗争又是多么残酷艰辛，为了输送几斗粮食进游击区，为了掩护一个负伤的革命同志，为了收藏一份秘密文件，有时候就得付出几条生命作为代价。中国近四十年来的革命历程，并不是如同某些文艺作品所描写的那么一帆风顺，万事如意，而是迂回曲折，坎坷不平，每前进一步，都要付出极其沉重的代价。我们的文艺作品，决不能违反历史的真实，把万里长征描写得像远足旅行那么方便，把对敌斗争描写得像儿童游戏那么轻易，把党内斗争描写得像开生活检讨会那么简单。它们应当大胆地创造一些任劳任怨、忍辱负重的革命者的形象，也应当如实地写出一些带血带泪、可歌可泣的革命斗争的悲剧，借以教育今天还生活在和平环境里的青年一代，让他们知道创业维艰，保卫革命胜利的果实也不容易。这样，才能丰富他们的精神世界，提高他们的革命警惕性和阶级觉悟，增强他们战胜困难的信心。

就是中华人民共和国成立后，在社会主义革命和社会主义建设过程中，我们的生活仍然充满着各种各样的尖锐而复杂的矛盾，我们的事业也并不是那么轻而易举、唾手可得，而总是在严重的困难中取得成绩，在艰苦的斗争中取得胜利的。正因为如此，我们的成绩更值得珍惜，我们的胜利也更值得自豪。

我们反映当前斗争生活的文艺作品，应当歌颂伟大的社会主义建设，鼓励人民群众同心同德，团结一致，战胜困难，努力前进，这一点自然是无可怀疑的。但为了达到这一目的，我们更不能回避生活中的矛盾，更应当正确地、真实地反映前进道路上的困难，和人民群众在党的坚强领导下艰苦奋斗、征服困难的革命精神，好让青年读者通过文艺作品充分认识到现实生活中的各种复杂情况，有足够的思想准备去迎接严峻的考验，有冷静的头脑去应付非常的事变，有坚持不懈的毅力去战胜严重的困难。

一个对革命事业怀着无限忠诚和高度政治责任感的作家，总是敢于正视现实生活中的困难和矛盾，而且敢于把现实生活中的困难与矛盾和克服困难、解决矛盾的过程如实地告诉读者的。法捷耶夫的《毁灭》，绥拉菲摩维支的《铁流》，富曼诺夫的《恰巴耶夫》和《叛乱》，都毫无保留地描写了苏联革命初期武装斗争的极度艰苦和残酷；无政府状态的群众，有严重缺点的军事领袖，出卖了部队的叛徒等——出现在这些作品中。尼·奥斯特洛夫斯基的《钢铁是怎样炼成的》毫无掩饰地描写了苏联劳动人民在革命初期的艰苦生活：他们吃的是像无烟煤一样的硬面包，穿的是掉了底的靴子，双脚泡在冰冷的污泥里。我国作家杜鹏程也曾在他的好些作品中着重描写了战斗生活的严酷，建设工作的艰辛，以及现实生活中各种复杂的情况和矛盾。我以为，从总的倾向来看，这些作品是振奋人心、激励斗志的，有积极的教育作用的；因为它们不但写出了这样或那样的困难，而且深刻动人地表现了战胜困难的艰苦而光辉的历程，其中有些作品还塑造了富有特色的战胜困难的英雄人物形象。尽管这些作品还有一些思想上或者艺术上的弱点，但是它们的教育作用和感染力量，远不是一些把生活写得轻飘飘和甜蜜蜜的作品所能相提并论的。

难道说，我们描写了生活中的困难和矛盾，就会削弱了革命乐观主义精神么？不会的。今天，社会主义的朝阳是光芒万丈、灿烂辉煌的，只要是头脑健全而不是神经衰弱的人，谁都不会把一点即将消逝的黯淡错当作满天阴霾。应该相信我们的人民，应该相信我们的青年读者，他们绝不会因为看到一点血污就吓得心惊胆战、不敢革命，也绝不会因为看到现实生活中有些困难和痛苦，工作中有些错误和缺点，就对社会主义前途丧失了信心。"沉重的锤子，虽然要敲破玻璃，但是会锻炼出利剑来。"我们的人民，我们的青年一代，都是经得起锻炼的，让他们看到严峻的生活，看到错综复杂的矛盾，看到坚持真理、战胜困难的英雄主义行为，看到新事物和旧势力的搏斗，更能够帮助他们坚定信心，增添智慧和勇气。我们是要为共产主义事业奋斗终生的，而革命总是要在惊涛骇浪中前进的，总是会碰到各种各样的复杂情况的，假如作品中所写的生活和人物比之我们周围的现实生活和人物简单、轻易、幼稚、内心世界贫乏，我们又怎能够期望青年一代的读者会从这样的作品中汲取到精神力量和生活知识呢？

鲁迅先生有两句好诗："曾惊秋肃临天下，敢遣春温上笔端。"在今天，我们不反对把"春温"遣上笔端，但同时切不可忘记"秋肃"曾经君临过天下，甚至直到今天为止，它还没有从我们的生活中完全消逝（台湾及其附近的岛屿尚未归回祖国怀抱，帝国主义和反动派的武装力量还一直威胁着我国的边疆，我们还有内忧和外患）。柳亚子先生也有两句好诗："裁红量碧都无取，要铸屠鲸刿虎辞。""裁红量碧"之作，固然同样有资格在文苑中占一席位，而且只要思想感情健康，文采斐然成章，也不见得一无可取。不过，我们更需要反映"屠鲸刿虎"的艰巨斗争的作品，因为这样的作品真正有益于人民而无愧于时代。

一九六二年五月

鸟兽·虫鱼·草木

"多识于鸟兽草木之名"

有一天，我和一个从远地来的朋友去参观在中山公园举行的兰花展览会，我走马观花地看过一遍就算了，他却从口袋里掏出一个笔记本，把每一种兰花的名称、产地和特点都详细记录下来。后来我们又去看金鱼，他看得更加仔细了。他是能画几笔速写的，随手把每一种金鱼都画在纸上，然后记下了它们的名称、颜色和游泳时的姿态。我问他这是为什么。他笑了一笑，说道："这些材料将来可能会用得着的。"我知道，他不是生物学家，而是一个写小说和散文的作家。

有些古典作家描写自然界事物，刻画入微，多姿多彩，真叫我们佩服。蒲松龄写蟋蟀，光是蟋蟀的品种他就能举出"油利挞""青丝额""蝴蝶""螳螂"等许多名堂，有巨尾修身、青项金翅的，有梅花翅、方首长胫、形若土狗的；写鸽子，光是鸽子的品种他就能举出"坤星""鹤秀""腋蝶""翻跳""诸尖""靼鞑""靴头""点子""大石""黑石""夫妇雀""花狗眼"等许多名堂。写蟋蟀和蟋蟀斗，是一种姿态；写蟋蟀和鸡斗，是一种姿态；写鸽子相扑、对舞，又是一种姿态；无不栩栩欲活，各有巧妙不同。这恐怕完全得力于作家对自然界事物观察得仔细，研究得认真。

托尔斯泰写马，杰克·伦敦写狗，都能够写出马和狗的性格，这匹马和那匹马，这头狗和那头狗，各有不同的个性。高尔基说，作家要写羊，他自己就得先变成一头羊。变成一头羊是不可能的，但观察一百几十头羊，摸熟了各种不同的羊在各种不同的情况下的神态，有时说不定倒会有点用处，可惜这样"不惮烦"的人未免太少了。

孔夫子认为，学诗的好处之一，是"多识于鸟兽草木之名"。搞文学创作，更是不可不"多识于鸟兽草木之名"。我们对于这方面的知识实在太贫乏了，不相信请考考看，十个人当中至少有九个会把蔷薇和玫瑰当作是一模一样的花。不少诗人都歌颂过夜莺，说它是"一切东西中最美的东西"，可是请问夜莺究竟是怎么样的一种鸟儿呢，恐怕有人就说不清楚。

蜘蛛、蚂蚁和蜜蜂

用动植物来比拟文学作品的风格和流派，这在文学史上不乏先例。汤惠休称谢灵运诗有如初日芙蕖，元好问云秦少游诗好像含泪芍药。刘彦和也说过，有风骨而少文采的文章好比老鹰，有文采而无风骨的文章赛似雉鸡，唯有光彩照人而又风骨挺拔的文章，才是文坛上善鸣的彩凤。

十六至十七世纪英国唯物主义哲学家培根曾把哲学家分成三类，用蜘蛛、蚂蚁和蜜蜂来作比拟。其实，这种比拟也同样适用于作家。第一类作家类似蜘蛛，他们有一定的生活底子，但是不大读书，不向文学遗产学习，他们的作品是从自己本身的生活中提炼出来的，好像蜘蛛从自己本身吐出蜘蛛丝一样，大都质朴无华，缺少文采。另一类作家读书不少，但缺乏生活经验，又没有创造性，不会独立思考，他们只好盲目模仿前人，搬弄书本知识，好像蚂蚁把它们在路上所碰到的东西都搬进蚁穴，作为自己的劳动成果。唯有第三类作家和蜜蜂相像，他们既有丰富的生活，又善于借鉴和学习前人的艺术经验，他们以生活作为创作的源泉，又能对作品进行足够的艺术加工，就像蜜蜂对从田野里采集来的花汁进行加工，使它变成芬芳馥郁的蜜糖一样。

蜘蛛和蚂蚁的辛勤劳动固然都是可敬的，但蜜蜂的成就显然高出于它们之上，我们应当学习蜜蜂，不该满足于做蜘蛛和蚂蚁。

以花喻文

创作繁荣，曰百花齐放。

以花喻文，则长篇有如牡丹芍药，短篇有如茉莉丁香；诗歌如梅，暗香隽永；散文如菊，清丽宜人；杂文多刺，不让蔷薇；政论挺拔，赛似剑兰。至于三言两语的随笔，是否可以比作雅洁玲珑的小苔花呢？

袁枚诗云："苔花如米小，也学牡丹开。"既然苔花可以在百花丛中占一席位，那么，随笔之类的小玩意儿，大概也有资格在文坛上占一席位吧。

一九六二年七月

从"文人多大话"说起

我的故乡有一句谚语:"文人多大话。"

众所周知,文学创作不但允许而且必须作适当的夸张,不但允许而且必须作适当的虚构,假如从这种意义上来理解"大话",那么,作为文人而说了一些"大话",显然是无可厚非的。

然而,现在有些文人所说的"大话",却远远超越出这个范围。比方说,我们国家的一部分青少年在就学就业问题上明明还存在着这样或那样的困难,他们偏说现代的中国人无失学失业之忧;我们国家某些地区明明还有不同程度的灾荒和饥馑,他们却偏说现代的中国人无无衣无食之虑。文艺工作者面对着这样丰衣足食、无忧无虑的太平盛世,还不大颂其德、大歌其功,就叫做"缺德"!说这样的"大话",姑且不算是"缺德"吧,也难免有点闭着眼睛、昧着良心之嫌了。

还有一种情况,有少数文人在"四人帮"统治时期,写了不少很不光彩的作品,特别是在一九七六年十月以前,大概是为了表示积极响应"号召"、忠诚于所谓"既定方针"吧,叫喊得比谁都凶,谩骂得比谁都恶毒,这不仅是"大话",而是近于发高烧时说出来的胡话了。如今,"四人帮"被打倒已经快三年了,他们不但没有作过半句自我批评,反而大写其文章,大做其诗篇,给自己涂脂抹粉,把自己打扮成为仿佛当年就是坚决反对"四人帮"的英雄和勇士似的。究竟是这一种文人患了健忘症呢,还是说"大话"说成了习惯呢?究竟他们前三年说的话是由衷之言呢,还是今天说的话是由衷之言呢?似乎都难以查明真相、分辨是非了。

真实是人格的命脉,同时也是艺术的命脉。做一个正直的人,本来就不应当说大话,说假话;做一个无愧于人民、无愧于时代的文人,更不应当说大话、说假话。有鉴于时至今日，说大话、说假话的文人仍然屡见不鲜，而且"大"的程度和假的程度似乎还有点变本加厉之势。在我们这些并非文人的粗人看来，"文人无行"这句不大好听的话，恐怕真是自古已然、今犹适用了。当然，这仅仅适用于极少数"害群之马"。

专门讲"大话"的文人，不是极端无知，就是极端无耻，两者必居其一，容或兼而有之。

一九七九年七月

要勇于当"试飞员"

法国当代作家让—查理·布洛克说过一段很有意思的话："不管社会结构是什么样子，永远会有一批利用现有形式的艺术家和另外一批寻求新形式的艺术家。在飞行员中既有勤勉可靠和英勇无畏的驾驶员，他们正在驾驶一批批的飞机，但也有另一些人——试飞员。"当试飞员免不了比当一般的驾驶员多冒一些风险，新试制成功的飞机总是比较容易出故障和发生事故的。在文艺创作上寻求新形式的作家、艺术家也是一样，他们说出前人未曾说过的话，采用前人（至少在本国）未曾采用过的艺术表现手法，因此，"第一次打击"——批评和非议就往往会落在这些人的身上。

德国的著名戏剧家布莱希特是勇于当"试飞员"的艺术家，他的剧作总是独出心裁、不同凡响，甚至有点"怪里怪气"的。去年他的《伽利略传》在北京上演，许多观众看过以后都感到耳目一新，当然也有极少数观众感到不好接受，不大习惯。

布莱希特是竭力为"试飞员"辩护的。他强调凡是在艺术创作上勇于探索、创新的，都应当受到鼓励。内心独白、蒙太奇，或者在一篇作品中把几种类型的艺术表现手法混合在一起，都是可以允许的，而且对将来的文艺创作的发展很有价值。所有艺术家、作家都应该有尝试、创新的自由，对尝试失败也不必深责，哪一个先行者不犯过错误呢？

布莱希特对于现实主义的创作方法也有一种新的理解。他认为，文学作品的产生不能像工厂生产一样，文学的表现形式也不能只是一式一样。人民的斗争和社会现实的改变，在我们面前展开着。我们不能只是因循于叙述规则和一成不变的文学模式，我们也不应该只从某些现存的文学作品中找寻现实主义的规律，而应该利用每一种方法，新的和旧的，尝试过的和没有尝试过的，

294

从艺术来的或者从其他方面来的，以一种我们可以掌握的艺术形式来描绘现实……我们不能说，只有独一无二的现实主义存在，我们对于现实主义的观念应当是广阔的，是超然于约定俗成的。

我认为，布莱希特的文学主张很值得重视，所以不厌其详地多引了一些。他的这些文章发表于一九六六年，也就是在他本人逝世十年之后，可以说，足以代表他晚年思想成熟的观点了。

近两三年来，我们的文艺创作是繁荣发展着的，已经突破了建国以来历史上的最高水平。但主要不足之处在于艺术质量还提高得不够快，而题材和艺术表现形式雷同化的现象又多了一些。作家、艺术家甘于利用现有形式的居多，而勇于当"试飞员"、寻求和探索新形式的却为数较少，这恐怕是重要原因之一。当然，有些人还是敢于当"试飞员"的。以中短篇小说为例，李国文的《月食》，王蒙的《布礼》《蝴蝶》《春之声》，张洁的《漫长的路》等等，细心的读者不难看出，这些作者是在努力寻求、探索一种新的艺术表现手法，更具体地说，多少借鉴于西方的"意识流派"作品，企图从中吸取一些有益的、有用的东西。不管他们的尝试成败得失如何，这种敢于当"试飞员"的勇气是值得赞许的。"墨守成规""闭关自守"是我们长期以来的通病，既然科学技术需要引进，为什么文学艺术的表现方法就不可以"引进"一些呢？要"引进"就得有一批"试飞员"，希望作家、艺术家都以当"试飞员"为荣，而文艺界领导要对"试飞员"加以鼓励和保护，千万不要求全责备、横加干涉，否则"重罚之下，必无勇夫"。

一九八〇年

有感于杨玉香的梦

在影片《今夜星光灿烂》中出现一个这样的场面：贫农女儿杨玉香做了一个梦，梦见自己戴着凤冠霞帔和她所爱慕的"救命恩人"、戴着礼帽身挂红花的电话员小于举行婚礼，彼此含情脉脉地相视而笑。这个梦当然没有成为现实，就在她做梦的当时，小于已经在执行任务中壮烈牺牲了。但这个场面却给我留下很深刻的印象，甚至使我感动得掉下泪来。我想到，每一次革命战争的胜利都是以千百万青年男女的生命和幸福为代价换得来的。我们应当特别珍惜革命的胜利成果，否则就有愧于为革命抛头颅、洒热血的先烈。

可是不知怎的，有人特别不喜欢这个场面，大为反感，认为让杨玉香做这样的梦，是不真实的，而且是不健康的。

稍微有点文艺常识的人都知道，文艺作品中的人物，和现实生活中的人物一样，做什么和怎样做，都只能受着他们的阶级属性、他们的生活经历、他们的性格、他们的思想感情所制约。就是最革命、最高明的作者，也无法强逼他笔下的人物（包括正面人物和先进人物）去想、去做他们根本想不到和做不到的事情，否则这样的人物就是不真实的。杨玉香一辈子生长在农村，在她的想象中，最庄严、最隆重的婚礼就是上述的这种婚礼。这种婚礼场面在她过去的农村生活中是会看到过的。她倒是没有看到过解放前，或者解放后在我们革命队伍中经常举行的革命婚礼或者集体婚礼，当然更没有看到过在牧师面前举行的宗教婚礼……日有所思，才能夜有所梦嘛，那么，你叫她那个结婚的梦不这么做，又该怎么做呢？是否因为做了这样的梦，就有损于她作为一个刚刚进入革命队伍的贫农女儿的光辉形象呢？

也许，某些同志会这样想，在钢血交飞、敌我鏖战的战场上，杨玉香根本就不应该想到个人幸福，根本就不应该做什么结婚的梦，做了个结婚的梦，她的革命情操就不那么崇高、不那么圣洁了，何况在梦中还出现了颇有点"封建色彩"的场面呢！

我们都是经历过战争的人。在战争中当然常常会梦到冲锋陷阵、喋血沙场，但有时也免不了梦到自己的故乡和亲人，梦到和平的劳动，甚至会梦到恋爱和结婚。人的生活总是复杂的、多方面的，梦境是生活的一种曲折的反映，当然也同样是复杂的、多方面的。古今中外，还没有哪一位将军，哪怕是最专横跋扈、令人望而生畏的，能够下一道命令禁止他的部下做这样或那样的梦。

革命战争的最终目的就是要消灭人剥削人、人压迫人、人伤害人的灾难，使人们都能够得到正当的幸福。革命，不就是为了集体的利益吗？那么，集体的利益又是什么呢？不就是希望每个人都生活得更好些吗？而所谓生活得更好些，其中不也包括爱情和家庭的幸福吗？那么，杨玉香在战争中想到她的个人幸福是无罪的，杨玉香的梦也无可非议！

一九八〇年

作家自杀之谜

我的妹妹是一个放射科医生，她常常对我诉苦说，她的职业是一种"有害健康的职业"，从事她们那种职业的人，都能够得到特别的防护衣服、特别营养费，每年还有一个月休假。尽管如此，大多数人还是不愿意干这一行。

我想，文学创作是一种比放射科医生更危险的、更有害于健康的职业，但我们从来也不曾得到过特别的防护，只有没完没了的干扰和折磨。我们的工作需要全神贯注，需要激情，需要痛苦的、千头万绪的胡思乱想，一个作家的精力和生命往往比普通人要消耗得快得多。由于不少作家的感情过于丰富，性格过于强烈，气质特别敏感（没有特殊的敏感是很难成为一个作家的），因此，一点点并不算太严重的刺激和损害，对于他们来说，也可能成为致命的创伤。

苏联作家帕斯捷尔纳克曾经说过："诗行会血淋淋地杀死人的。"他这句话并不是危言耸听。从文学史上来看，有不少著名的作家和诗人都是用自己的手来结束自己的生命的。

在苏联，有叶赛宁、马雅可夫斯基、法捷耶夫……在西方，有杰克·伦敦、茨威格、海明威……这一张长长的染满了鲜血的名单是永远也写不完的。

在咱们中国，古代最早一个伟大的诗人——屈原是自沉于汩罗江的；封建时代最后的一个大词人——王国维是自沉于昆明湖的。解放后，著名文艺理论家周文、著名电影编导史东山、著名散文作家杨刚……都是以这种方式来结束自己的一生的。在这里，我不想列举在十年浩劫中由于受到惨无人道的迫害而自杀的作家的名字，与其说他们死于自杀，毋宁说他们是活生生地被杀害掉的。不过，他们当中确实也有一些人，并不曾受到过难于忍受的肉体上和精神上的折磨，本来可以咬紧牙关勉强活下去，但他们还是非死不可。他们原来的理想完全破灭了，他们再也没有活下去的信心和勇气了，他们感到了极端的绝望。一个人到了"梦醒时，无路可走"的时候，是最哀伤的时候，但是这种不幸的情况却往往出现在一个作家的生活中，假如他具有正直的良心和敏感的气质的话。对于他，活下去实在是太艰难了，他不能相信未来还会有美好的生活，因而产生了幻灭感。

奥地利近代一个最伟大的作家茨威格，在六十岁的高龄突然弃绝了自己的生命，他是在侨居地巴西自杀的。临死前夕他留下了一封真挚动人的遗书，写道：

> 在我自动地、神志清醒地告别生命之前，我感到还需要尽一次最后的责任：向这个无限美好的国家巴西表示我的衷心谢意……我自己的语言所通行的那个世界对我来说业已沉沦，我的精神故乡——欧洲业已自趋毁灭。我如果还打算从头开始重建生活，必须具有很不寻常的精力才行。因此我觉得，最好还是及时地、老老实实了结生命，了结我这个从来以精神工作为最纯净的快乐、认定个人自由为此间无上珍宝的生命。我祝福我所有的朋友们！愿他们还来得及见到曙光。我，毫无耐性的人，要先走一步了。

这几行文字不仅是茨威格沉痛的内心自白，同时也揭示了许多作家在弃绝自己生命之前绝望的心情。具体的情况虽然各有不同，但都有一个共同的因素：就是这个时代容不了他们，而他们也不愿意委曲求全，借以见容于这个时代。当个人和时代发生了不可调和的矛盾的时候，大概只有两条道路可走：要么就去革命，要么就去自杀。裴多菲选择了前者，而叶赛宁和其他许多人都选择了后者。

为什么有那么多的作家用自己的手来结束自己的生命？谁能回答这个问题呢？

一九八一年二月

没有坏人就没有悲剧吗？

据说谌容同志的《人到中年》是一篇有争议的作品。赞扬这篇作品的同志说，这篇作品好，好在它说出了人民群众心里的话，提出了值得重视的社会问题，希望党和政府更多地关心中年知识分子和干部职工的困难疾苦；反对这篇作品的同志说，整篇作品中没有出现一个坏人（"马列主义老太太"固然不是正面人物，但也不能算是坏人），而几个主要人物（他们都是好人，是支持"四化"的业务骨干）都遭遇到不幸，在他们的生活中发生了难于解决的问题。那么，这些悲剧的社会根源又是什么呢？难道它不是把矛头指向我们的社会主义制度吗？

我对《人到中年》是投赞成票的。我认为，反对它的理由是站不住的，缺乏说服力的。《人到中年》确实写到了陆文婷们的悲剧。它直言不讳地指出，我们的工作中还有缺点和错误，还有种种不合理的条条框框，还有官僚主义工作作风等。它的目的是要引起疗救的注意，希望党和政府各级领导干部纠正这些工作中的缺点和错误，改变种种不合理的框框条条，革除官僚主义的工作作风。这样就可以把这一类悲剧减少到最低限度。陆文婷会健康起来的，姜亚芬也会回到祖国来为"四化"服务的。它是要改善党的领导，改善现行的某些不合理的规章制度，而不是要推翻党的领导，反对社会主义制度。用句通俗的话来说，它是想"补台"，而不是想"拆台"。在这种意义上，我以为作者的态度是积极的，作品的社会效果也是好的。"位卑未敢忘忧国"，这难道不正是作者的自白吗？

现在我们有些同志习惯于把一切人为的悲剧（由于自然灾害和意外事故所造成的悲剧当然除外）全都归罪于林彪、"四人帮"及其党羽，或者其他坏人。无可怀疑，这些魔鬼当然是制造悲剧的罪魁祸首，是应当受到应得的惩罚的。但，再往前推，或者再往后看，是不是就一点问题也没有呢？试问，在林彪、"四人帮"上台之前，在十年浩劫之前，我们难道就没有发生过类似的悲剧么？甚至在粉碎"四人帮"之后，我们就可以保证绝对不会发生类似的悲剧么？假如我们不能清醒地、冷静地认真总结一下三十一年来的经验教训，对我们这三十一年来所走过的道路进行再认识、再批判，拨乱反正，彻底治好我们的痼疾，换句话说，只要在我们社会中还存在着愚昧落后和不合理的消极因素，还存在着害己害人的封建观念、官僚主义和各种不正之风，那么，像《人到中年》中所反映的悲剧是不可能绝迹的，和《人到中年》同一性质的作品还会继续产生，而且不会是毫无用处的。就拿《人到中年》那几位悲剧的主人公来说，他们也并不曾受到林彪、"四人帮"及其党羽的直接迫害，也并没有什么坏人蓄意坑害他们。

不错，坏人常常是悲剧的制造者。没有罗迪斯，就不会有《哈姆雷特》的悲剧；没有亚勾，就不会有《奥赛罗》的悲剧；没有克罗德，就不会有《巴黎圣母院》的悲剧……但，《罗密欧与朱丽叶》的悲剧又是哪一个坏人造成的呢？这只能归咎于两个家族之间存在着的世代深仇、毫无意义的危险的偏见。由此可见，造成悲剧的因素是多方面的，没有坏人，同样也有产生悲剧可能。一点点工作上的疏忽，一些从表面上看来并不太严重的毛病，假如不及时纠正和克服，也往往足以酿成悲剧。在一点上，《人到中年》所提出的问题是值得我们深思的，而这作品的深刻思想意义和社会意义也就在于此。

一九八一年

"名位掩文章"异议

　　据说太平天国翼王石达开曾作过五首诗，其中第二首有句云："不策天人在庙堂，生惭名位掩文章。"这五首诗是出自石达开的手笔，抑或由后人拟作，历来众说纷纭，莫衷一是，姑置不论。但"名位掩文章"一说，未必尽然。纵观一部文学史，因名位而掩文章的极少，倒是因名位而显文章的居多。例如旧编《唐诗三百首》中的第一首，就是唐玄宗那首"夫子何为者，栖栖一代中……"老实说，这首诗如果是一般诗人所作的，恐怕连入选的资格也没有，它之所以荣居卷首，只因为是出自皇帝老子的御笔，尽管是一首平庸到极点的歪诗。又比如那部《曾文正公家书》，倘若作者不是官拜两江总督的一代重臣，而是出于哪一位绍兴师爷的手笔，大概只有拿来包面豉酱的命运了。

　　所以无论哪一种选本，都有点靠不住，无名氏或小人物之作，每易遗珠；而大人物之作，又往往易滥竽充数。

　　在过去的中国，官场与文坛是分不开的。孔夫子说得好："虽有其德，苟无其位，不敢作礼乐焉。"官做得越大，文章就越有分量，就是随便说一句话，也自然有人会奉为圭臬，刻为座右铭。同样的一句话，假如是出于一般人之口，人微言轻，顶个屁。因此，石达开所说的什么"名位掩文章"，完全是骗人的话，"名位显文章"是真。就拿上述那五首诗来说，除了第三首是好诗外，其余四首，假如不是出自翼王石达开的手笔，或相传出自翼王石达开的手笔，恐怕也根本不会流传至今吧！文以人传，这就是一例。当然，人以文传也是有的，但文章必须是真正的精品和珍品。

一九八三年二月

时代的特征

——写在《风雨年华》的前面

我早就想把我生平接触过的某些人物和我所直接参与过的或者耳闻目睹的某些事件记录下来。我所记录的范围主要限于一九三六年至一九七六年这一段时间。在这之前，我还是一个不满十七岁的孩子。我出生在第一次世界大战的最末一年，我不曾认识过它。中国共产党诞生那一年，我只有三岁。省港大罢工那一年，我只有七岁。北伐战争那一年，我只有八岁。广州起义那一年，我只有九岁。这些重大的历史事件，有如过眼云烟一样，都不曾在我的脑海中留下什么印象。在我坎坷而早熟的生涯中，我几乎没有过童年，童年的往事也没有什么值得记下来的。而在这之后（一九七六年以后），有好些事情我还没有看清楚和想清楚。我是相信"距离说"的，必须隔开一段比较长的时间，我们才能把历史上的人和事看清楚，然后作出比较恰当的分析和比较准确的评价。当然，也不一定要等到二十一世纪以后。但在我"灰飞烟灭"之前，恐怕来不及了。

十九世纪英国批判现实主义作家狄更斯在他的长篇小说《双城记》的开头写下一段诗一般的话：

这是最好的年头，这是最坏的年头；这是智慧的年代，这是愚蠢的年代；这是信仰的时代，这是怀疑的时代；这是光明的季节，这是黑暗的季节（请允许我再加上一句：这是永志难忘的时代，这是不堪回首的时代——引者注）；这是希望的春天，这是绝望的冬天；在我们前面万物俱全，在我们前面一无所有；我们全都直上天堂，我们全都直下地狱……

拿狄更斯这段话来概括我所经历过的时代，特别是前面所说的四十年，我想，倒是非常恰当的。我们经历过真正"到处莺歌燕舞"的大治之年，我们也经历过骇人听闻的十年动乱；我们分享过胜利的欢欣，我们也经受过揪心的痛楚。我们看到过美好生活的极致——在抗日战争和解放战争中，我们所看到的战地军民的爱国主义热情、忘我的献身精神、毫不利己专门利人的情操，都深深感动了我。我想，倘若人世间真有所谓人性美和人情美的话，这一切就是人性美和人情美的顶峰。同时我们也看到过邪恶生活的极致——且不说出现在沦陷区和国统区那些饿殍载道、民不聊生的叫人毛骨悚然的图景，就是在十年动乱期间，坐"喷气式飞机"的，挂黑牌的，剃阴阳头的，戴高帽子的，嘴里叼着破鞋的，脖子套上绳子让自行车拉着跑的，被打瘸了腿的，被打掉了牙齿的……这一切不明明都是触目惊心的人间地狱的惨相么？本来恩格斯早就说过："人来源于动物界这一事实已经决定人永远不能完全摆脱兽性，所以问题永远只能在于摆脱得多些或少些，在于兽性或人性的程度上的差异。"在上述这种情况下，兽性已经完全取代了人性的位置了。

尼采说，人比猴子还要猴子。就整个人类的历史来说，这无疑是厌世主义者的呓语。猴子没有电脑，没有人造卫星，没有航天技术，它们没有到过月球上面去。不过，话又得说回来，猴子之间没有卑鄙无耻的阴谋诡计，没有争权夺利的钩心斗角，没有无缘无故的残酷斗争和无情打击，没有奥斯威辛集中营和原子弹、中子弹，谁也没有看到过一群猴子逼着另一群猴子去挖坑活埋自己。究竟人是否比猴子更理智一些、更文明一些、更善良一些呢？似乎还不好下结论。有时候，在某些人（例如"四人帮"和法西斯匪徒）的身上，兽性是远远超过人性的。

在这部回忆录中，我要记下美好生活的极致，又要记下邪恶生活的极致，当然，我也要记下一些掺杂着美好和邪恶的东西。我是什么都不能忘记的，无论是爱还是恨。这对于我们这一代人来说，是十分沉重的负担。摆脱这个负担的唯一办法，就是把这一切都写下来，留给我们的子孙后代。

法国大百科全书学派有一句名言："欲语唯真，非真不语，非全真不语。"作为历史的见证人，我应当服膺这句名言。在我写下来的文字中，我不敢保证每一个细节都完全符合真实，但至少要尽可能保持司马迁的实录精神——"不虚美，不隐恶"，就是对"尊者""贤者"和"亲者"，也包括对自己，都应当不例外。

我们的时代是十分复杂的，总的来说，也是十分伟大的。我不想用灰色来抹黑它，但是我也不想用玫瑰色来粉饰它，还是保留它的本来面目为好。我不想向任何人的身上泼污水，但是我也不想给任何人的头上罩上神圣的光圈……

当然，"欲语唯真，非真不语，非全真不语"的回忆录也可以有两种写法：一种是"假话不说，真话说尽"，一种是"假话不说，真话有选择地说"。我想采取后一种写法。这样对我来说，也许会容易一些。

看来，要准确地描述出这四十年的"风雨年华"的全貌，很不容易。困难不在于事实本身，我所经历过的一切比较重大的事刻在我的记忆中，终生都不会忘却。困难的是，过去的感觉消失。在过去我曾经认为是神圣的某些事物，今天却觉得可笑。消逝了的往事可以回忆起来，消逝了的感情是永远捕不回来的。

我也知道，写回忆录并不是一件愉快的工作。不错，有些回忆让人鼓舞和振奋，有些回忆使人得到信心和勇气，但还有另一些完全相反的回忆，使人痛苦不堪。有人说，时间会治好一使痛苦减轻以至消失。这种说法也对也不对。伤口终归会愈合的，但突然又会爆裂开来，产生剧痛。写回忆录，是很容易会把已经愈合的伤口撕裂开来的。一切的一切，大概直到死亡才能了结。

一九八三年春

"怨"无罪

　　古今中外，因"文字狱"获罪者甚多。去年五月间，国际笔会在东京举行第四十七届年会，开列了一张"在狱作家名单"，大都是一些知名人士，其中以土耳其为最多，苏联、越南次之，据说这些人都是"文字狱"的罪犯。

　　"文字狱"的案情有多种，直接攻击当局，非议朝政，或者煽动群众，意图颠覆政府的，自然是罪证确凿，不容置疑。但也有不少仅仅是发点牢骚，说些怪话，案情在疑似之间。奇怪的是，这种人也往往罪在不赦。

　　以中国古代而论，李煜（后主）被俘后，郁郁不乐。见于词语，他那首著名的《虞美人》，其中就有"小楼昨夜又东风，故国不堪回首月明中""问君能有几多愁，恰似一江春水向东流"等句。这两句当然是愁苦之辞，不过确实也没有谋反作乱的意思，何况李煜这样的人也不是什么英雄好汉，怎能有复国雪耻的雄图壮志。但素来以宽宏大度见称的宋太宗，获悉这首词后，认为李煜心怀"怨谤"，就赐给他一服"牵机药"，逼他自杀。服食"牵机药"而死是死得很惨的，身体上下翻来覆去几十次才能断气，还不如砍头来得痛快。

　　还有一位宋代大词人辛弃疾，他那首调寄《摸鱼儿》的"晚春"词结句云："……闲愁最苦，休去倚危栏，斜阳正在，烟柳断肠处。"就词论词，至多是有点淡淡的哀愁吧，与政治毫不相干。据说宋孝宗读到这首词，气得龙颜大怒，认为辛弃疾是借描写春意阑珊来发泄自己的哀怨，不满意朝廷，调他到湖北去当个管钱粮的小官，自然也是"怨谤"之词。后来虽然因为查无实据，又碍于辛弃疾的鼎鼎大名，而且曾经有过战功，没有加罪于他，但是也给他记下一笔账，从此不予重用。

　　太史公司马迁说过："屈原之作《离骚》，盖自怨生也。"怨也是文学创作的动力之一。屈原是历史上众所公认的忠臣和贤者，最后怀石自投于汩罗江，以身殉国。可见有"怨"的人不见得都是乱臣贼子，或者是心怀叵测的"持不同政见者"。因"怨"而构成"文字狱"，其实不见得是实事求是的，也不见得都是公平的。但愿从今以后，至少在咱们这个国家里，再也没有"文字狱"；"怨"更不宜作为罪证之一。

一九八五年一月

有感于创作自由

前不久，胡启立同志受中共中央书记处的委托在中国作家协会第四次会员代表大会致祝词，明确地提出创作自由。他说，"创作必须是自由的"，这个主张完全符合马克思列宁主义的基本原则。"列宁说过，社会主义的文学是真正自由的文学。"他这篇不到三千字的祝词在七百多名代表中激起了经久不息的掌声，可见它大快人心，深得人心，振奋人心。

据我记忆，以党中央的名义提出创作自由，建国以来，这还是破天荒第一次。当然，创作自由并不是现在才提出来的，五十年代中期就有人提过，后来这些有识之士大都被打成右派分子了。粉碎"四人帮"之后，特别是十一届三中全会之后，也有人提过，但直到不久前，这种主张还被看成是搞"资产阶级自由化"，受到严厉的谴责和批判。这一次是由党中央直接向作家们提出来的，意义就十分重大，值得在文学史上大书一笔，作为转折点，也作为里程碑，这一原则肯定会广为流传，昭明天下。

欣慰之余，我还有两点希望。首先是希望把胡启立同志的祝词和胡耀邦等中央领导同志对大会的重要指示用立法的形式固定下来，整理为红头文件（中共中央文件）在党内外广泛传达，使作家们有一道"护身符"；同时也使某些动不动就鸣鞭吓人、念紧箍咒的"领导同志"受到约束，再不能横行霸道，胡作非为。一九六二年中央书记处颁布过一个"文艺八条"，作为正式文件，后来虽然由于种种干扰，收效甚微，但毕竟还是拯救和保护了一些作家，例如海默同志和他的剧作《洞箫横吹》马上就得到平反。有文件和没有文件是不一样的。

其次，希望作家们自己也要争气，趁创作自由这阵东风，自我"松绑"。要把作家协会办成一个真正能够保障作家权益、真正有力量保证创作自由的群众团体，而不是把它办成半官方式的衙门。要竭尽全力从事文学创作，写出无愧于人民、无愧于时代的好作品来，而不要把有限的时间和精力浪费在无原则的纠纷和毫无意义的争权夺利上面。徐迟同志说得好："西谚云，'天下王子成千上万，贝多芬只有一个。'是的，诗人也是不多的，乌纱帽却不少。"奉劝各位作家，与其去争夺乌纱帽，倒不如去争取诗人的"桂冠"。当然，只有你肯为人民群众说话，人民群众才会把"桂冠"送给你。乌纱帽倒是可以争得来、抢得来，甚至骗得来的，但是绝不可能传诸永久，封妻荫子。"尔曹身与名俱灭，不废江河万古流"，这两句杜诗不就是可以作为当头棒喝么？

对于绝大多数作家来说，创作自由确实是一阵催生万物的春风，但愿这股春风永远吹下去，而不会因为受到任何寒流的冲击而中断。

一九八五年一月九日

不写苍生写鬼神

我在暑假中偶然有几天闲暇，翻阅了十多种文艺刊物，使我大惑不解的是，写严肃题材的作品少，写社会问题的作品少，甚至写人生悲欢离合的作品也比较少，相反地，写什么"天使的爱情"啊，写什么"鬼恋"啊，写什么"隐形"的飞盗啊，写什么刀枪不入的武侠啊等等耸人听闻的作品都充斥着某地一部分报刊的篇幅，仿佛"荒诞派"成为那里文坛的主流了。

据说，写鬼神的作品对读者很有吸引力，而写苍生的作品是无人过问的。我已经多年不干出版工作了，对文艺作品的"票房价值"又一向不大注意，不知道这是否真实的"行情"？不过，据我所知，就单行本来说，真正优秀的、写严肃题材的文学作品还是拥有广大读者的，有好几部很严肃的长篇小说初版的印数都在十万册以上；就是向来不大畅销的短篇小说集和散文集，也有些是一版，再版以至三版的。例如《傅雷家书》就是一部畅销书，曲高，和者倒并不寡。可见读者并不都是"有眼无珠"，只热衷于低级趣味。

当然，写鬼神的文学作品也不见得就没有积极的社会意义。《聊斋志异》几乎全部是说狐谈鬼的，《西游记》主要也是写神魔的，但它们表面上写的是鬼神，目的还是写人，并且态度鲜明地歌颂或者抨击人世间的善和恶，使读者深刻地认识人生。这和今天流行一时的为写鬼神而写鬼神，借以迎合读者的低级趣味的文艺作品是不可同日而语的。

"人民生活是一切文学艺术的唯一源泉"，这句话还是有道理的。是不是"唯一"的，当然还可以商榷，但至少应当是主要的源泉。不写苍生而写鬼神（或者是写具有鬼神功能的武侠和间谍），这在文艺创作的领域内，恐怕也算是一种不正之风吧。

　　至于某些写鬼神的作品中，又掺杂了大量色情、淫秽、暴力行为的描写，由于干这一类坏事的都是"鬼神"，写起来就更加肆无忌惮，起了诲淫诲盗的作用。这就不仅仅是不正之风，简直是犯罪了。

一九八五年九月七日

文人宜散不宜聚

记得二十多年前，我的老朋友、著名作家孙犁同志曾经苦口婆心地忠告过我："文人宜散不宜聚。"孙犁同志是说到做到的，近几年来，他坚决不参加文人的聚会，什么文代会、作协代表大会和理事会之类，他一次都没有参加，对什么联谊会、笔会、座谈会，他更是望而却步。他年逾古稀（将近七十六岁），健康状况又不大好，但仍然笔耕不辍，每隔两三个星期就可以在报刊上看到他的新作，有杂文，有散文，有时还有短篇小说，而且往往在篇末加上几句"芸斋主人曰"，发发议论，其主旨还是要针砭时弊，打击不正之风，虽然大都用曲笔，明眼人自然心领神会。

我恪遵老前辈孙犁同志的教诲，也尽可能谢绝一些文人的聚会和社会活动。当然，三五良朋的小聚，有时会破例凑一下热闹。由作家协会和文联召开的正式会议，至少去报个到，参加开幕式、闭幕式和两三次会议，否则又难免有"立异鸣高，逆情干誉"之嫌了。

最近有全国各地上百名杂文家提议发起组织"中国杂文家联谊会"，此事大大背离了"文人宜散不宜聚"的原则，本来应当避之若浼。但不知怎的，阴错阳差，在下也列名在发起人当中，大错铸成，追悔莫及。杂文家和别的什么家不同，专门讲逆耳之言，而不歌功颂德，他们和明代的谏官一样，被人们目为"乌鸦"，换句话说，都是"非洲和尚"，属于"乞人憎"（黑人僧）一类人物。"乌鸦"组成联谊会，吵吵嚷嚷，岂不是会搞得天下大乱，不得安宁，还有什么"舆论一律"可言，看来非严加取缔不可，可以预言，这样一个联谊会是很难成立的，成立了也无法展开活动。杂文家先生们可以休矣！

我今后一定要听从孙犁老前辈"文人宜散不宜聚"的教诲，不再跟亲爱的同行们老搞在一起，至少在组织上没有任何秘密联系。万一写出了"毒草"，也是"单干户"的产品，文责自负，与人无尤，并没有组成什么"小集团"，有计划、有组织地炮制反动舆论。假如依法论处，也可以罪减一等。一九五七年反右派斗争前夕，我炮制的"毒草"可谓多矣，但后来幸免于被划成"右派分子"，其主要原因之一，由于我只不过是一个"独行大盗"，没有参与过什么"小集团"，没有人教唆过我，我也没有什么"黑后台"。

孙犁老前辈"文人宜散不宜聚"这句名言，我是永志难忘，终身受用不尽的。

一九八九年一月

匕首投枪仍然有用

从一九八八年八月份以来，《人民日报》文艺部和航天工业部贵州风华机器厂联合主办"风华杂文征文"，先后共收到征文七千多篇，已发表六十篇，获奖的达二十五篇，影响不可谓不大。我有幸参与评选工作，读到不少奇文佳作（包括一些未获奖的），获益不浅。

关于杂文的存废问题，今天已不会再引起争论，但鲁迅式的杂文是否仍然应当存在和发展，则人们所见颇有分歧。有人认为，咱们毕竟和鲁迅不是同一时代，鲁迅当年抨击的社会生活的阴暗面和不正之风，今天即使还未完全绝迹，也极为罕见，不应该随便写杂文给它们捅匕首、扎投枪，否则就有"抹黑"新社会之嫌。因此，杂文可作，但鲁迅的匕首投枪式杂文则不可作，而且必须同它们划清界限。对于这种主张，我可不敢苟同。我所推选的杂文，多数还是针砭时弊的匕首投枪式的杂文，假如一定要把这一类杂文排除在外，老实说，可选的就不多了。

诚然，新旧社会的阴暗面和不正之风在某些方面可能会有所不同，但是并不能说，新社会的阴暗面和不正之风已经基本上消灭干净，或者少得像凤毛麟角一样，不再需要写杂文加以抨击，不再需要运用舆论力量加以揭发和监督。旧社会的贪官污吏祸国殃民，难道新社会的贪官污吏就不会祸国殃民？旧社会以"四大家族"为首的"官倒爷"固然罪该万死，新社会假如还有"官倒爷"存在的话，难道他们就可以逍遥法外，不必受到党纪国法的制裁、舆论的谴责？因此，鲁迅精神仍然应当继续发扬，鲁迅的匕首投枪式杂文仍然应当发挥它们的战斗作用。写杂文的作者不但不能同鲁迅的匕首投枪式的杂文划清界限，相反，还要高举鲁迅精神作为旗帜，与一切邪恶的人和事拼搏到底。

记得法国大作家雨果曾经在长篇小说《悲惨世界》前面那篇著名的序言

写道：

> 只要因法律和习俗所造成的社会压迫还存在一天，在文明鼎盛时期人为地把人间变成地狱，并且使人类与生俱来的幸运遭到不可避免的灾祸；只要本世纪的三个问题——贫穷使男子潦倒，饥饿使妇女堕落，黑暗使儿童羸弱——还得不到解决，只要在某些地区还可能发生社会的毒害，换句话说，同时也是从更广泛的意义来说，只要这世界上还有愚昧和困苦，那末，和本书同一性质的作品都不会是无用的。

读了雨果这番话，我颇有同感。只要这世界上还有愚昧和困苦，还有不公平、不合理的现象存在，还有损害人民和国家利益，妨碍改革开放的蠹虫存在，和鲁迅的匕首投枪式杂文同一性质的作品都不会是无用的。

一九八九年一月

设专业作家的利弊

据《海南特区报》报道：海南省作协筹备组负责人称，海南省将不设立专业作家，作家协会不搞机关化，它是松散的联系作家的机构。因为海南的作家们都已在各个经济实体里任职，已用行动证明，除了写作，他们还能同时干别的工作，无须依靠国家花钱供养。

近年来我去过美国、日本、西德、瑞士、南朝鲜和香港等国家和地区，据悉，那些地方都不设立专业作家制度。当然，一般地说，他们那里的稿酬和版税较高，作家假如写出一两本畅销书，就足够维持一段相当长时间的生活费用。但完全不从事其他职业（例如教师、编辑、记者和科研人员），光靠卖文为生的专业作家，为数寥寥无几。

我国设立专业作家制度已有多年，平心而论，有利也有弊。好处是，让一些有志于从事文学创作事业的人有充分时间构思酝酿，从容动笔，不至于受到别的杂务干扰。坏处是，容易使一些生活贫乏、创作准备不足的人感到有压力，写不出的时候也要硬写、滥写，艺术质量很难提高，有时甚至劳而无功。还有极个别偷懒的，索性把大部分时间浪费在吃喝玩乐、游山玩水上面，心安理得地当个"无产作家"，长期都没有作品问世。

海南省提出废除设立专业作家制度似乎是值得别的省、区效法的，这样，国家可以节约一大笔开支。不过，执行起来应该灵活一点。某些确实有创作长篇作品计划的作家，可以向所在单位请创作假，时间长短视需要而定，经过批准，工资还可以照领，公费医疗及其他福利待遇仍予保留。至于一些年龄已届退休年限的老作家，则应当和其他干部一样，享受离休、退休待遇。他们从事写作，是发挥余热的额外劳动，当然不受干预，任其自由。假如做出成绩，还应当给予鼓励和表彰。

　　我这一辈子没有当过一天专业作家，所有写作活动都是在业余时间进行的，自愧不知道其中甘苦。不过，局外人旁观者清，一得之愚，也许还有点参考价值。

一九八九年三月

作家分等难

近来全国各省（区）的作家协会或文联将驻会的专业作家分别评为一、二、三、四等，以后定工资，分住房，享受各种福利待遇，都按等作出规定。

我这一辈子从来未当过一天专业作家，今后大概也不会再当专业作家了，是一个"编外之民"。评等一事，与我无关。但按照鄙见，作家这一行，跟军官、运动员、教师、汽车司机等都不大一样，实在很难分等。勉强分等，也很难公平合理，使人人心服。

作家的主攻方向不一样，有人写诗歌，有人写小说，有人写散文，有人搞翻译，有人从事研究工作，有人样样都写，一专多能……高下短长，极难比较。例如唐宋八大家，韩文公（愈）"文起八代之衰"，自然可以评为一等，那么，柳宗元、欧阳修、苏东坡、王安石……是否就该评为二、三、四等呢？诗人就更难分等，有人扬李（白）抑杜（甫），有人扬杜抑李，这场官司打了一千多年，也没有定论。钟嵘的《诗品》，硬把历代诗人分为上、中、下三品，结果挨了不少骂。钟嵘显然是受《汉书》九品论人以及魏时九品官人影响的，做官当然不能不分等级，但把诗人分等第，则未免多此一举。有人称李白为诗仙，杜甫为诗圣，王维为诗佛，仙、圣、佛三者究竟谁高谁下呢？按照我们今天的标准，王维似乎很难与李、杜并驾齐驱。唐代有些人把王维置诸白居易之上，更未能得到公众认可。

看来作家分等一事，很难行之有效。假如好像评选十佳运动员、十佳歌星那样，发动群众来投票，那么，文化界公认的鸿儒大师所得的票数，肯定会大大少于通俗文学的作者，又会引起舆论哗然。所以还是以不分等为上策。

我国现行的干部级别，一般都没有经过评论，但是可以举行民意测验，自报公论，领导决定，一向也相安无事。作家的工资待遇（假如决定要设立专业作家制度的话），大体上也可以照此办理。何必聘请一些局外人来担任"评委"，开会把作家逐一评定等级，既费时失事，又平添不少麻烦呢？

一九八九年四月

不能以文改史

写历史题材的文艺作品很多，有诗词、有电影、有电视连续剧、有小说、有人物传记等等，文艺作品当然允许虚构，一些无关宏旨的细节，与史实略有出入是可以的。但，假如作品中的人物用的是真姓名，在当时也确有其人存在，则不宜随意杜撰，以文改史，否则后人便会以讹传讹。厚诬古人固然使不得，厚诬现代人和当代人也同样是不对的。下面随便列举几个不能算是很突出的例子，不知是否得当，谨供文学家和历史学家参考和指正。

电视连续剧《康梁变法》，总的来说，基本情节是符合史实的。但剧中有一些片断，写到赛金花爱慕梁启超，主动去追求他，夜送咖啡，嘘寒问暖，虽然还未发展到确定恋爱关系，实已倾心相许。我们遍查有关赛金花和梁启超的有关资料，都没有提及两人有过直接交往和建立了深厚情谊。此事只能说是剧作者无中生有，乱点"鸳鸯谱"。

一九三一年"九一八"事变后，张学良绝对服从蒋介石的"不抵抗"命令，致使三千万人民、数十万里国土，未及半载，全部沦于敌手，固然难辞其咎。当时辛亥时代的老革命家、广西大学校长马君武写了两首《哀沈阳》诗谴责张学良，诗曰：

赵四风流朱五狂，翩翩胡蝶最当行。
温柔乡是英雄冢，哪管东师入沈阳。

告急军书夜半来，开场弦管又相催。
沈阳已陷休回顾，更抱阿娇舞几回。

这两首诗传遍一时，道尽中国人民的悲愤情绪，固然是好诗。但张学良与胡蝶互不相识，更从来不曾共舞。东北不战而陷入敌手，主要罪责在蒋介石，张学良也有他自己的账，但绝对与著名电影演员胡蝶女士无关。这也是一桩假案。

周而复著长篇小说《南京的陷落》中有一段写道："日本华北驻屯军司令田代皖一郎……一手导演了卢沟桥事变，侵占北平、天津，并且在八月七日亲自率领强大的队伍，耀武扬威地进入了北平……"田代皖一郎中将固然是日本军阀之一，但他在卢沟桥事变发生时已经病危，处在弥留状态中，旋在七月十六日病逝。华北驻屯军司令一职由香月清司中将继任，八月七日（据我记忆好像是八日）日本侵略军耀武扬威地开进北平时，田代病逝达廿天之久，尸骨已寒，又怎能亲自率领队伍？

像上述这样以文代史的例子不胜枚举，至于人名出于虚构，而历史上倒确有其事，失之毫厘，差之千里，就姑置不论了。

史家论史，重在一个信字。写历史题材的文艺作品，假如人物用的是真姓名，就必须符合主要的历史事实，不能随意杜撰。至于细节描写稍有一点渲染和艺术加工，而又合乎情理的话，当然不必责备求全，予以否定。

一九九〇年八月二日

我和散文

在文学创作领域里，我写得比较多的还是杂文、散文和随笔。"文化大革命"期间，"造反派"给我开列了一张长长的账单，一共有九百六十多篇，那么，连同"文化大革命"后所作，大概已在千篇以上。从我的主观意图来说，这些杂文和随笔大都是有感而发的，或者针砭时弊，或者干预生活，或者借古讽今，或者只是开一些不相干的玩笑……不幸得很，这些信笔写来，不假思索，一挥而就的千字文，却给我招惹来不少麻烦。我受过两次"革命大批判"，当时万箭齐发，作为箭靶子的大都是这一类"游戏文章"和"奇谈怪论"。我有一位老同学（吉林大学副校长何礼同志）曾经对我说过："你这个人嘛，一辈子都玩世不恭。写文章，也喜欢玩一些概念的游戏。方今之世，这些概念的游戏往往会变成危险的游戏。"不过，我这些危险的游戏有如马戏团的杂技表演一样，结果总是有惊无险，或者化险为夷。俗语说，"大难不死，必有后福"。这句话对我似乎不大灵验。我大难不死则有之，但始终得不到什么后福。

我发表的小说不多，大概只有十篇左右，加上报告文学也不过二三十篇，但给我闯下了滔天大祸的却是两篇历史小说。一篇是《杜子美还家》，还有一篇，就是《鲁亮侪摘印》。我记得在"文化大革命"初期，有一篇发表在《人民日报》一版上面的大批判文章写道："吴晗的《海瑞罢官》是骂皇帝的，黄秋耘的《杜子美还家》也是骂皇帝的，因此，黄秋耘和吴晗都是一丘之貉！"真是"一言重于九鼎"，在这雷霆万钧的轰击下，我马上被"揪"了出来，由三位"解差"押解，经历了四千里路云和月，整整三天三夜的旅程，送回北京去接受批斗和审查，一审就审了三年之久。这两篇历史小说，严格地说，其实也不过是游戏文章，并没有多少微言大义。"文化大革命"以后，有些文学史把《杜子美还家》称为"为民请命"之作，说它"隐晦曲折地表达了人民的呼声，通过历史故事提出了现实中的严肃问题"（见北京大学出版社一九八〇年出版的《当代文学概观》）。假如当时没有人给它无限上纲，或许后来也不会得到那样高的评价。一九六六年六七月间，《贵州日报》发表了三大版十三篇大批判文章来批判那篇《鲁亮侪摘印》，看来也未免小题大做，把猫儿当作老虎来打。

我应当如实自供，我最喜欢的文学形式还是抒情散文。"文化大革命"后，我写了几十篇这一类抒情散文。大都是以记述往事来"画龙"，而以抒情来"点睛"的。我曾经把这些抒情散文汇编成几本小册子，第一本就是由百花文艺出版社出版的《丁香花下》，还有《黄秋耘散文选》《往事并不如烟》《寻梦记》等等。我这一辈子出版了大小不同的二十多本书，但我最心爱的还是这本薄薄的不到十万字的小册子《丁香花下》。当然，文章写得并不理想，但这里面记述了我这渺小的一生中某些永志难忘的往事，而更多的是一些不堪回首的往事。罗曼·罗兰在《约翰·克利斯朵夫》一书中写道："黄昏礼赞白昼，暮年礼赞人生。"人到黄昏，对于自己一生中经历过的往事总会有一种特殊的感情，这也许就是我为什么特别偏爱这本小册子的原因。有一位名叫贝尔·詹纳尔（Bill Jenner）的英国汉学家在读过《丁香花下》后跟我开玩笑说："您这么大一把年纪了，为什么老爱写这种'感伤的罗曼史'呢？"我自问，罗曼史并不多，感伤的情调是有的，一写到往事，我总是情不自禁地抒发点怀旧的感情。怀旧，总是难免有点淡淡的哀愁，甚至有点辛酸。

我写过一部长篇回忆录《风雨年华》（丸山升先生翻译的日译本即将出版）。我努力克制自己的感情，用冷静的、客观的、史学家的笔调去写。十九世纪法国的外交家塔列兰说过："任何时候都不应当遵从最初的感情，它往往是崇高的，但也是愚蠢的。"尽管塔列兰是一个厚颜无耻的、实用主义的资产阶级政客，细细想来，他这句话也未尝没有一点道理。黄仲则诗云："结束铅华归少作，摒除丝竹入中年。"何况我已经人到黄昏，再也不该遵从自己最初的感情去写作了，要学会更冷静，多一点理智，少一些狂热的激情。但，文章不是无情物，对于一个人来说，更是江山易改，禀性难移，我尝试着在这方面作一些努力，我不知道，自己能不能做到这一点。也许今后写出来的，仍然是一些连续性的感伤的罗曼史。

在这里，我还想把自己在写作散文中一些肤浅的体会，提供给同志们批评和参考。不过，我早已声明，我并不是专门从事文学创作的人，因此，无论是成功的经验，还是失败的教训，恐怕都是不足为训的。

我以为，散文是一种短小精悍、拿得起放得下的文学形式，它可以叙事，可以说理，可以抒情，可以写景状物，也可以刻画人物，不拘一格。散文的领域海阔天空，散文的品种千差万别，散文的风格多姿多彩。每一个写散文的作者都有他自己喜爱的题材，都有他自己所惯用的写作方法。不过，凡是优秀的散文，几乎毫无例外地都有一个共同的特点，那就是情文并茂。

先说文。散文作品之所以给予人以美的感受，主要因为它们富有辞藻之美，文采斐然。这就是说，散文作家必须能够运用优美的、鲜明而生动的文学语言，这种语言不但能够准确地表达出作者的思想感情，描绘出鲜明的生活图景和人物形象，而且还能赋予作品以诗情画意的艺术魅力，在读者的脑海中留下深刻难忘的印象。由此可见，一篇散文写得成功与否，除了取决于作者在政治思想、生活知识、文化等方面的修养之外，艺术技巧修养，特别是运用艺术语言的能力，恐怕也是大有关系的。

当然，任何文学样式都要讲究语言的优美。特别像散文小品这样篇幅短小的样式，恐怕要求得更严格一些。好有一比，大抵长篇小说、长篇叙事诗、多幕剧等长篇巨著，有如百年古树，虬根盘错，枝叶婆娑，偶尔有一些败叶枯枝，也瑕不掩瑜，无伤大体。但散文小品有如盆栽清供，必须剪裁得当，一字一句都经得起推敲，才能称为佳构。如果沙石甚多，芜词屡见，那就不堪玩赏了。古人论文，常常称道文章要语言挺拔，文风明快，文气遒劲，要完全符合这样的要求自然很不容易。但至少在修辞炼句上，尽可能做到下列几点：一，句子尽可能做得短一些，删去多余的冗词。二，避免用那些太熟的陈词滥调，也不宜用太生僻的、佶屈聱牙的词汇。词汇应当尽可能丰富多彩一些，生动活泼的群众语言和有生命力的、有风趣的成语不妨多用。三，最好能够使文章读起来有节奏感，铿锵悦耳。要练好上述的基本功，当然要靠作者勤学苦练，养成对语言文字有熟练的驾驭能力。平时多读一些优秀的中外古典散文和诗歌，仔细玩味，以供借鉴。对其中一些珍品、精品，更不妨反复朗读和背诵，这样对提高运用艺术语言的能力是会有些帮助的。

再说情。有人说："诗歌在文艺领域上要独树一帜，旗帜上高标着两个大字：'抒情'。"散文同样也不应该忽略这个特点。如果散文作者的笔端不是蕴藏着深郁的、丰富的感情，把他自己对人民的热爱、对生活的深情和激情，倾注在作品之中，他就很难以艺术感染力量打动作者的心，这样的作品纵然使用了许多华丽的辞藻，刻意雕琢，竭力铺陈，也不可能给予读者以深切的感受，引起读者衷心的共鸣同感。如果用花来比拟，这样的作品只是一些颜色艳丽、炫人眼目的纸花，而不是香气醉人的鲜花。散文尽管可以分为叙事、写景、状物、说理、抒情等许多品种，实际上总是以思想为其灵魂，而以感情为其血肉的，缺少思想和感情，就谈不上有什么艺术感染力量。柳宗元的《永州八记》、范仲淹的《岳阳楼记》、苏东坡的前后《赤壁赋》等固然都是很漂亮的写景文，欧阳修的《泷（音霜）岗阡表》，归有光的《项脊轩志》《先妣事略》，袁枚的《祭妹文》，王守仁的《瘗旅文》等固然都是很精致的叙事文，但人们之所以爱读它们，并不完全由于它们辞藻的优美，章法的严密，更在它们的字里行间，激荡着一种意境深远、感人肺腑的情感。

我所写的散文比之上述这些名篇佳作，自然不能相提并论，但"虽不能至，而心向往之"。我在《雾失楼台》《丁香花下》《往事与哀思》《十年生死两茫茫》《危驿孤灯照别愁》等篇章中，还是很致力于语言的锤炼和辞藻的修饰的，往往为了确定一个题目，就踌躇竟日，废寝忘餐，同时在文章中也尽可能把自己的感情酣畅淋漓地抒发出来，至于能否达到"情文并茂"的境界，就有待于读者进一步的检验了。

近两年来我读到的一些散文作品，题材丰富广泛，表现手法多样化，语言大体上也流畅，但可惜情深意切、感人肺腑的佳作却屈指可数，甚至有些悼念文章也写得平铺直叙，干巴巴的，没有什么哀思。是否经历过多次"浩劫"之后，人们的感情也"冻结"和"僵化"起来呢？

最后，我还想讲一下散文与杂文的区别和关系。在我国古代的文学作品中，散文和杂文是有区别的，例如柳宗元的《永州八记》应该是散文而不是杂文，韩愈的四篇《杂说》应该是杂文而不是散文。但在散文与杂文之间，有时很难划下一条绝对不能逾越的界线。例如柳宗元的《捕蛇者说》、刘基的《卖柑者言》，可以作为散文，也可以作为杂文，因为它们都具备针砭时弊的功能，富有杂文的色彩。近代的作品也是一样，朱自清的《荷塘月色》《桨声灯影里的秦淮河》自然都是纯粹的散文，但鲁迅的《一件小事》《淡淡的血痕中》《风筝》等可以算是散文，也可以算是杂文。

我不赞成杂文散文无区别论，同时也不赞成从一个极端走向另一个极端，在散文与杂文之间划定一条不可逾越的界线。区别固然是应该有的，但是搞得太绝对化，非此即彼，这样对于散文创作和杂文创作都不见得有利。我们有时写一些杂文式的散文，或者散文式的杂文，似乎也并无不可。

一九九一年四月二十三日于天津

我不能算是作家

老实说，我根本不能算是作家。我的前半生，走出了校门之后，曾是一个地地道道的军人，带过兵，打过仗，做过侦察工作，还蹲过大牢。后半生，大部分时间当编辑，当记者，也当过行政干部，"文革"期间在干校还种过田，做过木工。可是直到现在为止，我从来没有当过一天专业作家。

关于这，我还有点自知之明。我这个人才疏学浅，缺乏天赋和灵感，作文无味，不是当作家的材料，而且我害怕当专业作家，因为一旦当上专业作家，就得靠写作作为谋生手段，写不出来也得硬挤，拿大量的套话、空话、废话来凑数，内愧良心，外惭清议，只会落得无地自容。要么就长期搁笔不写，成为真正的"无产作家"，有关部门未必肯白给我发工资，又没有稿费收入，一家数口没有米下锅，"冬暖而儿号寒，年丰而妻啼饥"，岂非自寻死路。

不当专业作家，假如自己对文学创作还有点兴趣的话，倒也不妨利用业余时间要要笔头，写点散文和杂文。有话则长，无话则短，写不出来也不必勉强硬写。我还给自己规定一条写作的准则：假话不说，真话则有选择地说，能说多少就说多少。既不立异鸣高，也不捧场干誉（包括捧别人的场和让别人捧自己的场）。至于给别人的著作写序、跋之类，虽属亲朋好友，也婉辞谢绝。我自己写的书，也不请别人作序。我以为，文章得失，如人饮水，冷暖自知，读者也会有公论。当然，萝卜青菜，各有所爱。所谓公论也大可不必强求一致，有不虞之誉，有求全之毁，这是完全正常的。倘若作品一律都冠以序文，特别是名家的序文，反而容易造成先入为主的偏见，妨碍了读者独立思考，因此，还是免掉为好。为了说明作者意图的自序或卷首语则不在此限。

我既已郑重声明自己不是作家，上面的话全都是信口雌黄，四方君子，姑妄听之可也。

基本功

　　无论学哪一行，都要从练习基本功入手。记得我少年时代学武术，著名的北派拳师罗光玉师傅首先不教给我们什么招式、套路，而只是训练我们一些基本功，例如坐马（北方人管这叫"蹲架子"）、双臂轮番猛指点吊起来的沙袋、单腿独立等简单动作。经过三四个星期基本功训练以后，才开始教给我们"螳螂拳"的简易招式。

　　习武如此，学文也不例外。五十年代，我在中国作家协会创办的《文艺学习》月刊工作，收到许多爱好文艺的青年读者来信，要求我们开列一批书目，以供他们选读，有系统有计划地进行自修，作为练习基本功的第一步。我去请教当时担任文学研究所副所长的何其芳同志，何其芳同志很重视这一项工作，很快就召集文学研究所的各位专家学者集体讨论，开列出一份《文艺工作者学习政治理论和古典文学的参考书目》，算作是第一批书目，还准备陆续开列第二批、第三批……这第一批书目分量不少，包括政治理论书籍二十种，中国古典文学作品三十五种，俄罗斯和苏联的文学作品三十四种，其他各国的文学作品六十七种，共计一百五十六种，刊登在《文艺学习》一九五四年第五期上面。我相信，在《文艺学习》的一百几十万位读者当中，能够认真读完这一百五十六种书籍的，恐怕没有几个人。但，不管怎样，在何其芳同志主持下，文学研究所的各位专家学者总算给爱好文艺的青年同志指引出一条切实可行的练习基本功的道路，哪怕只读完了十分之一，也将会受益不浅的。

　　上述这批书目是将近四十年前开列出来的，今天自然不完全适用，其中有一部分书根本无法找到，至少不容易买到。而且分量也显得太重一些，我们粗略地估计了一下，大概要三五年才能读完。但愿我们一些热心奖掖后学的专家学者，再开列出若干批比较简单的新书目来，分期分批发表，帮助不同层次的爱好文艺的青年练习基本功，这是功德无量的大好事！

林妹妹之美与梅表姊之美

记得前几年去日本访问，有一位文学家对我谈到，中国的某些杂文也是一种美文，它们有一种被压抑的美，类似《红楼梦》中的林妹妹之美和《家》中梅表姊之美。它们是介乎自由与不自由之间的文体，既不能畅所欲言，又费尽心思要把话说出来，因此有时显得很尖刻，有时又显得很可怜。日本的文学领域中有散文、物语（小说）和俳句，而没有杂文。

我不知道这位文学家所说的话可靠程度如何，准确程度如何，看来夏目漱石和厨村白川的笔调，倒有点近似杂文，可是他们并不像中国杂文那样有辛辣味，也不会给予读者一种受压抑的美感。

清代文人龚定庵曾经写过一篇《病梅馆记》，他说文人画士爱梅的很多，但他们所爱的大都是病态的梅，有些种花人为迎合他们的爱好，往往把梅花作了人工的修改，或者砍掉主干，或者拗曲枝权，遏抑生气，故意把梅花弄得病态百出，来取悦买主。

在一个正常的社会里，人们所欣赏的美，无论是对人也好，对花也好，对文艺作品也好，都应当是健康的美、自然的美。偏爱病态的美，是心态不正常、不平衡的表现。

假如中国的某些杂文只是一种表现被压抑的心态的作品，那么，这种杂文的存在，适足以表现出社会生活的不正常和不合理。我国著名作家茅盾生前已经想把他的一部杂文取名为《速朽集》，后来由于出版者强烈反对，只好作罢。茅盾先生的心情是可以理解的，他希望随着他所针砭的毛病和弊端的迅速消失，他的文章能很快就完成历史任务，变为无用而"速朽"。假如那种只有林妹妹之美和梅表姊之美的杂文早日自行消亡，未尝不是国家之幸、人民之幸。不过，倘若采取种种行政措施，限制甚至禁锢这一类杂文，物极必反，这种被压抑的杂文，有朝一日恐怕将会喷薄而出，变成了愤怒的杂文。愤怒的杂文也可能是美文，但那将会是林冲之美和鲁智深之美了。

"真理与异端"及其他

真理与异端

当真理初出现的时候，往往被目为异端。一八四八年十二月《共产党宣言》初次发表时，全欧洲的反动统治者都把共产主义诅咒为"在欧洲游荡着的怪影"，要联合起来把它消灭。

当异端一朝权在手时候，又往往自封而且被他的盲从者推崇为真理。一九三四年希特勒爬上了德国"元首"的宝座以后，法西斯匪徒就把希特勒所著的《我的奋斗》一书吹捧为德国人都必须绝对服从的教义，该书所宣扬的极端反动的沙文主义、复仇主义、种族主义思想，都是德国人要为之誓死奋斗的目标。

相传《论语》一书刚刚传到天竺，释迦牟尼嗤之以鼻，轻蔑地说："辨是非而已！"言下之意，就是说《论语》只是一部启蒙书，还够不上称为圣贤的经典著作。其实能够明辨是非，就是了不起的学问，古往今来，又有几部真正能够明辨是非、区别真理和异端的著作。

文学创作贵精不贵多

每一年岁尾年头，大陆各地的作家协会大都会照例发一张表格给会员填写，让他们汇报在过去一年中一共写了多少部中、长篇和短篇小说，多少篇散文、杂文，多少首诗歌，多少部剧本等等，累计多少字数，然后加起来逐层往上呈报，作为这一年工作的总成绩。这种统计方法是否合理，似乎还值得商榷。

要看文学创作的成绩，主要重质而不重量。法国十九世纪著名作家梅里美一生中，只留下为数不多的短篇小说，例如《嘉尔曼》《高龙巴》等，一部长篇小说和一些剧本，却获得苏联的著名批评家卢那察尔斯基称誉之为"停滞时期的天才"的殊荣，和他同时期的很多著述等身的作家，影响却还在他之下。

宋代诗人陆游写的诗词超过万首，而唐代诗人杜甫传世的诗歌只有一千四百多首，恐怕谁也不会承认，陆游比杜甫伟大得多。杜甫被后世称为"诗史""诗圣"，陆游虽然也是个大诗人，可是他从来也没有获得过这样光荣的称号。《剑南诗稿》中有不少好诗，可惜美刺投赠酬酢之篇未免太多一些了。

精神产品毕竟和物质产品大不一样，一万双普通皮鞋的产值（哪怕其中有一部分是次品）肯定会超过一百双优质皮鞋，但是一万首平庸浅薄的诗歌，不见得能比得上三五十首名篇佳作。我们留在身边经常翻阅的还是那部薄薄的《唐诗三百首》，而不是那部收集了四万多首的《全唐诗》。

作品也需要检验员

名牌工厂是否有时也会生产出次品甚至废品来呢？当然难免，否则名牌工厂就不必设立检验员，把质量关了。

同样，著名作家是否有时也会写出一些次品甚至很不像样的废品来呢？看来也是难免的。果戈理总算是一位举世闻名的大作家了吧，他却把自己呕心沥血写出来的《死魂灵》第二部付诸一炬。这部作品是不是次品或者废品呢？谁都没有读过，不好下结论。至少果戈理本人认为这是一部不像样的东西，不好拿出来问世。

精神生产毕竟不同于物质生产。"全聚德"的大厨师大概不会烤出一只不堪下咽的烤鸭。但是一位作家第一部作品一举成名，蜚声文坛，第二部作品就相形见绌，倒是常有的事。不久以前，著名作家杨沫同志在茅盾文学奖座谈会上坦率地谈到，她的近作《东方欲晓》远远比不上她二十多年前所写的《青春之歌》，并且总结了成败得失的经验和教训。读者的公论也是如此。有些作家虽然不好意思直截了当地说出来，其实自己也是心中有数的，"文章千古事，得失寸心知"嘛！

因此，作家最好多找几位有经验的检验员，给自己的作品把好质量关。清代诗人薛雪曾经提出过建议："著作脱手，请教友朋，倘有思维不及，失于检点处，即当为其审改涂抹，使成完璧，切不可故为谀美，任其渗漏，贻讥于世。"坚持每一篇作品都必须是"完璧"这自然是不切实际的过高要求，但至少应当有点"可读性"，读者看完了不至于大呼上当，否则就真正会"贻讥于世"，有伤令誉了。

现在我们的作品总是要通过报刊发表，或者通过出版社出版的，那么，编辑同志都应当是责无旁贷的检验员，要把好质量关。对知名作家的作品不妨要求得更加严格一些，该改的地方就放手改，该删的地方就放手删，该提意见的地方就放胆提，不合格的作品就坚决不要发表和出版（当然，重要的删改应当征求过原作者的意见）。古语说得好："君子之爱人也以德，小人之爱人也以姑息。"编辑对作家，也应当爱之以德，严格要求，而不要爱之以姑息，故为谀美，一味迁就，否则，"虽曰爱之，其实害之"了。

当前全国有好几百种文艺刊物，还有好几百种报纸文艺副刊，所发表的佳作固然为数不少，但毋庸讳言，次品乃至废品也并不是绝无仅有。希望每一位编辑同志都认真负起检验员的责任，把好质量关。不要把次品和废品当作一级品，硬塞给读者；当然，也不要把佳作当作次品和废品处理，埋没了好文章。

中国文化忧思录

近几年来，我主要从事国际文化交流工作，经常接待外宾。有一次，我和几位中青年作家、出版家一起去接待日本客人。客人中有一位汉学家，颇懂得一点中国古典文学，宴会上酒酣耳热之余，那位日本客人故意提出些题目来考考我们，他首先背诵了一首唐诗：

> 月落乌啼霜满天，江枫渔火对愁眠。
> 姑苏城外寒山寺，夜半钟声到客船。

问我们这是谁的作品？什么题目？座中那几位中青年作家、出版家都面面相觑，答不出来。我不想在日本客人面前丢人现眼，就率尔而对："这是张继作的《枫桥夜泊》。"日本客人又问："枫桥在什么地方？"我说："在苏州附近，诗中不是明明写着姑苏城外寒山寺吗？"日本客人看这道题难不倒我们，又指着餐厅墙上悬挂着毛主席的一首词问道："'今日长缨在手，何时缚住苍龙？'这'苍龙'象征什么东西？"当时那位青年翻译抢着回答："苍是草青色，苍龙就是青色的龙。"我连忙插话说："不对。苍龙说的是黑色的龙，你们日本不是也有什么'黑龙会'吗？苍龙象征邪恶，毛主席用来借指当时的国民党反动派和日本帝国主义。"日本客人听了，面有愧色，才不再提问。

前几年，有人提出作家要学者化，老实说，这未免要求太高。但既然称为作家、出版家，对《枫桥夜泊》和"苍龙"一类文学知识倒是应该知道一点的。常言道，天下间没有不识字的秀才，那么，对祖国传统文化一无所知的作家、出版家恐怕也是不可能存在的吧。我国的知识分子，包括称为作家、出版家的高级知识分子在内，对祖国传统文化的无知，真是令人又是担忧，又是惭愧。

且不说"不合时宜"的传统文化，当代中国人民的新文化素养又如何呢？最近我去看过一个作为旅游胜地的县城和一个中等城市的新华书店，真是叫人触目惊心。我在新闻出版局工作过，对书刊的发行情况不能不作认真的调查统计。最畅销的书刊大都是一些格调很低下的所谓"通俗小说"，不是什么宫闱艳史，就是什么碎尸惨案，总之是色情加上凶杀，武侠小说已经算是"上品"了。同时，在新华书店的降价门市部里，却堆积着不少严肃的文学书籍，其中有些降价书还是著名作家的近作，降价最低的是三折，一部分是五折，但仍然无人问津。这两家书店的经理都说，以后他们再也不敢预订这一类"高档次"的货色了，因为实在销售不出去。如同在金融市场上劣币驱逐良币一样，在中国的文化市场上，格调低下的出版物也正在排斥好的和比较好的出版物。

前几年，有人说香港是个"文化沙漠"，上个月我在香港住了六天，发现那里近年来还是出版了一些好书的。销路如何，我不知道。假如有人说，在今天中华人民共和国九百六十万平方公里领土上，在一定程度上是一个"文化大沙漠"，看来也不能算是危言耸听。当然，这一片大沙漠中还有不少绿洲，我们有不少好的和比较好的文学、音乐、美术作品、电影和电视剧，还是有条件冲出亚洲、走向世界的。只要在深化改革的过程中，有关领导部门采取适当的措施，首先要给文化工作者创造一个宽松的、可以自由发展的环境，给予出版事业、教育事业以大力支持，逐步扩大绿洲，缩小沙漠，那么，中国的文化还是有希望可以生机勃勃、繁荣昌盛起来的。我想，这恐怕不能算是不切实际的奢望。但是在目前，纵目神州大地，所见所闻，作为一个关心祖国文化的知识分子，我不禁从心底里涌起一阵忧思。毋庸讳言，这几年来，中国文化事业已经开始有"大滑坡"的趋势了。

因小即大

随笔是散文的一种样式。假如要举出它最主要的特点，那就是"因小即大"。

一篇随笔只有一两千字的篇幅，要求它描绘错综复杂的故事情节，或者塑造富有艺术感染力的人物形象，自然不容易办到。但，正如古人所说的，尝一滴水便能知道大海味，从一颗沙子便可以看到大千世界，随笔大可以发挥这样的功能。

例如鲁迅的《风筝》、朱自清的《背影》、茅盾的《白杨礼赞》以至万全的《搪瓷茶缸》、何为的《第二次考试》等等，都是篇幅极短小的散文，所写的又大都是凡人小事，管它们叫随笔，也未尝不可。可是它们在读者心灵中所留下的深刻难忘的印象，恐怕是远远超过了同时代的许多平庸的长篇小说、多幕剧和长诗的。把散文随笔列为"低级"的文学样式，这是极不公平的事。为什么我们每年都要评奖优秀的长篇小说、中篇小说、短篇小说、报告文学、诗歌以及电影、电视剧等等，却偏偏把散文随笔丢在一边，列入"另册"，褫夺了它们的被选举权呢？这未免有点说不过去。

其实，写散文随笔所付出的劳动，并不见得比写小说和诗歌少一些。人们常说，散文随笔要求"形散而神不散"。所谓"形散"，就是抓住一件事情、一点意思，生发开去，如话家常，如聊闲天，表面上看来似乎是很"散"的。但实际上每一篇散文随笔都要有一个中心，所有材料都由这个中心贯穿起来，并且要扣紧这个中心做文章，"神"始终是不散的。要做到这一点，就非呕心沥血、惨淡经营不可。假如有人以为写散文随笔就可以信口雌黄，放开笔头跑野马，根本用不着谋篇布局，那就是不知道此中甘苦的外行话了。

欣闻"三不"有感

据报载，中国作家协会主席、老作家巴金，为了保证写作时间，坚决实行"三不"，即不再兼任一切荣誉、名誉职务，不再为别人题词、写字，不会客访友。同时，有一位孟了然同志向有关领导机关和社会各界建议，对一些老学者、老作家、老专家也要来个"三不"：一，不破坏他们自己定下的规矩；二，不要求他们参加一切可以不参加的会议和社会活动；三，不要求他们写应景文章。

对这两个"三不"，我衷心拥护，举双手赞成。

对于年逾花甲的老学者、老作家、老专家，假如要求他们发挥余热，多作贡献，首先就要保证不再浪费他们"来日苦短"的有生之年。可惜目前的社会风气与此恰恰相反，越是有成就、有名气的老学者、老作家、老专家，应邀参加不必要的会议和社会活动越多，担任荣誉、名誉的职务越多，题词、作序和写应景文章的任务越多，接待来访者和记者也越多……假如他们一律婉辞谢绝，连电话也不接，又怕被认为架子大，门槛高，为人不通情达理，立异鸣高，逆情干誉。碍于情面和舆论压力，他们就有求必应，勉强遵命，这么一来，只好把本来可以完成的研究计划、创作计划全都撂在一边，专门去应付这些没完没了的劳什子了。

这一切，对于老学者、老作家、老专家来说，固然是有苦难言的烦恼，对于社会和人民也会造成灾难性的后果。一些有价值的研究成果和作品、文章因此就胎死腹中，随同它们的所有者灰飞烟灭。例如茅盾的《回忆录》就终于没有写完，这是十分可惜的。

记得鲁迅先生说过，浪费别人的时间，无异谋财害命；又说，"使一个人的有限的生命，更加有效，也即等于延长了人的生命"（见《准风月谈·禁用和自造》）。他老人家当年大概也是"曾经此苦"，有感而发，希望别人不要浪费他的时间。实行两个"三不"，就是制止"谋财害命"的好办法，功德无量。当然，对于那些既没有研究计划，又没有写作计划亟待完成的退休、离休或退居二线的老干部来说（即使他们同时是老学者、老作家、老专家），则又当别论。他们在自愿的前提下，大可以多参加一些会议和社会活动；多接待一些来访者，随便聊聊天，摆摆龙门阵；行有余力，也不妨担任一些名誉、荣誉职务，替别人题词、作序、写点应景文章，甚至以下围棋、上茶楼和养养花、种种草来消磨永日，也不能说他们"玩物丧志"。各人的工作情况不同，健康状况有别，不必"一刀切"。"三不"或者不"三不"，均可听随尊便。至于确有必要实行两个"三不"的老年知识分子或者"前辈公民"①，应当允许他们主动声明，制定约法三章，他人不得干扰破坏。

---

① 有些国家管年龄在六十五岁以上的公民叫"前辈公民"（senior citizen）。他们得以享受各种优待，例如乘搭公共汽车、看电影和逛游乐场所，票价折半；社会保证不侵占他们的休息时间等等。

特别声明

　　"粤派评论丛书"系广东省宣传文化发展专项资金资助项目。本丛书旨在壮大主流文艺阵地，增强文艺评论事业发展的动力，扩大广东文艺评论影响，助力岭南文化高地建设，为提升广东文化形象发挥重要的理论建构与支撑作用。

　　鉴于出版时间、项目规模、人力资源等因素制约，"粤派评论丛书·大家文存系列"在出版过程中与相关责任人未能一一取得联系。请有关人士见书后与我们联系，我们即奉上样书。

　　请通过电子邮箱联系我们：ghyclm@163.com。

"粤派评论丛书"编委会